데쓰스톤커 혁명 2

옮긴이 **천태화**
고려대학교 독어독문학과를 졸업하고, 프리랜서 번역가로 활동하고 있다.

DEATHSTALKER
by Simon R. Green

Copyright © 1995 by Simon R. Green
This Korean edition is published by arrangement with Simon R. Green c/o JABberwocky Literary Agency, through the Danny Hong Agency.

Korean translation copyright © 2012 Mojosa Publishing Co.

데쓰스토커 혁명 2

초판 1쇄 발행 2012년 9월 17일

지은이 사이먼 R. 그린
옮긴이 천태화
펴낸이 김철식
펴낸곳 모요사
출판등록 2009년 3월 11일(제410-2008-000077호)

주소 411-762 경기도 고양시 일산서구 가좌3로 45, 203동 1801호
전화 031-915-6777
팩스 031-915-6775
이메일 mojosa7@gmail.com

ISBN 978-89-97066-14-8 04840
        978-89-97066-12-4 (전2권)

* 책값은 뒤표지에 표시되어 있습니다.
* 잘못 만들어진 책은 구입처에서 바꿔드립니다.

데스스토커 혁명

Deathstalker

혁명
2

사이먼 R. 그린 지음 | 천태화 옮김

모요사

차례

마음과 마음의 만남

오언 데스스토커는 울프링월드의 깊숙한 지하, 헤이든맨의 도시 가장자리에 서서 초조하게 발을 굴렀다. 오랫동안 헤이즐 다르크를 기다리고 있었다. 필요하다면 더 기다릴 용의도 있었다. 요즘 헤이즐을 기다리는 시간이 부쩍 많아졌다. 헤이즐은 늘 바빠 서두르는 사람임에도 불구하고 놀랍게도 시간관념이 없었고 다른 사람을 기다리게 하는 경우가 많았다. 그녀는 그와 함께 라스트스탠딩으로 공간이동하기로 되어 있었다. 라스트스탠딩은 여전히 울프링월드의 궤도를 돌고 있다. 하지만 헤이즐은 헤이든맨의 도시 깊은 곳 어딘가에서 그에게 알리고 싶지 않은 무언가를 하면서 모습을 드러내지 않고 있는 것이다. 그가 할 수 있는 일이라고는 결혼식장의 예비용 꽃다발처럼 우두커니 서서 기다리는 것뿐이었다. 그는 그녀가 도시 안에 있다는 것을 알고 있다. 그들이 공유하는 정신적 연결을 통해 그녀의 존재를 느낄 수 있었다. 그런데 요즘 뭔가에 방해받는 것처럼 연결이 점점 흐려지고 불확실해졌다. 오언은 그것이 그녀가 헤이든맨의 도시를 드나드는 일과 관련이 있을 것이라고 믿었다. 이번에는 그것이 무엇인지 꼭 밝혀내리라.

그는 한숨을 내쉬었다. 그리고 다시 한 번 손목시계를 보았다. 고대의 돌성이자 강력한 우주선이기도 한 라스트스탠딩의 대회의실에서는 제국 각처에서 몰려온 반란자들과 자유의 투사들이 장차 반란의 형태와 방향을 결정짓기 위한 회의를 준비하고 있다. 그런데 그는 이곳 어둠 속에서 헤이즐을 기다리며 발목이 잡혀 있는 것이다. 헤이즐 없이 혼자 올라갈 수도 있다. 사실 헤이즐도 그렇게 하라고 고집을 피웠지만 그러지 않았다. 그녀가 뭔가에 빠져 있다. 그것이 무엇인지 알아야 했다. 그가 그녀를 사랑하고 있는지도 모른다. 하지만 그렇다고 해서 꼭 그가 그녀를 믿는다는 것은 아니다. 그녀는 얼결에 반란자가 되기 전에 오랫동안 해적이었고 인육상이었다. 그리고 요즘 헤이즐에게 뭔가 문제가 있다. 그녀는 산만하고 감정의 기복이 심해졌다. 괜히 성질을 내고 짜증을 부리다가도 뭔가에 정신이 팔려 멍해지는 경우가 잦았다. 원래 그런 경향이 좀 있기는 하지만 요즘 부쩍 심해져서 오언을 걱정하게 만들었다. 반란자이자 도망자로 살아야 하는 삶에서 오는 긴장 탓일 수도 있다. 광기의 미로가 그녀에게 불어넣은 많은 변화들의 부작용일 수도 있다. 어쨌든 그녀를 돕기 위해서는 문제가 무엇인지부터 알아야 한다. 그래서 그는 추위에 벌벌 떨며 그녀를 기다리고 있는 것이다. 그녀가 헤이든맨 도시의 무엇에 빠져 있는지 알아낼 수만 있다면 얼마든지 더 기다릴 수 있었다.

그의 앞에 이글거리는 금속과 유리의 도시가 거대한 동굴 바닥 위로 넓게 펼쳐져 있었다. 타워들과 공중에 매달린 보도(步道)들과 날카로운 각을 세운 빌딩들이 있었고 그것들에서 뿜어져 나오는 빛이 동굴의 어둠을 밀어내고 있었다. 도시는 오래전 초기 헤이든맨들에 의해 건설되어 점차 확장되었다. 헤이든맨들은 인류에 대한 전쟁을 시작하면서 도시를 떠났고 대부분 다시 돌아오지 못했다. 패배해 실의에 잠겨 돌아온 소수의 헤이든맨들은 장래를 기약하며 헤이든맨의 무덤에 잠들기를 택했다. 그들이 잠들어 있는 동안에도 도시는 자체적으로 관리되었으나 최근 사일런스 부대의 광선포에 의해 박살났다. 과거의 영광이 반짝이는 파편으로 흩어져 폐허가 되어버린 것이다.

소생한 헤이든맨들이 부지런히 복구 작업을 진행해 도시가 꿈틀거리며 서서히 되살아나고 있다. 헤이든맨 하나가 오언과 헤이즐에게 잠깐 도시 구경을 시켜준 적이 있었다. 그때 정체 모를 기형적인 모습을 한 구조물들을 보고 오언은 피부에 소름이 돋는 것 같았다. 건물들은 인간적인 편의나 논리에 따라 설계된 것이 아니었다. 건물의 용도도 도무지 유추할 수 없는 신비스러운 것이었다. 기묘하고도 마음을 불안케 하는 정적이 흘렀으며 대화 소리나 기계음으로도 정적은 가시지 않았다. 어떤 건물이나 구조물도 다른 것과 비슷하지 않았으며 어디를 봐도 이상한 형태와 불안한 각도만 눈에 띄었다. 그것은 마치 가장 깊은 밤 악몽 속에서나 볼 법한 무서운 형상이었다. 잠깐 동안의 구경만으로도 오언과 헤이즐은 머리가 지끈거릴 지경이어서 핑계를 대고 급히 도시를 빠져나왔다. 그 후로 오언은 다시는 도시에 들어가지 않았다. 하지만 헤이즐은 들어갔다.

오언은 도시를 바라보다가 갑자기 몸을 떨었다. 그곳 깊은 곳에서는 그가 여기 와 있는 것을 알고 있고 그를 쳐다보고 있는 수천 개의 보이지 않는 눈이 있다. 헤이든맨들이 사방에 있다. 그들은 마치 군체(群體)의 개미처럼 부지런히, 그러나 조용히, 도무지 알 수 없는 작업을 하거나 알 수 없는 임무를 띠고 바삐 오갔다. 사람이 알 수 없는 방식으로 대화를 나누며 함께 일했다. 그들은 하나의 거대한 마음인 게슈탈트가 되어 인간의 마음으로는 이해할 수 없는 목적을 향해 꾸준히 협동 작업을 펼쳤다. 오언의 선조인 자일스 데스스토커는 그 도시가 헤이든맨의 집단마음의 물질적 표현이라고 말했다.

오언은 오직 한 명의 헤이든맨만 알고 있었다. 토비아스 문이었다. 그는 인간세상에 너무 오랫동안 살았기 때문에 인간을 닮아버렸지만 그 자신은 그것을 싫어했다. 그는 동족을 깨우다가 죽었고 그들이 깨어나는 모습을 보지 못했다. 결국 오언이 그들을 소생시켰고, 그 이후 매일 그는 자기가 한 일이 정말 잘한 일인지 고민했다. 헤이든맨들은 나중에 토비아스 문을 고쳤고 이제 그의 몸이 능률적으로 움직이며 작업을 하고 있지만 예전의 마음과 기억은 돌아오지 않았다. 토비아스 문은 이미 죽어 사라져버린 것이다. 오언은 애석하기는 하나 어쩔 수 없는 일로 여겼다. 죽은 사람은 죽은 채로 놔두어야 한다.

"헤이즐이 저 안에 더 오래 머문다면 우리가 구조팀을 보내야 할 것 같군요." AI 오지맨디어스가 오언의 귓속에 중얼거렸다.

"이미 말했을 텐데." 오언이 대답했다. "난 너와 대화하지 않아. 네가 누군지 모르겠지만 분명 오즈는 아니야. 내가 그를 파괴했어."

"거의 그럴 뻔했지요." 오즈가 조용히 말했다. "하지만 아깝게 실패했어요. 저는 여전히 여기 있잖아요. 제 말을 들었으면 좋겠습니다. 저는 이제 가슴 깊은 곳에서 우러나오는 마음으로 당신의 이익을 위해 봉사한다고요."

"넌 가슴이 없잖아."

"꼬치꼬치 따지시기는…… 으스대지 마세요, 오언. 당신이 영웅이고 반란군의 새로운 희망일지 몰라도 저는 예전에 맨날 잠만 자던 당신을 알고 있고, 식사 때 어떤 와인을 좋아하는지도 다 알고 있다고요. 지금 당신이 성공을 거두기는 했지만 그것에 도취되도록 놔둘 생각은 없습니다."

"그래, 네가 오즈라고 치자." 오언이 물었다. "그렇다면 왜 네 말이 내게만 들리는 거지? 네가 내 통신임플란트에 접속한다면 다른 사람들도 네 신호를 포착할 수 있어야 하는 것 아니야?"

"저도 몰라요." 오즈가 말했다. "저는 단지 컴퓨터일 뿐입니다. 뭔가 이상한 일이 일어난 건 분명한데, 어쨌든 저는 돌아왔어요. 박수치셔도 좋습니다."

"넌 제국의 스파이였어." 오언이 말했다. "나는 어린아이일 때부터 널 믿고 의지했는데 너는 날 배신했지. 내 머릿속에 제어단어를 심어놓고 내 친구들을 죽이라고 시켰잖아."

"그건 제 안에 그렇게 프로그래밍되어 있어서 그랬던 거예요. 저도 어쩔 수 없었지요. 하지만 이제는 모두 사라졌어요. 혹시 제어단어가 남아 있다고 해도 저는 기억하지 못합니다. 어쩌면 그것은 제국이 덧씌운 프로그램이었고, 당신이 정신적 능력으로 그걸 파괴한 건지도 모르죠. 개인적으로 당신이 반란자가 돼서 아주 기쁩니다. 당신은 귀족으로서는 그다지 훌륭하지 못했거든요. 그리고 당신이 제국의 엉덩이를 걷어차주기를 원합니다. 그들은 저를 이용해 당신에게 상처를 주었어요. 저는 다시는 그런 걸 용납하지 않을 겁니다."

오언은 아무 말도 하지 않았다. 그의 마음 한편은 정말 그것이 오즈이기를, 그의 옛 친구가 다시 돌아온 것이기를 바랐다. 하지만 그는 오즈가 자신의 마음속에서 죽어 끝없는 어둠 속으로 사라지는 것을 느꼈었다. 그런데 그의 머릿속에서 들리는 목소리가 오즈가 아니라면 도대체 누구란 말인가? 오즈의 옛날 접속통로를 타고 들어온 다른 AI? 그가 광기의 미로를 통과할 때 얻은 알 수 없는 존재? 아니면 그가 새로운 반란의 지도자 역할을 하면서 느끼는 심한 정신적 압박 때문에 미쳐버린 것인가? 만약 그가 미친 것이라면 이 사실을 다른 사람들에게 알려야 할 것인가?

"네가 누구든 조용히 하고 있어." 마침내 오언이 말했다. "나는 안 그래도 걱정할 게 너무 많아."

"분부대로 합죠." 오즈가 말했다. "마음 바뀌면 불러줘요. 저는 그냥 전자나 세면서 시간을 때우고 있겠습니다."

오언은 잠시 기다려보았지만 더 이상 머릿속에서 목소리가 들리지 않았다. 헤이든맨들이 골고다 작전에서 돌아온 황금 배의 자그만 손상부위를 고치고 있는 소리만 뒤에서 울려올 뿐이었다. 뒷날개를 거대한 망치와 열정으로 두드리는 소리였다. 오언이 보기에는 멀쩡했지만 개조인간들의 눈에는 그렇지 않은 모양이었다. 그들은 언제나 완벽을 위해 일하고 고치고 개선하느라 바빴다. 그가 뒤돌아서 배를 쳐다보았을 때 배의 열린 문으로 똑같은 얼굴의 두 여인이 걸어 나오는 것이 눈에 들어왔다. 그들이 다가오자 오언은 정중히 인사했다. 에스퍼-클론이자 골고다 지하동맹의 대표인 스티비 블루들이었다. 그는 그들을 볼 때마다 세무본청 작전에서 희생된 또 다른 스티비 블루가 떠올랐다. 그의 모든 새로운 힘과 능력에도 불구하고 정작 필요할 때는 하나의 생명도 구할 수 없었다. 블루들은 서로 부인이고 자매이고 클론이었다. 오언이 상상할 수 있는 어떤 것보다도 *끈끈한* 관계. 자신의 또 다른 자아가 죽었을 때 어떤 느낌이 들었을까? 그들은 그의 앞에 서서 깍듯이 인사했다.

"안녕하세요." 왼쪽의 스티비가 말했다. "저는 스티비 원입니다. 얘는 스티비 스리고요. 헷갈리지 말아요. 우리는 그걸 아주 싫어하니까."

"스티비 투에 대해서는…… 유감이오." 오언이 말했다. "할 수만 있다면 구하고 싶었는데."

"당신이 그 아이를 구하려고 목숨을 걸었다는 걸 알아요." 스티비 원이 말했다. "당신이 잘 알지도 못하는 에스퍼-클론을 위해서요. 다른 사람이라면 절대로 그렇게 하지 않았을 거예요."

"그녀의 죽음을 헛되이 하지 않겠소." 오언이 말했다. "위안이 될지는 모르겠지만."

"어떤 위로든 없는 것보다는 낫지요." 스티비 원이 말했고, 스티비 스리가 고개를 끄덕였다. 스티비 원은 분주히 일하는 헤이든맨들을 바라보았다. "끔찍한 자들이에요, 그렇지 않나요? 저 사람들보다 자판기가 더 인간적이고, 말하는 엘리베이터가 더 개성적일 거예요. 저들만 보면 소름이 끼쳐요."

"맞아요." 스티비 스리가 맞장구쳤다. "저들이 아무리 우리에게 매료되었다고 해도 상관없어요. 나는 우리한테 이토록 지대한 관심을 보이는 사람들은 처음 만나봐요. 저 사람들이 한창일 때는 에스퍼-클론이 없었나봐요. 저들이 우리보고 자기들 연구실을 방문할 의사가 있는지 정중히 묻더군요. 하지만 나는 저 사람들이 우리를 말 그대로 분해해서 어떻게 작동하는지 알고 싶어 한다는 느낌이 들었어요."

"당신 느낌이 맞을 거요." 오언이 말했다. "제국군이 여기 왔을 때

따라온 왐피르를 그들이 붙잡아갔는데 다시는 안 보이더군요."

"젠장," 스티비 원이 말했다. "저기 하나가 오는군요."

황금 배로부터 헤이든맨 한 명이 그들을 향해 걸어왔다. 그는 오언이 전에 만난 사람일 수도 있고 아닐 수도 있었다. 오언에게는 그들이 모두 비슷비슷하게 보였다. 키가 크고 완벽한 근육을 가졌고, 몸짓은 가히 품위의 표본이라 할 수 있었으며, 눈은 모두 태양처럼 빛났다. 반은 인간이고 반은 기계지만 둘의 산술적인 합을 뛰어넘는 존재. 그리고 하나같이 지독한 고집쟁이들. 두 스티비 블루는 서로를 쳐다보았다. 스티비 원이 동전을 꺼내 던졌다.

"앞면." 동전이 공중에서 맴돌고 있을 때 스티비 스리가 말했다. 스티비 원이 동전을 잡아서 손등에 놓고 펴 보였다. 스티비 스리는 확인해보고는 얼굴을 찡그렸다. "제기랄."

"네 차례야." 스티비 원이 말했다. 그리고 그들은 헤이든맨을 동시에 똑같은 차가운 표정으로 쳐다보았다.

개조인간은 여유 있고 담담한 태도로 그들 앞에 멈춰 섰다. 그리고는 윙윙거리는 목소리로 조용히 말했다. "당신들은 실험에 응해야 합니다. 우리가 잠들어 있는 사이에 인류에게 일어난 변화를 이해하기 위해 꼭 필요한 일입니다."

"우리는 테스트 받지 않아요." 스티비 원이 말했다.

"맞아요." 스티비 스리가 맞장구쳤다. 스티비 블루들은 몸 주변에 불길을 발산시켰다. 오언은 한 걸음 물러서며 팔을 들어 공기 중에 이글거리는 열기로부터 얼굴을 가렸다. 헤이든맨은 열기에 영향받지 않는 것처럼 그 자리에 가만히 서 있었다. 스티비 블루들은 기분 나쁘다는 듯 웃으며 불의 세기를 한 단계 높였다. 헤이든맨의 무표정한 얼굴에 땀방울이 맺혔다.

"즐거운 대화였어요." 스티비 스리가 말했다. "이제 여기서 꺼져주세요. 그렇지 않으면 두 다리를 하나로 용접해드릴 테니까."

헤이든맨은 그 말의 의미를 잠시 생각해보는 듯했다. 장식 없이 단순한 그의 옷에는 검게 탄 자국이 나타나기 시작했다. 그런데도 그는 한 걸음 더 앞으로 다가가 스티비 스리의 얼굴을 똑바로 쳐다보았다. 가까이에서 보는 그의 두 눈은 너무 눈부셔서 거의 눈이 멀 지경이었다. "나중에 이 문제에 대해 다시 논의하게 될 겁니다."

"마음대로 하세요." 스티비 스리가 뒷걸음치고 싶은 충동을 억누르며 지지 않고 말했다. "언제든지."

헤이든맨은 서두르지 않고 천천히 반짝이는 금속과 유리의 도시로 걸어가 사라졌다. 오언과 두 명의 스티비 블루는 그가 말소리를 듣지 못할 정도로 멀리 사라졌다는 확신이 들 때까지 그를 바라보며 아무 말도 하지 않았다. 오언은 스티비 블루 쪽으로 돌아서서 손바닥으로 부채질을 하며 말했다.

"이제 불 좀 꺼주시면 안 되겠소? 숨이 막힐 것 같소."

"미안해요." 스티비 스리가 말했다. 그녀 주변의 불길이 생길 때와 마찬가지로 순식간에 사라졌다. "우리가 헤이든맨들과 연합하다니 믿을 수가 없어요. 저자들은 사실 사람이 아니잖아요."

"우리한테도 그런 소리를 하는 사람들이 많아." 스티비 원이 말했다.

"감히 나한테 그런 말을 하는 사람은 없어." 스티비 스리가 말했다. "그리고 우리를 저자들과 비교할 수는 없어. 우리는 좀 특별하기는 해도 태어났지 만들어지진 않았어."

"회의나 참석하러 가자." 스티비 원이 화제를 돌렸다. "벌써 늦은 것 같아. 같이 가실래요, 데스스토커?"

"곧 뒤따라가리다." 오언이 말했다. "기다리지는 마시오."

두 명의 에스퍼-클론은 동시에 같은 모습으로 고개를 끄덕였다. 그들은 무표정하게 통신임플란트로 라스트스탠딩에 접속한 후 하나씩 갑자기 사라졌고 그들이 서 있던 자리에는 진공을 채우는 바람소리만 일었다. 이런 공간이동은 엄청난 동력을 소모한다. 그래서 제국에서는 이미 사용되지 않는 기술이다. 에스퍼들이 더 값싸게 먹히고 통제하기도 쉽다. 그리고 이런 기술이 대중의 손에 쥐어진다면 좋을 것이 없다. 상류층은 자신들만의 특권을 누려야 한다. 그렇지 않다면 상류층이 부러움을 살 이유가 없지 않겠는가? 오언은 얼굴을 찌푸렸다. 라스트스탠딩은 최근 많은 동력을 소비했다. 그리고 그 어마어마한 동력원도 분명 한계가 있을 것이다. 하지만 아직은 걱정할 문제가 아니다. 문제는 헤이든맨의 도시 속 어딘가에 있다. 돌아올 생각 없이 자기만의 달콤한 시간을 보내고 있는 헤이즐에게. 그는 반짝이는 도시를 바라보다가 다시 한 번 손목시계를 내려다보며 조용히 투덜거렸다. '더 이상 기다릴 수 없다. 들어가서 찾아봐야겠다.'

그녀에게 무슨 일이 생겼을 수도 있다. 하지만 그럴 가능성은 별로 없다. 그랬다면 그가 벌써 알았을 것이다. 외계인의 신비스러운 구조물인 광기의 미로를 통과한 사람들은 모두 몸과 마음에 변화를 겪었다. 그들 모두 깊고 원초적인 수준에서 서로 연결되어 있다. 그 연결은 이제 어떤 것으로도 끊어지지 않으며 거리도 문제가 되지 않는다. 그는 자기 내부에 집중해 후두부 깊숙이 무의식으로 내려갔다. 그곳에 그를 쳐다보는 다른 사람들이 있었다. 잭 랜덤과 루비 저니, 그리고 그의 선조 자일스는 라스트스탠딩에 있다. 헤이즐은 도시 속 멀지 않은 곳에 있다. 그는 헤이즐에게 집중해 도시에서 그녀의 위치를 포착했다. 걸어서 닿을 만한 가까운 곳이었다. 그녀를 찾기 위해 해야 할 일은 그저 그가 본 것 중 가장 이상하고 심란한 도시 속으로 걸어 들어가는 것뿐이다. 그는 어깨를 펴고 무기가 제자리에 있는지 확인한 후 반짝이는 도시 속으로 발걸음을 옮겼다.

그의 주변으로 이상한 형상의 건물과 구조물들이 우뚝우뚝 솟아 있었다. 모두 내부에서 은은한 은빛을 발하고 있었다. 사방에 빛이 충만했지만 어디에도 그림자가 보이지 않는다는 것이 그의 신경에 거슬렸다. 오직 사그라지지 않는 빛만 보였다. 빛은 스쳐가는 유령의 손길처럼 그의 피부에 닿았다. 가차 없이 노려보는 빛 때문에 그의 눈바로 뒤쪽에서 두통이 일었다. 주변의 여러 가지 형상들 때문에 아픈 것인지도 몰랐다. 형상들의 치수가 모두 잘못되었다. 근본적인 수준에서 뒤틀리고 불안정했다. 마치 삼각형 내각의 합이 180도를 넘는 것 같은 느낌이었다. 헤이든맨이 인간이 아니라는 또 다른 증거였다. 이런 도시에서 살면 어떤 사람이라도 미치지 않을 수 없을 것이다. 도대체 얼마나 중요한 일이기에 헤이즐은 이런 비자연적인 도시 속으로 들어왔고, 인간의 모든 본능이 빨리 떠나라고 비명을 질러대는 데도 계속 머물고 있는 것일까?

도시 속으로 진입할수록 점점 추워졌고 마치 높은 산을 오르는 것처럼 공기가 희박해졌다. 공기에서는 오존 냄새와 함께 그가 알지 못하는 화학약품 냄새가 섞여 있었다. 그리고 끊임없이 맥박 치는 소리가 들렸다. 너무 저음이어서 듣는다기보다는 뼈로 느끼는 것 같았다. 그것은 거대한 심장이 느릿느릿 뛰는 소리였다. 그의 시선이 닿는 곳마다 헤이든맨들이 보였다. 그들은 낯선 기계를 작동하기도 하고 넓은 거리를 유유히 걸어가기도 했다. 어떤 자는 새로운 지시를 기다리는 듯 아무것도 보지 않으면서 우두커니 서 있었다. 아무도 말을 하지 않았다. 그들은 서로 연결되어 있어서 말이 필요치 않았다. 오언이 지나갈 때 고개를 돌려 쳐다보는 자는 없었지만, 그는 자신이 감시당하고 있다는 것을 알고 있었다. 아무것도 만지지 않고 그들의 작업을 방해하지만 않는다면 그는 안전할 것이다. 그들은 자신들을 무덤에서 깨운 자에 대해 공경심을 가지고 있다. 그들은 그를 구원자라고 부르며 절했지만, 오언은 그런 것에 우쭐할 정도로 순진하지는 않다. 그들이 절하는 이유는 그의 머리를 혼란시키려는 목적일지도 몰랐다. 그는 인간이었고 그들은 그렇지 않다. 그가 거리를 지나면서 보지 말아야 할 무언가를 보게 된다면 개조인간들은 마치 성가신 파리를 때려잡듯이 그를 공격해 쓰러뜨릴 것이라는 것을 믿어 의심치 않았다. 그래서 그는 거리의 한가운데를 택해 걸으며 시선은 정면만을 향했고 손은 광선총 바로 옆의 벨트에 걸쳐두었다. 무수한 감시의 눈들 때문에 뒤통수가 따끔거리는 것 같았다. 헤이즐이 정말로 중요한 일 때문에 여기 들어온 것이기를……

　드디어 샛길 쪽에 서 있는 헤이즐을 발견했다. 숨어 있지는 않았지만 그렇다고 잘 보이지도 않았다. 그녀는 헤이든맨과 얘기를 나누느라 오언이 접근해도 돌아보지 않았다. 개조인간이 그녀에게 작은 금속 병을 건네사 헤이슬은 그것을 받아 재빨리 품속에 집어넣었다. 그리고 그제야 인상을 쓰며 오언을 돌아보았다. 헤이든맨은 반대편으로 걸어가며 오언 쪽은 한 번도 돌아보지 않았다.

　"도대체 여기까지는 웬일이에요, 귀족양반?" 헤이즐이 그가 들어

본 것 중 가장 싸늘한 목소리로 물었다.

"나도 똑같은 질문을 하고 싶소." 오언이 가볍게 응수했다. "우리는 라스트스탠딩에서 회의에 참석하기로 되어 있지 않았소, 기억하오? 우리가 불참하면 모양새가 별로 좋지 않을 거요. 우리는 특별 초대손님이잖소."

헤이즐이 어깨를 으쓱했다. "당신 혼자 가세요. 나는 필요 없잖아요. 나는 계획 짜는 것에는 소질이 없어요."

"물론 알고 있소. 하지만 사람들이 우리 둘 모두를 원하오. 뭐 홍보를 위해서라도 우리 얼굴을 잠재적인 후원자들과 지지자들에게 내비쳐야 한다는군. 그런데 헤이든맨과 무슨 얘기를 하고 있었소?"

"그 사람 못 알아보겠어요? 토비아스 문이었어요."

오언은 재빨리 헤이든맨이 사라진 쪽을 보았지만 아무도 없었다. 이미 수많은 헤이든맨들 속으로 스며들어간 후였다. 오언은 다시 헤이즐을 쳐다보았다. "아니오, 못 알아보겠던데. 당신은 그를 어떻게 찾았소? 다른 자들과 똑같아 보이던데."

"문이 저를 찾았지요."

"그가 당신을…… 당신을 기억하더란 말이오?"

"정확히 그렇지는 않아요. 그가 나를 알아보기는 했지요. 헤이든맨들의 프로그램에 당신과 내가 들어 있으니까요. 하지만 토비아스 문은 이제 없어요. 그는 우리가 알던 사람이 아니에요." 그녀는 살짝 어깨를 으쓱했다. "뭐 별거 아니에요. 어차피 우리가 그렇게 가까웠던 적도 없었으니."

오언은 그냥 고개를 끄덕였다. 대부분의 사람들은 총으로 위협하지 않으면 들어오기조차 꺼리는 이곳을 그녀가 단지 문을 만나기 위해 들어올 정도로 그를 친근하게 여겼다는 사실을 지적한다면 헤이즐은 무척 당황할 것이다. 헤이즐은 자신을 그런 소소한 감정 따위를 초월한 사람으로 여기고 싶어 했다. "그가 준 병은 무엇이오?" 그가 화제를 바꾸려고 물었다.

"묻지 말아요, 귀족양반. 이건 내 일이에요. 자, 이제 갑시다. 회의에 참석하기로 되어 있잖아요, 기억해요?"

비록 입 밖으로 소리 내지는 않았지만 오언은 생각했다. '여자들이란.' 하지만 헤이즐은 천성적으로 돌덩어리같이 단단한 심장을 지닌 굽힐 줄 모르고 강하기만 한 해적일 뿐이라는 사실을 오언도 잘 알고 있었다. 그는 그녀에게 앞장서라고 손짓했다. 그들은 헤이든맨의 도시를 빠져나왔고 헤이든맨들은 여전히 묵묵히 일만 하며 그들에게는 눈길조차 주지 않았다.

"여기를 관광지로 만들려면 저들은 좀 더 분발해야겠어요." 헤이즐이 말했다. "술집도 없고 구경거리도 없고 공기는 지독하네요."

"그렇소." 오언이 말했다. "동물원이라도 만들어놓으면 좀 나을 것 같소."

"글쎄요, 아마 저들은 우리 속에 사람을 집어넣고 싶어 할걸요." 헤이즐은 말을 멈추고 곁눈질로 오언을 쳐다보았다. "저들이 저렇게 친절하게 대해주는 게 좀 이상하지 않나요? 내 말은 그러니까 저들은 한때 인류의 공식적인 적이었잖아요. 예전에는 헤이든맨을 본 사람은 모두 숙는다고 여겼는데. 왜 저들이 우리 반란을 돕는 걸까요? 저들이 노리는 게 뭘까요?"

"인간을 죽이는 걸지도 모르지. 분열시키고 각개격파하는 고전적인 전략. 저들은 제국을 멸망시키는 것에 아울러 자신들의 전투기술도 연마할 수 있소. 우리는 헤이든맨들이 너무 강력해지지 않도록 항상 경계를 늦춰서는 안 되오. 하지만 우리에겐 저들이 꼭 필요하오. 제국군대에 맞서는 방법은 저들을 이용하는 것밖에 없소."

"저들이 우리와 함께하면서 우리 약점을 낱낱이 파악하게 될 텐데도요? 제국이 붕괴되자마자 바로 우리를 제거하려 들지도 몰라요."

"그때는 우리가 개입해 사태를 해결해야지." 오언이 침착하게 말했다. "그게 우리가 할 일이오. 알겠소? 우리는 여기서 영웅이란 말이오."

"참내," 헤이즐이 웃었다. "영웅이라……"

그들은 라스트스탠딩의 대회의실로 공간이동했다. 모두가 기다리고 있었다. 방은 넓었다. 오언의 비리몬드 성채에 있는 방보다 훨씬 넓었다. 하지만 방 안은 양쪽 벽 끝까지 서로 정담을 나누는 홀로그램들로 북적였다. 반란에 조금이라도 관심이 있는 사람들은 혹시라도 중요한 일에 자기만 빠지기 싫어서 모두가 홀로그램으로 참석한 것이다. 오언과 헤이즐은 사람들 가장자리로 공간이동했고, 오언은 그것을 다행스럽게 여겼다. 최소한 자신이 입을 열기 전에 어떤 사람들을 만나게 될지 먼저 알고 싶었다. 그는 눈에 띄지 않게 사람들의 얼굴을 살폈다. 대부분 모르는 자들이었다. 몇몇 사람은 내색하지 않으려 최선을 다하면서도 방의 크기에 사뭇 놀라는 눈치였다. 오언은 슬그머니 웃었다. 그들은 지금 이 방에 있게 된 것을 감사해야 한다. 헤이든맨들은 회의를 자신들의 도시에서 개최하고 싶어 했다. 하지만 사람들은 그곳이 너무 심란하다는 이유로 즉각 거절했다. 다섯 명의 반란자들이 의견일치를 보는 경우는 드물었으나 그 드문 경우 중

하나가 도시에 대한 의견이었다. 자일스가 특히 단호했다. 그는 헤이든맨들이 단순히 도시를 재건하는 것 이상의 무언가 인간들이 이해할 수 없는 일을 하고 있다고 확신했다. 어쨌든 잠재적인 지지자들과 개조인간들을 가능하면 서로 멀리 떨어뜨려놓는 것이 모두를 위해 바람직하다는 데 의견이 일치했다. 헤이든맨들은 대표를 파견하겠다고 선언하며 사람들과는 안전한 거리를 유지하겠다고 약속했다. 그 정도는 양해할 수 있었다. 대표로 온 헤이든맨은 마시지도 않는 와인 잔을 손에 쥐고 마주치는 사람마다 예의바르게 미소 지으며 인사했다. 그다지 성공적인 미소는 아니었지만 헤이든맨치고는 봐줄 만했다. 아마도 그는 거울을 보면서 미리 연습했을 것이다.

그곳에는 제국 전체에서 보내온 수백의 홀로그램이 있었다. 골고다의 사이버생쥐들 덕분에 신호는 여러 단계의 복잡한 중계 과정을 거쳐 전송되었다. 만일 누군가 신호를 추적하려 한다면 중계소만 계속 맴돌다가 지쳐 나가떨어질 것이다. 많은 수의 대표자들이 잭 랜덤의 이름으로 초대되었다. 전설적인 직업적 혁명가의 이름은 그가 성공보다 실패를 더 많이 했음에도 불구하고 여전히 엄청난 위력을 발휘했다. 잭 랜덤은 방 한가운데서 사람들에게 둘러싸여 함박웃음을 지으며 이야기꽃을 피우고 있었다. 그의 옆에는 루비 저니가 사람들을 경계하며 서 있었다.

하지만 잭 랜덤의 현재 모습에 충격을 받는 사람들도 적지 않았다. 세월과 패배의 경험은 그에게 별로 친절하지 않았으며, 제국의 마인드테크와 고문자들의 손아귀에 놓여 있던 시간은 그에게 지울 수 없는 상처를 남겨놓았다. 잭 랜덤의 전설은 제국 전체에 퍼졌지만, 주로 초창기에 그가 젊고 승승장구할 때 스스로 퍼뜨렸던 선전물의 영향이 컸다. 그것은 이미 과거의 일이 되었고 지금의 잭 랜덤은 어디를 봐도 영웅적인 면모라고는 찾아볼 수 없었다.

그는 사십대 말의 왜소한 체구였고, 나이보다 이십 년은 더 들어보였다. 얼굴에는 주름이 잡혔고 머리는 회색이었는데 마치 스스로 이발한 것처럼 헝클어져 있었다. 그도 한때는 근육질이었다. 하지만 지금은 너그럽게 표현해 강인해 보인다고 말하면 어울릴 정도였다. 손에는 검버섯이 피었고 더군다나 계속 떨고 있었다. 전설적인 투사나 전사의 모습이 전혀 아니었다. 그저 부스스한 노인의 모습이었다.

반면 루비 저니는 이글거리는 눈빛이 저승사자 같았다. 그녀는 미스트월드에서 최고의 현상금사냥꾼이었다. 그 영향인지 사람들은 헤이든맨보다 그녀를 더 두려워하는 것 같았다. 물론 그들은 홀로그램이기 때문에 안전했다. 그녀는 보통 키에 날렵한 몸매를 가졌고 검은 가죽옷에 지저분한 모피를 걸쳤으며 허리에는 총과 검을 찼다. 얼굴은 창백하고 갸름했으며 짧게 자른 검은머리 아래로 날카로운 눈매의 검은 눈과 잔인한 미소가 돋보였다. 예쁘다고 할 수는 없지만 음산한 매력을 뿜고 있었다. 잭 랜덤은 그녀 옆에서 편안하게 서 있을 수 있다는 것만으로도 가산점을 받는 것 같았다.

오언과 헤이즐은 사람들 사이를 천천히 걸으며 웃고 인사하고 만나서 반갑다는 등의 말을 건네며 최대한 진실하게 보이려 노력했다. 또한 사람들을 뚫고 나가지 않으려고 애썼지만 방 안이 너무 복잡했다. 오언은 능청스러운 얼굴로 거짓말과 외교적인 수사를 주고받은 경험이 많았기 때문에 인상 관리에서 헤이즐보다 더 성공적이었다. 그는 어쨌든 헤이즐도 최소한 노력 중이라고 믿고 싶었다. 그녀는 기분이 좋을 때도 별로 사교적이지 못했는데 요즘은 말수가 더 줄고 퉁명스러워졌다. 오언은 조심스럽게 그녀에게 무슨 문제라도 있느냐고 물었지만 그녀의 차가운 눈빛 때문에 오히려 무안해지기만 했다. 아마도 그녀는 문명사회와 몇 광년은 떨어진 이 황량한 세계에 박혀 있는 것이 못마땅해서 그럴 것이다. 헤이즐은 정치에는 별 관심이 없고 인생을 즐기고 싶어 했다. 마시고 먹고 싸울 수 있다면 그녀는 아무 문제가 없었다. 그들은 마침내 순회를 마치고 자일스가 구석에 꼼꼼하게 챙겨놓은 작은 셀프서비스 바로 돌아왔다. 오언은 바에 팔꿈치를 괴고 한숨을 쉬었다. 볼이 얼얼했다. 그는 몇 년간 별로 웃어본 적이 없었다. 헤이즐은 오언에게서 한 잔 가득 받아들고 인상을 쓰며 군중을 처다보았다.

"이중에서 아는 사람이 하나라도 있어요?" 그녀는 조용히 말했다. "알지도 못하는 사람들 앞에서 쇼를 해야 한다는 게 짜증스러워요."

"몇 사람을 알고 있소." 오언이 말했다. 그리고 자신의 잔에 담긴 훌륭한 와인을 보고 놀란 표정을 지었다. 스탠딩에 최고급 와인창고가 있는 것이 분명했다. 헤이즐은 그것을 싸구려 클라레인 것처럼 한입에 털어 넣어버렸다. 오언은 몰래 얼굴을 찡그리고 말을 이었다. "몇몇 하급 귀족들과 가문의 대표들, 재계인사 그리고 영웅들이 보이는구려. 모두들 잭 랜덤에 비할 바는 못 되지만 어쨌든 좋은 징조요. 우리가 비중 있게 받아들여진다는 뜻이니까. 어! 저기 봐요. 저 사람이 누군지 알죠?"

"물론 알죠." 헤이즐이 말했다. "미스트월드의 토파즈 수색관이잖아요. 에스퍼로서 수색관이 된 사람으로 유명하죠. 제국에서 가장 강력한 세이렌(Seiren)일 거예요. 그녀가 탈영해 미스트월드로 도망갈 때 제국이 한 부대의 해병을 추격대로 보냈는데 노래 한 곡조로 모두를 전멸시켜버렸다지요. 그리고 제국의 첩자가 행성 방어망을 우회해 티푸스 메리를 잠입시켰을 때 사실상 그녀 혼자서 미스트월드를 구했고요. 개인적으로 만나본 적은 없지만 아쉽지는 않아요. 저 여자는 아주 쌀쌀맞고 위험할 거예요. 나 정도는 상대도 안 될걸요?"

"그런 소리 마시오." 오언이 말했다. "그녀는 손님이오. 알겠소?"

"알았어요." 헤이즐이 대답했다. "하지만 루비와 저 여자를 떨어뜨려놓아야 할 거예요. 혹시 모르니까."

누군가가 오언의 이름을 부르는 소리에 두 사람은 고개를 돌렸다. 홀로그램 인물이 크게 미소를 띠고 그들에게 다가오고 있었다. 밝은 실크 옷을 입은 뚱뚱하고 매우 부유해 보이는 남자였다. 그는 그들 앞에 서서 오언에게 절하고 헤이즐에게 고개를 끄덕여 보였다. "오언, 다시 만나서 반갑구먼."

"당신이 여기에 빠지면 섭섭하지요." 오언이 말했다. "일라이어스 당신은 기회를 놓치는 법이 없으니까요, 안 그래요? 헤이즐, 일라이어스 굿맨과 인사해요. 모험가이자 모리배이고, 훌륭한 나무의 썩은 나뭇가지 같은 분이오. 이분 집에서는 그가 집에 돌아오지 않는다는 조건으로 정기적으로 돈을 보내주고 있지요. 내 선친과도 음모에 필요한 돈을 모으기 위해 좀 지저분한 사업에 같이 손을 대신 분이오."

"지저분하기는 하지만 이익이 많았거든." 굿맨이 여전히 웃으며 말했다. "자네가 드디어 아버지 뒤를 잇는 모습을 보게 돼서 기쁘군. 나와 동료들이 자네에게 거는 기대가 크네."

"제가 여기 있는 것은 아버지와는 아무 상관이 없습니다." 오언이 말했다. 헤이즐이 그의 목소리가 싸늘한 것을 느끼고 옆구리를 슬쩍 찔렀다. "저는 제 자신의 명분으로 싸우고 제 친구와 동맹자도 제가 선택합니다. 헤이즐, 일라이어스 굿맨에 대해 얘기해주겠소. 이분은 제국의 거의 절반에 걸쳐서 모든 부정직하고 타락한 사업에 손을 대고 있소. 이분이 손대지 못할 더러운 사업이란 이 세상에 없으며 이분이 어기지 않은 법도 없소. 이분은 다른 사람의 고통을 통해 돈을 벌고, 아마도 라이언스톤만큼이나 손에 많은 피를 묻혔을 거요."

굿맨이 호탕하게 웃었다. "자넨 날 너무 과대평가하는군. 난 그저 이익을 쫓는 사업가일 뿐이야. 자네 아버지는 그 점을 인정하셨지."

"전 아버지가 아닙니다." 오언이 말했다.

"그 말을 들으니 기쁘네. 그분은 너무 이상적이셨어. 비즈니스의 첫 번째 규칙을 항상 잊어버리셨지. 이익을 추구하는 데 원칙을 따지지 마라. 전쟁 중에는 항상 돈을 벌 수 있는 기회가 생기기 마련이고, 나는 내 몫을 찾으려 하는 것뿐이야. 발밑을 조심하게, 오언. 자네는 반란에서 나 같은 사람이 자네 같은 부류보다 훨씬 중요한 자산이라는 사실을 곧 깨닫게 될 거야. 재정 지원만큼 얻기 어려운 것도 없지. 하지만 영웅이 되고 싶어 하는 바보들은 항상 넘쳐나거든."

오언이 여전히 그의 코를 납작하게 만들어줄 말을 생각하고 있는 사이 그는 미소 지으며 인사하고 유유히 멀어져갔다. 오언은 잠시 치미는 화를 억누르다가 긴 한숨을 내쉬었다. 그는 말재간이 뛰어난 편이 아니었다. 몇 시간이 지난 뒤에야 완벽한 대꾸를 떠올리는 경우도 종종 있었다. 지금 화내는 것은 아무런 도움이 되지 않는다. 일단 회의가 시작되고 수완을 발휘해야 할 시간이 오면 그에게는 화내는 것보다 훨씬 중요한 일이 많을 것이다.

그는 헤이즐에게 누군가를 발견했다고 둘러대고 군중을 헤쳐 나갔다. 혼자 생각할 시간이 필요했다. 끼리끼리 모여 대화를 나누는 홀로그램 영상들 속에서 아는 사람들의 얼굴이 스쳐지나갔다. 오언은 자신이 유령들의 파티에 참석한 유일하게 살아 있는 사람 같다고 생각했다. 사람들이 고개를 끄덕이고 미소를 지었지만 못 본 척했다. 정치놀음을 할 기분이 아니었다. 그때 예상치 못한 얼굴이 그의 시선을 끌었다. 그는 잠시 멈춰 서서 자일스와 대화를 나누고 있는 얼굴에 문신을 한 사람을 관찰했다. 토파즈 수색관이 미스트월드의 유일한 대표가 아니었다. 오언은 미스트포트의 아브락사스 정보센터에서 그 사람을 만난 적이 있다. 그의 이름은 챈스다. 아브락사스는 에스퍼들이 다른 사람들의 머릿속을 엿보고 그것을 통해 정보를 제공해주는 곳이다. 그곳에서 한 에스퍼가 오언의 미래를 보았다고 주장했다.

'당신은 제국을 뒤엎을 거예요. 당신이 믿고 있던 모든 것들의 종말을 보게 될 거예요. 그리고 당신은 당신이 절대로 알 수 없는 사랑을 위해 그 모든 것을 할 거예요. 그리고 모든 것이 끝나면, 당신은 홀로 죽게 돼요. 친구나 구원자로부터 아주 멀리 떨어져서.'

오언은 방금 누군가가 그의 무덤을 밟고 지나간 것처럼 오싹한 느낌이 들었다. 살아서 자신이 시작한 반란의 끝을 볼 수 있을까? 운명으로부터 도망친다면 무언가 바뀔까? 오언은 맥없이 어깨를 으쓱했다. 명예와 신념이 그를 여기까지 데리고 왔고 앞으로도 끌고 갈 것이다. 그는 이제 반란의 일부이고 그 대가가 무엇이라 하더라도 그 사실에는 변함이 없다. 그리고 챈스가 에스퍼의 예언이라는 것은 믿을 바가 못 된다고 말하지 않았던가. 하지만 오언은 설혹 자신이 죽을 것이라는 확고한 근거가 눈앞에 보이더라도 여태까지 자신이 해온 일과 앞으로 할 일을 바꿀 수는 없었다. 그는 제국의 썩은 밑바닥을 보았고 소수의 부귀영화를 위해 얼마나 많은 사람들이 고통받고 있는지 알게 되었다. 일단 본 이상 외면할 수는 없다. 그는 스스로 놀랍게도 명예에 목숨 거는 사람이 되어버린 것이다. 그리고 누가 알겠는가? 자신이 정말로 영웅일지도. 어쨌든 그는 죽기 전에 라이언스톤의 몰락을 보고 싶었다. 어떤 대가를 치르는 한이 있더라도.

헤이즐 다르크는 오언이 군중을 헤치고 가는 것을 지켜보면서 입이 떨리지 않도록 이를 악물었다. 그녀는 가슴 앞에 팔짱을 끼고 자기 몸을 꼭 껴안았다. 그리고 손은 주먹을 꼭 쥐었다. 욕구가 어느 때보다도 강렬해서 이제 통제력을 갉아먹기 시작했다. 그녀는 오언이 옆을 떠나서 기뻤다. 그에게 이것을 얼마 동안이나 감출 수 있을지 자신이 없었다. 주위를 세심하게 살폈지만 아무도 쳐다보는 사람이 없었다. 그녀는 팔짱을 풀고 와인 잔을 새로 채우면서 손이 떨리지 않도록 주의했다. 그리고 서둘러 헤이든맨이 건네준 금속 병을 꺼내 마개를 연 후 와인 속에 피 한 방울을 떨어뜨렸다.

그녀는 병마개를 단단히 닫고 다시 품에 넣었다. 아무도 본 사람이 없었다. 설혹 보았다고 해도 무엇을 보았는지 알지 못할 것이다. 그녀는 안전하다. 당분간은. 그녀는 유리잔의 와인을 내려다보았다. 평범한 와인과 다를 바 없어 보였다. 피는 벌써 술 속으로 흩어졌다. 그녀는 와인 잔을 흔들어 반응을 촉진한 후 더 이상 참을 수 없어 술을 크게 한 모금 꿀꺽 삼켰다. 그리고 가슴속으로 따뜻한 기운이 밀려 내려가자 환한 표정을 지었다. 피는 강력한 물질이다. 미량으로도 고통스러운 욕망을 달래준다. 그녀는 나머지 와인을 천천히 마셨고 따뜻한 위안이 온몸에 퍼져나갔다. 그녀의 입꼬리가 찢어졌다. 그녀는 강해졌고 자신감이 넘쳤으며 제국이라도 박살낼 수 있을 것 같았다. 왐피르의 피는 그녀를 완벽한 존재로 만들어주는 듯했다.

왐피르는 제국의 기습부대로 만들어진 개조인간이다. 왐피르를 만들기 위해서는 먼저 사람을 죽여야 한다. 그리고 시체에서 피를 모두 뽑아낸 후 인공혈액을 주입해 소생시킨다. 그 결과 보통사람보다 훨씬 강하고 빠르며 죽이기 어려운 전사가 탄생한다. 하지만 왐피르는 통제하기 어렵기 때문에 문제를 일으키는 경우가 많았고 결국 프로젝트는 중단되었다. 그런데 일부 사람들이 왐피르 피의 새로운 용도를 발견했다. 피는 기존에 알려진 어떤 물질보다 사람을 자극하고 흥분시키는 효능이 있었다. 비록 단기간에 그치지만 피는 복용자를 왐피르 같은 초인으로 만들어주었다. 그리고 약효가 사라지면 다시 초인의 기분을 느끼기 위해 무슨 짓이든 하게 만들었다. 피는 중독성이 강했다.

헤이즐은 반란행성인 미스트월드에서 처음 그 피를 맛보았다. 탈영한 왐피르인 애벗과 기억하고 싶지 않은 관계에 빠져들고 만 것이다. 애벗은 그녀에게 어둠의 환희를 가르쳐주었다. 그녀는 간신히 관계를 청산했지만 피의 중독에서 벗어나는 데는 좀 더 많은 시간이 필요했다. 거의 죽을 뻔했지만 결국 성공했다. 누구에게도 노예가 되기 싫다는 강한 의지 때문이었다. 그런데 지금 다시 피에 빠져들고 말았다. 오언의 잘못이었다. 그녀를 반란자의 일원으로 만들었으면서도 끊임없는 위험과 싸움, 그리고 다른 사람들의 과도한 기대에서 비롯된 부담감으로 그녀가 조금씩 허물어지고 있다는 것을 그는 눈치조차 채지 못했다. 그녀는 그렇게 강한 여인이 아니었다. 스스로를 지탱하기 위한 무언가가 필요했다. 술이든, 약이든, 지저분한 관계든.

그녀는 울프링월드에서 마음을 달랠 길이 없어 미쳐버릴 것만 같았을 때 헤이든맨들이 몇 명의 왐피르를 포로로 잡은 것을 기억해냈다. 헤이든맨들은 흥미를 느끼고 왐피르들을 도시 깊숙한 곳의 실험실로 데리고 갔다. 그리고 왐피르들은 다시는 눈에 띄지 않았다.

그래서 헤이즐은 무작정 헤이든맨의 도시로 가서 단도직입적으로 피 얘기를 꺼냈다. 개조인간들은 이해심이 깊었다. 그녀가 원하는 왐피르의 피를 아무 대가 없이 내주었다. 언젠가는 대가를 요구할지도 모른다. 하지만 당장은 그런 것을 생각할 여유도 없었고 그 피가 어디서 오는지 상관할 바도 아니었다. 중요한 것은 피가 한 방에 스트레스를 날려 보내준다는 것, 오직 그뿐이었다. 한동안 그녀는 오언에게서 얻은 부스트를 대체물로 사용해볼까 생각했었다. 하지만 부스트는 효력이 금방 사라졌고 그 나름의 위험도 있었다. 정작 필요할 때 항상 실망을 시키는 것이 오언과 닮았다. 그녀는 자신의 생각이 옳지 않다는 것을 알고 있었지만 어쩔 수 없었다. 누군가 탓할 사람이 필요했던 것이다. 당분간 그녀의 문제를 아는 자는 헤이든맨들밖에 없고 그들은 비밀을 지키겠다고 약속했다. 언제까지나 비밀이 지켜질 수는 없겠지만 그건 나중 일이다. 요즘 그녀는 미래까지 걱정하기에는 현재가 너무 벅찼다.

회의가 마침내 시작되었다. 잭 랜덤이 의장을 맡았다. 그는 사람들이 더 잘 볼 수 있도록 연단에 올랐다. 별로 위엄 있어 보이지는 않았지만 목소리는 채찍처럼 힘찼다. 그는 여전히 연설에 능했다. 그가 내빈들에게 감사의 뜻을 표하는 것으로 말문을 열자 군중의 소란스런 소리가 잦아들었다. 그는 자기 자신과 여러 주요 인사들을 소개한 후 개회를 선언했다. 처음 발언자로 나선 사람은 일라이어스 굿맨이었다. 별로 놀라운 일도 아니었다.

"시작하기에 앞서, 세무본청에 대한 반란자들의 공격은 신중치 못한 행동이었다는 점을 지적하고 싶습니다. 그 일 때문에 외계함정이 기습해왔을 때 골고다의 보호막이 내려져 있었고, 그 피해에 대한 비난을 우리가 고스란히 뒤집어쓰게 되었습니다. 그래서 우리의 대의를 지지해달라고 호소하기가 과거 어느 때보다도 어려워졌습니다."

"그런 비난은 공정치 못해요!" 헤이즐이 끼어들었다. "외계인의 공격이 있을 줄 어떻게 알았겠어요. 우리는 엄청난 위험을 무릅쓰고 해야 할 일을 했을 뿐이고 또 성공적으로 해냈어요. 만약 그 정도로도 모자란다고 생각한다면 다음 공격은 당신이 지휘해보시지요!"

"옳소." 오언이 말했다. "긍정적인 면을 보십시오. 세금징수 시스템은 지금 완전히 엉망이 돼버렸습니다. 복구하는 데 몇 년이 걸릴지 모릅니다. 그리고 우리는 비밀계좌에 엄청난 자금을 쌓아놓았습니다. 그 돈은 반란자금으로 유용하게 쓰일 겁니다. 그다음에 무슨 일이 일어났건 간에 우리는 그 일을 해낸 것이고, 당신은 그 사실을 잊으면 안 됩니다. 알겠소? 이 뻔뻔스러운 두꺼비 같은 자식아!"

"우리 서로 욕은 좀 자제하기로 합시다." 랜덤이 재빨리 개입했다. "안 그러면 회의는 시작도 못 해볼 것 같으니까. 골고다 작전은 우리가 목적한 바를 다 이루었다는 점에서 매우 성공적이었다는 데 모두 동의하실 것으로 믿습니다. 다만 앞으로…… 예상치 못한 사태 전개에 대비해 더 신중할 필요는 있다는 정도로 정리하겠습니다. 그 작전에서 얻은 자금은 벌써 제국 전역에 반란기지와 지하동맹을 건설하는 데 투입되었습니다. 그리고 함정과 무기를 구입하고 필요하다면 용병을 고용하는 데도 사용될 것입니다. 그중 일부는 여기 계신 몇 분의 수중으로 흘러들어갈 것이 확실하겠지만 어쨌든 라이언스톤의 잘 훈련된 군대를 물리치기 위해서는 우리도 군대가 필요하니 어쩔 수 없는 일이라고 생각합니다. 헤이든맨들이 아주 친절하게도 전쟁에서 총력지원을 약속했지만 여기 계신 모든 분들이 그들의 선의에 너무 기대지 않는 것을 더 선호할 것이라고 확신합니다. 전사들을 훈련된 군인으로 만드는 것은 많은 시간과 노력이 필요하다는 사실을 잊지 마십시오. 저는 예전에도 그런 일을 아주 많이 해봤습니다.

외계인은…… 아직 알 수 없는 변수입니다. 그들에 대해서는 상황 전개를 봐서 대응해야 할 것입니다. 우선은 우리가 알고 있는 적에게 집중해야 합니다. 현재 우리에게 군대가 전혀 없는 것은 아닙니다. 골고다의 지하동맹에서 두 명의 에스퍼-클론을 대표자로 파견했습니다. 그들은 전투훈련이 된 에스퍼와 클론들을 대표하고 있습니다. 지하동맹은 즉각적인 공격태세를 갖추고 있습니다. 토파즈 수색관은 미스트월드의 대표로 이 자리에 참석했습니다. 제가 새삼 그녀를 여러분께 소개하거나 반란행성이 얼마나 강력한 힘을 가지고 있는지 환기시켜드릴 필요는 없다고 여겨집니다. 우리가 그들 모두를 한 방향으로 결집할 수 있다면 그들 자체가 바로 군대입니다."

사람들 사이에서 낮게 킥킥대는 소리가 들렸다. 미스트월드의 주민들이 제국에 대항하는 것보다 자기들끼리 싸우느라 보내는 시간이 더 많다는 것은 주지의 사실이었다. 어쩌면 사기꾼, 반란자, 도망자들로 이루어진 행성에서는 당연한 일인지도 몰랐다. 토파즈가 싸늘한 시선으로 주위를 둘러보자 웃음소리가 잠잠해졌다. 랜덤이 목청을 가다듬었다. 오언은 방을 가득 메운 군중이 랜덤의 한마디 한마디에 귀 기울이는 것을 보고 감탄했다. 랜덤은 일에 착수하자마자 오랫동안 잠들어 있던 자신감을 되찾았고, 목소리와 외모도 전설적인 직업적 혁명가의 평판에 걸맞게 변한 것 같았다.

그의 오랜 친구 알렉산더 스톰은 오언 옆에 서서 랜덤의 모든 말에 연신 고개를 끄덕이고 있었다. 옛 동지로서 감격의 재회를 했을 때 둘은 오랫동안 서로 껴안고 등을 토닥였다. 이후 스톰은 항상 랜덤의 옆에 붙어 다니며 골고다 지하동맹이 랜덤을 암묵적으로 지지하고 있음을 모든 사람들에게 보여주었다.

흥미로운 것은 루비 저니가 스톰을 달갑지 않게 여긴다는 점이었다. 물론 그것은 그녀에 대한 랜덤의 관심과 사랑을 뺏어가는 사람에 대해 그녀가 시기심을 느꼈기 때문일 것이다. 오언은 그냥 웃고 넘길 수밖에 없었다. 루비 저니와 잭 랜덤이 서로에게서 무엇을 보았는지 여전히 의문이었다. 하지만 어쨌든 두 사람은 서로 붙어서 행복해했다. 그들은 그와 헤이즐의 관계보다 확실히 나아 보였다. 오언은 그 문제에 대해서는 당분간 생각하지 않기로 했다. 그는 스톰이 조만간 루비와 휴전협정을 맺기를 바랐다. 그렇지 않으면 언제 등에 칼을 맞게 될지 모를 일이다. 가슴이 될지도 모른다. 루비 저니는 자신의 감정을 표현하는 데는 매우 직접적이었다.

"모두 만족스럽게 들리는군요." 일라이어스 굿맨이 군중 속에서 다시 앞으로 걸어 나와 잭 랜덤을 정면으로 쳐다보았다. "하지만 아직 이 새로운 반란을 누가 지도할 것인지 정하지 않았습니다. 우리가 비록 궁극적으로 추구하는 것은 같다고 하더라도 모두 제각각의 이해관계를 가지고 이곳에 모였습니다. 그렇기 때문에 누군가 나서서 최종목적지에 도착하기 위해 어떤 경로를 택할 것인지 정해야 합니다. 저를 비롯한 우리 동료들은 수십 년간 음모를 꾸미고 선동하는 일을 해왔습니다. 그렇기 때문에 신참자들이 단 한 번의 번드르르한 성공을 거두었다고 해서 그들에게 자리를 양보해줄 생각은 추호도 없습니다. 그리고 이미 전성기가 한참 지난 노인의 지휘를 받을 의사도 없습니다. 랜덤 당신은 이미 과거가 되었으며 우리는 미래를 바라보아야 합니다. 당신은 화려한 경력에도 불구하고 결국 제국을 뒤엎는 데는 실패했습니다. 새로운 반란에는 실패에 길들여진 노인보다는 더 나은 지도자가 필요합니다."

랜덤은 모욕에 조금도 개의치 않고 뚱보를 조용히 쳐다보았다. "안녕하신가, 일라이어스. 다시 보게 돼서 반갑네. 치질은 좀 어떤가? 자네는 내가 군대를 이끌고 전장을 누볐던 세월만큼이나 오랫동안 어둠 속에서 음모를 꾸며왔지. 하지만 나보다 성공적이었는지는 잘 모르겠군. 자네의 위대한 음모와 계획에도 불구하고 라이언스톤은 여전히 권좌에 있지 않나. 자네가 소년이었을 때를 기억하네. 도대체 어떻게 된 일인가? 자네는 정말로 장래가 촉망되는 아이였는데. 자네 아버지도 기억하네. 명예를 아는 훌륭한 분이었지. 그분이 돌아가신 게 다행이야. 아들이 어떻게 돼버렸는지 보지 않아도 되니 말이야."

"물론 그분은 돌아가셨소." 굿맨이 말했다. "내가 보내드렸지. 그게 부와 권력으로 가는 전통적인 방법 아니겠소? 늙은이는 항상 젊은이를 위해 길을 비켜줘야 하오. 그러니 단상에서 내려와 좀 더 적당한 사람에게 자리를 양보하시지."

"물론이지." 랜덤이 말했다. "추천할 사람이라도 있나?"

군중 속에서 웃음이 일었고 굿맨의 얼굴이 약간 붉어졌다. "말장난으로 회피하려 하지 마시오, 랜덤. 나는 이 반란을 어떻게 이끌고 갈지 잘 알고 있는 사람들을 대표하고 있습니다. 우리는 학정으로부터 자유를 얻기 위한 투쟁에 많은 세월을 투자했습니다. 그렇기 때문에 이제 더 이상 퇴물들과 옛날 얘기나 노닥거릴 시간이 없단 말입니다."

루비 저니가 한 걸음 나서서 잡아먹을 듯이 노려보자 그는 말을 멈추었다. "입 조심해. 그렇지 않으면 쫓아낼 테니."

"그래, 어떻게 쫓아낼 건데?" 굿맨이 유들유들하게 웃으며 맞섰다. "나는 홀로그램 영상일 뿐이고 당신의 악명 높은 폭력 성향은 여기서 전혀 도움이 되지 않아. 나는 아직 할 말이 많고 당신과 저 늙은 바보는 막을 방법이 없어."

"내기할까?" 루비가 말했다. 그러고는 주머니에서 조그만 기계를 꺼내 굿맨에게 겨누었고, 영상이 꺼지면서 사라지자 통쾌하게 웃었다. 그녀는 군중을 향해 험악한 인상을 지었고 사람들은 불안하게 술렁였다. "아주 쓸모 있는 장치지요. 헤이든맨이 만들어줬어요. 그러니까 주목하세요, 여러분. 발언하고 싶으면 교양인다운 말을 머릿속에 떠올리세요."

"루비를 내 경호원이라 생각하시오." 랜덤이 말했다. "그리고 누구든 여기 몸소 오지 않은 것을 다행으로 여겨야 할 겁니다. 루비는 화나게 하는 사람을 어떻게 다뤄야 하는지 아주 잘 알고 있습니다. 피를 닦는 데 시간이 너무 오래 걸려서 문제지만. 자, 그건 그렇고 어디까지 했더라?"

"새로운 반란군이 어떻게 싸워야 할지에 대해 얘기하고 있었습니다." 다비드 데스스토커가 말했다. 그의 옆에는 키트 서머아일도 함께 있었다. 그들이 나타난 것에 대해 별로 놀라는 사람은 없었다. "답은 간단한 것 같습니다. 당신들 말에 따르면 제 선조인 원조 데스스토커가 다크보이드 장치를 가지고 돌아온 것으로 알고 있습니다. 그러니까 우리가 할 일은, 우리가 정말로 다크보이드 장치를 가지고 있다는 것을 라이언스톤에게 알리고, 그래도 그녀가 물러나지 않으면 그것을 골고다에 사용하겠다고 위협하면 되는 것 아니겠습니까? 그런 식으로 하면 실제로 전쟁을 할 필요도 없지요."

"불행히도 그렇게 간단한 일이 아닙니다." 랜덤이 말했다. "자일스 당신이 설명해주시겠소?"

원조 데스스토커가 단상에 올라 랜덤 옆에 서자, 사람들은 랜덤보다 더 위대한 전설의 주인공을 직접 눈으로 확인하게 된 것에 몹시 흥분하며 술렁거렸다. 자일스는 키는 컸지만 훌륭한 풍채는 아니었다. 그럼에도 옷 밖으로 드러난 팔은 근육으로 두꺼웠다. 그는 얼굴에 굵은 주름이 잡히고 은회색의 염소수염을 기른 오십대 초반으로 보였다. 긴 회색 머리는 뒤로 넘겨 전사의 변발을 했고, 몸에는 낡은 모피를 대충 두른 후 넓은 가죽벨트로 허리를 묶었다. 그리고 두꺼운 금팔찌를 두르고 손가락엔 금속 반지들을 끼고 있었다. 등에는 가죽 칼집에 장검을 차고 있었고 허리에는 낯선 모양의 총을 메고 있었다. 전체적으로는 법과 문명이 아득한 기억 속에서만 존재하는 변경에서 온 노련하고 아주 위험한 야만족의 전사처럼 보였다. 제국 초기의 위리어 프라임다운 면모는 전혀 찾아볼 수 없었다. 군중 속에서 술렁임이 계속 커졌고 그가 말을 시작할 때까지 잦아들지 않았다.

"내가 다크보이드 장치를 사용했을 때 수천 개의 태양이 일시에 꺼져버렸습니다. 그리고 그 태양들 주위의 모든 세상과 사람들이 어둠과 추위 속에 외로이 죽어갔습니다. 장치는 정밀하게 조준할 수 있는 무기가 아닙니다. 만약 내가 그것을 제국의 심장부에 사용하게 된다면 골고다뿐만 아니라 제국 전체가 사라지게 될 것입니다."

순간 방 안은 찬물을 끼얹은 듯 조용해졌다. 다비드는 얼굴을 찌푸렸다. "꼭 사용할 필요는 없지 않습니까? 그냥 협박만 하면 되지요."

"실력이 뒷받침되지 않는 협박은 먹히지 않습니다." 랜덤이 말했다. "라이언스톤은 우리가 허세를 부린다는 것을 알아챌 겁니다. 우리는 제국을 해방시키려는 것이지 멸망시키려는 것이 아닙니다. 그리고 장치를 사용하겠다고 협박하는 것만으로도 제국의 거의 모든 사람들이 우리에게서 등을 돌리고 말 겁니다. 우리의 반란을 지지하기는커녕 오히려 우리를 미치광이 테러리스트로 여기고 라이언스톤에게 싹 쓸어버려달라고 간청할 겁니다. 우리가 할 수 있는 최선책은 장치가 라이언스톤의 손에 들어가지 않도록 지키는 것입니다. 그녀는 다급하면 주저하지 않고 그 장치를 사용할 사람이니까요."

다시 군중 사이에 술렁임이 일었다. 이번에는 동의의 표시였다. 자일스는 군중이 랜덤에게 주목할 수 있도록 연단에서 내려왔다. 다비드는 그의 선조를 바라보고 얼굴을 찌푸리며 말했다. "사람들이 우리를 어떻게 여길지 신경 써야 한다면, 사람들 눈에 띄지 않도록 주의해야 할 사람이 한 명 있군요. 원조 데스스토커가 저런 모양새라면 대중에게서 아무런 신망도 얻을 수 없을 겁니다. 사람들이 저 사람을 홀로그램 화면으로 한 번이라도 보게 된다면 우리 모두를 야만인으로 치부해버릴 겁니다. 우리는 라이언스톤보다 교양 있고 세련된 대안 세력으로 스스로를 알려야 할 것 같습니다."

"맞습니다." 서머아일이 거들었다. "훌륭한 이미지를 만들어내는 것은 중요한 일입니다. 그런데 어떤 사람은 그 이미지를 망치고 있습니다. 제가 듣기로 루비 저니는 청부살인자고 다르크는 인육상인이었다고 하더군요."

"젠장, 그런 것은 문제되지 않소." 오언이 짜증스럽게 대꾸했다.

"나는 영주였소. 이 반란에는 누구나 다 참가할 수 있소, 서머아일. 클론이나 에스퍼는 물론이고 나 같은 특권귀족도 말이오."

"최소한 우리는 인간이기는 하지요." 다비드가 말했다. "하지만 저…… 물건은?" 그는 화난 표정으로 한구석에 조용히 서서 아무 말 없이 모든 것을 관찰하고 있는 헤이든맨 대표를 가리켰다. 다비드의 얼굴은 혐오와 분노로 일그러졌다. "헤이든맨과의 동맹을 떠올렸다는 발상 자체가 이해되지 않습니다. 저들은 기계지 인간이 아닙니다. 저들이 셔브의 AI들과 연결되지 않았다고 어떻게 장담할 수 있습니까? 둘은 서로 공통점이 아주 많습니다. 둘 다 인류의 적입니다."

"그렇다면 우리는 셔브와 동맹을 모색해봐야겠군요." 헤이든맨이 조용히 말했다. "우리 모두 궁정에 침입한 유령전사에 대한 보고를 들었습니다. 그들은 외계인과 싸우기 위해 우리와 연합할 의향이 있는 것 같더군요."

"당신같이 비인간적인 존재들이나 그런 제안을 할 겁니다." 헤이즐이 차갑게 말했다. "그들은 우리를 인갑답게 만드는 모든 것에 대해 반대하고 있습니다. 그들이 원하는 것은 우리와 한편이 되는 게 아니에요. 그들은 우리를 지배하고 자기 군대로 부리려 하고 있다고요."

"옳소." 오언이 말했다. "셔브는 논의의 대상이 아닙니다. 그들을 어떻게 믿을 수 있겠습니까?"

"헤이든맨은 어떻게 믿을 수 있지요?" 다비드가 물었다.

오언은 그의 사촌을 빤히 쳐다보았다. 침묵이 길어지자 랜덤이 재빨리 끼어들었다. "두 가지 이유입니다. 첫째, 우리는 헤이든맨에게 접근할 수 있습니다. 그들은 하나의 행성, 하나의 도시에 모여 있고 우리는 그곳이 어딘지 알고 있습니다. 그들은 깨어난 지 얼마 되지 않아서 아직 약하고 자기들도 그 사실을 잘 알고 있습니다. 둘째, 개조인간들은 반란AI들과 근본적으로 다릅니다. 헤이든맨들은 우리를 자기들처럼 만들고 싶어 합니다. 셔브는 우리를 완전히 멸종시키려 합니다. 아예 인간이라는 존재가 없었던 것처럼 쓸어버리고 싶어 하는 것이지요. 당분간은 우리가 헤이든맨들과 동맹하는 것이 그들과 싸우는 것보다 얻을 것이 많습니다. 그들을 치과의사처럼 필요악으로 여기면 될 것 같습니다."

"납득할 수 없습니다." 다비드가 고집스럽게 말했다. "헤이든맨을 받아들인다면, 에스퍼와 클론도 받아들여야 할 겁니다. 이것은 인간의 제국입니다. 라이언스톤을 끌어내리는 것이 의회에서 유전자 찌꺼기들과 기형아들의 발언권을 주는 것이라면 도대체 무슨 의미가 있겠습니까?"

"우리가 원하는 것은 발언권 정도가 아니지." 스티비 원이 날카롭게 외쳤다. "우리는 우리의 지원에 대한 대가로 에스퍼와 클론에 대한 완전한 시민권을 요구합니다. 받아들여지지 않는다면 우리는 우리의 길을 갑니다. 독자적으로 반란을 일으킬 것이며 당신들이나 우리 둘 중 하나가 절멸할 때까지 싸움은 계속될 겁니다."

"맞아요." 스티비 스리가 맞장구쳤다. 그녀는 주먹을 치켜들었고 그 주위에는 새파란 불길이 위협적으로 치솟았다.

"불을 끄시오. 그렇지 않으면 스프링클러를 가동시키겠소." 랜덤이 차분히 말했다. 스티비 스리는 머뭇거리다가 멋쩍게 불을 끄고 팔을 내렸다. "자꾸 옆길로 세지 맙시다. 과거의 공포와 증오에 얽매인다면 우리는 시작도 못 해보고 쪼개져버릴 겁니다. 차이보다는 공통점에 주목합시다. 권좌에서 라이언스톤을 몰아내는 것이 우리의 공동

목적입니다. 그다음 무엇을 세울 것인가는 나중에 결정할 수 있습니다. 그 논의 과정이 바로 새로운 민주주의의 시작이 될 것입니다."

군중 속에서 자발적인 박수가 터져 나왔지만 박수를 치지 않는 사람도 그에 못지않게 많았다. 그들은 모두 경청하기는 했으나 의견일치를 보지는 못했다.

"저는 여전히 외계인이 우려스럽습니다." 에반젤린 슈렉이 말했다. "이제 외계인은 뜬소문이 아닙니다. 배 한 척이 골고다의 공항을 쑥대밭으로 만들어버렸습니다. 외계인 하나가 모습을 드러냈지만 알려지기로는 두 종족이 있다고 합니다. 그들이 힘을 합쳐 인류를 공격한다면 어떻게 되겠습니까? 외계인이 라이언스톤보다 훨씬 큰 적이 될 수도 있습니다."

"그렇다면 외계인들이 오기 전에 빨리 반란을 매듭지어야겠지." 자일스가 말했다. "제국이 지금처럼 분열되어서는 미지의 외계인들의 연합공격에 맞서 싸울 수 없습니다. 우리 모두 하나의 대의로 뭉치는 것이 절실합니다. 그런데 라이언스톤이 그것에 동의할 리 없으니 시간이 있을 때 그녀를 속히 권좌에서 제거해야 합니다."

"모두가 당신의 전설에 대해 알고 있습니다." 핀레이 캠벨이 자일스를 유심히 쳐다보며 말했다. "학교에서 당신에 대해 가르치고 있지요. 그리고 거의 매년 당신의 모험적인 인생과 관련된 홀로그램 드라마가 방영되고 있고요. 당신은 9백 년 전의 초대 워리어 프라임입니다. 과거 제국의 모든 영광을 한 몸에 담고 있는 존재라는 거지요. 그러니 우리가 어떻게 당신이 진정 우리와 동조하고 있다고 믿을 수 있겠습니까? 당신은 군주제와 제국을 지키기 위해 골백번도 넘게 목숨을 걸고 싸우지 않았습니까?"

"내가 기억하고 믿는 제국은 오래전에 사라졌습니다." 자일스 데스스토커가 말했다. "그리고 당신이 본 홀로그램 드라마가 어떻게 말하건 간에 부패는 이미 그 당시에 시작됐습니다. 그것을 막고 싶었지만 내가 아무리 워리어 프라임이라고 해도 한 개인에 불과했습니다. 그래서 결국 목숨을 건지기 위해 도망칠 수밖에 없었지요. 나는 제국이 지금 얼마나 타락했는지 보고 있습니다. 라이언스톤의 제국은 애초의 의도와는 전혀 다른 코미디입니다. 꿈이 악몽이 되어버린 것이지요. 그리고 우리는 기상나팔수인 셈이고. 아직은 늦은 것이 아닙니다. 우리가 협력한다면 세상을 바꿀 수 있습니다."

"감동적인 연설이군요." 핀레이 캠벨이 말했다. "하지만 우리가 말하는 변화라는 것이 정확히 뭡니까? 라이언스톤을 몰아내고 똑같이 못된 자를 권좌에 앉히게 된다면 굳이 목숨 걸고 싸울 필요는 없을 겁니다. 체제 전체가 썩었습니다. 제 말은 우리는 그 모든 것을 던져버리고 완전히 새로 시작해야 한다는 것입니다. 저는 절대로 용납될 수 없는 일들이 버젓이 자행되는 것을 목격했습니다. 골고다 지하동맹을 대표해 발언하겠습니다. 우리는 보통선거권과, 클론과 에스퍼를 포함한 모든 계층을 대변하는 의회, 그리고 철저히 통제되는 입헌군주제를 요구합니다. 그리고 정치범들에 대한 일제사면도요."

"맞아요." 스티비 스리가 맞장구쳤다. "사일로나인을 폐쇄하고 클론과 에스퍼에 대한 모든 실험을 중지할 것을 원합니다."

"그리고 가문의 해체도." 잭 랜덤이 말했다. "가문이 모든 생산수단을 장악하고 있습니다. 새로운 정부는 가문을 해체하고 그들의 재산을 몰수해야 합니다. 그들을 끌어내려 먹고살기 위해 우리와 마찬가지로 일하도록 만들어야 합니다."

"잠시만요." 오언이 황급히 외쳤다. "저는 지금의 황제가 자격이 없기는 하지만 황권에는 여전히 충성합니다. 우리가 해야 할 일은 좀 더 분별력 있고 책임감 있는 사람을 권좌에 앉히는 것입니다. 그러면 새 황제와 함께 필요한 민주적 개혁을 논의할 수 있을 겁니다. 나쁜 사람이 자리를 차지하고 있다고 해서 자리 자체가 나쁘다고 할 수는 없습니다."

"틀렸어요." 헤이즐이 말했다. "사람을 나쁘게 만드는 것이 바로 그 자리입니다. 잭이 옳아요, 모두 일소해버려야 합니다. 모든 사람들에게 기회를 주어야지요."

오언은 그녀를 노려보았다. "당신이 원하는 것은 혼란일 뿐이오. 사람들이 제자리를 지키지 않고 어떻게 세상이 돌아가겠소?"

"당신이 원하는 것은 옛날의 삶을 되찾는 거군요?" 헤이즐이 쏘아붙였다. "자신의 상아탑으로 돌아가 현실을 외면하고 안주하면서 손가락 하나로 하인들을 부리며 편안하게 살고 싶은 거지요? 어림없는 소리예요, 귀족양반. 이 반란이 뭔가를 이루어야 한다면 그것은 모든 사람이 똑같이 행복한 삶을 누릴 기회를 갖도록 하는 거예요."

"그리고 클론과 에스퍼들에게도 동등한 권리를요." 스티비 원이 말했다.

"자유로운 시장 형성을." 그레고르가 말했다.

그리고 여러 사람들이 각자의 요구를 중구난방으로 외쳐댔다.

"자자, 집중합시다." 랜덤이 단호하게 말했다. "먼저 라이언스톤을 권좌에서 몰아냅시다. 그리고 나서 다음 일을 결정해도 늦지 않습니다. 이 반란에는 각계각층이 모두 참여할 수 있습니다. 일단 당분간은 적의 적은 나의 친구라는 것만 기억합시다. 이 반란의 궁극적인 목적은 단합된 제국을 건설하고 모든 자원을 끌어 모아 다가올 외계인의 위협에 대항하는 것이오. 정치적 논쟁은 그것이 필요하다고 확실해진 이후에 진행해도 늦지 않습니다. 자, 진행에 협조해주시기 바랍니다. 우리는 반란에 필요한 자금을 어떻게 조달할지에 관한 문제도 다뤄야 합니다. 싸움에는 돈이 필요합니다. 아주 많이요. 세무본청 기습으로 수십억 크레디트가 우리 손에 들어왔고 수천 개의 비밀계좌에 분산되어 관리되고 있기는 하나 그 정도는 착수금에 불과합니다. 반란군 기지도 건설해야 하고 함정, 컴퓨터, 무기 등 갖춰야 할 것이 많습니다. 각처에 지하동맹을 건설하고 관리해야 합니다. 군대를 훈련시키고 첩자를 파견하고 정치인을 포섭해야 합니다. 이 모든 것을 위해서 장기적으로 안정된 현금 흐름이 필요합니다. 이것 때문에 여기에 초대되신 분들도 계십니다. 자기소개를 좀 해주시지요."

"이제 우리가 나설 시간이군요." 그레고르 슈렉이 커다란 얼굴에 만족스런 미소를 띠며 말했다. "정치구호도 좋지만 그것으로 총을 살 수는 없지. 그래서 이 반란이 시작될 수 있을지 결정권을 쥔 사람은 우리 같은 사람이오. 비록 은밀히 하겠지만 나는 우리 가문의 모든 힘을 지원할 용의가 있소. 그 대가로 정당한 이권을 원하오."

"어떤 이권을 말하는 겁니까?" 오언이 수상쩍다는 듯 물었다.

"그게 바로 여기서 논의해야 할 문제 아니겠소?"

"당신 가문은 요즘 교회와 밀월 중인 것으로 알고 있는데요?" 핀레이 캠벨이 물었다.

"그렇소." 그레고르가 대답했다. "공식적으로는. 하지만 그들은 내가 원하는 것을 주지 않지. 그들은 명령 내리는 것을 너무 좋아하고 사생활에 부당하게 간섭하는 면이 있소. 나는 반란에서 더 큰 이익을 기대하오. 그리고 사랑하는 내 딸이 가는 길을 존중하고 따라가고 싶고. 지하에서의 생활은 어떠냐, 에비? 소식 좀 보내지 그랬니?"

"아주 재미있어요, 아버지." 에반젤린이 무덤덤하게 말했다. "내 인생에 압박감이 사라져서 훨씬 행복해요."

"하지만 집에 돌아온다면 더욱 행복해질 수 있단다." 그레고르가 말했다. "아버지 사랑도 되찾고. 네 친구가 널 몹시 그리워한단다. 페니 기억하지? 그 아이가 사일로나인으로 끌려가기 전에 너희 둘은 참 가까웠는데 말이야. 불행히도 그 아이는 비밀을 간직하는 데 너처럼 영민하지 못했어. 네가 그 아이를 구하려고 했지만 실패했다더구나. 그래서 내가 그 아이를 구해냈지. 너도 알다시피 나는 연줄이 좀 있잖니. 내가 원하는 것을 가져다줄 사람들 말이야. 이제 페니는 나와 살면서 네가 했던 것처럼 나를 사랑하고 있단다. 돌아오거라, 에비. 너의 지원이 없다면 내가 얼마 동안이나 페니를 보살펴줄 수 있을지 모르겠구나. 그 아이한테 무슨 일이 생기기를 바라지는 않겠지, 그렇지?"

"그녀를 그냥 놔둬!" 핀레이가 에반젤린과 그녀의 아버지 사이에 끼어들며 말했다. "당신이 뭘 하려는지 알아. 에비를 집으로 끌어들여 우리를 갈라놓으려는 거지. 당신이 그녀를 학대하고 있다는 걸 알고 있어. 에비가 말하지 않아도 당신이 그녀를 괴롭힌다는 것을 알고 있다고. 그러니 그녀를 그냥 둬, 개자식아. 그렇지 않으면 죽여버리겠어. 당신 같은 쓰레기의 지원이 없어도 반란은 잘만 굴러갈 거야."

"그럴까?" 그레고르가 말했다. "지하동맹의 자네 상관들은 다르게 생각할 것 같은데. 가문의 재력을 거부할 사람이 있을까? 그리고 어쨌든 나는 에비를 다시 찾게 될 거야. 그것이 자네의 시체를 타넘는 일이라 할지라도 말이야. 알겠나, 캠벨?"

"당신은 이제 죽은 목숨이야, 슈렉!" 핀레이가 거칠고 단호한 목소리로 말했다.

"개 좀 묶어서 다녀라, 에비." 그레고르가 동요하지 않고 차분히 말했다. "안 그러면 내가 재갈을 씌워버릴 테다. 기억하거라, 반란은 나를 필요로 해."

"동의할 수밖에 없군요." 잭 랜덤이 말했다. "우리는 인류의 미래를 논의하기 위해 이곳에 모인 것이기 때문에 당신들의 사적인 문제에 대해서는 관심이 없습니다. 그 문제는 나중에 개별적으로 해결하십시오. 하지만 핀레이 씨, 항상 대의가 우선입니다. 기억하십시오."

"설교하지 마시오." 핀레이가 말했다. "나는 라이언스톤을 몰아내겠다고 내 이름과 명예를 걸고 죽음의 맹세를 한 몸이오. 대의를 위해서는 목숨 바쳐 싸울 각오가 되어 있소. 하지만 조만간 반란이 슈렉의 지원을 더 이상 필요로 하지 않을 때가 올 것이오. 그때는 그를 죽이겠소."

"항상 내가 필요할 거야." 그레고르가 말했다. "도대체 뭘 들은 거야? 라이언스톤을 몰아내는 건 시작에 불과해. 그다음에 권력을 향한 진정한 싸움이 시작되겠지. 그렇기 때문에 나 같은 사람이 항상 필요한 거야. 혹시 또 모르지. 내가 지원의 대가로 바라는 것이 단지 에비가 집으로 돌아오는 것과 창에 꿴 자네 목 같은 소박한 것일지도."

"꿈 깨시지, 뚱보양반." 핀레이가 말했다. "우리는 당신 같은 사람들을 척결하기 위해 이 반란을 일으키는 거요. 그렇지 않소, 랜덤?"

"두 사람 다 입 닥치시오!" 랜덤은 험악한 얼굴로 핀레이와 그레고르를 번갈아 노려보았다. "티격태격하는 것은 당신들끼리 시간 내서 따로 하시오. 이 회합이 길어질수록 제국에게 발각될 위험도 높아지는 거요. 자, 이제 대의를 지원할 누구 다른 사람 없소?"

"내가 데스스토커 가문의 지원을 약속합니다." 다비드가 오언에게 차갑게 미소 지으며 말했다. "나는 비리몬드 행성의 영주이니 행성의 자원을 반란에 기탁하겠습니다. 우리는 중앙에서 아주 멀리 떨어져 있기 때문에 제국이 눈치 채기까지는 꽤 시간이 걸릴 겁니다."

"비리몬드는 내가 돌아갈 때까지만 네가 잠시 맡고 있는 것뿐이야." 오언이 말했다. "거기에 너무 익숙해지지 마, 다비드. 오래 걸리지 않을 테니까."

"반란이 어떻게 되건 당신은 비리몬드에 아무런 권리도 없어요." 다비드가 말했다. "이제 내가 데스스토커 가문의 수장이고 당신은 아무것도 아닙니다. 나는 적이 누구든 내 것은 확실히 지킵니다."

"나 같으면 그렇게 자신하지 않을 텐데." 오언이 차갑게 웃으며 말했다. "내 기억이 정확하다면, 비리몬드의 영주권도 내 목에 걸린 현상금의 일부였어. 누구든 나를 죽이면 라이언스톤이 그를 비리몬드의 영주로 임명하게 되지. 너의 성채는 모래 위에 지어진 거야, 다비드. 그리고 파도가 밀려오고 있어."

"반란군이 내 행성에서 지속적인 식량을 공급받고 싶다면 이제부터 나를 비리몬드의 정당한 영주로 인정할 것을 요구합니다." 다비드가 외쳤다. "어떤 개인도 대의보다 중요하지는 않겠지요. 그렇지 않습니까, 랜덤?"

"맞습니다." 랜덤이 말했다. "미안하네, 오언."

오언은 속으로 부글부글 끓었다. 어린 찬탈자가 그의 성채에 살고, 그의 침대에서 잠을 자고, 그의 와인창고에서 최고의 와인을 꺼내 마신다고 생각하니 숨이 넘어갈 지경이었다. 하지만 곧 그럭저럭 평정을 되찾을 수 있었다. 인정하기는 싫지만 랜덤이 옳다. 사적인 분쟁보다는 반란이 중요하다. 오언이 뭔가 타협점을 찾으려고 생각에 잠겨 있을 때 자일스가 나서서 다비드에게 엄한 눈초리를 고정시켰다.

"데스스토커라는 이름은 항상 위대했다, 아이야. 그 이름에 부끄럽지 않도록 살아야 한다. 네가 스스로를 증명하고 싶다면 데스스토커의 전통에 따라 전장에서 너의 진가를 보여라. 당분간 너와 오언은 평화롭게 지내거라. 너희들은 가족이다. 너희들은 피와 명예와 9백년의 전통으로 결속된 사이다. 너희들은 어쨌든 내 자손이고 너희끼리 칼을 겨누는 것은 내가 용납하지 않는다. 자, 이제 화해하거라. 그렇지 않으면 너희 둘의 머리통을 박아주겠다."

오언은 웃을 수밖에 없었다. 원조 데스스토커는 문제의 근원을 끄집어내는 재주가 있었다. 가족이 정치보다 중요하다. 대의는 왔다가 사라지고 정치는 변하고 진화하지만 가족은 영원하다. 그는 다비드에게 퉁명스럽게 고개를 끄덕였다.

"다비드, 네가 죽는 것을 보고 싶지 않다. 너를 좋아할 수 있을지 모르겠지만 어쨌든 우리는 가족이다. 네가 지금은 비록 내가 가졌던 것을 모두 가지고 있으나, 라이언스톤은 언제든지 나에게 했던 것처럼 그 모든 것을 일순간에 앗아갈 수 있다는 것을 잊지 마라. 등을 조심해라. 너의 경비대원들도 조심하고. 내가 수배됐을 때 가장 먼저 달려들었던 녀석들이 그 자식들이다. 나중에 따로 만나자. 내가 그들이 모르는 비밀통로를 얘기해주마."

"충고 고마워요." 다비드가 말했다. "명심하지요." 그러고는 잭 랜덤을 돌아보았다. "키트 서머아일과 나는 우리 세대의 많은 사람들을 대표합니다. 상속권이 없는 귀족자녀들…… 그들 대부분은 군대에서 경력을 쌓고 있습니다. 적절한 보상만 주어진다면 그들도 반란에서 자신의 운을 시험해보려 할 것입니다."

"그들을 설득하십시오." 랜덤이 말했다. "하지만 약속은 자제하십시오. 현 시점에서 우리 중 어느 누구도 미래를 장담할 수 없으니까."

그때 잭 랜덤은 여섯 명의 무리가 군중을 뚫고 다가오는 것을 보고 말을 멈췄다. 그들의 홀로그램은 아주 강력해서 다른 영상들을 밀쳐내고 있었다. 밀려난 사람들이 짜증을 내고 욕을 했지만 그들은 조용히 무시했다. 그들은 키가 크고 비쩍 말랐으며 알비노처럼 유백색의 머리와 피부를 가졌으나 눈만은 핏빛으로 붉었다. 다채로운 색상이 물결치는 긴 옷을 입었고 얼굴은 끔찍한 제식용 흉터로 가득했다. 모든 사람들이 그들이 누군지 알고 있었다. 블러드러너는 사악한 행동으로 악명을 떨쳤다. 림의 작은 행성 집단인 오베아 성계에 근거지를 둔 그들은 피와 고통에 기반한 어둠의 고대 종교로 결속했고 죽은 선조의 빙의 관습을 고수했다. 살인을 즐기는 광신자들이었으며 그것을 자랑으로 여겼다. 그들은 교회로부터 이미 오래전에 이단으로 낙인찍혔지만 그들에게 어떤 조치를 취하는 사람은 아무도 없었다. 블러드러너는 제국 내의 모든 불법적이고 지저분한 거래에 손을 뻗쳤다. 왐피르의 피, 인육거래, 노예무역 등 관여하지 않는 것이 없었다. 그들의 창백한 머리는 누구에게도 숙여본 적이 없다. 그런 자들이 랜덤 앞에 와서 섰고, 랜덤은 그들을 빤히 쳐다보았다.

"놀랍군." 마침내 랜덤이 입을 열었다. "도대체 여기 왜 온 거요? 초대한 적이 없는데. 하기야 어딘들 초대받을 수 있는 사람들이 아니지. 당신들이 장례식에 참석하면 시체도 벌떡 일어설 거요. 내 말이 아직 이해가 안 된다면 더 직설적으로 말해주지. 어서 여기서 사라져주시오. 이거 원, 연막 소독이라도 해야겠군. 반란이 당신들의 도움을 바랄 만큼 그렇게 절박하지는 않소."

"초라한 늙은이가 거친 말을 내뱉는군." 오베아 대표단의 지도자가 말했다. "나는 스카우어요, 블러드러너를 대표해서 말하겠소. 우리는 단일종교를 가진 단일종족이고 당신들 제국보다 훨씬 뿌리가 깊소. 우리는 우리의 전통에 따라 자긍심을 갖고 명예를 존중하며, 라이언스톤이나 그 선조들에게 굴복한 적도 없소. 우리는 반란에 지원을 제공하려고 왔소. 우리는 부유하오. 필요한 것은 뭐든지 가져다 써도 좋소."

랜덤은 입술을 핥았다. 입이 매우 건조했다. 스카우어의 목소리는 고대 미라의 먼지 날리는 숨결처럼 고통과 세월의 더께에 짓눌린 거친 속삭임이었다. 랜덤은 예전에 들은 바 있는 블러드러너의 초자연적인 힘에 대해 기억해내고, 불현듯 그것이 전혀 근거 없는 말이 아닐 수도 있겠다 싶었다. 그는 그들의 원조를 원하지 않았다. 그들에게서는 아무것도 원하지 않았다. 하지만 반란에는 지원자들이 필요하다.

"당신들의 지원에는 대가가 따를 텐데." 그가 마침내 대꾸했다. "뭘 바라는 겁니까?"

"방해받지 않는 것. 우리는 수천 년간 해오던 우리의 방식이 있고 그것을 바꾸고 싶지 않소. 라이언스톤의 새로운 태도가 우리의 독립성을 위협하고 있소. 우리가 제공하는 선물에 대한 대가로 우리를 평화롭게 놔두기를 원하오. 원한다면 우리를 혐오해도 좋소. 하지만 멀리서 그렇게 하라는 것이오."

"그게 다요?" 랜덤이 물었다.

"한 가지 더 있소." 스카우어가 말했다. "명예에 관한 문제요. 당신들 중 한 사람이 우리에게 빚을 졌소." 블러드러너들은 모두 시체같이 창백한 얼굴을 돌려 헤이즐을 쳐다보았다. 스카우어는 헤이즐 쪽으로 한 걸음 다가가며 말했다. "당신은 샤드 호의 유일한 생존자요. 그 배의 선장이 우리와 계약을 했소. 대가는 나중에 받기로 하고 우리는 우선 도움을 주었소. 선장과 다른 선원들은 모두 죽었소. 유일한 생존자로서 헤이즐 당신이 빚을 갚아야 하오. 이미 지급기한이 지났소." 그는 랜덤을 돌아보았다. "우리는 당신이 이 여인을 우리에게 넘겨줄 것을 요구하오."

"시간낭비 말아요." 헤이즐이 말했다. "마키 선장이 무슨 약속을 했건 나한테는 상의한 적이 없고 나도 동의한 적이 없어요. 게다가 나는 능력도 없어요. 알거지라고요."

"돈을 원하는 게 아니오." 스카우어가 말했다. "당신의 선장은 우리와 계약을 했소. 샤드 호의 신선한 육체를 우리에게 제공하기로. 당신들이 인육상으로 활동하면서 획득한 육체들 중 일부를 넘기기로 했단 말이오. 우리는 항상 신선한 육체가 필요하오. 우리의 관습과 연구 때문에 육체들이 꽤 빨리 소진되오. 우리는 빚을 그냥 두지 않소. 그건 치욕이오. 그래서 당신의 육신을 거두겠소. 우리를 따라오시오, 헤이즐. 당신을 잘 이용해주겠소, 당신이 완전히 소모될 때까지."

"망할 자식들, 꺼져버려!" 오언이 소리쳤다. 그의 목소리는 서릿발같이 차고 위협적이었다. "헤이즐은 내 친구다. 내가 여기 있는 한 아무도 그녀를 건드릴 수 없어."

"고마워요, 오언." 헤이즐이 말했다. "하지만 내 일은 내가 처리할 수 있어요." 그녀는 블러드러너를 노려보았다. "당신은 마키 선장과 거래했고, 그는 죽었어요. 나는 당신들과 거래한 적이 없고, 그렇기 때문에 한 푼도 빚지지 않았어요. 당신들은 내 몸에 절대로 손댈 수 없어요. 당신들 실험실에서 죽은 사람들에 대해 들어본 적이 있어요. 그들은 고통을 멈추기 위해 제발 죽여달라고 애원한다더군요."

"고통 따위가 문제겠소?" 스카우어가 말했다. "지식을 얻는데? 우리는 삶과 죽음의 비밀을 풀고 있소. 당신은 우리를 돕는 것을 영광으로 여겨야 하오."

"영광은 당신이나 가지세요." 헤이즐이 말했다. "나를 한 번에 일 센티미터씩 썰어버리려고요?"

"그럴 거요." 스카우어가 말했다. "이미 동의된 거요. 계약은 불변이며, 변경할 수 없고, 회피할 수도 없소."

"더럽게 생긴 게 미치기까지 했군." 오언이 말했다. "눈앞에서 꺼져버려. 여기는 너희들이 올 곳이 아니야."

"잠깐만." 그레고르 슈렉이 말했다. "이 사람들은 지금 무제한적인 재정 지원을 약속하는 것 아니오? 거기에 비하면 목숨 하나가 뭐 그리 대수겠소."

"맞습니다." 키트 서머아일이 말했다. "내 말은 저 여자는 그저 인육상일 뿐이라는 거지요. 인육상이 한 명씩 죽을 때마다 제국의 냄새가 조금씩 좋아진다잖아요."

군중 속에서 동의하는 술렁임이 일었다. 오언은 도움을 청하며 잭 랜덤을 쳐다보았지만 그는 아랫입술을 깨물고 깊은 생각에 잠겨 있을 뿐이었다. 오언은 허리의 총으로 손을 옮기다가 긴장을 풀었다. 블러드러너는 홀로그램 이미지일 뿐이다. 실제적 위협이 못 된다.

"헤이즐은 아무 데도 가지 않소." 그는 군중을 노려보며 외쳤다. "동의하지 않는 사람은 누구든 여기 직접 와도 좋소. 내가 본인의 조상들을 만나게 해줄 테니까. 줄 서시오, 밀지 말고."

"나도 오언의 말에 동의합니다." 랜덤이 말했다. "우리는 제국과 다릅니다. 우리는 다른 사람의 이익을 위해 어떤 사람에게 희생을 강요할 수 없습니다."

스카우어가 앞으로 나서 붉은 눈을 헤이즐에게 고정시켰다. "그렇다면 우리가 직접 이 여인을 데리고 가겠소. 도망칠 수 없소, 다르크. 우리가 당신에게 공간이동을 맞춰놓았소. 이제 우리와 갑시다. 우리가 당신 몸의 신비를 마음껏 즐겨주겠소."

갑자기 헤이즐 주변의 공간이 정전기를 튀기며 은색으로 이글거렸다. 헤이즐은 도망치려 했으나 에너지장이 그녀를 독병 속의 곤충처럼 가두어버렸다. 그때 루비 저니가 자신의 홀로그램 분쇄기를 블러드러너에게 겨냥했다. 하지만 효과가 없었다. 헤이즐은 절망적으로 오언을 쳐다보았다. 오언은 그녀에게 접근해보려 했으나 방법이 없었다. 살이 타는 것 같은 고통도 잊고 에너지장에 주먹질까지 해보았지만 아무 소용이 없었다. 그는 계속 주먹질을 하다가 에너지장이 완전히 강력해지자 그대로 튕겨나가버렸다. 그는 블러드러너를 노려보았지만 그들은 그를 무시할 뿐이었다. 그들의 관심은 오직 헤이즐뿐이었다. 그들은 지금 당장이라도 그녀를 데려갈 수 있었다. 하지만 자신들의 힘을 과시하기 위해 시간을 좀 더 끄는 것뿐이었다.

오언이 할 수 있는 일이 없었다. 하지만 뭔가를 하지 않으면 안 되었다. 뭔가를. 그가 헤이즐을 돌아보자 그녀의 모습은 이미 이글거리는 장에 가려 거의 보이지 않았다. 그때 그의 마음속에서 의지력과 욕구가 한데 충돌하면서 광기의 미로에서 변화되고 강력해진 후두부의 무의식에서 어둡고 끔찍한 무언가를 깨웠다. 그의 몸속에서 힘이 번쩍였고, 몸 주위로는 족쇄가 채워진 번개같이 공기 속으로 불꽃이 일며 그의 의지에 복종했다. 그는 절대적인 존재가 되어 현실 속에서 확장되고 집중되면서 초인적인 완벽함으로 거듭났다. 방 안의 모든 사람들이 불빛에 이끌린 나방처럼 그에게서 시선을 떼지 못했다. 그는 눈부시게 타오르고 있었다.

그는 앞으로 걸어 나가 이글거리는 공간이동장에 손을 밀어 넣어 찢어버렸다. 세력장은 즉시 허물어졌고 헤이즐이 비틀거리며 그에게 다가왔다. 그는 잠시 그녀의 손을 잡고 있다가 부드럽게 밀어내며 랜덤에게 그녀를 맡겼다. 아직 일이 끝난 것이 아니었다. 그는 블러드러너를 쳐다보았다. 그의 얼굴은 싸늘하고 엄숙했다. 블러드러너는 경멸과 도전의 빛을 담아 그를 노려보았다.

"네가 안전하다고 생각하겠지?" 오언이 조용히 말했다. "넌 몇 광년 떨어진 림의 반대쪽에 있지만 난 그곳이 어디건 널 잡을 수 있다."

오언은 스스로에게도 생소한 방식으로 손을 내밀었다. 하지만 그의 내부에서 깨어난 힘은 그것에 대해 잘 알고 있었다. 그는 분노를 스카우어에게 쏟아 부었다. 블러드러너는 단말마의 비명을 지르며 입에서 피를 흘리고 눈과 귀와 코에서도 피를 쏟더니 곧 폭발해버렸다. 그의 피와 살이 주변의 다른 블러드러너들에게 튀었다. 오언 데스스토커는 충격으로 얼어붙고 피를 뒤집어 쓴 그들의 얼굴을 쳐다보며 미소 짓다가, 뒤돌아서서 더 큰 이익을 위해 헤이즐을 희생시키자던 군중을 엄한 눈으로 노려보았다. 군중은 그의 시선 아래 전율했지만 여전히 눈을 돌릴 수가 없었다. 오언은 내부에서 사용되기를 원하며 솟구치는 힘을 느꼈지만 그것을 단단히 단속했다. 그는 아직 그것이 뭔지 잘 몰랐다. 그리고 그 힘이 주체할 수 없는 욕망을 불러일으킬지도 모른다는 느낌이 강하게 들었다. 그는 정신을 집중해 그 힘을 후두부의 무의식 속으로 가라앉히고 다시 평범한 사람으로 돌아왔다. 헤이즐은 랜덤을 밀치고 비틀거리며 오언에게로 다가왔다. 그녀의 얼굴은 안정을 되찾았으나 손은 미세하게 떨리고 있었다.

"고마워요, 오언. 당신에게 빚을 졌군요. 당신이 그런 것을 할 수 있을 줄은 몰랐는데요."

"나도 몰랐소." 오언이 말했다. "내 생각에는 미로가 우리를 상상 이상으로 변화시켜놓은 것 같소. 그 힘은 당신에게도 있소. 당신 스스로도 자신을 구할 수 있었을 거요."

"다음에는 그래볼게요. 우리가 어떻게 변한 건지 연구해볼 필요가 있겠어요, 오언. 우리가 무엇을 할 수 있는지요."

"나중에 말하세." 랜덤이 말했다. "우리의 새로운 친구들 앞에서 괴물로 보일 필요는 없을 거야. 나중에 한 가지씩 천천히 알아보는 것이 좋을 것 같네." 그는 고개를 돌려 남아 있는 블러드러너를 바라보았다. "이제 내가 말했던 대로 여기서 썩 꺼져주시오. 우리 반란의 목적은 당신 같은 자들이 하는 일을 끝장내는 것이오."

"우리는 저 여자를 가질 것이오." 한 블러드러너가 말했다. "지금 어렵다면 나중에라도."

"그렇게는 안 될걸." 오언이 말했다. "다시 한 번 내 눈에 띄는 날이면 당신들은 역사 속으로 사라지게 될 거야. 자, 이제 당신들이 기어 나온 시궁창으로 돌아가시오. 그리고 좀 더 교양을 쌓을 때까지는 연락할 생각도 마시오."

블러드러너들은 그를 한동안 노려보다가 사라졌다. 참석자들은 일제히 한숨을 내쉬고는 나지막한 소리로 서로 속삭였다. 블러드러너를 두 눈으로 직접 보는 것도 드문 경우인데 오늘은 그들의 코가 납작해지는 것까지 목격한 것이다. 오언은 많은 사람들이 자신을 존경 어린 눈빛으로 바라보는 것을 느꼈지만, 그중에는 그가 휘두른 힘에 당황하거나 겁을 집어먹은 사람들도 있음을 알 수 있었다. 오언은 그들을 이해했다. 자기도 겁이 났기 때문이다. 내부에서 힘이 자라날수록 그가 인간 이상의 존재가 되는 것일까? 아니면 그 이하일지도 모른다. 잭 랜덤이 다시 경청하기를 요구했고 청중은 조용해졌다.

"오늘은 이 정도면 충분하리라 생각합니다." 랜덤이 말했다. "좀 더 구체적으로 토론할 일이 생길 때 다시 만나도록 합시다. 지금 당장 논의해야 할 중요한 사안이 없다면 이제……"

"있습니다." 군중 속에서 우렁찬 목소리가 들렸다. 그리고 사람들을 헤치고 한 인물이 위풍당당하게 걸어 나와 랜덤 앞에 섰다. 그는 다른 사람들보다 머리통 하나는 더 컸으며 단단한 근육질이었고 아주 잘생긴 얼굴이었다. 검은 머리카락을 넓은 어깨까지 늘어뜨리고 금으로 조각된 은제 갑옷을 입고 있었는데, 마치 태어날 때부터 입고 있었던 듯 잘 어울렸다. 그의 존재는 강건함과 자신감을 발산했으며 얼굴에는 지혜와 이해심이 뚝뚝 묻어났다. 완벽한 전사의 모습이었으며, 그의 카리스마로 천장의 전등도 빛을 잃는 듯했다. 오언은 보자마자 그가 마음에 들지 않았다. 누구도 그렇게 잘생길 권리는 없다.

"그런데 도대체 당신은 누구시오?" 잭 랜덤이 엉겁결에 다소 무례하게 물었다.

"나는 잭 랜덤입니다." 새로 온 자가 대답했다. "진짜 잭 랜덤."

순간 장내는 소란이 극에 달했다. 모든 사람들이 제각각 무슨 소리인지 알 수 없는 말들을 떠들어댔다. 랜덤은 턱을 가슴까지 떨어뜨리고 있었다. 그 순간 너무 큰 충격으로 폭삭 늙어버린 지친 늙은이 모습 그대로였다. 그는 재빨리 자세를 가다듬었다. 하지만 이미 많은 사람들이 그의 놀란 모습을 본 뒤였다. 루비 저니는 랜덤을 보호하려고 옆에 가까이 붙었다. 하지만 그의 오랜 친구 알렉산더 스톰은 제자리에 우두망찰 서 있을 뿐이었다. 새로 온 자는 또 다른 랜덤 앞에서 커다란 가슴 앞으로 팔짱을 끼고 도전적으로 그를 쳐다보고 있었다. 오언과 헤이즐은 서로를 멀뚱멀뚱 바라보았지만 둘 다 도대체 무슨 말을 해야 할지 몰랐다. 루비 저니는 본능적으로 손을 총 위에 올려놓고 랜덤이라고 주장하는 자를 노려보았다.

"당신은 잭일 리가 없어." 그녀는 단호하게 말했다. "벌써 나이부터 틀렸잖아."

"난 여러 차례 고강도 재생시술을 받았습니다." 젊은 잭 랜덤이 말했다. "내가 오랫동안 모습을 보이지 않은 것도 그 때문입니다. 제국이 날 거의 끝장낼 뻔했지만 난 전보다 더욱 발전해 돌아왔습니다. 그리고 당신들의 반란을 지도하기 위해 이곳에 왔습니다." 그는 여전히 멍하니 눈을 껌뻑이고 있는 스톰을 보고 웃었다. "다시 만나 반갑네, 알렉스. 함께 콜드록에서 싸운 것도 벌써 오래전 일이군."

스톰은 자기도 모르게 입이 벌어지는 것을 느끼고 탁 소리가 날 정도로 세게 입을 다물었다. "정말로 닮았어." 그는 천천히 말했다. "젊었을 때와. 하지만……"

"저자가 진짜 잭 랜덤이라는 거요, 아니오?" 핀레이 캠벨이 물었다.

"나도 모르겠소!" 스톰이 대답했다. "뭐가 뭔지 모르겠어." 그는 늙은 잭 랜덤을 쳐다보았다. "자네도 그 사람 같고, 좀 늙었지만…… 모르겠어."

"난 알아요." 루비가 말했다. "나는 진짜 잭 랜덤 옆에서 싸워왔고, 그는 바로 내 옆에 있어요. 누구든 내 말에 이의 있는 사람은 앞으로 나와 똑바로 서세요. 관을 짜게 치수를 재야 하니까." 그녀는 젊은 랜덤을 잡아먹을 듯이 노려보며 으르렁거렸다. 하지만 그는 그저 미소로 답할 뿐이었다.

"충성심, 나는 그것을 전사의 덕목으로 높이 삽니다."

"아, 내가 토하더라도 용서하시오." 오언이 목청을 높이며 말했다. "우리가 이제 막 사업에 착수하려는데, 갑자기 어디선가 번쩍이는 갑옷을 입고 나타난 이 멋진 기사양반이 자기가 전설적인 잭 랜덤이라고 주장하는 것이 우연의 일치치고는 좀 이상하단 생각이 들지 않습니까? 좋게 봐주어야 그는 과대망상증 환자일 뿐이고, 극단적인 경우 우리를 분열시키려고 누군가 보낸 첩자라고밖에 생각할 수 없군요. 내 생각으로는 그에게 나가는 문을 보여주고 발길로 걷어차 쫓아내는 것이 옳을 듯합니다. 내가 아는 한 우리에게는 이미 진짜 잭 랜덤이 있고, 허풍쟁이 사기꾼은 필요 없습니다. 그렇지 않습니까, 잭?"

"모르겠네." 늙은 랜덤이 말했다. "저 사람이 옳다면 어떻게 하겠나? 저자가 진짜 잭 랜덤이고 나는 복제품에 불과하다면? 저 사람이 나보다 훨씬 잭 랜덤같이 보이는 것은 사실이네. 제국이 오랫동안 나를 포로로 붙잡아놓았지. 그들이 복제할 기회는 충분히 있었어. 내가 클론일지도 모르지. 그렇다면 내 기억이 이렇게 뒤죽박죽인 것도 설명이 되고."

"그건 제국의 마인드테크 때문이잖아요." 루비가 말했다. "그들은 마음을 엉망으로 만들어버렸어요. 그건 누구나 알고 있어요. 여기 우리 앞에서 서 있는 사람이야말로 데스스토커 말대로 우리를 혼란에 빠뜨리기 위해 누군가 보낸 클론이에요."

"그가 클론이라면, 자기 일을 정말 제대로 하는 거군요." 헤이즐이 말했다.

늙은 잭 랜덤이 스톰을 바라보았다. "자네는 우리가 콜드록에 함께 있었다고 말하지만 나는 그런 기억이 없네. 정말 나와 함께 있었나?"

"그래." 스톰이 말했다. "자네가 어떻게 그것을 잊어버릴 수 있는지 모르겠군. 우리는 바로 옆에서 싸우면서 거의 같이 죽을 뻔했잖나? 자네는 체포됐고, 나는 간발의 차로 탈출에 성공했지. 그 이후로 자네를 보지 못했네. 그리고 지금, 나는 뭐가 뭔지 모르겠네."

"에스퍼를 불러야겠군요." 헤이즐이 말했다. "두 랜덤을 텔레패스에게 데리고 가 살펴보도록 하면 돼요."

"부질없는 짓이야." 자일스가 말했다. "둘 다 자기가 정말로 잭 랜덤이라고 믿고 있다면 아무 소용이 없지. 제국 초창기에도 마인드테크는 어떤 사람에게 무엇이든 믿게 할 수 있었지. 우리가 할 일은 유전자검사를 받게 하는 거야. 그러면 누가 클론인지 알 수 있지."

"문제될 것 없습니다." 젊은 잭 랜덤이 말했다. "나는 지금 당신들과 합류하기 위해 울프링월드로 가고 있는 중입니다. 곧 도착할 겁니다. 그때 세포조직을 채취하세요. 확인 절차를 마치면 나는 당신들을 이끌고 철의 쌍년을 권좌에서 끌어내릴 반란을 지휘하겠습니다."

군중은 우렁찬 갈채를 보냈다. 그들은 늙고 수척하고 초췌한 사람보다는 젊고 카리스마 넘치는 영웅을 잭 랜덤이라고 믿고 싶어 하는 것이 분명했다. 오언도 인정하기는 싫지만 그 이유를 이해할 만했다. 미스트월드에서 처음 잭 랜덤을 찾았을 때 그도 믿고 싶지 않았다. 그 역시 전설에 걸맞은 영웅을 만나고 싶었던 것이다. 바로 지금 앞에 서 있는 저 사람 같은 영웅을.

"곧 도착합니다." 젊은 랜덤은 박수소리가 잦아들자 다시 반복했다. "누가 진정한 잭 랜덤인지 결정하고 다가오는 반란에서 얼마나 나를 잘 활용할지는 모두 당신들에게 달렸습니다. 이제 영웅들의 시간이 도래했습니다. 벗들이여, 이제 선하고 명예를 아는 사나이들이 일치단결하고 더 이상 용납할 수 없는 간악한 무리들을 물리치기 위해 힘차게 떨쳐 일어설 때입니다!"

더 큰 박수와 환호가 터져 나오자 그는 말을 멈춰야 했다. 그가 미소 짓고 절을 한 후 그의 홀로그램이 사라지자 박수소리도 서서히 멈췄다. 방 안에는 정적이 찾아들었고 모두들 늙은 잭 랜덤에게로 시선을 돌렸다. 그는 아랫입술을 깨물고 자신의 발끝을 쳐다보고 있었다. 루비가 팔꿈치로 그를 슬쩍 밀었다.

"무슨 말이라도 해봐요!"

"무슨 말을 할지 모르겠네." 그는 고개를 들지 않고 조용히 말했다. "나도 내가 누군지 더 이상 모르겠어. 나는 지쳤어. 가서 잠시 누워야겠군."

그는 단상에서 내려와 방을 떠났고 아무도 그를 붙잡지 않았다. 오언조차도.

이후 열띤 난상토론이 이어졌다. 젊은 잭 랜덤의 출현으로 사람들의 사기가 한껏 고양된 것이 분명해 보였다. 그것은 늙은 잭 랜덤이 이끌어낼 수 없는 분위기였다. 사람들은 그들의 열정과 신념에 불꽃을 당길 사람이 필요했고, 이제 그들은 싸울 준비가 되었다. 자일스와 오언과 헤이즐이 최선을 다해 회의를 진행해보려 했으나 군중의 의견을 한데 묶어 구속력 있는 결정을 이끌어내기에는 역부족이었다. 그들이 라스트스탠딩에 모인 것은 잭 랜덤이라는 이름 때문이기에 다른 사람이 그들을 통제할 수는 없었다. 결국 알렉산더 스톰과 두 명의 스티비 블루가 골고다 지하동맹의 대표로서 의장 역할을 맡게 되었다. 지하동맹은 자금력이 없었고 그래서 실행력도 미약했지만 오랫동안 제국 전역에 걸친 반란을 준비해온 것은 분명했다.

서서히 회의는 정돈되고 몇 가지 결정이 내려졌다. 라이언스톤에게 정면으로 부닥쳐서는 승산이 없다는 것에 모두들 동의했다. 그들에게는 라이언스톤의 잘 훈련된 군대에 필적할 만한 힘이 없었던 것이다. 그 대신 골고다 지하동맹은 제국 전역에서의 동시다발적인 봉기를 제안했다. 제국군이 그 모든 곳에 대처하기 위해서는 불가피하게 병력을 분산시킬 수밖에 없을 것이고 그러면 각개격파할 수 있다는 것이었다.

그중 네 개의 행성이 관건이었다. 누구든 그 행성들을 차지하는 세력이 최후의 승자가 된다. 그것이 먼저 결판나야만 반란의 최종 국면인 골고다와 제국궁전에 대한 공격으로 넘어갈 수 있다. 그리고 골고다를 차지하면 제국을 지배하게 되는 것이다. 네 개의 행성은 울프가의 스타드라이브 생산기지인 테크노스Ⅲ, 반란행성인 미스트월드, 유원지 행성으로 유명한 섀넌월드, 그리고 제국의 식량보급창인 비리몬드 행성이었다. 그리고 헤이즐과 오언이 미스트월드로 돌아가는 것이 거의 만장일치로 결정되었다. 그들은 그곳에 가본 적이 있는데다 아는 사람들도 있었기 때문이다.

"오, 훌륭하군." 오언이 말했다. "지난번 그곳에 갔을 때 내가 한 일은 살아남기 위해 발버둥치는 게 다였지. 그런데 내가 그 지역 전문가라고?"

"당신이 미스트월드에서 살아남았다면 전문가 맞아요." 헤이즐이 말했다. "그리고 내가 도움이 될 만한 사람들을 좀 알고 있는 것도 사실이지요. 그러니 우리가 다른 사람보다 월등히 나은 조건이에요. 기운 내요. 이번에는 그렇게 나쁘지 않을 거예요."

"더 나빠질 수도 있지." 오언이 말했다.

"그런 생각 말아요." 루비 저니가 말했다.

"나는 상자 속에 담겨 돌아오게 될 거요." 오언이 말했다. "그냥 알수 있소. 미스트월드는 내가 아는 곳 중에서 유일하게 제국궁정을 따분하고 순진한 곳으로 보이게 만들 수 있는 곳이오. 미스트월드에 문명이라고는 없소. 그곳은 정글이란 말이오. 조금만 더 폭력적일 수 있다면 아마도 골고다 검투장에 몰려드는 관중에게 초대장을 돌려도 될 정도요. 홀로비전에서 대단한 인기를 끌겠지. 드라마에서 볼 수 있는 섹스, 피, 더러운 거래 등 모든 것이 미스트월드에는 넘쳐나지. 우리가 협상만 잘 하면……"

"오언!" 헤이즐이 말했다. "왜 그렇게 수다스러워요. 우린 산드라코의 정글에서도 살아남았는데 미스트월드쯤이야 뭐 별거겠어요?"

"결국 비극으로 끝날 거요." 오언이 말했다.

그는 사람들의 시선을 의식하고는 목소리를 낮춰 투덜거렸다. 회의는 계속되었지만 헤이즐은 건성으로 들었다. 그녀는 태연한 척했지만 속으로는 동요하고 있었다. 울프링월드를 떠나 미스트월드로 간다는 것은 피의 공급이 끊긴다는 것을 의미했다. 하지만 출발하기 전에 충분한 양을 비축해놓고, 또 미스트월드에 가서 새로운 공급선을 찾아내면 문제가 안 될 수도 있었다. 미스트월드에는 없는 것이 없다. 하지만 그렇게 되면 그녀의 비밀이 탄로 날 가능성도 커진다.

그녀는 반란자평의회가 그녀를 어떻게 여기는지에 대해서는 눈 하나 깜빡하지도 않았다. 그들은 이미 그녀를 인육상이라고 비난하지 않았는가. 하지만 오언이 실망하는 것은…… 그는 화를 내지는 않을 것이다. 화내는 것쯤은 감당할 수 있지만, 그녀를 슬프게 바라보고 실망스러운 표정을 짓는 것은…… 어떤 이유에서인지는 알 수 없지만 그녀는 자신이 그를 그렇게 실망시킨다면 견딜 수 없을 것 같았다. 그래서 그에게는 철저히 비밀로 해야 했다.

그녀는 가슴 앞으로 팔짱을 끼고 자신을 꼭 껴안았다. 피가 든 병이 주머니에서 느껴졌다. 옆으로 삐져나온 그 모습이 꼭 보채는 아이 같았다. 다시 욕구가 타올랐다. 하지만 무자비하게 억눌렀다. 그녀는 아직 자제력을 지니고 있다. 그리고…… 미스트월드로의 파견을 피를 끊는 계기로 활용할 수도 있을 것이다. 옛 친구들과 정든 장소에서 지내다보면 스트레스도 줄어들 것이다. 그녀는 할 수 있다. 그녀는 마약보다 강하다. 이런 생각들을 하고 있는 와중에도 그녀는 주머니 속의 피를 달라고 덜덜 떨고 있는 몸을 억누르기 위해 더욱 세게 자신을 껴안았다.

그녀는 억지로 신경을 돌려 토론에 집중했다. 늙은 잭 랜덤, 루비 저니, 그리고 알렉산더 스톰이 반란자들의 대표로 테크노스Ⅲ로 파견되기로 결정되었다. 많은 사람들이 랜덤에 대해 의문을 품었지만 아직 아무도 그를 배제할 만큼 확신이 없었다. 그래서 테크노스Ⅲ에서 그의 진가를 확인하고 싶었던 것이다. 그 행성은 수세기 동안 공장이었다. 행성의 지표면 대부분은 층층이 쌓인 공장들과 건설 현장과 굴착장비들 아래로 사라져버렸다. 공기는 너무 오염되어서 썹어 먹을 수 있을 정도였으며 행성의 생태계는 이미 오래전에 파괴되어버렸다. 하지만 아무도 상관하지 않았다. 중요한 것은 사라지지 않았기 때문이다. 공장은 계속 가동되었고, 더 이상 환경에 대한 부작용을 걱정할 필요가 없게 되자 생산성이 오히려 향상되었다.

지금 테크노스Ⅲ 행성은 울프 가문의 소유이고 스타드라이브 생산에 전용되고 있다. 그 사업은 행성의 거의 대부분의 자원을 필요로 하는 매우 오래 걸리고 복잡한 작업이었지만 울프 가가 제국의 지지를 등에 업고 있기 때문에 아무도 군말을 하는 사람이 없었다. 노동자들은 클론들과 수세대를 걸쳐 물려받은 빚을 갚아야 하는 계약노동자들이었다. 지금의 이자율을 감안하면 사람들은 태어나서 죽을 때까지 원금은커녕 이자를 물기도 벅찼다. 그래서 당연한 귀결이겠지만 그곳에는 소규모지만 잘 정비된 반란군이 있었다. 그들은 공장과 실험실들에서 배출된 쓰레기들로 가득 찬 어마어마한 규모의 매립지를 파헤치며 근근이 생활을 이어가고 있었다.

그들은 강인하고 헌신적인 전사들이었다. 그럴 수밖에 없었다. 울프 가가 행성을 장악하고 있는 한 그들이 행성을 벗어날 수 있는 길은 없었다.

요즘 테크노스Ⅲ의 상황이 악화되자 밸런타인 울프는 스타드라이브 생산에 차질을 가져올 방해책동에 대비해 지원을 요청할 수밖에 없었다. 그런데 여제는 짓궂게도 교회군과 카사 주교가 이끄는 예수회의용단을 파견했다. 밸런타인과 카사는 서로 사이가 좋지 않았다. 그래서 이참에 밸런타인은 더욱 뒤로 물러서고 스테파니와 다니엘에게 공장 운영을 일임해버렸다. 교회는 종교적 열정으로 지역 반란군과 싸웠지만 수세에 몰렸다. 카사는 흥분해서 길길이 날뛰었고, 라이언스톤이 지원군을 보내주지 않는 것도 그의 광란에 한몫했다. 그는 테크노스III에서 모든 문제를 혼자 해결해야 했다.

랜덤과 저니 그리고 스톰은 행성에 잠입해 현지 반란군과 접선해 그들을 지휘하고 교회군에 대한 승리를 이끌어야 한다. 그런 다음 현지인들을 반란 세력에 가담시켜 신형 스타드라이브의 공급원을 확보해야 한다. 아무도 말하지 않았지만 이것이 잭 랜덤에 대한 시험이라는 것을 모두가 알고 있었다. 과업을 완수한다면 그는 진짜 잭 랜덤으로 인정받을 것이고, 반대의 경우에는 사정이야 어찌되었건 쓸모없는 존재로 낙인 찍힐 것이다.

자일스 데스스토커, 핀레이 캠벨, 에반젤린 슈렉은 섀넌월드로 가기로 정해졌다. 제국에서 가장 화려한 유원지 행성으로 유명한 그곳에 삼 년 전 심각한 문제가 발생했다. 문제가 뭔지는 아무도 몰랐다. 하지만 그곳에 가서 돌아오는 사람이 하나도 없다는 것이 문제였다. 여제가 해병부대도 파견해보았지만 그들마저 소식이 두절되었다. 요즘 섀넌월드는 격리조치 하에 있다. 그곳에 들어가려는 바보도 없겠지만 어쨌든 아무것도 들어가거나 나오지 못하도록 지키고 있는 것이다. 행성의 여러 소유주들은 사태의 진상을 파악하기 위해 대부대를 파견해야 하는데 누가 그 비용을 댈 것인가를 놓고 계속 소모적인 논쟁만 벌이고 있을 뿐이었다.

살아 돌아온 사람이 하나 있기는 했다. 미치고 초주검이 되어 돌아온 그는 며칠 후에 죽었다. 그가 스스로 죽고 싶어 했기 때문이다. 그는 섀넌월드를 아겔다마, 즉 피의 밭이라고 불렀다. 유원지 행성에서는 치열한 전투가 벌어지고 있음이 분명했다. 하지만 정작 싸우는 당사자가 누구인지는 알 길이 없었다.

"그러니까 우리보고 그곳으로 가라는 겁니까?" 못 믿겠다는 듯 핀레이 캠벨이 물었다. "우리 이력서 어디에 자살 임무를 좋아한다고 씌어 있던가요? 그리고 도대체 그 지옥이 왜 중요한 거지요?"

"빈센트 하커." 알렉산더 스톰이 짧게 대답했다. "이 시대의 가장 위대한 전략가지. 그는 제국군의 배치와 반란군의 공격이 있을 경우 가동되는 동원체계에 대해 모든 것을 알고 있네. 그것은 우리가 꼭 알아내야 할 핵심적인 정보야. 평상시에 그는 철통같은 경호 속에 있기 때문에 우리가 털끝 하나 건드릴 수 없지만, 열두 시간 전에 하커의 배가 해적선의 공격을 받았어. 우리와는 상관없는 일이야. 두 배가 서로 치고 박다가 모두 부서졌고 하커는 구명정으로 탈출했네. 그가 섀넌월드의 어딘가에 불시착했다는군. 제국군보다 먼저 우리가 그를 찾아야 해. 우리에겐 몇 가지 이점이 있네. 첫째, 단지 열두 시간밖에 안 지났기 때문에 여제가 수색팀을 보내기 전에 우리가 먼저 도착하기만 한다면 그를 찾을 수 있는 가능성이 매우 높네. 둘째, 하커의 구명정에는 비컨이 있고 여전히 신호를 발사하고 있을 거라는 점이네. 물론 지상에 내려가봐야 그 신호를 포착할 수 있겠지만. 셋째, 섀넌월드에서 무슨 일이 벌어지고 있건 간에 자네들은 생존능력이 뛰어난 사람들이네. 다른 사람들 같으면 벌써 죽고 말았을 삶을 여태까지 계속 버티며 살아오고 있지 않나."

"그럼에도 불구하고" 핀레이 캠벨이 말했다. "당신이 오직 한 사람만 살아 돌아왔고 그 사람마저 미쳐서 죽어버렸다는 행성으로 우리를 보낸다는 사실에는 변함이 없는 거지요?"

"뭐 그런 셈이지." 스톰이 말했다. "하지만 하커를 손에 넣을 기회를 그냥 흘려보낼 수는 없네. 일종의 도전이라고 생각하게."

핀레이는 그를 빤히 쳐다보았다. "당신이나 도전이라고 생각하십시오. 나는 가지 않겠습니다."

"가야 해요." 에반젤린이 말했다.

핀레이는 그녀를 쏘아보았다. "내가 가야 할 이유 한 가지만 말해 보시오. 젠장, 설득력 있는 걸로."

"왜냐하면 제가 가니까요." 그녀가 조용히 대답했다. "우리의 경애하는 지도자께서 제가 그곳에 가면 더욱 쓸모가 있을 거라고 결정하셨기 때문이죠. 아켈다마, 피의 밭. 아주 낭만적으로 들리지 않나요?"

"낭만에 대해 아주 이상한 감각을 가지고 있군." 핀레이가 말했다.

"물론이죠." 에반젤린이 말했다. "그래서 당신과 사랑에 빠진 것 아니겠어요?"

"나 같으면 항복했겠는데." 자일스가 말했다. "자네는 이길 수 없네. 내가 장담하지."

핀레이는 누구라고 할 것도 없이 노려보며 말했다. "혹시라도 내가 이 모험에서 살아 돌아온다면 정말로 큰 상을 준비해놓아야 할 겁니다."

"당신은 나의 영웅이에요." 에반젤린이 말했다.

그 이후 다비드 데스스토커와 키트 서머아일이 비리몬드를 책임지고 운영하도록 하고 회의를 마쳤다. 모든 사람들은 각자의 길로 돌아갔다. 이것이 위대한 혁명의 시작이었음을 훗날 역사가 기록하게 될 것이다.

오언과 헤이즐, 잭과 루비, 그리고 자일스는 질풍노도와 같았던 평의회 모임을 마치고 식당의 탁자에 둘러앉아 여러 병의 와인과 변함없는 사각단백질을 즐기며 휴식을 취했다. 자일스는 음식기계를 고쳐 뭔가 새로운 것이 나오도록 해보겠다고 번번이 약속했지만 항상 다른 일로 바빴다. 오언은 자일스가 기계의 사용설명서를 잃어버린 것이 아닌가 하는 의심이 들었지만, 당사자는 인정하지 않았다. 알렉산더 스톰과 스티비 블루들은 저녁식사를 힐끗 쳐다보고는 골고다 지하동맹에 보낼 보고서를 작성하는 것이 더 급하다며 곧장 개인 숙소로 돌아가버렸다. 오언은 그들이 어딘가 음식을 숨겨두었을 것이라고 생각했다.

오언은 두 번째 단백질을 결연히 깨물었다. 언젠가는 사각단백질에 적응할 것이라는 희망을 버리지 않았지만 날이 갈수록 새롭게 역겨운 맛을 발견할 뿐이었다. 그는 순전히 의지력으로 한 입 얼른 삼키고 와인을 벌컥벌컥 마셔 그 맛을 씻어냈다. 그러니 매끼 식사 때마다 술에 취하는 것은 당연했다. 식사 전에 먼저 취해보면 어떨까 하는 생각도 해보았다. 그러면 그 맛을 견디기가 좀 더 수월할지도 몰랐다. 그는 한숨을 쉬고 나머지 사각단백질을 밀쳐냈다. 조만간 다이어트를 본격적으로 해볼 참이었다.

"걱정 말아요." 헤이즐이 말했다. "미스트월드에는 정말로 훌륭한 식당들이 있다고요."

"그래야 할 거요." 오언이 말했다.

"유전자검사를 받고 싶네." 랜덤이 불쑥 말하자 모두가 그를 쳐다보았다. 그는 약간 얼굴을 붉혔다. "내 말은 이 성채에 그걸 할 만한 장비가 있을 거라는 거야."

"그럴 거요." 자일스가 말했다. "아니면 적어도 내가 그것을 만들 수 있는 부품이라도 있겠지. 하지만 그럴 필요 없소. 우리는 당신이 진짜라는 것을 이미 알고 있소. 우리는 광기의 미로에서 변한 후 서로의 마음을 모두 접촉해보았소."

"그것으로는 부족합니다." 랜덤이 고집을 부렸다. "그게 증명하는 것은 내가 스스로를 진짜라고 생각한다는 것뿐이잖소. 내가 틀렸을 수도 있어요. 내가 붙잡혔을 때 제국의 마인드테크가 무슨 짓을 해놓았는지 알 게 뭐요?"

"당신이 누군지 우리한테 증명하기 위해서라면 어떤 검사도 받을 필요 없어요." 루비가 말했다.

"그런 게 아니란 말이야." 랜덤이 말했다. "나는 내가 정말로 누군지 알고 싶어서 검사를 받아보겠다는 거야. 아무것도 확실치 않아. 회의장에서 사람들 표정 봤지? 그들은 전설을 만나고 싶어서 여기까지 왔는데 전설은커녕 기억이 뒤죽박죽된 지친 노인을 발견했던 거야."

"그 노인네라는 소리 좀 집어치울 수 없어요?" 루비가 말했다. "당신은 고작 마흔일곱밖에 안 됐다고요. 자기가 그렇게 말해놓고서는."

"하지만 몇 년을 압축적으로 살았지." 랜덤이 말했다. "최소한 내 생각에는 그래. 내 기억을 더 이상 믿을 수 없어."

"내가 검사를 준비할 수 있소." 자일스가 말했다. "하지만 장비를 끌어 모으는 데 시간이 좀 걸릴 거요. 그러면 테크노스III로 출발하는 것이 이삼 일 지연될 텐데."

오언은 얼굴을 찌푸렸다. "그렇게 오래 지체할 수는 없다고 생각합니다. 우리는 시간표대로 움직여야 해요."

"검사는 나중에 해도 돼요." 루비가 단호하게 말했다. "당신이 스스로를 모른다고 해도 나는 당신이 누군지 알고 있어요. 우리는 할 일이 있고 그게 우선이에요."

랜덤은 여전히 석연치 않은 표정이었다. 하지만 마침내 어깨를 으쓱하고 고개를 끄덕였다. 그들은 말없이 탁자에 둘러앉아 서로를 바라보거나 허공을 응시했다. 이제 곧 서로 흩어져서 각자의 임무를 위해 떠날 것이고 몇몇은 돌아오지 못할지도 모른다. 그래서 서로 무슨 말을 해야 할지 몰랐다.

"우리는 여전히 무의식으로 연결되어 있어." 자일스가 마침내 운을 뗐다. "우리가 어디 있건 거리는 문제가 되지 않을 거라고 생각하는데."

"문제가 될 수도 있어요." 헤이즐이 말했다. "이것은 완전히 새로운 영역이에요. 우리처럼 연결돼본 사람이 아직 없잖아요. 정말 우리 같은 사람은 전에 없었어요."

"그러니까" 오언이 말했다. "그게 의미하는 바는 어떤 대가를 치르지 않고는 우리 같은 힘을 얻을 수 없다는 거 아니겠소?"

"그건 인간의 생각일 뿐이야." 랜덤이 말했다. "제한된 사고라는 거지. 자넨 더 이상 인간이 아닌데 왜 인간적인 한계에 연연해하지?"

"한계는 분명 있을 거요." 자일스가 말했다. "결국 언젠가는 한계가 나타나기 마련이지. 우리가 엄밀한 의미에서는 더 이상 인간이 아니지만 그렇다고 신도 아니잖소."

"나는 신이 돼도 괜찮아요." 루비가 말했다. "구릿빛으로 그을린 젊은 시종들이 공물로 금은보화를 바친다? 생각만 해도 신나는 일이에요."

"그렇게 단순한 게 아니오." 오언이 말했다. "우리의 연결은 그냥 신비한 통신채널 같은 게 아니오. 그게 우리를 바꾸고 있소. 우리를 서로 닮게 만든단 말이오. 우리가 서로 말투도 비슷해져가고 있다는 거 눈치 챈 사람 없어요?"

"그래요." 헤이즐이 말했다. "우리 모두 말하는 게 전보다 훨씬 비슷해졌어요. 같은 구문을 사용하고 같은 개념을 공유하고 사물을 보는 관점도 비슷해졌어요."

"그런 것들을 깨달았으면서" 랜덤이 말했다. "왜 여태껏 말하지 않았나?"

"나 혼자의 생각이기를 바랐어요. 내 말은 여러분이 이 말을 들으면 아주 이상하게 여길 것이라는 거였지요. 말투뿐만이 아니에요. 배우지도 않았는데 다른 사람의 기술을 사용할 수 있어요. 심지어 개조가 필요한 기술도요. 오언의 부스트 같은 거요."

"어떤 때는 내가 생각하는 것을 여러분 중 한 명이 말할 때가 있습니다." 오언이 말했다. "그리고 어떤 때는 내가 전혀 알 수 없는 일임에도 불구하고 다른 사람들이 어디 있고 무엇을 하는지 느낌이 올 때도 있습니다. 우리가 게슈탈트가 되는 걸까요? 집단마음 말입니다."

"나는 그렇게 생각하지 않아." 자일스가 말했다. "우리는 여전히 다른 사람으로부터 비밀을 간직할 수 있어. 그렇지 않나, 헤이즐?"

그녀는 심장이 덜컥 내려앉은 것 같았다. 하지만 태연한 표정으로 물었다. "무슨 말씀을 하시는 거죠?"

"자네가 왜 그렇게 헤이든맨의 도시에서 많은 시간을 보내는지 말해줬으면 해서 말이야."

"그건 제 일이에요." 헤이즐이 단호하게 말했다.

"우리는 모두 사생활을 누릴 권리가 있습니다." 오언이 도왔다.

"나는 알고 싶네." 자일스가 말했다.

"헤이즐은 토비아스 문을 만나고 있어요. 됐습니까?" 오언이 말했다. "헤이즐이 말하기 싫다면 그건 그녀의 결정입니다. 우리가 가깝다고 해서 자기 영혼을 다른 사람들에게 열어놓아야 하는 것은 아니지요."

"우리의 선택권이 없을지도 모르지." 자일스가 말했다. "연결이 계속 성장하고 강해진다면 말이야."

"그렇다면 정말로 우리는 서로 헤어져 거리를 유지해야 할 필요가 있겠군." 랜덤이 말했다. "아, 여러분이 싫다는 소리는 아니오. 다만 내 머릿속에는 나 한 사람만으로 충분하다는 걸 말하고 싶은 거요."

"맞아요." 헤이즐이 말했다. "게다가 내 생각으로는 아직 인류가 루비 저니를 신으로 모실 준비가 안 된 것 같아요."

"넌 야망이 없구나." 루비가 조용히 말했다.

"하지만 우리는 서로 뭉쳐 있으면 더욱 강력해집니다." 오언이 말했다. "사일런스의 부대가 왔을 때 우리가 올린 보호막 기억들 하시죠? 어떤 무기도 그것을 뚫을 수 없었을 겁니다. 우리가 따로 떨어져서는 그런 것을 만들어낼 수 없을 거예요. 우리가 같이 할 수 있는 것들이 그것 말고도 또 있겠지요. 아주 강력한 것들이요. 반란의 성공을 위해서 우리는 더욱더 강해져야 할까요? 우리는 반란군의 비밀병기지요. 다가오는 전쟁을 우리 편에 유리하도록 방향을 틀 수 있는 존재들. 우리 개성을 유지하려는 이기심을 반란의 대의에 앞세울 수 있을까요?"

"아마 우리가 싸워야 하는 이유 중 하나가 모든 사람의 개성을 존중하는 사회를 만들어야 한다는 것 아닐까?" 랜덤이 말했다. "우리가 비인간적으로 되면서 인간성을 논할 수는 없다고 생각하네. 우리 말고 유일하게 광기의 미로를 통과한 사람들은 과학자들이었고 그들이 헤이든맨을 창조했지. 우리가 그 사람들의 전철을 밟아야 하나?"

"그의 말이 옳아." 자일스가 말했다. "우리는 내부에 괴물을 가지고 있어. 점점 커지는 우리의 힘이 그 괴물을 풀어놓는다면? 우리가 뭐가 될지 모르지."

그들은 모두 말없이 생각에 잠겼다. 오언은 제국의 반을 가로질러 오베아 성계에 있는 블러드러너를 자신이 얼마나 간단히 죽일 수 있었는지에 대해 생각해보았다.

마침내 랜덤이 한숨을 내쉬며 몸을 앞으로 당겨 앉았다. "이건 모두 불필요한 얘기들이야. 어쨌든 우리는 같이 있을 수 없잖은가. 우리는 이제 곧 세 군데 행성으로 찢어지게 돼 있어. 헤이든맨의 배가 준비되는 대로 출발해야지. 우리가 돌아와 다시 만날 때까지 잠시 보류해두자고. 자, 이제 더 토론할 내용이 남았나? 나는 오늘 아주 피곤하네. 어디선가 푹신한 침대와 두툼한 담요가 내 이름을 부르는군."

"한 가지 더 있습니다." 오언이 주저하며 말했다. "제 개인AI 오지맨디어스를 기억하시죠? 제국의 스파이로 드러나서 제가 제거해버렸잖습니까. 그런데…… 녀석이 돌아왔습니다. 나한테 말을 걸고 있어요. 그런데 그 소리는 저만 들을 수 있습니다. 제가 스트레스 때문에 정신이 이상해진 것일 수도 있고, 아니면 뭔가 심상치 않은 일이 발생한 것일 수도……"

"전에는 그런 말 한 적 없잖아요." 루비가 말했다.

"우리가 자기를 미쳤다고 생각할까봐 두려웠겠지." 헤이즐이 말했다. "우리는 그렇게 여기지 않았을 거예요, 오언. 우리 모두 스트레스를 알고 스트레스가 사람에게 어떤 영향을 미치는지 이해해요."

"게다가" 랜덤이 말했다. "만약 자네가 미쳤다면, 우리 모두 이미 연결을 통해 느꼈을 거네."

"오즈가 아직도 너와 헤이즐에게 심어놓은 제어단어를 알고 있느냐?" 자일스가 심각한 표정으로 물었다.

"아니라고 하더군요." 오언이 대답했다. "그렇지만 녀석이 거짓말하는 것인지 아닌지는 알 도리가 없습니다. 어쨌든 아직까지는 그걸 사용하려고 하지 않았어요."

"지금 오즈에게 말을 걸어보게." 랜덤이 말했다. "우리가 들을 수 있는지 실험해보세. 모두 통신을 활짝 열어놓고 연결에 집중해보자고. 시작하게, 오언."

"알겠습니다." 오언이 말했다. "오즈, 거기 있나?"

"물론이지요. 여전히 여기 있습니다." AI가 응답했다. "제가 어디로 가겠습니까? 당신이 입 닥치라고 말했지요, 기억하세요? 개인적으로 당신이 저 없이 하루를 무사히 넘겨서 아주 기쁩니다. 평의회 모임 때 필요한 모든 조언을 제가 해드릴 수 있었을 텐데 아쉽습니다. 하지만 당신의 새로운 마술을 보니 당신이 정말 위대해 보이는군요. 제 말은 제가 7급 AI이고 당신이 평생 동안 얻을 수 있는 것보다 많은 정보를 처리할⋯⋯"

"입 닥쳐, 오즈." 오언이 말했다. 그는 탁자 주위를 둘러보며 말했다. "자, 뭐 좀 들립니까?"

"전혀." 랜덤이 말했고, 다른 사람들도 고개를 저었다. 랜덤은 오언을 빤히 쳐다보았다. "자네는 그게 AI라고 확신하나?"

"아니오." 오언이 말했다. "그럴 리가 없지요. 제가 직접 광기의 미로에서 AI를 죽였는데요. 새로운 능력으로 녀석의 마음을 완벽하게 파괴시켰다고요. 그 녀석이 죽는 것을 느꼈습니다."

"그렇다면 이건 누구죠?" 헤이즐이 물었다.

"나도 모르겠소!" 오언이 말했다.

"광기의 미로가 남긴 후유증일지도 몰라." 랜덤이 말했다.

"오, 아주 위로가 되는 말이군요." 루비가 말했다. "당신 말은 우리도 환청을 들을 수 있다는 거네요?"

"도움이 될 만한 말이 없다면 그냥 잠자코 있어." 헤이즐이 말했다. "오언이 우리한테 말하기를 꺼렸던 것도 무리가 아니네요."

"어떻게 도울 수 있을지 모르겠는걸, 오언." 랜덤이 말했다. "그래도 뭐 새로운 일이 생기면 우리한테 알려주게. 다른 사람들도 마찬가지야. 일단 이 문제도 우리가 임무를 마치고 돌아올 때까지 남겨놓는 것이 좋을 듯하군. 급한 일부터 처리해야지. 출발하기 전에 오언 자네는 통신임플란트를 점검받아보는 것이 좋을 것 같네. 혹시라도 뭔가 발견할 수도 있을지 모르니까. 혹시 또 같이 의논해보고 싶은 문제가 더 있나?"

모두들 서로의 얼굴을 살폈다. 헤이즐은 입을 꾹 다물고 있었다. 그녀는 그들에게 피에 대해 말할 수 없다. 그들은 이해하지 못할 것이다. 이것은 그녀의 문제이고 그녀 혼자 해결해야 한다. 전에 이미 미스트포트에서 해결한 적이 있고 이제 곧 그곳으로 갈 것이다. 그것은 일종의 징조이다. 그래야만 한다. 침묵이 길어지자 랜덤은 의자를 뒤로 밀치고 자리에서 일어섰다.

"잘 자게나, 여러분 모두. 내 왼쪽 다리가 벌써 잠들어버렸군. 나머지도 빨리 따라가야지. 떠나기 전에 푹 쉬라고. 우리가 다시 쉴 수 있게 되기까지는 아주 오랜 시간이 필요할 것 같으니까."

그는 보일 듯 말 듯 사람들에게 고개를 끄덕이고 돌아서서 부엌을 떠났다. 루비 저니는 반쯤 남은 와인 병을 들고 잭 랜덤을 따라갔다.

헤이즐은 오언에게 살짝 고갯짓을 하고 이상하게 보이지 않는 선에서 서둘러 자리를 빠져나왔다. 그녀는 그와 대화할 수 없다. 자기도 모르게 진실을 털어놓아버릴지도 모른다. 이해해줄 수 있는 사람이 있다면 그는 바로 오언이겠지만, 위험을 감수할 수는 없다. 그래서 그녀는 뒤돌아보지 않고 부엌을 빠져나와 혼자 침실로 갔다. 자일스와 오언은 그대로 앉아서 탁자 너머로 서로를 쳐다보았다.

"우리가 이렇게 빨리 헤어져야 하다니 유감이에요, 할아버지." 오언이 말했다. "아직 서로를 알아볼 기회가 별로 없었는데요."

"나는 네가 진정한 데스스토커라는 것을 안다." 자일스가 말했다. "그거면 다 된 거야. 너는 훌륭한 전사다. 역사가치고는. 내게…… 물어볼 것이 있느냐?"

"글쎄요." 오언이 말했다. "왜 변발을 하고 있는지 궁금하군요. 제 말은 그건 용병의 표시 아닌가요?"

"그렇지." 자일스가 말했다. "내가 기억하는 제국은 사라졌다. 기억 속에만 있지. 내가 충성을 맹세한 황제도 이미 오래전에 죽었고. 세상일이 내가 기대한 것처럼 흘러가지 않았어. 사람들은 항상 미래는 좀 더 나을 것이고 후손들이 좀 더 좋은 시대에 살게 될 거라고 기대하지. 하지만 나는 이미 그 당시에 부패의 징후를 보았단다. 그리고 지난 9백 년 동안 그것은 변하지 않았어. 오히려 더 나빠졌지. 최소한 내가 재건의 시작을 볼 정도로 오래 산 것 같구나. 나는 더 이상 워리어 프라임이 아니다. 오래전에 내게서 그것은 사라졌어. 그래서 나는 다른 사람들의 대의를 위해 싸우는 전사가 됐단다. 바로 지금처럼. 그래서 나는 스스로를 용병이라고 생각한다, 오언. 그 이상 아무것도 아니야. 그래서 변발을 했지. 나는 항상 극적인 연출을 좋아하거든. 우리가 헤어지기 전에 정말로 내게 하고 싶은 말이 없느냐?"

오언은 불편하게 의자 위에서 몸을 꼬았다. 자신의 아들 드램을 죽인 이후로 자일스는 오언에게 아버지 역할을 하고 싶어 하지만, 오언은 다른 아버지를 원하지도 필요로 하지도 않았다. 친아버지에 대한 감정도 제대로 정리하지 못했기 때문이다. 그래서 결국 두 사람은 서로 미소를 교환하고 고갯짓으로 인사를 나눈 다음 여행길에 오르기 전에 주어진 휴식을 취하기 위해 각자의 방향으로 발걸음을 옮겼다.

두 명의 데스스토커는 피와 명예로 결속된, 다가올 반란의 영웅들이다. 하지만 결국 어떤 어두운 운명이 자신들을 찾아올지 전혀 알지 못했다.

어둠 속의 목소리

럼이 이상해지고 있다. 돈틀러스 호가 기나긴 밤의 우주를 작은 은 빛 점으로 쏜살같이 날고 있었다. 존 사일런스 함장은 돈틀러스 호의 지휘석에 앉아 침울하게 메인스크린을 바라보았다. 스크린에는 별 달리 볼 만한 것이 없었다. 그는 순회 작전을 펼치며 럼의 가장자리 까지 왔다. 이곳에서부터는 태양과 행성, 그리고 생명이 자라는 정상 적인 우주는 사라지고, 빛과 생명을 전혀 알지 못하는 끝없는 어둠의 공허뿐인 암흑성운이 시작된다. 울프링월드만은 예외다. 그곳 깊은 곳에는 새로 태어난 헤이든맨들이 있고 새로운 반란의 싹이 움트고 있다. 사일런스의 입이 굳게 일자로 다물어졌다. 그는 그곳에서 패퇴 의 치욕을 맛보았다. 하지만 그렇다고 해서 복수하려고 성급하게 달 려가지는 않을 것이다. 행성의 지표면 아래 거대한 어둠의 동굴 속에 는 비자연적인 힘이 감돌고 있다. 인간의 이해력을 넘은 현상과 기운

들이 있다. 그 자신도 그 기운에 오염되어버렸다. 울프링월드는 매우 위험한 곳이기 때문에 제국함대 전체의 지원을 업지 않는 한 다시는 가고 싶지 않은 곳이다. 그는 용기와 만용을 구별할 줄 안다. 울프링 월드에서 자라나고 있는 반란은 분쇄되어야 한다. 하지만 그가 여제에게 그것을 확신시킬 수 있을 때까지는 암흑성운 안에서 유일하게 살아 있는 행성인 울프링월드에는 절대로 접근할 생각이 없었다.

그는 한숨을 쉬며 의자에서 자세를 고쳐 앉았다. 벌써 열 시간째 함교에 머물러 있었다. 물론 근무시간은 이미 끝났다. 하지만 내려가야 할 필요를 느끼지 못했다. 그는 쉴 수도 잘 수도 없었다. 최근 너무 많은 일들이 일어났다. 당혹스러운 일들이었다. 라이언스톤이 지시한 임무는 지극히 단순해 보였다. 외계인들이 정주하는 제국 내의 행성들을 순회하며 그들이 제국 밖의 외계인이나 제국 내의 반란 세력과 교류하지 못하도록 쐐기를 박아두는 것이었다. 한편으로는 더 많은 지원을 약속하고, 다른 한편으로는 불복할 경우 혹독한 보복을 가할 것이라고 협박하는 것이 임무였다. 당근과 채찍이다. 사람들에게는 절대로 실패하지 않는 전술이다. 하지만 제국 내에 포섭된 채 생존하고 있는 외계인 문명은 어떤 면으로 보아도 인간적이지 않다.

제국에서 멀리 떨어져 있고 교통행성과 식민행성에서도 가깝지 않은 이곳 림은 아주 조용했다. 돈틀러스 호는 외딴 곳에 떨어져 있었다. 가끔 외로움이 너무 커서 견디기 힘들기도 했다. 승무원의 반 이상이 진정제를 복용하거나, 규정을 어기고 독주에 의지하곤 했다. 사일런스는 모른 척했다. 그늘 모두는 기나긴 밤 동안 영혼에 스며드는 추위를 견디기 위해 특별한 무언가가 필요한 것이나. 모든 사람이 그랬다. 다만 프로스트만은 예외였다. 프로스트 수색관은 언제나 그렇듯 차분하고 안정된 태도로 사일런스의 지휘석 옆에 열중쉬어 자세로 대기하고 있었다. 그녀는 말없이 스크린을 계속 쳐다보았다. 그녀가 끝없는 단조로움에 지쳐간다는 것은 굳이 말하지 않아도 사일런스가 이미 알고 있었다. 프로스트는 항상 무엇인가를 해야 직성이 풀리는 성미였기 때문에 림의 가장자리에서 몇 주간 아무것도 하지 않는 것은 그녀에게 무척 힘든 경험일 것이다. 몇몇 외계인 행성 사이의 거리는 신형 스타드라이브를 이용해도 매우 먼 거리였고, 프로스트는 이동시간이 따분했다. 개인적으로 사일런스는 약간의 따분함이 싫지 않았다. 이제 몇 개의 행성만 거치면 그들의 임무는 공식적으로 끝나게 된다. 하지만 복귀명령을 받게 될지는 아직 미지수다. 그들은 여제가 공개되기를 꺼려하는 것들을 너무 많이 알고 있다.

사일런스가 제국의 중심에서 멀리 떨어져 있다는 것이 이토록 불안하게 느껴지는 이유는 단순히 외로움이나 권태 때문이 아니었다. 새로운 반란이 언제든지 개시될 수 있었다. 거의 초인이 되어버린 사람들이 지휘하고 무시무시한 개조인간들의 대부대가 측면 지원하는 이 반란은 일단 시작되기만 하면 다른 반란들과 달리 쉽게 꺾이지 않을 것이다. 사일런스는 거의 강박관념처럼 빨리 자신의 자리인 골고다의 궤도로 돌아가서 여제를 보호해야 한다는 불타오르는 의무감을 느꼈다. 라이언스톤은 새로운 반란과 그 지도자들의 위험성에 대한 그의 보고를 전혀 진지하게 듣지 않았다. 사일런스가 공감을 기대하며 프로스트에게 걱정을 털어놓았을 때, 그녀는 그저 어깨를 으쓱해 보이고는 제국 전체에 반란이 일어난다면 어디에 있건 모든 사람들이 싸울 기회를 충분히 갖게 되겠다는 말만 했다. 프로스트는 항상 지극히 현실적인 인물이었다.

사일런스는 손가락으로 의자의 팔걸이를 두드렸다. 그의 내부 깊숙한 곳에서 작지만 고집스러운 목소리가 뭔가를 마셔서 신경을 안정시키라고 아우성치고 있었지만, 그는 그 말을 듣지 않았다. 이미 그렇게 해보았으나 별 효과가 없었기 때문이다. 그는 프로스트의 도움으로 간신히 술독에서 빠져나올 수 있었고, 이제 다시는 그러지 않을 것이다. 몰락의 언저리에서 간신히 발길을 돌린 것이다. 골고다에 침입한 외계함정에 대한 승리로 얻어낸 천우신조의 기회를 자신의 유약함으로 망쳐버린다면 너무나도 허망한 일이 될 것이다. 약간의 시간이 필요했지만 승무원들도 이제 다시 그를 존경하게 됐고, 그는 그것이 무엇보다도 기뻤다. 그들은 모두 훌륭한 군인들이고 그는 그들에게 부끄럽지 않은 함장이 되고 싶었다. 물론 은밀한 곳에 숨어서 음험한 소문을 퍼뜨리는 자들이 없는 것은 아니었다. 그들은 배의 보안시스템이 그들을 엿듣고 있다는 것을 모른다. 하부 갑판에서 떠도는 얘기는 사일런스와 프로스트가 징크스를 가지고 있다는 것이었다. 불운을 몰고 오는 사람들이라는, 그들 주변에는 불행한 사건이 꼬리를 문다는 것이었다. 사실 사일런스는 해적선과 충돌해 자신의 배 다크윈드 호를 잃었고, 울프링월드에서의 작전도 순식간에 악몽으로 변했다. 소문이 지적하는 것은 세간에서도 말하듯 불운은 세 번 찾아온다는 것이었다. 미신을 믿는 승무원들 사이에서는 서로 내기를 하는 모습도 보였다. 내기거리는 정말 나쁜 일이 일어날 것이냐가 아니라 그것이 어떤 형태로 일어날 것이냐에 대한 추측들이었다.

사일런스는 그들을 방관했다. 전체적으로 승무원들은 민활하고 조직적으로 움직였으며 충실하게 자신들의 임무를 수행하고 있었다. 외계함정에 대한 승리가 울프링월드의 참패 이후 침체된 승무원들의 사기와 자신감을 회복시켜주었다. 그리고 그들 대부분은 외계함정의 골고다 공습에서 사랑하는 사람이나 지인을 잃었다. 승무원들의 가슴속에는 분노와 복수의 열망이 거세게 타오르고 있었다. 사일런스는 아직까지 그 표적이나 분출구를 찾지 못했지만 조만간 나타날 것이라는 것에 대해 의심하지 않았다. 외계종족이 잘못된 행동이나 말을 하게 되면 가차 없는 응징을 가하게 될 것이다. 그때가 되면 사일런스는 뒷짐 지고 물러나 있고, 승무원들은 지칠 때까지 폭력과 복수에 몰입할 수 있을 것이다. 외계인에게는 가혹한 처사가 되겠지만 결국 그들이 그곳에 가는 이유는 그런 일을 하기 위한 것 아니겠는가.

대체로 사일런스는 프로스트에게 외계인과의 접촉을 일임했다. 그녀의 전문 영역이기 때문이었다. 가끔 그녀의 극단적인 행동에 불편함을 느낄 때도 간섭하지 않았다. 그녀는 인류의 안전을 책임지고 있으며, 효과적인 임무 수행을 위해 무자비함이 요구될 경우에는 결코 주저하는 법이 없었다. 사일런스는 자기도 모르게 웃음이 나왔다. 분명히 수색관은 외교에 대해서는 훈련받지 못했을 것이다. 혹시라도 훈련받았다면 모두 잊어버린 것이 분명했다. 외계인의 권력자로 통하는 자에게 무턱대고 다가가 여제의 이름으로 요구사항을 전달하면서 단도직입적으로 불복할 경우 무슨 일이 일어날지 알 수 없다는 경고와 협박을 늘어놓던 것이다. 아주 무례한 행동이지만 어쨌든 그녀는 결과를 만들어냈다. 사일런스는 우려스럽기는 하지만 그 모습이 싫지 않았다. 인류의 안전이 최우선이다.

그도 예전에는 그런 모습이었다. 차갑고 무뚝뚝하고 권위적이었다. 그러다가 낙후된 행성인 언실리에서 불상사가 터졌다. 원주민 외계인들이 제국의 자원 남획에 반기를 들고 나선 것이다. 그때 막 함장으로 승진한 사일런스가 반란 진압을 위해 파견되었다. 그는 협상을 시도했고, 그다음에는 강경책, 무력, 그리고 마침내 전면전을 벌이게 됐다. 하지만 언실리에는 이상하고 비밀스러운 힘이 있음이 드러났고, 사태가 걷잡을 수 없이 어긋나기 시작했다. 사일런스는 퇴각을 명령하고 궤도상에서 전체 행성을 소각시켜버렸다. 그 외계종족은 지금 멸종되었다. 하지만 그들의 유령들은 여전히 언실리의 금속 숲 속을 떠돌고 있었다.

사일런스는 외계행성들에서 만난 외계인들을 떠올리며 얼굴을 찌푸렸다. 원만하게 진행된 경우는 거의 없었다. 하지만 다시 소각할 필요 없이 제국이 원하는 것을 결국 얻어내기는 했다. 그는 또다시 소각명령을 내릴 수 있을지 자신이 없었다. 물론 상황이 발생했는데 그가 명령을 내리지 않는다면 프로스트가 할 것이다. 둘 중 누가 옳은지 확정할 수 있는 사람이 누가 있겠는가? 인류는 보호되어야 한다. 외계인과의 접촉은 기이함 그 자체였다. 어떤 경우는 아주 당혹스럽기도 했다. 제국 내에는 다양한 형태와 사고방식을 지닌 생명체들이 존재한다. 그들 중 인간과 모양이나 의지가 비슷한 종은 거의 없다. 대부분 신비스럽고 불명확하며 어떤 경우는 완전히 이해 불가능할 때도 있다. 그들 중에는 자기들이 제국에 속해 있다는 사실조차 모르는 종도 있을 것이다.

샤나IV는 지하에만 물이 있고 표면은 말라비틀어진 황량한 행성이다. 거대하고 눈부신 태양이 하늘 위에서 작렬하고 구름의 존재가 결코 알려진 바 없는 곳이다. 지적 생명체가 있음을 드러내는 유일한 표지는, 수지로 굳힌 돌과 모래로 만들어진 거대한 피라미드들이었다. 오래전에 행성의 유일한 거주민들이 지은 것이었다. 각각의 피라미드는 서로 수천 킬로미터나 떨어져 있음에도 불구하고 생김새가 정확히 일치했다. 높이가 1.2킬로미터였고 모서리는 날카로웠으며 부드럽고 밋밋한 붉은색 면을 가지고 있었다. 그 안에 무엇이 있는지는 아무도 몰랐다. 안이라는 것이 있는지도 확실치 않았다. 제국의 탐사팀은 입구를 발견하지 못했다. 그래서 구멍을 뚫어보려고 시도했으나 에너지무기를 포함해 제국이 가진 어떤 것도 피라미드의 미끈한 면을 관통할 수 없었다. 단순히 수지로 굳힌 돌과 모래가 그렇게 강할 수 있다는 것은 불가사의였다. 결국 제국은 피라미드 안에 무엇이 있는지는 중요하지 않다는 결론을 내리고 현재의 거주민들에 대한 정책에 집중하기로 했다. 그들은 피라미드의 건설자일 수도 있고 그렇지 않을 수도 있었다.

그들은 사람 주먹만 한 크기였고 면도날같이 날카로운 아래턱과 아주 많은 다리를 지닌 못생기고 갑각을 뒤집어쓴 곤충들이었다. 그들 각각은 개개의 정체성이 없는 듯 보였지만 여럿이 뭉쳤을 때 집단마음을 형성할 수 있었고, 그 상태에서는 쉽지 않지만 의사소통도 가능했다. 그리고 그 기어 다니는 혐오스러운 것들에게 약간의 자극을 주면 다량의 유용한 유기물질을 얻을 수 있었다. 이 벌레들은 제국이 제공하는 원료물질을 먹고 배설한 후 피라미드 안에서 아무도 보지 않을 때 배설물에 몇 가지 작업을 더해 만약 실험실에서 생산한다면 엄청나게 비쌀 복잡한 화학물질을 생산해내는 것이다. 제국은 그것으로 이익을 얻고 벌레들은 외부세계로부터 안전하게 보호받으며 모두가 만족하는 거래가 성립된 것이다. 최소한 불만을 표시하는 자는 없었다.

사일런스 함장과 프로스트 수색관은 거대한 피라미드의 기단부에

서서 벌레들의 대표들이 나타나기를 기다렸다. 날씨는 용광로 속에 들어온 것처럼 뜨거웠고 지독하게 건조했다. 대기는 이글거렸고, 태양은 고강도 보호대를 착용했음에도 불구하고 눈이 부셔서 쳐다볼 수도 없었다. 사일런스는 제복의 냉방장치를 한 단계 높이고 실눈으로 무자비한 빛을 슬쩍 올려다보았다. 땀은 나오자마자 금방 증발해버렸다. 사일런스는 프로스트를 쳐다보지 않았다. 보나마나 그녀는 아무렇지도 않은 듯 냉정하고 차분한 자세를 취하고 있을 것이다. 그녀는 수색관이고 인간의 나약함을 벗어난 존재다. 하지만 궁금한 마음에 풍경을 살피는 척하며 천천히 고개를 돌려보니 프로스트는 따분하다는 듯 발 아래로 기어 다니는 작은 벌레들을 툭툭 차고 있었다. 벌레는 뒤집힌 채 긴 다리를 버둥대다가 간신히 몸을 바로 해 서둘러 갈 길을 갔다. 프로스트는 혀를 찼다.

"못생긴 것들. 삭막한 곳이에요. 대표자들이 빨리 나타나지 않으면 이 꼼지락거리는 작은 흉물들을 표적으로 삼아 사격연습이나 해야겠어요."

"그들의 주의를 충분히 끌 수 있겠군." 사일런스는 자기도 모르게 웃으며 말했다. "자네 목소리에 왠지 혐오감이 묻어 있는 것 같은데, 수색관? 자네는 모든 외계생명체에 대해 편견 없이 대하도록 훈련받지 않았나?"

"어디에든 한계는 있는 겁니다." 프로스트가 대답했다. "제 한계는 여기까지인 것 같습니다. 징그러운 것들. 만약 한 마리라도 내 다리에 기어오를 기미를 보이면 주위에 있는 모든 녀석들을 쏴 죽여버릴 거예요. 골고다 상공의 외계함정에서도 이미 훨씬 많은 것들을 처치한 적이 있잖습니까."

사일런스는 그녀를 조심스럽게 쳐다보았다. 만약 말하는 이가 다른 사람이었다면, 그는 그 목소리가 공포스러운 기억에 진저리치는 것이라고 생각했을 것이다. 물론 외계함정 내부는 공포스러웠다. 그는 아직도 악몽에 시달린다. 하지만 수색관은 어렸을 때부터 악몽 따위는 꾸지 않도록 훈련받는다. 그는 신중하게 말을 고른 다음 멀리 다른 곳을 쳐다보며 입을 열었다.

"외계인의 배는 정말 끔찍했어. 그 많은 벌레들이라니. 온갖 종류의 벌레들이 우리 주변을 기어 다니고 탈출구는 없고. 누구든 소름이 끼칠 만하지."

"함장님은 그런 말에 소질이 없는 것 아시죠?" 프로스트가 말했다. "어쨌든 고맙군요."

사일런스는 그녀를 다시 쳐다보았다. 그녀는 웃고 있었다. 하지만 눈빛만큼은 여전히 매서웠다. 그는 어깨를 으쓱했다. "혹시 언제라도 고민을 털어놓을 사람이 필요하면……"

"기억해두겠습니다. 그렇지만 제 문제는 뭐든 스스로 해결할 수 있습니다."

"내가 술독에 빠져 헤맬 때도 같은 생각을 했지. 그런데 자네가 건져주었어."

"함장님은 어떻게 도움을 청하는지 몰랐던 거예요." 프로스트가 말했다.

"자네도 마찬가지야." 사일런스가 말했다.

그들은 서로를 쳐다보았다. 그들이 항상 공유하던 연결과는 다른 차원의 친밀감이 일었다. 프로스트의 눈빛이 다소 누그러진 듯했고, 사일런스는 그녀가 예전보다 마음을 열어놓은 것이라고 잠시 생각했다. 하지만 그 순간이 지나자 부드러움은 사라지고, 프로스트는 다시 냉정하고 치밀하고 찔러도 피 한 방울 나오지 않을 것 같은 수색관 본연의 모습으로 돌아와 있었다.

"벌레 대표자들을 이해해야 하네." 그가 화제를 돌렸다. "파일을 보니 그들은 우리 같은 시간관념이 별로 없더군. 하지만 엄격한 태도에는 잘 반응한다고 되어 있어."

"저는 어떤 것에도 예외를 두지 않습니다." 프로스트가 말했다. "수색관은 그래야 합니다."

사일런스는 웃을 수밖에 없었다. "그 파일이 유용할지는 모르겠지만 어쨌든 징그러운 벌레들의 주의를 환기시키는 방법은 모르는 것 같더군."

"몇 마리 죽일 수도 있지요." 프로스트가 말했다. "많이 죽여서 확실한 인상을 심어줄까요?"

"그건 마지막 수단으로 남겨두세." 사일런스가 대답했다. "좀 덜 극적인 방법이 있을 거야."

그때 벌레들이 물결치듯 다가오는 것을 보고 그는 말을 멈췄다. 벌레들은 검은색을 띤 살아 있는 두꺼운 양탄자 같았다. 사일런스의 손이 자동적으로 허리의 광선총으로 갔다. 프로스트는 이미 총을 꺼내 들어 적당한 표적을 찾으며 이리저리 흔들고 있었다. 물결이 그들 전방 몇 미터 앞에서 멈추더니 벌레들이 층층이 몸을 쌓아 어색하게 흔들리는 몸을 만들었다. 꼬물거리는 다리들이 서로를 연결하고 작은 몸뚱이들이 복잡한 기계의 부품처럼 서로 맞물리면서 처음에는 기둥에 불과했던 것이 점차 사람의 형체를 만들어갔다. 검게 반짝거리는 사람이었다. 네모지고 평평한 머리가 두꺼운 목 위에서 어색하게 움직이며 사일런스와 프로스트를 쳐다보았다. 물론 어디에도 눈 같은 것은 없었다. 그것은 짧고 기분 나쁘게 쉭쉭 소리를 냈다. 그리고 잠시 후 사일런스와 프로스트가 이해할 수 있는 소리를 만들어내기 시작했다.

"제국." 검은 형상이 입은 없었지만 말을 했다. "질문. 응답."

프로스트는 총을 치우고 언제 그랬냐는 듯 시치미를 뗐다. "그렇소, 우리는 제국을 대표합니다." 그녀는 평이하게 말했다. "우리가 왜 여기 왔는지 이미 들었지요?"

샤냐IV에는 제국의 기지가 있었다. 그곳에는 몇 명의 과학자와 소규모 군대가 주둔하고 있다. 그들 모두 누군가를 지독하게 화나게 만들어서 여기까지 흘러오게 된 사람들이었다. 그들은 원주민들과는 거의 접촉하지 않고 지냈다. 이 만남은 그들이 주선한 것일 수도 있고 아닐 수도 있었다. 기지라는 것이 그런 식이었다.

사일런스가 인간 형상을 쳐다보자 그것도 사일런스를 바라보았다. 비록 평평하고 반짝이는 얼굴에 눈 같은 것은 찾아볼 수 없었지만 그것이 자신을 쳐다보고 있다는 것을 사일런스는 의심치 않았다. 그것의 시선을 느낄 수 있었다. 그것은 마치 뜨거운 대기 속의 서늘한 바람 같았다. 사람 형상을 구성하고 있던 벌레들의 다리가 순간 흔들리면서 이글거리는 물결이 한 차례 형상을 훑고 지나갔다. 사일런스는 미간에서 두통이 이는 것을 느꼈다. 그것은 마치 숨겨진 것을 보고 듣는 것과 같았다. 그는 그 느낌에 집중해 그것이 그와 프로스트가 공유하는 연결과 비슷하다는 것을 깨달았다. 프로스트도 그것을 느꼈는지 알아보기 위해 그녀를 힐끔 쳐다보았다. 그녀는 인상을 쓰고 있었지만 특별한 눈치는 없었다. 분명히 그와 달리 안정된 모습이었다. 그는 그 희미한 느낌을 붙잡고 좀 더 자세히 느껴보려고 애썼지만 그것은 마치 손가락 사이의 물처럼 흘러나가 흩어져버렸다. 하지만 두통은 여전히 남아 있었다.

"반란자들." 외계인 대표가 불쑥 말했다. "회피, 징벌."

"그게 핵심입니다." 프로스트가 말했다. "반란자나 외계인 누구든 당신들에게 접촉을 시도하면, 지옥에나 꺼져버리라고 말하고 즉시 기지에 보고해야 합니다. 알겠습니까?"

"반란자. 회피. 징벌. 물질. 질문. 응답."

사일런스는 땀에 절어 온몸을 삶고 있는 신세가 아니었다면 아마도 소름이 돋았을 것이다. 각각의 단어들이 검은 인간 형상의 제각각 부위에서 발산되는 괴이한 모습에 전율마저 느꼈다. 그는 애써 임무에 집중했다.

"그렇소, 우리는 당신들의 물질을 가져갑니다." 그가 불쑥 말했다. "그것들을 정해진 장소에 부려놓으면 정기보급선이 와서 가져갈 겁니다." 불현듯 머릿속에 한 가지 궁금한 점이 떠올라 그는 마음이 바뀌기 전에 물어보기로 했다. "우리는 당신들의 물질을 얻습니다. 그런데 당신들은 거래에서 무엇을 얻습니까?"

오랜 침묵이 흐르자 사일런스는 자기 앞의 구조물이 대답하지 않으려 한다고 여겼다. 그때 그것이 두 마디를 던지고 사일런스가 미처 응답하기도 전에 흩어져버렸다. 인간 형상은 위에서부터 해체되면서 수백 마리의 개체가 되어 땅에 떨어져 사방으로 기어갔다. 순식간에 그것들은 이미 땅을 뒤덮고 있던 다른 벌레들과 전혀 구분할 수 없게 뒤섞였다. '물질, 중독.' 그는 프로스트를 쳐다보았다. 그녀는 여전히 주변을 알 수 없는 이유로 돌아다니는 벌레들을 뚫어지게 쳐다보고 있었다.

"저것들이 개체성이 있다고 생각하나?" 그가 말을 걸었다. "아니면 아까처럼 모였을 때만 의식이 있는 것일까?"

"아무도 정확히 알 수 없지요." 프로스트가 말했다. "저것들은 전체 종이 단일한 군체의 마음을 지녔을 것으로 추정됩니다. 하지만 누구도 어떤 방식으로도 증명할 길은 없습니다. 기계장비들로는 어떤 것도 감지하지 못하고, 에스퍼들은 엿들으려고 하는 순간 엄청난 두통에 시달릴 테니까요. 아까와 같은 구조물만이 우리가 그들과 대화할 수 있는 통로이고, 그들은 꼭 필요한 말 이외에는 아무런 정보도 주지 않지요."

"기지의 과학자들은 뭘 하고 있는 건가?"

"그들은 대부분의 시간을 전근가기 위한 활동에 쏟아 붓습니다. 탓할 수도 없지요. 저한테도 이곳은 소름끼치는 곳이니까요."

사일런스는 내색하지 않으려 했으나 어쩔 수 없었다. 수색관이 평화주의를 신봉하고 있다고 말하더라도 지금처럼 놀라지는 않았을 것이다. 프로스트가 이곳을 불편하다고 인정할 정도라면 정말로 이상한 곳임에 틀림없다. 그것은 그녀에게만 그런 것이 아니었다. 그는 두 사람 모두를 위해 화제를 바꾸었다.

"자네는 우리가 이 벌레들에게 제공하는 물질이 중독성이라는 것을 알고 있었나?"

"아니오." 프로스트가 말했다. "하지만 이해할 만하군요. 벌레들이 단일한 군체마음을 가지고 있다면 그들은 몸이 너무 넓게 흩어져 있기 때문에 어떤 식으로도 우리가 위해를 가하거나 통제할 수 있는 방법이 없습니다. 그런데 그들이 의존성을 지닌 약물을 우리가 보유하고 있다면 그들을 훨씬 다루기 쉬워지지요. 중독자들은 원래 약을 위해서는 뭐든지 하니까요."

"아주 효과적이군." 사일런스가 말했다. "제국은 항상 효율성을 추구하지. 약간의 잔인함을 가미하면 그 효과는 배가되고." 그는 뜨거운 열기 속에서 제국의 요구에 부응하기 위해 열심히 기어 다니며 순종적으로 일하고 있는 무수한 벌레들을 바라보았다. 그는 자기가 저 벌레들과 얼마나 다를까 생각해보다가 곧 그 생각을 지워버렸다.

크로마Ⅷ은 여러 가지 의미에서 외톨이 행성이다. 최초의 탐사선은 그 행성을 거의 지나칠 뻔했다. 사멸해가는 태양에서 그토록 멀리 떨어져 있는 행성에 생명체가 존재한다는 것은 이론적으로 불가능한 일이다. 그러나 크로마Ⅷ에는 사일런스의 눈길을 끄는 것이 있었다. 그래서 무인정찰기 드론들을 내려 보내 정보를 모으도록 지시했다. 드론이 보낸 정보는 노련한 탐사장교조차도 입이 떡 벌어질 만한 것이었다. 거대한 가스 공(gas ball)인 크로마Ⅷ 안에는 형체나 물질이 없는 생명이 존재했다. 물리적 실체에서 분리된 지적 존재였다. 행성 자체도 이론적으로는 존재 자체가 불가능한 모순덩어리였다.

사일런스는 돈틀러스 호를 최상위 궤도에 머물게 한 후, 배의 드론들이 존재 불가능한 행성으로 내려가는 것을 프로스트와 함께 메인 스크린을 통해 지켜보고 있었다. 드론들이 보내는 신호가 교대로 스크린을 채우면서 낯선 이미지들이 눈에 들어왔다.

행성은 지표면이 없다. 단단한 부분이 전혀 없었다. 드론들은 색깔과 빛이 수시로 변하는 공간을 끝없이 내려가고 있었다. 인간의 눈으로는 아무런 의미도 파악할 수 없는 이상한 색조와 눈부시게 강한 빛들이 일렁거렸다. 서로 선명하게 구분되는 눈부신 색깔의 평면들이 수천 킬로미터에 걸쳐 펼쳐져 있기도 했고, 달 크기의 소용돌이가 서서히 색깔을 바꾸는 모습도 목격됐다. 밤에 눈을 감으면 보일 것 같은 짙은 푸른빛 안개의 바다도 있었다. 그리고 그 모든 색깔과 형상과 어둠을 뚫고 순식간에 나타났다가 사라지곤 하는 번개 같은 빛이 있었다.

"이 번개들이 외계인이란 말인가?" 사일런스가 물었다.

"그렇게 생각합니다." 프로스트가 대답했다. "여기서는 아무것도 확신할 수 없습니다. 하지만 저 번개가 우리가 생명이라고 여기는 몇몇 특질을 지니고 있는 것만은 확실합니다. 저것들은 외부 영향에 반응하고, 빛의 일부 파장을 소비해서 다른 파장으로 내보내고, 그리고 서로 대화를 하는 것 같습니다. 우리 번역컴퓨터가 그 의미를 해독해보려다가 거의 망가질 지경이기는 합니다만. 저것들은 계속 번식하고 원인이 뭔지는 알 수 없으나 갑자기 소멸되기도 합니다."

"좋아." 사일런스는 더 들어봐야 혼란스럽기만 할 것이라 여기고 다른 질문을 했다. "저들과 대화할 수 있나?"

"할 수 없습니다." 프로스트가 말했다. "저들이 우리의 존재를 인지하고 있는지조차 알 수 없습니다. 그리고 이 상태가 오히려 낫다고 생각합니다. 저들에게 굳이 알릴 필요가 없지요."

사일런스는 의외의 대답에 놀란 표정을 지었다. "제국의 정책이 저들을 저대로 방치하는 것이란 말인가?"

"그렇다고 할 수 있습니다. 저들은 우리가 원하는 것을 갖고 있지 않습니다."

"그럼 도대체 우리는 지금 여기서 뭘 하고 있는 건가?" 사일런스가 물었다.

"지켜보는 것이지요. 저들이 어떤 능력을 지녔는지 우리는 모릅니다. 저들은 형체 없는 생명이기 때문에 한계 없는 생명이라고 이해할 수도 있습니다. 그들이 우리에 대해 인지한다면 그들이 무엇을 할지는 아무도 모릅니다. 저들이 만약 이곳을 떠나서 사람들이 사는 세상으로 이동한다면 우리는 심각한 문제에 빠질 수도 있습니다. 이 번개들은 이론적으로 수십억 볼트의 전기를 지니고 있으며 저 아래에는 그밖에 다른 힘들도 작용하고 있을 것이라고 추측할 수 있습니다. 중요한 것은 저들이 우리에게 화를 낸다고 하더라도 우리가 저들을 막을 방법이 없다는 것입니다. 형체도 없는데 무슨 무기를 사용할 수 있겠습니까?"

"대단하군." 사일런스가 말했다. "정말 훌륭해. 또 다른 걱정거리가 생겼군. 그러니까 우리는 저들을 위협하기는커녕 대화를 시도할 수조차 없고 우리가 여기 있는 것을 저들이 알고 있는지 없는지조차 모른다?"

"바로 그렇습니다." 프로스트가 말했다. "우리가 할 수 있는 것은 백 개 정도의 감시 드론을 뿌려놓고 최대한 빨리 여기를 벗어나는 것입니다."

"제국해군에 입대해 우주를 보라!" 사일런스가 무겁게 탄식했다. "이상하고 흥미로운 생명체를 만나거든 재빨리 도망쳐라. 항해사, 여기를 빠져나간다. 머리가 아프다."

그들이 마지막으로 방문한 행성은 엡실론 IX이었다. 중력은 표준의 다섯 배에 달했고 대기는 유독가스의 혼합물인데 그중 한 가지만으로도 치명적이었다. 대기압도 믿을 수 없을 만큼 높아서 거의 심해 해구의 수압에 맞먹을 정도였다. 그리고 무엇보다도 행성 전체가 극에서 극까지 진탕으로 덮여 있었다. 그중 진탕이 약 60센티미터로 비교적 얕은 곳이 있는데 그곳이 육지라고 불렸다. 한마디로 지옥 같은 곳이었다. 그곳에는 하룻밤 새에 갑자기 솟았다가 다음날 서서히 허물어지며 사라지는 언덕들도 있었다.

거대한 인공구조물들이 행성 여기저기 흩어져 있었는데 건물이나 기계, 또는 둘 모두이거나 아무것도 아닐 수도 있었다. 원주민인 지적 생명체가 그것들을 만들었는데 그들은 그것이 무엇으로 만들어졌는지, 그리고 무슨 용도로 만들어졌는지에 대해서는 함구했다. 행성의 진탕에 미량의 희귀원소가 포함되어 있었기 때문에 제국은 특수 제작된 자동채굴기를 설치해놓고 진탕을 정제하고 있었다. 인간은 엡실론 IX에서 살 수 없다. 완벽한 보호막을 갖춘 기지를 건설한다고 하더라도 결국 가라앉을 수밖에 없고 지속적으로 수선해야만 한다. 그리고 그것은 당연히 돈이 드는 일이었다.

채굴기가 작동할 수 있는 이유는 원주민들이 관리해주기 때문이다. 그곳 원주민에 대해서는 알려진 바가 별로 없다. 그들은 이 행성에서 유일한 생명체로 보인다. 그렇기 때문에 흥미롭기는 하지만 유쾌하지 않은 질문을 떠올릴 수밖에 없다. 도대체 그들은 무엇을 먹고 사는가? 그들은 진흙탕 환경과 신비로운 결합을 이루며 번성하고 있다. 하지만 그것이 무엇인지 설명해주지 않는다. 그들은 비밀스러운 삶을 살며 무단침입자들에게는 아주 혹독한 행동을 주저하지 않는다.

사일런스와 프로스트는 함재정을 타고 육지라고 불리는 곳으로 강하를 시작했다. 함재정이 지표면 위 상공에 떠 있는 상태에서 강화복을 입은 채 어색한 몸짓으로 에어록에 뛰어내렸다. 그들은 무릎까지 차는 진흙탕에 뛰어들어 서로를 의지한 채 미끄러지기도 하면서 두꺼운 진흙을 헤치며 걸었다. 무거운 장화 아래에 뭔가 딱딱한 것이 느껴졌지만 불규칙한 요철 때문에 걷기가 쉽지 않았다. 진탕은 여러 색조의 회색빛을 띠고 있어서 마치 머리 위의 하늘처럼 보였으며 방향감각을 교란시키기에 딱 좋았다. 하늘과 지표면이 맞닿은 부분을 거의 분간할 수 없었기 때문에 사일런스는 방향감각에 혼란을 겪었다. 위와 아래, 왼편과 오른편, 앞과 뒤의 구분은 사라지고 모든 것이 흐리멍덩했다. 사일런스가 이런 체험을 해본 것은 일주일간 술에 절어 있을 때뿐이었다.

걸을 때마다 강화복의 서보구동장치가 행성의 높은 중력과 싸우며 신음하는 소리가 들렸다. 사일런스는 프로스트도 짙은 진흙탕을 헤치고 나가는 데 곤란을 겪는 것을 보고 묘한 만족감을 느꼈다. '수색관도 어려워하는 것이 있구나.' 그래도 프로스트는 망설임 없이 길을 인도했다. 사일런스가 보기에 그녀는 방향을 확실히 알고 있는 것 같았다. 하지만 묻지는 않았다. 혹시라도 그녀가 모를 수도 있으니까. 그는 최소한 두 사람 중 하나는 지금 자기들이 무엇을 하고 있는지 정확히 알고 있기를 바랐다.

함재정은 현지인들을 자극하지 않기 위해 하늘 높이 올라가 선회했다. 하지만 위기 시에 즉시 구출하러 올 수 있는 거리에 머물렀다. 사일런스는 금방 지쳤다. 서보구동장치의 도움을 받고는 있지만 넘어지지 않으려고 끊임없이 긴장하는 것은 고된 일이었다. 강화복의 센서에 따르면 외부 기온은 금속을 쉽게 녹일 정도로 높았다. 강화복의 공조장치에도 불구하고 그는 땀을 뻘뻘 흘리며 도대체 분간이 안

가는 지평선 때문에 머리가 지끈거렸다. 고통과 혼란으로 멍해져서 하마터면 프로스트가 갑자기 걸음을 멈추는 것도 보지 못할 뻔했다. 간신히 프로스트와 충돌을 모면하고 몸의 균형을 잡기 위해 안간힘을 썼다. 그는 잠시 숨을 고르고 주변을 둘러보았다. 그들이 서 있는 곳은 여태까지 지나온 곳과 하나도 다르지 않아 보였다. 외계인의 구조물은 보이지 않았고 왼편에 커다란 언덕이 녹아내리는 아이스크림처럼 허물어지고 있을 뿐이었다.

"여긴가?" 사일런스가 물었다.

"그렇습니다." 프로스트가 말했다. "좌표로 볼 때 여깁니다. 정말 구역질나는 곳이군요. 꼭 누군가 가래침을 잔뜩 뱉어서 만들어놓은 것 같습니다."

사일런스는 얼굴을 찡그렸다. "말을 재밌게 하는군. 이제 뭘 하지?"

"누군가 나타나기를 기다려야지요. 꼴을 보니 시간이 좀 걸릴 것 같군요. 들통과 삽을 가져올 걸 그랬습니다."

그때 진흙이 슬로모션으로 움직이는 분수처럼 부글거리며 서서히 솟아올라 두꺼운 기둥을 만들었다. 사일런스와 프로스트는 즉시 강화복의 광선총을 겨누었고, 기둥은 여기저기 튀어나오거나 수축되면서 마침내 인간의 형상을 만들었다. 옷까지 완벽하게 갖춰 입은 인간의 모습이었다. 물론 옷도 몸과 마찬가지로 진흙으로 만들어졌다. 그것은 아주 맵시 있는 정장차림이었는데, 그 순간 사일런스는 강화복을 생각하며 자신이 너무 많이 껴입은 것이 아닐까 생각했다. 그는 그것의 얼굴에 주의를 기울였다. 회색 흙탕이 떨어지는 진흙이었지만 분명 사람의 얼굴이었다. 그의 눈이 사일런스를 향했다가 다시 프로스트를 쳐다보았고 입은 뒤틀리면서 미소를 만들었다.

"물어보기 전에 미리 말하겠습니다." 그 형상이 경쾌하게 말했다. "저는 원래 이렇게 생기지 않았습니다. 당신들은 주변의 물질로 만들어진 정신적 투사물을 보고 있는 것입니다. 제가 실제로 어떻게 생겼는지는 보지 않는 것이 좋습니다. 구역질을 하게 될 테고 그러면 옷속이 아주 더러워질 테니까요. 인간의 감각은 매우 제한적이라서 제 진정한 아름다움을 감상할 수 없습니다." 그는 미끄러운 가슴 앞에 진흙이 떨어지는 팔로 팔짱을 끼고 그들이 그 말의 의미를 새길 동안 잠시 기다렸다. "자, 이번에는 무슨 일로 오셨습니까? 저는 바쁩니다. 그리고 무엇 때문에 바쁜지는 묻지 마십시오. 당신들은 이해할 수 없는 일입니다."

"당신이 이 행성의 외교관 같은 거라면, 당신의 정치인들은 정말로 만나고 싶지 않군요." 사일런스가 말했다. "어떻게 우리말을 그렇게 유창하게 할 수 있습니까?"

"저는 못합니다. 당신의 마음과 직접 대화하고 있을 뿐입니다. 이건 저한테는 꼭 빈민굴을 방문하는 것 같은 경험이지만 신을 즐겁게 하기 위해서는 누군가 희생을 해야지요. 농담입니다. 긴장을 좀 푸시라고."

"당신은 텔레패스입니까?" 프로스트가 물었다. "파일에 그런 내용은 없었는데요."

"그렇게 원시적인 것과는 다릅니다. 우리는 직접 교신합니다. 당신들 인간의 마음이 너무 한정적이라서 제가 보내는 것을 모두 수용하지는 못하지만요." 그는 말을 멈추고 인상을 썼다. "그런데 당신들은 다른 사람들보다 훨씬 수용성이 뛰어나군요."

"아부할 것 없습니다." 프로스트가 말했다. "우리는 일 때문에 왔습니다.”

“그렇지요. 저도 당신들이 관광객이라고 생각하지는 않습니다.” 진흙인간이 말했다. “이번에 제국이 원하는 것은 무엇입니까?”

“반란자와 외계인에 관한 것입니다. 그들과 대화하지 마십시오.” 프로스트가 말했다. “누군가 접근해오면 가까운 제국 첩보위성에 연락해주시오. 허가받지 않은 세력과 동맹을 맺는 것은 가혹한 응징을 자초하는 일입니다.”

“무슨 응징인데요?” 진흙인간이 물었다. “우리를 체포하겠다는 겁니까? 5차원의 감옥을 만들지 않는 한 불가능할 텐데. 아니면 우리의 귀중한 진흙을 퍼가실 건가요? 마음껏 가져가세요. 지천에 널린 게 진흙이니까.”

프로스트는 오른손을 들어 장갑 안에 내장된 광선총을 발사했다. 에너지빔은 진흙인간의 머리를 증발시켜버렸다. 사일런스는 말리려다가 그만두었다. 그는 불필요한 살인은 좋아하지 않지만 이것은 수색관의 시범행위였다. 자기의지를 관철시키는 데 필요한 것이 무엇인지는 그녀가 가장 잘 알고 있다. 진흙인간은 더 예의를 지켜야 했다. 젠장. 그들에 대한 모욕은 곧 제국에 대한 불경을 의미한다. 하지만 사일런스는 머리 없는 몸이 땅으로 쓰러지지 않았다는 것을 곧 깨달았다. 진흙인간은 아무 일도 없었다는 듯 태연하게 서 있었다. 목의 그루터기에서 진흙물이 샘솟아 순식간에 새로운 머리를 만들어냈다. 똑같은 얼굴이 다시 나타나 프로스트를 노려보았다.

“제국의 외교정책이 지난번과 별로 달라진 것이 없음을 알겠군요. 먹이사슬에서 조금이라도 위에 있는 자를 대표자로 보내줬으면 하고 바랐는데. 차라리 이끼와 대화하는 게 더 흥미롭겠습니다. 당신들 인간은 우리 종족이 물리적으로 이 행성의 생태계에 종속되어 있다는 것에 대해 정말로 감사해야 할 겁니다. 우리가 이 행성을 떠날 수만 있다면 일주일 내에 제국을 통치하고 있을 테니까요."

"하지만 당신들은 그렇게 할 수 없기 때문에 그런 일은 일어나지 않지." 프로스트가 말했다. "그러니까 내가 하는 말 잘 기억해둬. 누구든 낯선 사람이나 외계인과는 대화하지 마라. 그렇지 않으면 따끔한 맛을 보게 될 것이다. 알겠나? 이상이다. 우리는 이만 갈 테니 진흙놀이나 마음껏 하고 있어."

"빨리 떠나줘서 아주 고맙습니다. 잘 가세요."

사일런스는 돌아서 가려다가 프로스트가 움직이지 않는 것을 보고 멈춰 섰다. 헬멧 속 그녀의 얼굴을 볼 수는 없지만 그녀가 진흙인간을 빤히 쳐다보고 있다는 것을 느낄 수 있었다. 그들 사이의 연결이 갑자기 아주 강력해져서 그녀 마음이 어떤 생각으로 지배되고 있는지 듣지 않고도 알 수 있었다. 그녀는 외계인의 실체를 확인하고 싶어 했다. 진흙인간의 형상 뒤에 있는 진짜 모습. 가면 뒤의 진실을.

"단념해, 프로스트." 그가 조용히 말했다. "굳이 알 필요 없잖아."

"그는 우리를 깔보고 있어요." 수색관이 말했다. "우리를 두려워하지 않는다고요. 그 이유를 알아야겠어요."

"당신 파트너 말 들어요." 진흙인간이 말했다. "정말로 그걸 원하는 건 아니겠지요? 이 모습이 당신이 이해할 수 있는 전부입니다. 우리 종족의 진짜 모습은 당신의 제한적인 마음을 파괴시킬지도 몰라요." 그는 돌연 말을 멈추고 프로스트를 보며 얼굴을 찡그렸다. "무슨 짓을 하는 겁니까? 당신 마음이…… 펼쳐지고 있군요. 아까와 달라졌어요. 당신은 인간이 아니군요. 당신의 정체는 뭡니까?"

프로스트는 그를 쏘아보았다. 그녀가 집중하자, 미간에는 골이 패었고 자신이 가진지도 몰랐던 내부의 힘과 투시력으로 접근해갔다. 진흙인간 너머에는 더 크고 광대한 무언가가 있었다. 거대한 규모에 머리가 아파왔지만 그녀는 외면하지 않았다. 그것은 진흙 안에, 행성의 표면 아래에 있었고, 깊은 곳에서 솟구쳐 서서히 그녀에게 다가왔다. 그것은 길이와 폭과 넓이, 그 외에 다른 차원도 함께 가지고 있었다. 인간의 눈으로 그것을 쳐다보는 것만으로도 메두사의 시선에 붙잡힌 나비처럼 돌덩이가 되어버릴 수도 있었지만, 그녀는 외면할 수 없었고 그러고 싶지도 않았다. 그녀는 보아야 한다. 알아야 한다……
사일런스가 그녀의 어깨를 붙잡고 돌려세워 힘껏 흔들었다.

"쳐다보지 마! 자네가 보는 것이 내게도 보여. 그것은 아주 위험해. 우리는 저런 것을 볼 준비가 안 됐어. 쳐다보는 것만으로도 머릿속의 눈이 타버리고 이성이 산산조각 나버릴 거야. 고개를 돌려, 수색관! 이건 명령이다."

그는 자신이 하는 것이 무엇인지도 모른 채 마음으로 뻗어나가 천천히 프로스트의 심안을 강제로 닫아버렸다. 진흙인간의 아래와 그 너머에 있던 이미지도 그 순간 사라지고, 사일런스와 프로스트 사이의 강력해진 연결도 급격히 약화되면서 평상시 배후의 속삭임으로 되돌아갔다. 그들은 각자의 머릿속으로 되돌아와서 그들 앞에 있는 것만 보게 되었다. 프로스트가 갑자기 부르르 몸을 떨었다.

"고맙습니다, 함장님. 잠시 거기서 길을 잃었습니다."

"여기를 떠나세, 프로스트. 우리는 지시를 전달했고 나머지는 우리가 상관할 바 아니야."

"저들이 우리를 우습게 보도록 놔둘 수 없습니다. 누가 이곳의 지배자인지 그들에게 보여주어야 합니다."

"그들이 이미 알고 있다는 불길한 느낌이 들어." 사일런스가 말했다. "가자고."

돈틀러스 호의 함교에서 사일런스는 생각에 잠겨 있다가 통신장교 이든 크로스의 목소리에 정신을 차렸다. 크로스는 자리에서 돌아앉아 사일런스를 쳐다보았고, 사일런스는 몇 번 눈만 껌뻑이다가 정색하고 크로스의 말을 처음부터 다 들은 체했다. 하지만 잠시 후 자신의 연기가 통하지 않은 것을 알고 겸연쩍은 미소를 지었다. 상대가 크로스라서 다행이다. 크로스는 좋은 사람이다.

"미안하네." 사일런스가 말했다. "딴 생각에 빠져 있었네. 다시 한 번 말해주겠나?"

"하부 갑판에 문제가 생겼습니다, 함장님." 크로스가 말했다. 그의 검은 얼굴에는 웃음기라고는 없었다. 하지만 눈빛은 따뜻했다. "조금 전 보안장교 스텔마의 숙소에서 이상한 소리가 들렸습니다. 그의 부하들이 조사하러 가보니 스텔마가 방 안을 온통 난장판으로 만들고 있었답니다. 그들이 조심스럽게 무슨 문제냐고 물었더니 스텔마가 그들에게 물건을 집어던지더랍니다. 그들은 지금 뒤로 물러나서 지시를 기다리고 있습니다. 그가 상관이니 어떻게 할 수가 없는 거지요. 그리고 정확히 말하자면 보안장교를 제지할 수 있는 상급자는 함장님과 프로스트 수색관밖에 없습니다."

사일런스는 옆의 프로스트를 쳐다보았다. 그녀는 놀란 표정을 지었다. 스텔마는 위급한 상황에서 곧잘 흥분하는 성격이지만, 선내에서는 항상 냉정하고 차분했으며 모든 규정을 글자 그대로 준수하는 사람이었다. 먼저 규정을 살펴보지 않고는 자기의 위장 운동도 허락하지 않을 것이라는 우스갯소리가 돌 정도였다. 스텔마가 이성을 잃었다면 정말로 심각한 일이 일어났음에 틀림없다.

"우리가 가보는 게 좋겠네, 수색관." 사일런스가 말했다. "선내 보안을 담당하고 있는 그가 그렇게 흥분했다면 그 연유를 알아내야지."

프로스트가 조용히 고개를 끄덕였다. "우리는 림에 오랫동안 머물렀습니다. 사람들이 사회와 문명으로부터 너무 오래 떨어져 있다보면 발작을 일으키는 경우가 있습니다."

"스텔마는 그렇지 않을 거야." 사일런스가 말했다. "그가 발작을 일으켰다면 밀실공포증 정도가 아니라고 생각하네." 사일런스가 일어섰다. "부관, 함교를 맡아라. 수색관, 따라오게. 그렇지만 무기에는 손대지 말고. 스텔마가 기절하지 않고 내 질문에 답할 수 있기를 바라네."

"재미없군요." 프로스트가 말했다.

그들은 함교를 떠나 직행 엘리베이터를 타고 장교 숙소로 내려갔다. 복도에 병사들이 많이 몰려나와 있었다. 방금 근무를 마친 승무원들과 스텔마의 고함소리에 잠을 깬 사람들이었다. 스텔마는 횡설수설하며 소리치고 욕설을 퍼붓고 있었다. 사일런스는 자기가 모든 것을 처리하겠다며 조용하지만 엄한 목소리로 병사들을 모두 침실로 돌려보냈다. 프로스트가 그들을 노려보며 발길을 재촉하게 만들었다. 그리고 복도의 모퉁이를 돌아서자 대여섯 명의 보안대 소속 병사들이 복도 끝에서 서성이는 것이 보였다. 그들은 사일런스가 뒤에서 부르자 화들짝 놀라 돌아보고는 누군지 확인하고 안도했다. 그들은 수색관을 보고도 반가워했다. 아마도 그런 일은 처음일 것이다.

그들은 재빨리 누가 나설 것인지 논의하고는 한 사람이 떠밀려 앞으로 걸어왔다. 그는 자초지종을 설명하다가 경례를 잊은 것을 깨닫고 경례와 사과를 한꺼번에 하려 했고, 그다음 처음부터 다시 모든 것을 설명하기 시작했다. 스텔마의 열린 방문을 통해 커다란 무언가가 깨져 흩어지는 소리가 선명하게 들렸고, 이어서 밑도 끝도 없는 욕설이 흘러나왔다. 보안대 병사는 침을 꿀꺽 삼키고 다시 말을 이었다.

　"창 중사가 보고 드립니다. 보안장교 스텔마가…… 상태가 안 좋아 보입니다. 저희가 문제를 알아보려 했으나 대화를 거부했고, 게다가 그는 총을 지니고 있습니다. 제 생각은 함장님이 그와 얘기를 나눠보시면…… 그는 함장님과 수색관님 말은 들을 것입니다."

　"쉬어, 중사." 사일런스가 명령했다. "지금부터는 우리가 상황을 맡는다. 자네들은 눈에 띄지 않도록 모퉁이 쪽으로 물러나라. 너희들이 있기 때문에 그가 더 흥분할 수도 있다. 그리고 복도를 양편에서 차단하라. 우리가 스텔마와 대화하는 동안 누구도 들이지 마라. 그리고 중사, 아주 위급한 상황이 아니면 우리를 방해하지 마라."

　창은 재빨리 고개를 끄덕이고 신속히 그러나 질서정연하게 동료들을 이끌고 복도 모퉁이 쪽으로 이동했다. 스텔마는 방 안에서 소리를 지르며 물건을 때려 부수고 있었다. 사일런스는 그의 체력에 놀랐다. 사일런스도 주정뱅이 시절에 맹목적인 분노를 품어보았지만 그것을 오래 끌기가 쉽지 않았다. 그는 프로스트를 쳐다보며 얼굴을 찌푸렸다.

　"총은 안 된다고 말했네, 수색관."

　"스텔마는 총을 지녔다고요, 함장님."

　"하지만 아직 사용하지 않았어. 그가 엉뚱한 생각을 갖게 해서는 안 돼." 그는 프로스트가 총을 총집에 집어넣을 때까지 지켜보고는 복도를 돌아보았다. 사방이 기분 나쁠 정도로 조용해졌다. "스텔마가 술을 마시나? 들어본 적이 없는데. 그의 지위에 있는 사람은 많은 스트레스를 받을 테고, 여러 가지 술을 쉽게 구할 수 있겠지. 비합법적인 것도 말이야."

"더 안 좋은 것일 수도 있습니다." 프로스트가 말했다. "그는 취조용으로 여러 가지 약을 취급합니다. 그리고 사람들로부터 불법적인 약물을 압수하기도 하지요. 그런 것은 흔해빠졌으니까요. 그의 인사기록을 보면 약물 남용에 관한 것은 없습니다. 물론 그가 파일을 변조할 수도 있지만요. 저는 저 사람을 잘 모릅니다. 실은 스텔마에 대해 아는 사람이 별로 없지요. 보안장교는 사람들한테 인기를 끌 만한 직책이 아니니까요."

"하지만 사람들이 그를 존중하기는 하지."

"그럴 겁니다. 그가 자는 동안 침대 밑에 수류탄을 굴려 넣는 자가 없다는 것은 사람들이 그의 권위를 꽤 인정한다는 방증이지요. 그리고 그의 부하들도 군기가 바짝 들어 있고요."

사일런스와 프로스트는 텅 빈 복도를 천천히 그리고 조용히 움직여 스텔마의 숙소 바로 문 앞에서 멈춰 섰다. 사일런스는 프로스트에게 손짓했고, 두 사람은 문 옆의 벽에 등을 기댔다. 사실 사일런스로서는 스텔마에게 가서 진정하라고 명하고 설명을 요구하기만 하면 되는 일이다. 그리고 보안장교는 즉시 명령대로 하거나 명령불복종죄로 군사재판을 받으면 된다. 하지만 현실적으로 지금 당장 나서면 대화보다는 몸싸움을 하게 될 것만 같았다. 그리고 스텔마는 광선총을 들고 있다. 규정에 따르면 매우 위급한 상황이 아니면 선내에서 광선총을 사용하는 것은 엄격히 금지되어 있다. 하지만 스텔마는 돈 틀러스 호의 보안장교이고 그가 총을 달라는데 거부할 수 있는 사람은 많지 않다. 사일런스는 항상 총을 휴대했고 수색관도 마찬가지였다. 그들은 이런 상황을 대비해서라도 그럴 필요가 있었다. 하지만 함장 경력을 통틀어 사일런스가 부하에게 총을 들이댄 적은 단 한 번도 없었고, 지금 새삼스럽게 그러고 싶지도 않았다. 규정 따위는 상관없었다. 스텔마의 방 안이 조용해졌다. 사일런스는 차분하면서도 권위 있는 목소리로 말했다.

"스텔마, 함장이다. 수색관도 함께 있다. 자네와 얘기하고 싶다."

대답이 없었다. 사일런스는 귀를 기울이다가 방 안에서 거칠고 무거운 숨소리가 들려왔다고 생각했다. 스텔마가 술이나 약 때문에, 아니면 탈진해서 기절했을 수도 있다. 그렇지 않으면 광선총을 겨냥한 채 어떤 멍청이가 문 안으로 머리를 들이밀기를 기다리고 있는지도 몰랐다. 사일런스는 마른 입술을 축이고 다시 소리쳤다.

"스텔마, 함장이다. 내 말 들리나?"

"네, 함장님. 들립니다." 보안장교의 침통한 목소리가 들려왔다. 목소리는 고함과 절규로 쉬어 있었다. "돌아가십시오. 함장님과 말하고 싶지 않습니다. 아무하고도 말하고 싶지 않다고요."

"이해하네." 사일런스가 말했다. "하지만 우리는 어차피 언젠가는 대화를 해야 하지 않겠나? 이제 나와 잠시 대화에 응할 텐가, 아니면 내가 수색관에게 자네와 해결책을 찾아보도록 시켜야 하겠나? 나는 집기들을 덜 부수는 방식으로 해결하고 싶네. 자, 이보게, 자네의 문제가 뭐든지 간에 내가 여기 이렇게 서서는 도움을 줄 수 없어. 자네는 도움이 필요하지 않은가."

오랜 침묵이 흐르고 마침내 스텔마가 다시 말하기 시작했다. 그의 몸속에서 모든 분노가 빠져나가버린 것처럼 지치고 체념 어린 목소리였다. "좋습니다. 들어오십시오. 이제 그만 끝을 봐야겠군요."

마지막 말이 마음에 걸렸지만 사일런스는 어쨌든 들어가기로 마음을 굳혔다. 달리 선택의 여지가 없었다. 그는 프로스트를 보며 목소리를 낮췄다. "내가 먼저 들어간다. 자네는 뒤에 서게. 총은 만지지 말고. 그를 겁줘서는 안 돼."

"제가 먼저 들어갑니다." 프로스트가 말했다. "함장님이 위험에 노출돼서는 안 됩니다."

"자극하지 말게. 하지만 자네는 좀…… 인상이 너무 강해. 스텔마의 상태를 고려하면, 그는 자네를 보자마자 발포할지도 몰라. 게다가 그에게는 내가 더 권위가 있지. 그는 항상 권위적인 사람에게 순종하는 경향이 있고 말이야. 그리고 나는 보호막을 사용하지 않을 거야. 자네도 물론이고. 우리가 그를 믿지 않는다는 인상을 줘서는 안 돼."

"알겠습니다. 하지만 조금이라도 이상한 낌새가 보인다면 제가 그를 온 벽에다 짓이겨놓을 겁니다."

"흥분하지 말고 조용히 처리하세, 수색관. 나는 그가 죽는 걸 원치 않아. 그가 비록 성가시기는 하지만 자기 일은 잘 처리해왔어. 훌륭한 보안장교는 만나기 쉽지 않지. 그리고 그렌델 외계인을 어떻게 다루는지에 대해 직접적인 경험을 가지고 있는 몇 안 되는 사람 중 하나야. 무력이 필요할지 말지는 내가 결정하겠네. 자, 이제 웃어. 우리는 그와 싸우려는 게 아니야." 프로스트가 이를 드러내 보였고 사일런스는 움찔했다. 그녀가 마치 그를 물어뜯으려는 것처럼 보였기 때문이다. "좋아, 웃는 건 관두자고. 자네에게는 어울리지 않는군. 말하는 건

나한테 맡겨두고, 그가 무슨 말을 해도 흥분하지 말게. 도대체 무엇 때문에 스텔마가 저렇게 됐는지 궁금하군."

프로스트는 어깨를 으쓱했다. 그리고 손은 눈에 잘 띄게 총에서 멀리 두었다. 사일런스는 그 정도에 만족하기로 했다. 그는 스텔마의 방으로 들어갔다. 프로스트가 너무 바짝 붙어 있어서 목덜미로 그녀의 숨결을 느낄 수 있을 정도였다. 사일런스는 스텔마에게 미소 지으며 고개를 끄덕였다. 스텔마는 고개를 숙이고 어깨를 축 늘어뜨린 채 침대 한 귀퉁이에 앉아 있었다. 지쳤거나 자포자기했거나, 아니면 둘 다였다. 총은 그에게서 멀리 바닥에 놓여 있었다. 사일런스는 약간 안도하고 주변을 둘러보았다.

방 안은 엉망이었다. 벽에 걸려 있는 것들과 배의 일부가 아닌 물건들이 모두 제자리를 이탈해 내던져져 있었다. 탁자와 의자는 뒤집혀진 채였고 그의 개인 물품들은 박살난 채 바닥에 어지럽게 흩어져 있었다. 침대는 벽에서 내려진 채 상대적으로 손상이 덜했지만 옷장은 산산조각 나 있었다. 사일런스가 다가가자 스텔마가 고개를 들었다. 그의 얼굴은 십 년은 더 늙어 보였다.

"들어오십시오. 방이 엉망이라서 죄송합니다."

"생각보다는 괜찮군." 사일런스가 말했다. "자네는 굉장히…… 바빴지. 뭐 특별한 이유라도 있나?"

"말씀드리면 뭐하겠습니까?" 스텔마가 대답했다. "규정을 압니다. 영창감이지요. 체포하세요. 저는 끝났습니다."

"나는 공정한 진술 기회도 주지 않고 선고를 내리지는 않네." 사일런스가 조심스럽게 말했다. "해명해보게, 왜 이렇게 된 건가?"

"사적인 일입니다, 함장님. 가족문제지요. 말하고 싶지 않습니다."

"어쨌든 말해봐. 나는 지금 최고의 보안장교를 잃게 될 마당인데 그 이유라도 알아야 하지 않겠는가?"

스텔마는 사일런스 어깨너머로 프로스트를 쳐다보았다. "수색관도 여기 있어야 합니까?"

"그녀는 내 안전을 걱정하고 있는 거야." 사일런스가 말했다. "그렇지만 자네가 원한다면 복도에 나가 있으라고 하지."

"그럴 필요 없습니다." 스텔마가 말했다. "어차피 문제될 것 없습니다." 그는 침대 뒤쪽의 벽에 등을 기댄 후 이야기를 시작했다. 목소리는 무척 지쳐 있었다. "오늘 아침 가족에게서 편지 한 통을 받았습니다. 제가 어릴 때 아버지가 돌아가신 후 우리 가족은 서로를 끔찍이 보살폈지요. 정치적인 시위가 벌어졌는데 시위대가 폭력적으로 변하며 난투극을 벌이는 와중에 누군가 총을 쏴서 당시 경찰이셨던 아버지가 현장에서 돌아가셨습니다. 그 후 어머니가 우리 모두를 키우셨지요. 머리 위에 지붕을 이고, 등에 옷을 걸치고, 목구멍에 음식을 떠넘기기 위해 어머니는 정말로 안 해본 일이 없습니다. 저는 막내입니다. 제가 입대하기 전까지는 한 번도 새 옷을 입어본 적이 없습니다. 우리는 아버지를 성자처럼 여기고 정치에는 절대 관심 두지 않도록 교육받았습니다. 어머니는 우리 형제 모두를 나이가 차는 대로 군대로 보내셨습니다. 세상이 아무리 시끄러워도 군대에는 항상 자리가 있었으니까요.

제 누나 아테나가 가장 손위입니다. 누나는 열 살 때 수색관으로 선발되어 갔지요. 그 이후 연락이 끊겼습니다. 그리고 볼드와 히어로 두 형은 군대에서 꽤 잘 해내고 있습니다. 볼드는 육군소령이고 히어로는 예수회의용단에서 조장입니다. 그들은 집에 정기적으로 편지도 쓰고 형편이 되는 대로 돈도 부칩니다. 저만 실패자지요. 제 경력은 끝장났습니다. 울프링월드에서 참패한 이후 비록 운 좋게 처형을 면하고 공식적으로 사면됐다고 해도 저는 이제 보안장교 이상은 기대할 수 없습니다. 그렌델 외계인을 조종하는 일도 이미 다른 사람에게 넘어가버렸습니다. 저는 제 실패로 가족들 얼굴에 먹칠을 했습니다. 어머니가 다시는 집에 돌아오지 말라고 편지를 썼더군요. 어머니가 저를 가문에서 제명하고 가문의 역사에서 저에 관한 모든 기록을 지워버렸습니다. 이제 그분은 사람들에게 이렇게 말씀하시고 다닌답니다. 당신은 원래부터 아들이 둘밖에 없었다고.

저는 항상 최선을 다했습니다. 규정을 준수하고 명령에 복종하면서 훌륭한 군인이 되려고 혼신의 힘을 기울였습니다. 제 생을 송두리째 제국을 위해 바쳤지요. 그런데 제게 남은 게 뭡니까? 림에서 아무것도 하지 않고 아무 데도 가지 않으며 정말로 중요한 일은 할 가망이 없이 세월만 허송하는 배의 보안장교일 뿐이지요. 저를 마음대로 하세요. 아무래도 상관없습니다."

그는 갑자기 고개를 처들고 사일런스와 프로스트를 노려보았다. 창백한 뺨은 홍조를 띠었고 눈에는 눈물이 글썽였다. "이 배가 싫습니다. 당신들도 싫어요. 당신들 둘 다. 만약 제가 원래 역할대로 당신들을 통제했더라면 사태는 달라졌을 겁니다. 하지만 당신을 믿는 실수를 저질렀고, 수색관이 나를 위협했지요. 그래서 잘못된 겁니다. 사는 게 지긋지긋합니다. 다 내가 나약하기 때문이겠지요. 어머니는 만약 아버지가 제 꼴을 봤다면 침을 뱉었을 거라고 말씀하시더군요. 그분 말이 옳습니다. 아버지는 더 훌륭하셨겠지요. 가끔 아버지가 새벽녘에 제 방에 와서 침대 머리맡에 앉아 제가 창피하다고 말씀하시곤

했습니다. 그분은 돌아가시기 직전에 찍은 홀로그램처럼 젊고 예리해 보였습니다. 저는 그분보다 더 나이가 많아졌지만 그래도 항상 그분 앞에서는 어린아이에 불과합니다. 저는 이 숙소에 더는 못 있겠습니다. 잠자기가 두렵습니다. 감옥으로 보내주세요. 아니면 수색관이 그냥 저를 쏘도록 해서 가문의 고통에서 해방시켜주세요. 그녀는 잘할 겁니다. 상관없어요. 이제 아무런 미련도 없습니다."

그는 다시 천천히 고개를 떨어뜨려 바닥을 내려다보며 풀죽은 모습으로 돌아갔다. 그는 울지 않았다. 그러기에도 너무 지친 것 같았다. 사일런스는 무슨 말을 해야 할지 몰랐다. 도대체 아이 이름을 '용맹한'이라고 짓는 가족은 어떤 사람들일까 궁금해서 그의 이력을 살펴보기는 했지만 여태까지 그의 내면의 진실은 알지 못했다. 사일런스는 다른 사람의 남모르는 고통을 그렇게 경솔하게 다뤘던 자신에 대해 당혹스럽고 부끄러운 마음이 일었다. 사람에게는 누구나 친구나 사랑하는 사람들에게만 털어놓고 싶은 것들이 있다. 그런데 보안장교 스텔마는 친구가 없었고 이제 가족마저 사라져버린 것이다. 그것이 그가 숙소를 때려 부순 이유였다. 그리고 그것이 그가 분노를 표출하는 방법이었고 처벌받을 이유였다.

사일런스는 어떻게 해야 할지 몰랐다. 그를 규정대로 체포해서 영창에 집어넣는 것만이 능사가 아니었다. 사일런스는 스텔마의 친구가 아니었고 그를 좋아하지도 않았다. 하지만 그는 돈틀러스 호의 승무원이고 함장으로서 사일런스는 그를 돌볼 의무가 있었다. 승무원의 복지도 책임져야 했다. 마치 방종한 아들을 대하는 아버지처럼. 그생각이 사일런스의 마음을 움직였다.

"밸리언트, 내 얘기를 들어보게. 이제 우리가 자네 가족이야. 이 배와 우리 승무원들이 말이야. 자네는 우리와 하나야. 자네가 실패자인지 아닌지를 결정할 수 있는 사람은 나밖에 없고, 나는 아직 아무런 결정도 내린 바가 없네. 많은 사람들이 죽을 때도 자네는 살아남았어. 그리고 그렌델 괴물에게 최초로 굴레를 씌운 것도 자네야. 누가 뭐래도 그 사실에는 변함이 없지. 내가 실패자라고 말해줄 때까지 자네는 실패자가 아니야. 내가 자네의 가족이고 자네의 아버지일세. 그리고 아버지로서 처음으로 자네에게 할 말은…… 방 좀 치우라는 거야."

스텔마는 놀라서 그를 쳐다보았다. 그리고 큰 소리로 웃었다. 웃음은 아주 크고 호쾌해서 방 안의 침울한 분위기를 일순간에 날려버렸다. 사일런스는 안도하고 프로스트를 보며 웃었다. 그녀는 웃지 않았다. 평소보다 덜 냉정하고 덜 딱딱한 표정을 지을 뿐이었다. 스텔마의 웃음소리가 잦아들었다. 그가 무슨 말을 하려 할 때 사일런스의 통신기가 귀에서 울렸다. 그는 스텔마를 손으로 제지하며 채널을 열었다.

"함장이다. 중요한 일인가?"

"그렇습니다, 함장님." 부관의 목소리가 들려왔다. "즉시 함교로 돌아오셔야겠습니다. 상황이 발생했습니다."

"무슨 상황인가?"

"모르겠습니다, 함장님. 하지만 빨리 함교로 돌아오시기 바랍니다. 저 바깥에…… 뭔가 있습니다."

통신채널이 갑자기 닫히고 희미한 잡음소리만 울렸다. 사일런스는 연결을 끊고 인상을 썼다. 왠지 불길했다. 부관의 목소리가 이상했다…… 무엇인가에 겁을 집어먹은 것 같았다. 사일런스는 처음에는 외계함정이 출현한 것으로 추측했지만 만약 그랬다면 부관이 그 사실을 말하지 않았을 리가 없었다. 그리고 지금 벌써 적색경보가 울렸어야 했다. 사일런스는 프로스트와 스텔마를 쳐다보며 얼굴을 찌푸렸다. 둘 다 무슨 일인지 궁금해하는 표정이었다.

"청소는 나중에 하고" 그가 빠르게 말했다. "즉시 함교로 간다. 움직여."

"알겠습니다, 함장님." 스텔마가 말하고 앞서 걸어 나갔다. 이제 한 가족이 된 유능한 세 장교들은 힘차게 복도를 뚜벅뚜벅 걸어갔다.

사일런스는 함교로 돌아와 부관에게 고개를 끄덕인 후 지휘석에 앉았다. 프로스트와 스텔마가 그의 양옆에 포진했다. 함교 내의 분위기가 너무 팽팽해서 거의 칼을 갈아도 될 정도였다. 모두들 자기 자리에서 각자의 장비에 열중하고 있었다. 너무 몰두하고 있어서 마치 고개 돌리기를 두려워하는 것처럼 보였다. 메인스크린에는 돈틀러스호의 경로가 림의 가장자리를 잘 따라가고 있음을 보여주고 있었다. 별들이 사라지고 별이 뿌린 빛들이 마치 벽에 부딪친 것처럼 딱 끊어지는 지점이 있었다. 그곳에서부터 암흑성운이 시작된다. 사일런스는 부관을 쳐다보았다.

"무슨 문제지, 부관? 스크린에는 아무것도 없고 모든 장비가 잘 작동하는 것으로 보이는데."

부관이 불편하게 자리에서 뒤척이며 말했다. "처음 이상을 발견한 것은 통신장교입니다."

사일런스는 크로스를 쳐다보았다. "뭔가?"

"말로 표현하기가 쉽지 않습니다, 함장님." 크로스가 자리에서 돌아앉아 사일런스를 바라보며 말했다. "계속 이상한 소리가 들립니다. 바깥에서 목소리들이 저를 부릅니다. 아무것도 없는 공간에서, 사람이 있을 수 없는 곳에서 말소리가 들립니다. 센서의 이상인지도 살펴봤습니다. 여기는 우리밖에 없습니다. 그런데…… 저만 들리는 게 아니었습니다."

그는 말을 멈추고 사일런스가 자기 말을 어떻게 받아들이는지 불안하게 살폈다. 사일런스는 조심스럽게 사무적인 목소리를 유지했다. 말투로 보아 크로스는 문제를 상당히 심각하게 여기는 것이 분명했다. 그의 검은 얼굴은 긴장한 표정이었으며 이마에는 땀방울이 맺혀 있었다. 둘러보지 않고서도 사일런스는 함교의 모든 부하들이 자신의 반응을 살피고 있다는 것을 알 수 있었다. 조금 전까지만 해도 부하들이 합심해서 그를 곯려주려고 그러는 것이 아닐까라고 생각할 수도 있었다. 하지만 지금은 아니었다. 그는 그들이 얼마나 이 문제를 심각하게 받아들이고 있는지 느낄 수 있었으며, 비록 숨기려 하고 있으나 모두들 두려움을 느끼고 있다는 것을 감지할 수 있었다. 사일런스는 뒷덜미가 살짝 쑤시는 것을 느꼈다. 이들은 모두 전투로 단련된 고참병이기 때문에 작은 일로 쉽게 두려움을 느끼지 않는다. 그는 천천히 다리를 꼬았다. 뱃속이 긴장감으로 묵직해지는 것이 느껴졌다. 림에서는 이상한 일들이 일어난다. 그는 크로스에게 계속하라고 짧게 고갯짓을 했다.

"저만 들은 게 아닙니다, 함장님. 다른 승무원들도 벌써 며칠째 소리를 듣고 있습니다. 주 호출주파수는 물론이고 선내 통신채널까지 모든 통신채널에서 소리가 들립니다. 있을 수 없는 곳에서 목소리들이 흘러나옵니다. 속삭이고 중얼거리고…… 사람들을 겁주기에 충분할 정도로 또렷한 소리들입니다. 통신장비에는 아무런 이상이 없습니다. 제가 할 수 있는 모든 방법을 동원해 검사해봤지만 백퍼센트 정상입니다. 그래서 누군가 장난을 치는 것이 아닐까 하고 생각해봤지만 그랬다면 벌써 저한테 발각됐을 겁니다. 저는 그런 속임수에 관한 모든 것들을 책에서 읽었습니다. 그래서 제가 다른 사람들에게 물어봤고, 그때서야 저도 우리가 림의 가장자리에 접근하기 시작한 때부터 이런 현상이 며칠째 계속되고 있다는 사실을 알게 됐습니다.

게다가 그 목소리가 단순하지 않습니다. 우리가 꼭 감시당하고 있는 것 같습니다. 항상요. 제가 하는 말은 보안카메라와는 상관없습니다. 그건 이미 익숙하지요. 그건 마치…… 누군가 방에 같이 있는 느낌입니다. 아무도 없는데 말이지요. 잠자고 있을 때 누군가 침대 밑에 서서 지켜보고 있는 듯한 느낌 말입니다. 뭔가 잘못된 것 같고 우리가 뭔가를 해야 할 것 같은, 중요한 뭔가를…… 그런 기분이 항상 듭니다."

"야간공포증은 림에서 처음 있는 일이 아니야." 사일런스는 신중하게 말했다. "암흑성운은 여전히 수수께끼지. 그것에 근접했을 때 우리 마음이 어떤 영향을 받게 되는지 아직 잘 몰라. 어쨌든 우리는 암흑성운 근처에서 꽤 오래 지내고 있지 않은가."

"저도 처음에는 그렇게 생각했습니다." 크로스가 말했다. "모두들 그렇게 여겼지요. 이런 현상은 이미 림에 오래 머물렀던 다른 함정에서 보고된 바 있습니다. 환영과 환청, 환각을 느끼는 현상들 말이죠. 그리고 보통 밀실공포증으로 치부되어버리지요. 의사들이 강력한 진정제를 주면 사람들이 림을 벗어날 때까지 조용해집니다. 하지만 저는 좀 더 세밀한 진단을 해봤습니다. 제가 함교의 기록들을 재생해보았는데 목소리들이 들렸습니다. 들어오는 신호가 없었을 시간에요. 아무런 신호도 없었습니다."

사일런스는 눈썹을 치켜 올렸다. "ESP교신의 일종인가?"

"배의 에스퍼 말로는 그렇지 않답니다. 자기 말고 배 안, 또는 다른 어디에라도 정신감응력이 존재했다면 몰랐을 리가 없답니다. 그리고 더 있습니다. 목소리들이…… 녹음하기가 어렵다는 겁니다. 목소리들이 항상 또렷하게 들려오는 건 아닙니다. 하지만 함장님이 함교에 안 계실 때 제가 목소리들을 포착해 기록하는 데 성공했습니다. 들어보십시오."

그가 몸을 돌려 기록을 재생하자 지글거리는 소리가 함교에 울려퍼졌다. 사일런스는 소음에 귀를 기울이며 미간을 찌푸렸다. 모든 승무원들이 경청하고 있었다. 그들의 표정에는 긴장과 두려움이 묻어났다. 목소리가 왜 그렇게 사람들을 불안하게 만들까? 그때 소음을 뚫고 목소리가 들렸다. 차고 음습하고 선명했다.

"여기는 어두워, 여기, 새들이 불탄다."

잠시 침묵이 흐르다가 더 많은 목소리들이 들려왔다. 서로 다른 목소리들이 이어지다 끊어지다 하면서도 무언가를 절박하게 전달하려 했다.

"도와줘요, 도와주세요. 뭔가가 내 손을 붙잡고 놓아주지 않아요."

"그게 오고 있어. 너희들 쪽으로 오고 있어. 너희들은 그걸 막지 못해."

"거울 뒤에서 뭔가가 너를 보고 있다."

"내 말 들어! 내 말 들으라고! 죽은 손이 벽을 치고 있어."

"그들이 와요. 그들이 죽은 배를 타고 어둠 속에서 나오고 있……"

마지막 목소리가 갑자기 뚝 끊기고 스피커의 소음만 울렸다. 크로스가 재생을 정지하고 사일런스를 돌아보았다.

"이게 뭔지는 모르겠지만 점점 심해지고 있습니다. 이게 지금까지의 것 중 가장 선명한 녹음입니다. 이전 것도 컴퓨터로 보정해보려 했으나 별로 도움이 안 되더군요. 컴퓨터는 그 소리를 거의 듣지 못하는 것 같습니다. 저는 다른 사람들한테 물어보기 전까지는 이 문제가 얼마나 널리 퍼져 있는지 몰랐습니다. 다른 사람들도 마찬가지였던 것 같습니다. 모두들 자기들만 그런 줄 알았답니다."

"지금 우리가 들은 내용이 목소리가 늘 하던 것과 같은 내용인가?" 사일런스가 물었다.

"거의 그렇습니다. 어떤 말을 하기는 하는데 정확한 의미는 아무도 모르지요."

"말하는 자들이 누구라고 생각하나?" 사일런스가 물었다.

크로스의 표정이 굳어졌다. 하지만 시선은 똑발랐고 말하는 목소리는 신중하고 차분했다. "제 생각은 죽은 사람들의 목소리인 것 같습니다, 함장님. 절박하게 우리에게 접근해서 뭔가를 경고하려는 것 같습니다. 제가 조사한 승무원 중 몇몇은 목소리의 임자를 안다고 말했습니다. 낯익은 목소리랍니다. 그들이 알고 있는 죽은 사람들 말입니다. 친구, 친척, 사랑하는 사람. 저도 할아버지 목소리를 들었습니다. 그분은 챔피언 호의 선원이셨습니다. 그 배는 백 년 전에 실종됐습니다. 죽은 사람들의 목소리가 우리와 대화하려고 애쓰고, 너무 늦기 전에 우리에게 뭔가를 알리려고 하는 겁니다. 저도 이런 말이 어떻게 들릴지 알고 있습니다. 하지만 우리 모두 그 목소리를 들은 것만은 사실입니다. 함장님은 듣지 못하셨나요? 밤중에 뭔가 이상한 느낌을 받았던 적은 없습니까?"

"없다." 사일런스가 말했다. "전혀 없어." 그는 프로스트를 쳐다보왔고, 그녀도 고개를 흔들었다. 그가 반대편을 보며 말했다. "스텔마 자네는?"

"잘 모르겠습니다." 스텔마가 천천히 말했다. "돌아가신 아버지를 봤지만 그냥 꿈이라고 여겼습니다. 그리고 한번은 아침에 깨어났을 때 제 누나를 본 것 같았습니다. 제 위에 서서 무언가로부터 저를 보호하는……"

"알겠다." 사일런스가 말했다. "혼란에 빠질 필요는 없다. 이 현상이 실제로 존재한다는 것을 인정한다. 하지만 여러분이 듣는 것이 무엇이건 간에 죽은 사람이 수다 떨자고 돌아온 것은 아니다. 이건 우리가 모르는 일종의 정신감응 교신일 수도 있다. 그것을 제군들이 목소리와 느낌으로 해석하는 것이다. 몇 년 전에 암흑성운에서 새로운 생명체의 출현 가능성에 대해 쓴 보고서가 있었다. 여러분도 대부분 읽어보았을 것이다. 보고서의 저자는 무한한 어둠 속 얼음계곡 사이에 생명체가 있을 수 있다고 믿고 있었다. 암흑성운의 환경에서 생존 가능한 새로운 종류의 생명체 말이다. 그것이 설득력이 없다면 이런 가설도 가능하다. 일종의 외계인의 심리전이라는 것이다. 우리는 외계함정이 암흑성운을 건너 공격해올 것으로 예상하고 있다. 그들이 우리를 혼란시키고 겁을 집어먹도록 하기 위해 정신무기를 사용하는 것이다. 그리고 여러분의 표정을 보니 아주 효과가 큰 것 같다."

사일런스는 함교를 둘러보고 자신의 말이 설득력이 있었다는 것을 확인할 수 있었다. 사람들은 서로를 쳐다보며 웃고 안도하는 모습이었다. 그런 가능성을 믿고 싶었던 것이다. 그들은 서로 소곤대고 의자 등받이에 편안하게 기대기도 했다. 불안과 공포가 사라지는 것이 눈에 보였다. 크로스조차도 고개를 끄덕이며 동의를 표했다. 사일런스

는 학교의 규율과 상관없이 잠시 그들이 서로 대화하고 웃도록 놔두
었다.

"크로스, 장거리 센서를 작동하라." 마침내 그가 말했다. "암흑성운
안에 혹시 외계인의 함정이 숨어 있는지 확인해보고 싶다."

크로스는 재빨리 고개를 끄덕이고 작업대에서 장거리 센서를 가동
시켰다. 장거리 센서는 많은 에너지를 소모하기 때문에 자주 사용하
지 않았다. 이론적으로는 반 광년 밖의 모래알도 감지할 수 있다. 사
일런스는 의자에 등을 기대고 앉아 크로스가 결과를 내기를 기다렸
다. 사실 무엇인가 포착되리라고 기대한 것이 아니라 승무원들을 안
심시키는 데 도움이 될 것 같아 작업을 지시했던 것이다.

"좀 실망스럽습니다." 프로스트가 조용히 말했다. "야간공포증 때
문에 이런 법석을 떨다니. 저들은 다음에는 길을 건널 때 누군가 손
을 잡아줄 사람이 필요하겠군요."

"우리 모두가 자네처럼 철사 줄 같은 신경을 갖고 있는 건 아니네,
수색관." 사일런스가 말했다. "그리고 승무원들의 문제점을 해결해주
는 것도 내 임무 중 하나야. 그런데 자네와 나만 그 목소리를 못 들었
다는 것은 좀 이상하군."

"우리 마음은 훨씬 더…… 전보다 잘 정비되어 있습니다." 프로스
트가 말했다. "아마 우리는 희롱당하기에는 너무 강했나보지요."

"아마 그럴 거야. 어쨌든 크로스에게 몇 분 더 센서를 작동시키도
록 하고, 그다음……"

"정체를 알 수 없는 함정이 나타났습니다. 함장님!" 크로스가 갑자
기 외쳤다. "가까이 있습니다. 그리고 빠른 속도로 우리 쪽으로 다가
오고 있습니다."

"황색경보!" 사일런스가 소리쳤다. "똑똑히 보고 싶다. 크로스, 스크린에 올려."

"아직 암흑성운 안에 있습니다." 크로스가 말했다. "좀 더 있어야 눈에 띌 겁니다."

"외계인의 함정인가?" 프로스트가 물었다.

"알 수 없습니다." 크로스가 대답했다. "하지만 접근속도로 볼 때 곧 확인할 수 있을 겁니다."

사일런스는 차분하고 동요 없는 표정을 지으며 스크린의 어둠을 응시했다. 승무원들은 수런거리면서 무기와 보호막을 준비했다. 각자 공격위치로 가면서 보고가 이어졌다. 사일런스는 슬며시 웃었다. 함교의 음산했던 분위기가 완전히 가셨다. 정체불명의 배가 위협이기는 했지만 그것은 승무원들이 이미 익숙한 것이었다.

"배가 속도를 줄이고 있습니다." 크로스가 말했다. "저것이 우리의 존재를 알고 있는 것 같습니다. 거의 암흑성운의 경계선에 있습니다. 바로 스크린에 보일……"

스크린에 배가 모습을 드러내자 그는 말을 멈췄다. 배는 림의 경계에서 완전히 정지했다. 매우 낯익은 배였다. 분명 인간의 배였다.

"세부보고 드립니다, 함장님." 크로스가 말했다. "저것은 제국의 순양함…… 클래스C입니다." 그는 놀라서 사일런스를 뒤돌아보았고 그러고는 다시 관측기를 살폈다. "클래스C는 이미 수십 년 전에 모두 퇴역했습니다. 저 배의 보호막은 내려져 있고, 우리와의 접촉시도는 없습니다. 제가 표준 호출주파수를 사용하고 있는데 반응이 없습니다. 배의 상태는 좋아 보입니다. 손상의 흔적은 발견되지 않습니다."

"해적선일 가능성은 없을까요?" 스텔마가 물었다.

"희박합니다." 프로스트가 대답했다. "해적은 저런 배를 사용하지 않습니다. 해적은 추격자보다 빨라야 살 수 있는데 저건 해적선으로는 너무 느립니다. 그렇지만 저게 제국의 배라면 도대체 저 폐물이 여기 림에서 무엇을 하고 있는 걸까요?"

"유령선일 수도 있지." 사일런스가 말했다. 그리고 유령이라는 단어를 쓴 것에 대해 금방 후회했다. 그는 둘러보지 않고도 함교에 다시 긴장이 감도는 것을 느낄 수 있었다. "크로스, 동체에 분명히 식별번호가 있을 것이다. 찾아서 기록과 대조해봐. 이름을 확인할 수 있는지 보란 말이야."

"이미 했습니다." 통신장교의 목소리는 떨리고 있었다. "저 배는 챔피언입니다. 제 할아버지의 배요. 107년 전에 감쪽같이 실종되었다고 보고된 배입니다."

"그럴 리가!" 사일런스는 어안이 벙벙했다. "나도 그 얘기를 기억한다. 챔피언에 무슨 일이 일어났는지는 아직도 풀리지 않는 수수께끼지. 그렇지만 그 배가 사라지기 전에 마지막으로 확인된 위치는 여기서 제국을 반은 가로지른 곳이다. 그게 어떻게 암흑성운에 있단 말인가?"

"좋은 질문입니다, 함장님." 프로스트가 말했다. "또 다른 질문은 지금 누가 저 배를 조종하고 있느냐가 아닐까요? 저 배는 지금 멈춰 있지만 조금 전까지 암흑성운을 날아왔습니다. 분명히 저 안에 사람이 있을 텐데 왜 응답하지 않을까요?"

"함정이 분명합니다." 스텔마가 말했다. "위장한 외계인의 배일 수도 있습니다."

"저건 홀로그램이 아닙니다." 크로스가 말했다. "그리고 외관이 정확히 일치합니다."

"외계인이든 아니든" 사일런스가 말했다. "저 배가 여러분 모두가 겪은 이상한 현상의 원천인 것은 거의 확실시되는군. 저 배가 모습을 드러낸 것도 그 현상의 연장선에 있다고 봐야지. 심리전일 수도 있어. 크로스, 적색경보다. 보호막을 모두 가동하라. 저것이 위장된 외계인 함정이라면 지난번처럼 우리를 공격하지 못하도록 철저히 대비해야 한다. 모든 포를 저 배에 조준하라. 하지만 내가 분명한 명령을 내릴 때까지는 발포하면 안 된다."

승무원들이 바삐 움직이면서 함교가 부산해졌다. 그들은 모두 지난번 외계함정 때문에 지옥 문턱까지 갔다 온 사실을 잘 기억하고 있었다. 그들은 보복을 원했다. 프로스트가 사일런스에게 바짝 붙었다.

"함장님, 저게 외계인 함정일 가능성은 아주 적습니다. 모든 관측 결과로 볼 때 정말로 실종된 챔피언 호가 분명합니다."

"승무원들이 공포에 빠지는 것을 바라지 않을 뿐이야." 사일런스가 조용히 말했다. "두 가지 다 가능성이 별로 없다고 생각하네. 어쩌면 새로운 반란자들이 출격한 것일 수도 있지. 어쨌든 승무원들의 사기를 고취시켜서 조금이라도 허튼수작을 부리면 저 배를 박살내겠다는 자세로 임하도록 해야지. 통신장교, 새로 발견된 사실 있나?"

"혼란스러운 것들입니다." 크로스가 계기판들을 들여다보며 말했다. "배의 시스템 대부분이 꺼져 있습니다. 방어막도 없고 대기 상태인 무기도 없고…… 생명유지장치도 꺼져 있습니다. 배 안에는 공기도 없고 극저온 상태일 겁니다. 저 배는 완전히 죽은 상태로 저기 머물러 있는 겁니다. 어떻게 여기까지 왔는지조차 이해가 안 됩니다. 저 배의 드라이브도 차가운 걸로 관측됩니다. 최근에 작동되었다는 흔적을 어디에서도 찾을 수 없습니다."

"생명반응은?" 사일런스가 물었다.

"전혀 없습니다. 인간이건 뭐건 간에요. 저건 전염병 전파선일 가능성도 있습니다."

사일런스는 그를 엄하게 노려보았다. "유령선! 전염병 전파선! 자네는 아주 상상력이 뛰어나군. 자네도 알고 있나? 가까이 가서 살펴봐야겠다. 적색경보를 유지하라. 그리고 장거리 센서도 열어놓도록. 배가 하나 있으니 둘이라고 없으리란 법 없지. 우리가 한눈파는 사이에 공격받는 일은 원치 않는다. 수색관, 수색팀을 편성하라. 자네와 나는 함재정을 타고 저 배에 건너가 도대체 정체가 무엇인지 확인한다."

"괜한 헛수고 하는 것이겠지만 다시 말씀드리자면 함장님은 수색팀에 끼는 위험을 감수해서는 안 됩니다." 프로스트가 말했다.

"자네 말이 옳아. 헛수고야." 사일런스가 말했다. "저 배가 뭐가 됐든 나는 결정을 내리기 전에 먼저 직접 확인해볼 필요가 있어. 스텔마, 자네도 함께 가겠나?"

"꼭 그럴 필요는 없을 것 같습니다. 싫습니다." 스텔마가 말했다. "제가 그런 작전에 자원할 만큼 월급을 많이 받는 게 아니거든요. 사실 아무리 많은 돈을 받아도 싫기는 마찬가지지만요. 즐거운 여행 되십시오, 함장님. 여기서 돌아오시기를 기다리고 있겠습니다."

"함장님," 크로스가 말했다. "수색팀에 넣어주십시오. 저게 정말 챔피언 호, 제 할아버지의 배라면……"

"통신장교는 필요 없습니다." 프로스트가 말했다.

"하지만 챔피언 호가 진짜인지 가짜인지 말해줄 수 있는 누군가가 있다면 좋겠지." 사일런스가 말했다. "좋다, 크로스. 팀에 합류한다. 부관, 함교를 책임지게. 제군들, 출발하자."

　사일런스, 프로스트, 크로스, 그리고 여섯 명의 보안대원이 함재정을 타고 챔피언 호로 추정되는 배로 건너갔다. 모두 강화복을 착용했다. 돈틀러스 호의 센서에 따르면 배 전체에 생명유지장치가 전혀 가동되지 않고 있었기 때문이다. 사일런스는 함재정이 접근하는 동안 함재정의 센서를 자신의 통신임플란트에 연결해 정체불명의 배를 유심히 관찰했다. 마치 함재정의 벽이 투명해진 것처럼 배가 뚜렷이 보였다. 익숙한 다른 배들과 달리 그것은 무겁고 투박해 보였다. 클래스 C 모델은 기동성과 화력을 적절히 조화시키려는 의도로 설계되었으나 이도 저도 아니게 돼버린 경우였다. 그래서 곧 클래스D로 대체되었다. 그럼에도 불구하고 챔피언 호는 해군에서 꽤 명성을 날렸다. 외계인을 발견하고 새로운 식민지를 개척하는 제국의 탐사선 중 단연 최고로 꼽혔다. 짧은 복무기간에도 불구하고 무려 열네 개의 행성을 새로이 제국에 복속시켰다.

　사일런스는 지금처럼 제국이 불안한 상황에 처한 때 챔피언 호가 다시 나타난 것이 단순한 우연만은 아닐 것이라는 생각이 들었다. 과거로부터의 경고? 사일런스는 그 생각을 밀어냈다. 그는 황권에 충성하기로 맹세한 몸이다. 황제 자리에 누가 앉아 있건 제국은 보전되어야 한다. 다른 선택은 더 나쁘다. 제국이 박살나고 야만의 시대가 도래하는 것보다는 부패한 문명이 더 낫다. 그는 이 생각도 밀쳐내고 눈앞에 점점 커지고 있는 배에 집중했다. 그것은 어두운 바다를 떠도는 거대한 백고래 같았다. 배는 점점 커져서 이제 그 너머 림이나 암흑성운이 가로막혀 보이지 않게 되었다. 이윽고 함재정이 완전히 멈췄다. 함재정과 배 사이의 간격은 불과 몇 미터에 불과했다.

"다시 한 번 호출해봐." 사일런스가 눈앞의 백색 금속 벽에서 눈을 떼지 않고 조용히 말했다.

"여전히 반응이 없습니다." 크로스가 한참 후 대답했다. "함재정 센서가 배 안에 생명체가 없음을 확인했습니다."

"챔피언의 에어록을 범용해제신호로 열 수 있는지 시도해봐." 사일런스가 말했다.

크로스가 제어판 위에 몸을 숙이고 난 후 고개를 저었다. "반응이 없습니다. 모든 시스템이 꺼져 있습니다. 수동으로 열어야 할 것 같습니다."

"그럴 줄 알았어." 사일런스는 센서와의 통신 연결을 해제했고 그러자 눈앞에 함재정 벽이 다시 나타났다. 그는 팀원들을 하나씩 쳐다보며 눈을 맞추고 그들을 안심시켰다. "제군들, 주목하라. 우리는 강화복을 입고 함재정의 에어록을 통해 나간다. 프로스트 수색관이 앞장선다. 우리는 챔피언 호의 에어록 바로 위에 있다. 그러므로 우리가 할 일은 걸어 나가서 에어록을 여는 것이다. 크로스가 외부 에어록을 수동으로 열 것이다. 그러면 수색관이 혼자 먼저 에어록 안으로 들어가 상황을 파악할 것이다. 수색관이 신호하면 모두들 재빨리 에어록으로 뒤따라 들어간다."

"수색관에게 무슨 일이 발생하면 어떻게 합니까?" 크로스가 물었다.

"그럼 함재정을 물려라. 돈틀러스 호가 챔피언 호를 박살낸다." 프로스트가 대신 대답했다. "왜냐하면 내가 감당할 수 없다면 너희들도 절대로 못할 것이기 때문이다."

"일단 안으로 들어가면," 사일런스는 방금 전 크로스와 프로스트의 대화를 무시하며 말했다. "함교로 가서 가능한 시스템을 작동시킨다. 모두 같이 움직인다. 하지만 너무 붙지는 마라. 그리고 경계를 늦추지 않도록. 일단 챔피언 호는 적으로 간주한다. 아군이 아니면 움직이는 것은 뭐든 사격해도 좋다. 그렇다고 과민반응하지는 말고. 수색관, 앞장서라."

프로스트가 고개를 끄덕이고 함재정 에어록의 안쪽 문으로 갔다. 모두들 헬멧을 쓰고 잘 밀착되었는지 확인하는 동안 침묵이 흘렀다. 프로스트가 내부 문을 열고 에어록으로 들어갔고 사일런스와 크로스가 뒤따랐다. 강화복 셋이 들어서자 에어록이 꽉 찼다. 그들은 공기가 빠져나갈 때까지 참을성 있게 기다리다가 외부 문을 열었다. 문이 천천히 소리 없이 열리고 몇 미터 밖 챔피언 호의 외부동체가 눈에 들어왔다. 사일런스가 손짓하자 프로스트가 문 밖으로 나갔다. 그녀는 손을 뻗어 챔피언 호의 에어록 바깥쪽에 있는 작은 휠을 단단히 붙잡았다. 사일런스가 옆으로 가서 그녀가 힘을 쓰는 동안 몸을 붙잡아 주었다. 함재정의 인공중력은 에어록 바깥쪽에는 미치지 못했다. 그녀가 조금씩 휠을 비틀어 돌리자 에어록의 외부 문이 천천히 열리면서 갑자기 내부에서 밝은 빛이 쏟아져 나왔다. 사일런스는 조금 안도했다. 적어도 챔피언 호의 시스템 일부는 작동하고 있는 것이다. 문이 조금 더 벌어져 사람이 통과할 정도가 되자 프로스트는 챔피언 호로 들어갔고 그녀 뒤로 문이 다시 닫혔다. 사일런스는 기다리는 것밖에 할 수 있는 것이 없었다. 그는 그녀와의 연결로 그녀의 존재를 느낄 수 있었고, 그녀의 침착성이 그를 안심시켰다.

"에어록은 완벽하게 작동합니다." 그녀의 목소리가 사일런스의 통신임플란트로 들렀다. "여기는 불빛도 있고 중력도 있습니다. 하지만 공기는 없군요. 펌프는 작동하고 있는데 공급할 공기가 없는 것 같습니다. 내부 문을 열고 있습니다. 안쪽에도 불빛이 보입니다. 저는 이제 복도에 들어섰습니다. 아무런 움직임이 없습니다. 여기에도 공기는 없군요. 기온은 영하입니다. 이제 건너와도 좋습니다. 환영파티를 할 기미는 안 보입니다."

"그 자리에 대기하라." 사일런스가 말했다. "바로 가겠다."

그는 다시 에어록의 외부 문을 열고 크로스와 함께 건너갔고 보안 대원들이 뒤따랐다. 에어록 밖의 복도는 밝았지만 불편을 느낄 정도로 좁았고 천장은 헬멧에 닿을 것 같았다. 벽은 케이블과 도관, 그리고 여러 가지 장비들로 가득 차 있었다. 설계자가 마지막 순간까지 자기가 생각해낼 수 있는 모든 것을 쑤셔 넣은 것 같았다. 모두 구식이라는 느낌은 없었다. 돈틀러스 호에 비해 덜 효율적으로 정돈되기는 했지만 대체로 시스템은 비슷한 것 같았다. 제국의 정체한 모습을 확인하는 것 같았다.

"흥미롭군요." 프로스트가 말했다. 사일런스는 반사적으로 그녀를 돌아보았지만 보이는 것은 헬멧뿐이었다. "강화복의 센서에 따르면 불빛과 중력은 이 지역에만 작동하고 있습니다. 배의 나머지 부분은 여전히 동력이 꺼진 상태입니다. 아마도 누군가 우리가 여기 왔다는 것을 알고 있는 것 같습니다."

"배의 컴퓨터일 수도 있지요." 크로스가 말했다.

"아니야." 프로스트가 반박했다. "그렇지 않을 거야. 컴퓨터라면 모든 생명유지장치를 가동시켰을 거야."

"일반 주파수로 호출해봐." 사일런스가 말했다. "누군가 응답하는지 보자고.”

“여기는 돈틀러스 호의 수색관 프로스트다. 제국을 대표한다. 응답하라.”

오래 기다렸지만 응답이 없었다. 통신채널은 완전히 조용했다. 사일런스는 보이지 않는 눈이 지켜보는 것 같아 등골이 오싹했다. 유령선이라는 말이 다시 떠올랐고, 사관생도 시절 떠돌던 믿거나 말거나한 얘기들이 생각났다. 죽은 승무원들을 태운 죽은 배가 어두운 우주를 조용히 끝없이 항해한다는 이야기였다. 함교에 해골들이나 살이 썩은 시체들을 싣고 산 자들이 이해할 수 없는 먼 곳의 운명을 향해 나아간다는 것이다. 사일런스는 웃을 수밖에 없었다. 그런 바보 같은 얘기가 기억 속에 이렇게 깊이 각인되어 있을 줄은 몰랐다.

“함교로 가자, 제군들.” 그는 활기차게 말했다. “뭔가 답을 찾을 수 있겠지. 수색관, 앞장서게.”

프로스트는 돈틀러스 호의 컴퓨터가 제공한 챔피언 호의 내부 지도를 띄우고 복도를 걸어 내려갔다. 그들의 이동에 맞춰 조명이 저절로 켜졌다. 중력도 계속 유지되었지만 여전히 공기는 없었고 기온도 낮았다. 사일런스는 보안대원들에게 지나는 길에 있는 모든 방을 점검하도록 지시했다. 각 방마다 사람이 산 흔적은 있었지만 챔피언 호의 승무원은 없었다.

흩어진 침대, 먹다 남은 음식, 게임 중 어지럽게 널린 카드, 그리고 빼꼼히 열린 문들이 보였다. 마치 백여 년 전에 사람들이 갑자기 일어서서 생명 밖으로 걸어 나간 후 다시는 돌아오지 않은 것 같았다.

사일런스는 시야의 언저리에서 움직이는 물체를 봤다는 느낌이 자꾸 들었지만 막상 눈을 돌리면 아무것도 없었다. 그들 모두 감시당하고 있다는 느낌을 지울 수 없었다. 배의 감시카메라는 작동하지 않았다. 보안대원들은 앞은 말할 것도 없고 뒤쪽도 세밀히 살폈다. 프로스트는 물론 평상시 모습대로 차분하고 동요 없이 텅 빈 복도를 성큼성큼 걸어갔다. 사일런스는 그녀 뒤에 바싹 붙었다.

그들은 마침내 메인 엘리베이터에 도착했다. 사일런스가 휴대용 에너지팩을 꽂자 엘리베이터가 가동되기 시작했다. 비상구가 있기는 했지만 함교로 가려면 한참 올라가야 할 것이다. 사일런스는 팀을 둘로 나눈 후 각각 다른 엘리베이터를 이용해 함교로 올라가도록 했다. 엘리베이터는 비좁았고 모든 층에서 정지했기 때문에 함교까지 올라가는 데 시간이 꽤 걸렸다. 마침내 함교의 문이 열리자 사일런스는 문 밖으로 나서며 안도감을 느꼈다. 이 유령선의 비밀을 풀 실마리가 발견될 수 있는 곳이 있다면 바로 이곳 함교일 것이다.

지휘석에는 아무도 앉아 있지 않았다. 해골이건 시체건 아무도. 모든 작업대는 방치된 상태였다. 승무원의 흔적은 없었다. 예상한 모습 그대로였다. 하지만 그럼에도 불구하고 왠지 모를 실망감이 들었다. 이렇게 함교를 완전히 방치한 채 떠나버린 것을 보면 챔피언 호에 정말로 큰 일이 발생했음이 분명했다. 그런데 공격받았거나 반란이 일어난 흔적은 없었다. 크로스는 통신대에 허리를 숙이고 몇 가지 시동 절차를 수행해보다가 돌아섰다.

"모든 게 꺼져 있습니다. 한 시간만 주시면 뭔가 되살려낼 수 있을 것 같습니다. 시스템의 반은 다시 프로그래밍해야겠지만 모든 것이 작동 가능한 상태입니다."

"자동항법장치가 작동중입니다." 프로스트가 말했다. "누군가 현재 좌표를 배에 입력했던 것 같습니다."

"잠깐만요." 크로스가 말했다. "제가 감시카메라를 작동시킨 것 같습니다. 이건 불가능한 일인데…… 어쨌든 모니터를 보시지요."

그들은 모두 크로스를 에워싸고 그의 작업대에 붙어 있는 세 개의 모니터 화면을 주시했다. 화면은 마치 조금 전에 꺼졌던 것처럼 연달아 신속하게 켜졌다. 크로스는 카메라를 하나씩 바꿔가며 배 전체를 살폈다. 배의 모든 곳이 비어 있었다. 복도와 기계실, 의무실과 승무원 숙소 등 모든 곳이 조용하고 아무런 움직임도 없었다. 배가 이렇게 완벽하게 버려진 것을 눈으로 확인하자 사일런스는 뼛속까지 으스스해지는 느낌이었다.

그는 챔피언 호에 대해 더 많은 기억을 떠올려보았다. 함장인 토머스 피어스는 철두철미한 군인이었다. 자기 자신에게도 가차 없는 원칙을 들이대는 교본 같은 사나이였다. 배가 사라진 그날까지도 그가 함정을 엄격하게 통솔했을 것이라는 데 아무도 이견을 달지 않을 정도였다. 그는 선원들이야 무엇을 하든 절대로 자기 배를 떠날 사람이 아니었다. 아마도 자폭장치를 먼저 가동했을 것이다. 사일런스는 피어스가 지금처럼 모든 자리와 작업대가 방치된 모습을 본다면 무슨 생각을 할까 궁금했다. 누군가, 또는 무언가가 그를 붙잡아간 것이다.

"엇!" 갑자기 크로스가 소리쳤다. "뭔가 있습니다." 그는 제어판 위에서 투덜대며 강화복의 두꺼운 손으로 뭔가를 누르며 분주히 움직였다. 강화복은 섬세한 작업에는 어울리지 않는다. "뭔가 발견한 것 같습니다, 함장님. 화물적재실의 카메라가 작동하지 않지만 제가 내부센서로 몇 가지 정보를 알아냈습니다. 화물칸에 뭔가 있습니다. 아주 많습니다."

"화물칸이라면 당연한 것 아닌가?" 프로스트가 의아해했다.

"컴퓨터에는 화물이 전혀 없다고 나오니까 이상한 겁니다. 더 흥미로운 것은 화물칸에 있는 것들이 인간의 형상이라는 점입니다."

"생명반응은?" 사일런스가 물었다.

"아직 없습니다." 크로스가 대답했다. "그렇지만 무엇인지는 모르겠으나 수백 개가 있습니다."

"그렇다면 다른 방도가 없군. 가서 확인해보도록 하지." 사일런스가 말했다.

그는 모니터를 감시하고 다른 장비들을 더 조사하도록 네 명의 보안대원을 함교에 남겨두고 나머지 두 명의 대원을 데리고 엘리베이터로 돌아갔다. 화물칸까지는 먼 거리였지만 이번에는 적어도 각층마다 멈추지는 않았다. 사일런스는 그것을 길조로 해석하기로 했다. 곧 엘리베이터 문이 화물적재실에서 열렸고, 프로스트는 자기가 먼저 상황을 살피는 동안 다른 사람들은 엘리베이터 안에 머물도록 했다. 그녀는 그들을 오랫동안 엘리베이터 안에 붙잡아두었다가 마침내 나오라고 손짓했다. 화물칸 역시 방치되어 있었지만, 엘리베이터 문이 열리는 순간 조명이 켜졌다. 마치 누군가 그들을 기다리고 있는 것처럼.

화물적재실의 규모는 매우 컸다. 복잡한 표식이 있는 철벽이 거대한 공간을 감싸고 있었다. 그들은 구멍에서 기어 나오는 생쥐처럼 바닥층으로 걸어 나왔다. 프로스트는 혹시라도 있을지 모를 신속한 퇴각에 대비해 엘리베이터 문을 열어둔 상태로 고정하면서 사람들에게 한 곳에 모여 대기하라고 신호했다. 사실 사일런스만 놓고 보자면 그녀는 그런 말을 할 필요도 없었다. 사일런스는 절대로 혼자서 돌아다니고 싶은 생각이 없었기 때문이다. 그럼에도 불구하고 함장으로서 모범을 보여야 했기 때문에 프로스트가 수신호를 보내자 앞으로 자신만만한 걸음을 떼며 주위를 둘러보았다.

엘리베이터에서 멀찍이 떨어져 바라본 화물적재실의 크기는 가히 위압적이었다. 하지만 사일런스의 주의를 끈 것은 화물칸의 유일한 짐이었다. 그것은 수백 개의 긴 거울원통으로 일반적인 관 크기였다. 정사각형 모양으로 대오를 잘 맞춰 배열되어 있었다. 사일런스는 그 것들과 조심스럽게 거리를 유지한 채 강화복의 제한적인 센서로 면밀히 관찰해보았지만 이렇다 할 정보를 얻을 수 없었다. 그 안에 무엇이 들었는지는 고사하고 그 관이 무슨 물질로 형성되었는지조차 알 수 없었다.

"승무원들이겠지요, 그렇지요?" 크로스가 조용히 물었다.

"그런 것 같군." 사일런스가 대꾸했다. "수를 세보니 얼추 맞을 것 같아. 열어보면 알 수 있겠지. 수색관……"

"벌써 그럴 작정이었습니다, 함장님." 프로스트가 주저 없이 앞으로 걸어 나갔다.

사일런스는 크로스와 두 명의 보안대원에게 자기 옆에 있으라고 손짓했다. "천천히 조심스럽게 다뤄, 수색관. 부비트랩일 가능성도 있으니까."

"명심하겠습니다." 프로스트가 대답했다. "이제 좀 조용히 해주시겠습니까? 집중해야 하니까요."

그녀는 제일 바깥 열의 원통 앞에 멈춰서 다시 한 번 센서로 검사해보았다. 가까운 거리임에도 불구하고 센서에서는 전혀 유용한 정보를 얻을 수 없었다. 모든 원통은 2미터가 조금 넘는 길이로 관의 규격과 일치했다. 시체를 담기에 충분한 크기였고 그밖에 다른 불쾌한 물건들도 집어넣을 수 있을 것 같았다. 프로스트는 가장 가까운 원통 옆에서 바닥에 무릎을 대고 앉아 살펴보다가 자신의 모습이 원통의 거울에 비치지 않는다는 것을 깨닫고 깜짝 놀랐다. 그리고 원통의 가장자리를 천천히 살펴보다가 또 한 번 놀랐다. 어디에도 연결의 흔적이 없었다. 원통이 한 덩어리로 만들어진 것 같았다. 아마…… 뭔가를 감싸며 형성되었을 것이다. 머릿속에 번데기라는 단어가 떠오르며 딱 꼬집어 말할 수는 없지만 그것이 상당히 중요한 의미를 지녔을 것이라는 느낌이 들었다. 그녀는 허리를 펴고 앞에 줄지어 늘어선 원통들을 바라보았다. 원래는 그중 하나를 힘으로 열어볼 생각이었다. 강화복이 보호해줄 것이라고 믿기 때문에 필요하다면 총도 사용할 것이다. 하지만 그런 행동이 보통사람들이 기대하는 반응일 것이라는 데 생각이 미쳤다. 점점 더 그것이 함정이라는 느낌이 강하게 들었다. 원통은 너무 유혹적이었고 그곳의 조명 또한 너무 밝았다. 마치 화물적재실이 공연을 앞둔 무대 같다는 느낌이었다.

프로스트가 강화복의 손을 조심스럽게 뻗어 관의 뚜껑을 만지자 마치 수은으로 만들어진 것인 양 반짝이는 표면 아래로 손이 가라앉아버렸다. 그때 관 안쪽에서 뭔가가 그녀의 손을 잡고 세게 쥐어쌌다. 그녀의 몸이 앞으로 쏠리며 균형을 잃었고 팔은 더욱 깊숙이 관 안으로 빨려 들어갔다. 그녀는 재빨리 중심을 잡고 팔을 당겼지만 꿈쩍도 하지 않았다. 강화복을 입고 있는데도 팔에 압력이 느껴졌다. 그녀는 헬멧 속에서 이를 갈며 온 힘을 다해 팔을 당겼다. 강화복의 서보구동장치가 격한 신음소리를 토해냈다. 천천히 뚜껑에서 팔이 다시 빠져나오고 이어서 손이 나오고 그 손을 붙잡고 있는 허연 사람의 손이

딸려 나왔다.

그녀의 팔에 걸린 당기는 힘이 갑자기 약해지더니 반짝이는 뚜껑에서 마치 강에서 익사한 사람의 시체가 떠오르듯 허연 얼굴이 나타났다. 그리고 시체는 여전히 그녀의 팔을 붙잡은 채 관에서 빠져나와 프로스트 앞에 서서 미소를 지었다. 처음에 그녀는 그것이 사람의 가죽을 쓴 셔브의 살인기계인 퓨리인 줄 알았다. 하지만 깨끗이 면도한 시체의 두개골에 커다란 수술 자국이 있음을 발견하고는 챔피언 호의 승무원들에게 무슨 일이 일어났는지 불현듯 깨달았다. 그자는 유령전사였다. 그녀 주변의 은색 관들에서도 시체들이 연달아 일어나기 시작했다. 번쩍이는 번데기에서 흉측하게 생긴 회색 나비들이 튀어나오는 것 같았다. 그녀 앞의 남자는 찢기고 피로 얼룩진 구식 제복을 입고 있었다. 말라붙은 피는 그를 죽음에 이르게 한 상처에서 흘러나온 것이었다. 그는 활짝 미소 짓고 있었지만, 피부는 죽은 사람의 창백한 가죽이었고 얼굴에는 감정이 없었으며 깜빡임 없는 눈에는 생명도 없었다. 그녀는 사일런스가 시체로부터 물러나라고 외치는 소리를 들었지만 시체의 시선은 낚싯바늘처럼 그녀를 꿰어 놓아 주지 않았다. 이제 시체들이 모든 관에서 일어서는 모습이 보였다. 그들의 움직임은 조용하고 절도가 있었다.

그때 에너지빔이 그녀 앞의 남자 머리를 날려버렸고 머리를 잃은 몸뚱이는 무릎을 꿇으며 허물어졌다. 그녀는 비로소 시체의 시선에서 풀려나 정신을 차리고 한 걸음 물러서며 붙잡힌 손을 확 끌어당겼다. 하지만 그녀가 아무리 힘을 써봐도 창백한 손가락들이 팔에서 떨어지지 않았다. 프로스트는 왼손으로 검을 꺼내서 시체의 손목을 내리쳤다. 그리고 시체의 손가락을 하나씩 뜯어내면서 황급히 동료들에게로 달려갔다.

그들 모두 강화복의 팔목에 내장된 광선총을 발사하고 있었다. 에너지빔에 얻어맞은 시체들은 터지고 갈라지기를 반복했지만, 여전히 수백 구의 시체들이 흔들림 없이 앞으로 다가오고 있었다. 프로스트는 사일런스와 크로스 사이에 자리를 잡았다. 그녀는 무섭거나 걱정스럽기보다는 화가 치밀었다. 지금껏 무수한 종류의 외계인들과 싸워봤고, 그래서 이제 제국 내의 어떤 것도 자신을 당혹시킬 수 없다고 생각했는데 어이없게도 시체의 눈빛이 어떤 사슬보다도 강력하게 그녀를 옭아맸던 것이다. 만약 사일런스가 적시에 시체의 머리를 날려버리지 않았다면 그녀는 시체에 압도된 채 꼼짝없이 끌려가 그들의 일원이 될 뻔했다. 그녀는 자신을 풀어준 사람이 사일런스라는 것을 의심치 않았다. 그녀도 그에게 똑같이 했을 것이다. 그녀는 깊은 숨을 들이켜고 안정을 되찾았다.

"이제" 그녀는 침착하게 말하려 노력했다. "적어도 챔피언 호의 선원들에게 무슨 일이 일어났는지는 알게 됐군요. AI 개자식들이 그들을 손에 넣고 두뇌를 퍼낸 다음 자기들의 더러운 컴퓨터를 박아 넣은 거군요. 우리는 유령전사가 득실대는 배를 발견한 거예요."

"셔브는 제국의 반대편에 있어." 사일런스가 말했다. "일단 그건 논외로 해두자. 이제 2분을 기다려야 하는데 그동안 저것들이 기다려주지는 않을 거란 말이야. 모두 검을 들고 후퇴한다."

그때 뒤에서 둔탁한 소리가 나면서 엘리베이터 문이 닫혔다.

"있을 수 없는 일입니다." 프로스트가 말했다. "문을 개방 상태로 고정했는데."

"뭔가가 우릴 보고 있습니다." 크로스가 말했다. "녀석이 우리가 떠나는 것을 원치 않는가봅니다."

"함교로 연락해보겠다." 사일런스가 말했다. "그곳에서 조종할 수 있을지도 모르지. 함교, 여기는 사일런스다. 내 말 들리는가?" 반응이 없었다. 불길한 정적만이 있었다.

"그들에게도 무슨 일이 일어났군요." 크로스가 말했다. "이제 우리끼리 헤쳐 나가야겠습니다."

시체들은 줄지어 서서 꼼짝도 하지 않고 그들을 바라보고 있었다. 구식 함장제복을 입은 시체 하나가 앞으로 나섰다. 사일런스는 시체의 얼굴에서 토머스 피어스의 모습을 찾아보았다. 하지만 앞에 있는 얼굴은 전혀 사람 같지 않았다. 한쪽 눈은 사라져 그 자리를 카메라가 메우고 있었고 이마에서는 끔찍한 수술 자국이 선명하게 드러나 있었다. 시체는 검이 닿지 않을 만큼의 거리를 두고 사일런스 앞에 서서 미소를 지었다. 하지만 미소가 무엇을 전달하기 위한 것인지는 알고 있으나 미소를 어떻게 지어야 하는지는 모르는 것 같았다. 그는 외교나 대화에는 어울리지 않는 부류였다. 셔브가 인간과의 전투에서 유령전사를 사용하는 이유는 기능적인 우월성과 더불어 심리적인 효과까지 노릴 수 있기 때문이었다. 시체는 총에 검까지 허리에 차고 있었지만 아직 사용할 기색은 보이지 않았다. 사일런스는 고개를 갸우뚱했다. 유령전사는 그를 죽일 생각이 없다. 그때 피어스의 입술이 움직이기 시작했고, 사일런스는 통신임플란트를 통해 느릿느릿하고 혐오스러운 비인간적인 목소리를 들을 수 있었다. 그것은 인간의 입을 빌린 기계음이었다.

"사일런스 함장, 프로스트 수색관. 우리와 함께 갑시다."

"우리를 왜?" 사일런스가 물었다.

"이런!" 크로스가 말했다. "따돌림 당한 기분인데요."

"당신들은 달라졌습니다." 피어스가 말했다. 그의 죽은 눈은 사일런스와 프로스트만 바라보고 있었다. "변했단 말입니다. 어떻게 변했는지 우리는 알아야겠습니다."

"어렵겠는데요." 프로스트가 말했다. "우리는 다른 일정이 있어서 말이죠. 우리 비서한테 연락해서 약속을 정하세요. 함장님, 엘리베이터를 여십시오. 제가 이들을 막고 있겠습니다."

그녀는 한 걸음 앞으로 나서서 양손으로 검을 쥐고 온 힘을 다해 옆으로 크게 휘둘렀다. 피어스의 목이 금방이라도 날아갈 상황이었지만 그는 믿을 수 없는 속도로 팔을 들어 가격을 막아냈다. 칼날은 그의 팔 깊숙이 파고들어 뼈에 박혔다. 프로스트가 균형을 회복하기 전 찰나의 순간에 피어스는 다른 한 손을 뻗어 그녀 손에서 검을 낚아챘다. 프로스트는 소리를 지르며 목을 향해 주먹을 날렸다. 강화복의 서보구동장치가 가격의 강도를 배가시켰고, 주먹이 피어스의 목을 뚫고 들어가면서 뼈가 부서지는 느낌이 그녀의 손에 그대로 전달되었다. 피어스의 머리는 비스듬히 걸려 있었지만 표정에는 아무런 변화가 없었다. 그는 검을 옆으로 내던지고 양손으로 그녀의 어깨를 잡으려 했다. 프로스트가 그의 다리를 걸어차자 그는 바닥에 엎어졌다. 다른 유령전사들이 서두르지 않고 천천히 전진해왔다. 프로스트는 자기가 무슨 짓을 해도 그들 모두를 막아낼 수는 없다는 것을 잘 알고 있었다.

그녀는 헬멧 속의 타이머를 보고 다시 광선총을 발사했다. 손에서 발사된 광선이 전진해오는 시체들을 추풍낙엽처럼 쓸고 갔다. 그래도 유령전사들은 멈추지 않았다. 피어스도 다시 일어서서 그녀를 잡

으려 했다. 프로스트는 다시 검을 집어 들면서 셔브의 실험실로 끌려
가기보다는 차라리 이 자리에서 죽겠다고 각오를 다졌다.

사일런스와 크로스는 엘리베이터로 가서 강제로 문을 열었고 두
명의 보안대원이 엘리베이터 안으로 들어가 벽의 제어장치를 뜯어
내고 수동조작을 시도했다. 사일런스는 프로스트가 어떤지 돌아보
고 싶었지만 문을 열어두기 위해서는 전력을 기울여야 했다. 그의 손
에는 엄청난 압력이 가해졌고, 강화복 서보구동장치에서 희미한 파
열음이 들렸다. 그가 입고 있는 것은 탐사 목적의 보호복이지 강력한
힘을 지닌 전투복이 아니었다. 강화복이 오래 버티지 못할 것 같았다.
그때 보안대원 하나가 기쁨의 탄성을 질렀고 문의 압력이 갑자기 사
라졌다. 사일런스와 크로스는 문을 놓고 서둘러 엘리베이터 안으로
들어갔다. 그리고 돌아서서 광선총을 발사했고 프로스트 양옆의 유
령전사들이 나가떨어졌다.

"빨리 뛰어와, 수색관!" 사일런스가 외쳤다.

프로스트는 주저 없이 뒤돌아서 엘리베이터를 향해 뛰었다. 유령
전사들에게서 도망치는 것은 불명예가 아니다. 유령전사들은 컴퓨터
임플란트가 망가지지 않는 한 몸 상태가 어떻게 되든 상관없이 계
속 덤벼들 것이다. 이렇게 많은 유령전사를 상대하기 위해서는 광선
포가 있어야 한다. 그녀는 엘리베이터 안으로 몸을 던졌고 보안대원
이 문을 조작해 닫았다. 시체들이 문을 두드렸고 철판이 찌그러지는
것이 보였다. 사일런스는 상승단추를 눌렀다. 불안한 마음에 단추를
몇 번 더 누른 후 엘리베이터가 움직이기 시작하자 숨을 깊이 들이
쉬었다.

"돈틀러스 호, 여기는 사일런스다, 들리면 응답하라."

"크고 선명하게 잘 들립니다, 함장님."

"센서 확인 바란다. 챔피언 호의 함교에 생명반응이 있는가?"

"없습니다. 함장님."

"젠장, 알겠다. 우리는 즉시 함재정으로 가겠다. 이 배는 유령전사들의 소굴이다. 함재정이나 그 외에 챔피언 호로부터 접근하는 어떤 배도 살아 있는 사람만 타고 있다는 것이 확인될 때까지는 절대로 도킹을 허용해서는 안 된다. 우리가 도킹하고 난 후에는 모든 화력을 집중해 챔피언 호를 우주먼지로 만들어버려라. 우리가 귀환하지 못할 경우에는 돈틀러스 호가 위험에 빠졌다고 간주하고, 우리는 상관하지 말고 마찬가지로 챔피언 호를 박살내라. 우리는 소모품이다. 이해했나, 돈틀러스?"

"알겠습니다, 함장님." 부관이 침착한 목소리로 대답했다. "마지막 순간까지 기다려보겠습니다. 꼭 돌아오십시오."

"알겠다. 하지만 돈틀러스 호의 안전이 우선이다. 이상."

"알겠습니다, 함장님. 행운을 빕니다."

엘리베이터의 속도가 갑자기 줄면서 그들의 몸이 기우뚱거렸다. 보안대원이 제어판을 보며 낭패스러운 표정으로 욕설을 내뱉었다. "무언가가 제 조종을 방해하고 있습니다. 얼마나 버틸 수 있을지 모르겠습니다, 함장님."

"다음 층에서 세워라." 사일런스가 말했다. "우리는 내린다. 엘리베이터에 갇힌 채 아래층으로 다시 끌려가는 위험은 감수할 수 없다."

보안대원이 고개를 끄덕였고 엘리베이터는 멈췄다. 문이 열리고 사일런스와 부하들은 텅 빈 복도로 걸어 나와 손에 검을 쥐었다. 사일런스는 챔피언 호의 지도에 접근해 헬멧 내부에 띄웠다. 그들은 함재정으로 건너갈 수 있는 에어록에서 7층 아래 꽤 먼 곳에 위치하고 있었다. 통로를 한참 걸어가야 하는데 그사이 유령전사와 맞닥뜨리지 않기를 바라는 수밖에 없었다. 사일런스는 지도를 접고 두 명의 보안대원을 쳐다보았다. 그들의 밋밋한 헬멧이 그를 쳐다보며 명령을 기다리고 있었다.

"함교로 돌아갈 필요가 없어졌다." 사일런스가 말했다. "너희 동료들은 죽었다. 그런데 나는 그들 이름조차 모른다. 자네들 이름을 알고 싶다."

대원 하나가 자기와 다른 병사를 순서대로 가리키며 말했다. "병장 에이브럼스, 그리고 병장 파인입니다. 파인은 별로 말이 없으니 괘념치 마십시오."

"만나서 반갑다, 병장들. 돈틀러스 호로 무사귀환하면 자네들은 하사가 될 것이다. 자, 이제 출발하자. 프로스트, 앞을 맡아라. 크로스, 뒤를 경계하라. 출발!"

그리고 그들은 다가올 폭풍을 예견하며 죽음의 배의 텅 빈 복도에 급박한 발소리를 울리며 뛰어갔다. 사일런스는 다시 헬멧에 지도를 띄우고 복도와 층수를 세면서 함재정에 점점 가까워지는 것을 지켜보고 있었다. 그의 심장은 두방망이질 쳤고 폐는 찢어질 것만 같았다. 서보구동장치의 도움을 받고 있기는 하지만 여전히 강화복은 무겁고 부자연스러워서 입고 달리기에는 적당치 않았다. 그리고 그의 마음속 깊은 곳에서는 그가 무엇인가를 놓치고 있다는 것을 알고 있었다. 아주 중요한 것. 그는 헬멧 속에서 조용히 신음하며 좀 더 빨리 뛰어보려 애썼다. 너무 오래 걸렸다. 유령전사들이 바로 뒤에서 쫓아올 수도 있었다. 그는 강화복의 센서를 살펴보았다. 제한된 거리이기는 하지만 가까운 곳에는 아무런 움직임도 포착되지 않았다. 시체들이 지름길을 알고 있는 것일지도 모른다. 다시 지도를 살펴보았다. 하지만 자신들이 가고 있는 길보다 더 빠른 경로는 찾을 수 없었다. 그들이 함재정에 먼저 도착할 것이다. 그래야만 한다.

이제 마침내 안전한 곳까지는 복도 하나만 남겨두고 있었다. 그들은 숨이 턱에 차서 마지막 모퉁이를 돌다가 그 자리에 우뚝 멈춰 서고 말았다. 에어록에서 불과 몇십 미터를 남겨두고 사일런스는 그 자리에 얼어붙어서 가슴 가득한 절망감을 느껴야 했다. 에어록과 그들 사이에 수백의 유령전사들이 버티고 있었고 제일 앞에는 피어스의 모습도 보였다. '이건 불가능한 일이야. 우리를 앞지를 길이 없었다고.' 사일런스는 어처구니가 없었다. 하지만 이들은 죽은 자들이다. 그들은 산 사람이 이용할 수 없는 길을 타고 왔을지도 모른다. 그는 미친 듯이 생각했다. 거의 패배가 확정된 마지막 순간에 승리를 도둑질할 방법을 찾고 싶었다. 피어스는 사일런스와 프로스트를 보며 웃었다. 그의 머리는 부러진 목에 구부정히 매달려 있었다.

"끝났습니다. 우리와 함께 가야 합니다. 실험실로 갑시다."

"지옥에나 꺼져버려." 프로스트가 낮게 말했다. 그녀는 벨트에서 수류탄을 꺼내 작동시킨 후 유령전사들 한가운데로 냅다 던졌다. 그들이 미처 반응하기 전에 수류탄은 폭발했고 충격으로 시체들이 사방으로 흩어졌다. 프로스트와 동료들은 강화복의 보호를 받았기 때문에 거의 휘청거리지도 않았다. 사일런스는 다시 희망이 살아난 것에 갑자기 웃음을 터뜨리고 시체 부스러기를 발로 차며 에어록을 향해 달렸다. 다른 대원들도 다시 일어서는 시체들을 발로 걷어차며 사일런스의 뒤를 따랐다. 시체들은 그들의 다리를 붙잡고 매달렸지만 강화복의 서보구동장치의 힘에 맞서지는 못했다.

사일런스가 버튼을 누르자 에어록의 문이 천천히 열렸다. 두 명의 보안대원이 보이는 것은 닥치는 대로 검으로 내리쳐서 시체의 살점이 이리저리 어지럽게 날았지만 피는 한 방울도 튀지 않았다. 문이 완전히 열리자 사일런스는 퇴각하라고 소리쳤다.

"움직여, 퇴각한다."

에이브럼스와 파인이 에어록으로 몸을 던졌다. 크로스도 그들을 향해 달리다가 그의 앞에서 한 시체가 일어서는 것을 보고 발을 멈췄다. 크로스는 검을 치켜들었지만 시체의 회색 얼굴을 쳐다보고는 주저했다.

"할아버지……"

그 순간 시체가 구식 광선총을 들어 올려 크로스의 배를 향해 방아쇠를 당겼다. 에너지빔은 강화복을 뚫고 들어가 등으로 나왔다. 크로스는 비명을 질렀고, 그 끔찍한 비명소리는 통신연결을 통해 사일런스의 귀에도 울렸다. 크로스는 허리를 꺾고 천천히 바닥으로 무너졌다. 사일런스가 전력을 실어 검을 휘둘러 시체의 머리를 깨끗이 절단해버렸다. 머리를 잃은 시체는 쓰러졌고 사일런스는 검을 치우고 크로스의 어깨를 붙잡았다. 그는 비명을 지르는 크로스를 에어록에 끌어다놓고 프로스트를 쳐다보았다. 그녀는 검을 들고 문을 등지고 서 있었다.

"들어와, 수색관! 퇴각한다."

"같이 안 갑니다, 함장님." 프로스트는 뒤돌아보지 않고 말했다. 그녀의 목소리는 통신임플란트를 통해 바로 옆에서 말하는 것처럼 또렷이 들렸다. "제가 뒤를 지켜야 합니다. 그렇지 않으면 이 죽지 않는 개자식들이 이쪽에서 버튼을 눌러 에어록이 작동하지 못하도록 방해할 겁니다. 제가 여기서 지키고 있는 동안 함재정으로 이동하십시오. 저는 이미 이걸 예견했습니다."

"감수할 수 있는 위험이다." 사일런스가 말했다. "자, 어서 들어와. 이건 명령이다. 자네를 두고 철수하지는 않는다."

"그렇게 하셔야 합니다." 수색관이 담담하게 말했다. "돌아가셔서 여기서 있었던 일을 보고하셔야 합니다. 셔브가 훔친 배와 죽은 승무원을 이용한다는 사실을 제국에 알려야 합니다. 돈틀러스 호에 도착하시면 이 죽음의 배를 폭파시켜버리십시오."

"자네가 여기 있는데 어떻게 포격한단 말인가?"

"할 수 있습니다. 논리적으로 합당한 일입니다."

"자네는 다크윈드 호에서 내가 죽도록 내버려두지 않았어."

"그건 다릅니다. 제가 여기를 지키지 않으면 모든 것이 너무 위험해집니다. 그리고 최소한 저들이 저를 유령전사로 만들지 못하도록 해주십시오. 제발, 존. 이 방법뿐이에요."

그녀는 팔꿈치로 에어록 조종버튼을 때렸다. 문이 닫히면서 사일런스가 본 프로스트의 마지막 모습은 다가오는 시체를 향해 몸을 던지는 것이었다. 그리고 문이 완전히 닫히자 프로스트도 사라졌다. 사일런스는 돌아서서 외부 문을 작동시켰다. 아무 말도 하지 않았다. 목소리를 가눌 자신이 없었다. 그의 팔과 다리는 긴장, 그리고 또 다른 무엇인가에 의해 강화복 안에서 떨고 있었다. 크로스는 여전히 비명을 지르고 있었다. 두 보안대원이 그의 강화복에 난 구멍에 임시 봉합판을 붙여 함재정으로 건너갈 때 진공을 견딜 수 있도록 조치했다. 그 작업이 마무리되자 사일런스는 외부 문을 열었다. 그들이 진공을 건너 함재정으로 건너가는 데는 그다지 오래 걸리지 않았다. 크로스는 강화복이 체내에 주입한 진정제가 효과를 발휘하면서 조용해졌다. 에이브럼스와 파인이 그를 자리에 고정시키고 자신들도 벨트를 착용했다. 사일런스는 조종석에 앉아 함재정의 비상채널에 접속했다.

"돈틀러스, 여기는 함장이다. 복귀 중이다. 세 명의 생존자와 함께 간다. 하나는 중상이다. 탈출한 사람은 우리가 전부다. 챔피언 호는 유령전사들로 오염됐다. 우리가 물러나는 즉시 집중포화를 퍼부어라. 챔피언 호를 파괴하라. 이상이다."

"여기는 돈틀러스 호." 부관이 대답했다. "확인했습니다. 함재정이 도킹하는 대로 챔피언 호를 파괴합니다."

함재정이 돈틀러스 호로 돌아와 도킹하기까지 불과 몇 분밖에 걸리지 않았다. 하지만 그 순간은 영원처럼 느껴졌다. 돌아오는 내내 사일런스는 시체들과 싸우면서 돈틀러스의 포화에 빠른 죽음을 기다리는 용감한 인물에 대해 생각했다. 그는 돈틀러스 호의 센서에 접속해 챔피언 호에 연달아 포격이 진행되는 상황을 지켜보았다. 챔피언 호의 방어막이 즉시 발생했지만 그것은 구식이었고 돈틀러스 호의 압도적인 화력 앞에 무력했다. 순식간에 방어막은 찢겨나갔고 광선포의 반복적인 타격에 동체에 구멍이 생겼다. 동체를 뚫고 나간 에너지빔은 어둠 속으로 사라졌고 마침내 챔피언 호는 폭발하며 긴 밤의 어두운 공간을 밝게 수놓은 거대한 불덩이로 타올랐다.

"잘 가라, 프로스트." 사일런스 함장은 나지막이 읊조렸다. "자네가 무척 그리울 거야."

그는 통신 연결을 차단하고 의자에 등을 기댔다. 피로가 몰려왔다. 두 명의 보안대원이 혼수상태인 크로스를 옮기고 있었다. 사일런스는 프로스트가 죽었다는 사실이 아직 믿기지 않았다. 여전히 정신적 연결로 그녀의 존재가 느껴졌다. 아마 절단돼 없어진 팔다리에서 느껴진다는 환상통 같은 것이리라. 지금 유령처럼 머릿속에 남아 있는 연결도 시간이 지나면서 사라질 것이다.

"함장님, 스텔마입니다." 익숙한 목소리가 갑자기 그의 귀에 울렸다. "선내 곳곳에서 싸움이 벌어졌다는 보고가 들어오고 있습니다. 갑자기 어디선가 침입자들이 나타나서 사람들을 죽이고 있습니다. 에너지무기를 난사하고 있습니다. 오, 신이시여, 함장님, 유령전사들입니다!"

"뭐라고?" 사일런스가 외쳤다. "불가능한 일이야."

"분명히 여기 있습니다, 함장님. 감시카메라로 보입니다. 저것들이 어떻게 챔피언 호를 탈출했을까요? 탈출한 배는 전혀 없었는데."

"공간이동이군." 사일런스가 말했다. "개자식들이 공간이동했어! 내가 그 생각을 못 했어. 궁정에서 본 것 기억하나? 셔브는 원거리 공간이동 기술을 보유하고 있어. 선내에 내부 보호막을 가동해. 오염지역을 모두 차단하란 말이야. 그리고 광선총에 의해 동체가 상할 것에 대비해 보수팀을 대기시켜. 자폭장치도 대기시켜놓고."

'프로스트의 죽음이 헛되이 돼버렸군.'

"가장 가까운 침입지역이 어딘가, 스텔마?"

"두세 군데가 함장님과 가깝습니다. 가장 큰 무리는 한 층 아래 델타 구역에 있습니다. 그렇지만 아직 보안대원들이 그곳에 도착하지 못했습니다. 안전이 확보될 때까지 현 위치에 머무르십시오."

"웃기는 소리." 사일런스가 말했다. "이건 내 배야. 나를 필요로 하는 곳에 가겠다. 이 살인자 개자식들과 나는 볼 일이 좀 있다. 이상."

그는 강화복의 능력을 최고한도까지 끌어올리며 복도를 달려갔다. 머릿속에는 유령전사들에게 프로스트의 죽음에 대한 보복을 하는 것밖에 없었다. 그는 그녀를 위해 유령전사들의 머리로 산을 쌓을 것이다. 그녀는 그런 것을 좋아한다. 하지만 그것만으로는 부족하다. 무엇을 해도 부족할 것이다. 그는 엘리베이터를 타고 아래층으로 향했다. 초조하게 주먹을 쥐었다 폈다를 되풀이했다. 문이 열리자 멀지 않은 곳에서 혼전이 벌어지고 있는 소리가 들려왔다. 비명과 고함소리가 들리고 광선총 발사음이 울렸다. 광선총 소리에 그는 급히 내달렸다. 델타 구역은 외부 통제와 가까웠다. 한 방만 잘못 날아가도 외부 통제가 깨질 수 있었다. 유령전사들은 폭발적 감압이 발생해도 별 문제가 없겠지만 다른 사람들은 그렇지 않다. 사일런스는 자기가 아직도 강화복을 입고 있는 것이 매우 다행스럽다고 생각했다.

그가 모퉁이를 돌자 수많은 유령전사들을 막아내며 분전하고 있는 승무원들과 맞닥뜨렸다. 부상자와 시체들이 여기저기 널브러져 있었다. 그런데 유령전사들 한가운데서 엉망이 된 강화복을 입고 양손으로 장검을 휘두르며 그들을 붙들어두고 있는 한 사람이 눈에 띄었다. 사일런스는 입을 너무 심하게 벌려서 아플 지경이었다. 강화복 속 사람을 보지 않고도 알 수 있었다. 그녀의 존재가 계속 느껴진 것이 이상한 일이 아니었다. 유령전사들이 챔피언 호에서 공간이동할 때 프로스트도 함께 데려온 것이다! 아마도 이런 귀한 견본을 버리고 싶지 않았던 것 같다. 사일런스는 가문의 전투구호를 호기롭게 외치며 전장 한가운데로 몸을 던져 좌우로 미친 듯이 검을 휘둘렀다. 그러고는 크게 웃으면서 시체들을 뚫고 길을 열고 나가서 프로스트와 등을 맞댔다. 그들은 맹렬하게 싸웠고 유령전사들은 그들 근처에 접근하지 못했다.

"안녕하세요." 프로스트의 목소리가 귀에 들렸다. "제가 보고 싶었나요?"

"전혀." 사일런스가 말했다. "자네는 죽기에는 고집이 너무 세다는 걸 알고 있었지."

"이게 바로 저들이 노렸던 거예요. 알겠어요?" 수색관은 검을 휘두르는 중간 중간에 말을 이었다. "챔피언 호로 우리를 유인하고 이상한 목소리로 우리를 혼동시킨 후, 돈틀러스 호를 접수하려는 거였어요. 함장님과 저를 유령전사로 만들어 잘 보존해서 꾸미면 셔브가 여제를 공격할 수 있는 범위 내로 침투할 수도 있겠지요. 그게 아마 챔피언 호가 폭발할 때 저를 구한 이유일 겁니다. 교활한 녀석들이지요. 아주 인상적인 작전입니다."

사일런스는 너무 바빠서 대답할 겨를이 없었다. 피어스 함장이 다시 나타났다. 그의 머리는 여전히 기울어 있었지만 아주 결연해 보였다. 그는 구식 광선총을 손에 들고 있었는데 사일런스가 민첩한 동작으로 그것을 쉽게 손 밖으로 쳐냈다. 두 함장은 산 자 대 죽은 자로서 일대일로 맞붙었다. 검이 공기를 가르고 쳇소리를 내며 서로 붙었다가 떨어지기를 반복했다. 피어스는 산 자가 따를 수 없는 힘과 스피드를 가지고 있었지만, 사일런스도 광기의 미로에서 변화돼서 더 이상 단순한 인간이 아니었다. 서보구동장치가 그의 움직임을 따라잡지 못해 신음했다. 둘은 서로 공격을 주고받고 방어하며 팽팽히 대치했다. 그러던 중 사일런스가 검을 들어 올려 일도양단의 기세로 내리치자 무거운 칼날이 피어스의 두개골을 쪼개며 파고들어 미간까지 박혔다. 피어스는 컴퓨터 임플란트가 두 동강 나자 몸을 떨었다. 사일런스는 검을 흔들어 뽑았고 피어스는 몸을 뒤틀며 바닥에 쓰려졌다.

여전히 많은 수의 유령전사가 있었고 사일런스는 프로스트와 등을 맞대고 침착하고 냉정하게 싸움을 이어갔다. 그는 기운이 넘쳐서 싸움을 영원히 계속할 수 있을 것 같았다. 그렇게 차분한 상태로 싸움을 해나가면서 두 사람은 신체적, 정신적으로 다시 연결되었고 이제 단순한 개인의 합계가 아닌 훨씬 강력한 존재로 거듭났다. 그리고 갑자기 더 이상 싸울 상대가 없게 되었다. 유령전사들은 망가지고 머리를 잃은 채 사방에 흩어져 있었고, 살아남은 병사들은 함장과 수색관을 향해 열광적인 환호를 보냈다. 사일런스는 고요히 주변을 둘러보며 아마 프로스트가 이런 환영을 받기는 처음일 것이라고 생각했다. 사람들은 보통 수색관이 떠날 때 박수를 보낸다. 그는 프로스트를 보기 위해 돌아섰고 그 순간 프로스트도 그를 보려고 돌아섰다. 그들은 손을 들어 헬멧을 벗고 눈을 맞추었다. 그 순간 절대로 모른 척할 수도 없고 잊힐 수도 없는 이해와 감사의 상호교감이 흘렀다.

"우리는 숨도 가쁘지 않군." 사일런스가 조용히 말했다. "우리가 뭐가 된 거지?"

"좋아진 거죠."

"인간이 아닌 것 같아."

프로스트는 강화복 안에서 최선을 다해 어깨를 으쓱였다. "가끔 인간성은 과대평가되기도 하지요."

사일런스가 그 말에 답을 생각하고 있을 때 스텔마의 목소리가 귀에 울렸다. 보안장교는 매우 흥분한 상태였다.

"함장님! 배 안 전체에 유령전사들이 쫙 깔렸습니다. 수백 명은 될 것 같습니다!"

"내가 모르는 걸 좀 얘기해봐." 사일런스가 대답했다. "그들을 막아내고는 있나?"

"간신히요. 우리는 광선총을 자제하고 있는데 그들은 전혀 그렇지 않습니다. 가장 큰 무리가 함교로 쳐들어오고 있고, 우리가 할 수 있는 것은 고작 전진속도를 늦추는 것뿐입니다. 우리의 희망은 딱 한 가지입니다. 그렌델 외계인을 길들인 제 경험상으로 볼 때, 유령전사를 통제하는 컴퓨터는 몸체에서 분리되어 있는 중앙통제 방식일 거라고 생각합니다. 챔피언 호에서 공간이동해올 때 그 중앙통제장치도 같이 가지고 왔겠지요. 하나의 인공신경마음이 저 꼭두각시들을 조종하고 있는 겁니다. 그래서 통신병에게 승인되지 않은 통신채널을 스캔해보라고 했더니, 엡실론 구역의 격납고에서 엄청나게 강한 신호가 발산되고 있는 것을 발견했습니다. 그게 틀림없습니다."

"잘했다, 스텔마." 사일런스가 말했다. "수색관과 내가 먼저 그쪽으로 가겠다. 가능한 한 많은 사람을 보내라. 최후의 순간까지 함교를 사수하다가 희망이 없다고 판단되면 자폭장치를 작동시켜라. 무슨 일이 있어도 이 배와 승무원들이 셔브의 손아귀에 떨어지도록 해서는 안 된다."

"알겠습니다, 함장님. 행운을 빕니다."

그는 연결을 끊었고, 사일런스와 프로스트는 엘리베이터로 향했다.

"스텔마가 이제 사람이 좀 된 것 같군요." 프로스트가 말했다.

"그도 자네에 대해 비슷한 말을 하던걸." 사일런스가 대답했다.

두 사람은 빨리 달리기 위해 강화복을 벗어버렸고 엡실론 격납고까지 가는 데는 별 저항을 받지 않았다. 돈틀러스 호는 챔피언 호보다 훨씬 큰 배이기 때문에 유령전사들은 넓게 흩어져 있었다. 사일런스와 프로스트는 꼭 필요한 경우엔 그들을 베어넘겼지만 그렇지 않을 때는 피했다. 그들이 접근해가고 있다는 것을 적에게 알리고 싶지 않았다. 엡실론 격납고로 통하는 입구는 십여 군데가 있었지만 몇 개만 표지가 붙어 있었다. 두 사람은 눈에 잘 띄지 않는 입구를 택해 격납고에 진입했다. 그리고 격납고가 한눈에 내려다보이는 높은 통로 위에 섰다. 20미터 정도 아래에 보급품 상자들이 쌓여 있는 곳에서 보초를 서고 있는 광선총을 든 열댓 명의 유령전사들이 보였고, 그 중간에 불길하게 번쩍거리는 유리와 크리스털의 복잡한 기계장치가 눈에 들어왔다. 사일런스는 입을 꽉 다물고 생각하다가 프로스트를 쳐다보았다.

"우리의 새로운 능력으로도 저 장치에 몰래 접근할 방법은 없겠는걸. 그리고 저렇게 많은 광선총을 상대할 수도 없고. 우리가 용케 피한다고 해도 동체가 상할 염려가 있어. 지원군을 기다리는 방법도 있겠지만, 엄폐물이 저렇게 많으니 저들을 제압하기는 쉽지 않을 거야. 그리고 우리는 시간이 없고."

"함장님이 저들을 유인하신다면" 프로스트가 말했다. "제가 광선총으로 저 장치를 파괴할 수 있습니다."

사일런스가 놀라서 쳐다보았다. "여기서?"

"물론입니다."

사일런스는 생각해보다가 고개를 저었다. "아니야, 저 장치는 세력장 같은 것으로 보호되고 있을 공산이 커. 그리고 실패하면 괜히 우리 위치만 노출될 뿐이야. 더 좋은 생각이 있네."

프로스트가 그를 쳐다보았다. "그냥 막무가내로 쳐들어가자는 것은 아니겠지요? 이미 충분히 싸웠고, 여기서 처음부터 그렇게 하고 싶지는 않군요."

"단순한 거야. 한번 우리 마음을 사용해보자는 걸세. 광기의 미로에서 변한 것은 우리 몸만이 아니야. 챔피언 호에서 거의 죽음이 임박했다는 생각이 들자 나는 한 단계 고양되는 느낌을 받았어. 아마 자네도 마찬가지였을 거야. 우리는 발전하고 있어. 자, 집중해봐. 내가 듣고 있는 것이 자네한테도 들리는가?"

프로스트는 얼굴을 찡그리고 귀를 기울였다. 격납고에는 정적이 감돌았고, 보초를 서고 있는 유령전사들도 조용했다. 정적 속에서 그녀는 사일런스와 자신의 숨소리를 들을 수 있었다. 그리고 그 저변에 아주 희미한 맥동이 불규칙적으로 뛰는 것을 듣는다기보다는 느낄 수 있었다. 그리고 그 소리 내부에서 그녀에게 속삭이는 듯한 목소리가 들렸다. 그것은 차고 비인간적이며 지독히도 완벽한 것이었다.

"젠장." 프로스트가 말했다. "기계군요. 그것이 생각하는 것이 들립니다. 명령을 내리고 있어요. 제가 알고 있는 컴퓨터코드와는 아주 다른 종류지만, 그래도 이해할 수 있을 것 같습니다. 이게 함교에서 스텔마가 발견한 신호입니다. 유령전사들을 조종하는 끈이지요."

"맞아." 사일런스가 말했다. "우리는 에스퍼가 된 것 같군. 듣는 것 말고도 할 수 있는 게 있을 거야. 저것을 손상시킬 수 있어. 연결에 집중해봐."

그는 서툴게나마 마음으로 그녀에게 접근했고 그녀도 그에게 다가왔다. 두 사람의 마음은 섞이고 교차하면서 한 덩어리가 되었다. 그리고 갑자기 혼연일체가 된 마음이 완벽한 조화를 이루며 찬란한 빛을 발했다. 그 마음은 비좁은 몸을 뛰쳐나와서 벼락이 되어 생각하는 기계에 짓쳐 들어갔다. 보호막도 그 마음을 멈출 수 없었다. 기계는 무엇이 어떻게 자신을 파괴하는지조차 모른 채 끔찍한 비명만 지르다가 중앙부가 박살나며 수백만 조각으로 흩어졌다. 동시에 유령전사들이 모두 바닥에 쓰러지더니 미동조차 하지 않았다. 그들의 마음이 죽은 것이다. 사일런스와 프로스트였던 마음은 다시 둘로 갈라져서 각자의 몸속으로 돌아갔다. 그들의 마음은 다시 느려지고 육신의 무게에 눌렸으며, 두 사람은 즉시 인간 이상이었던 경험을 망각하기 시작했다. 잊어야 했다. 그렇지 않으면 다시는 인간이 될 수 없다. 그들은 아직 그럴 준비가 되지 않았다. 그들은 마주 서서 말없이 서로를 오랫동안 쳐다보고만 있었다.

"이걸 누구에게도 말해서는 안 돼." 사일런스가 마침내 입을 열었다. "사람들이 우리한테 무슨 짓을 할지 알고 있지?"

"우리는 이 능력을 보고할 의무가 있습니다." 프로스트가 말했다. "우리를 연구하면 이 능력을 복제할 수 있는 방법을 찾을 수 있을 겁니다."

"아마 우리를 죽이겠지. 비밀을 찾기 위해 우리를 조각조각 쪼개볼걸. 우리를 변화시키고 지금처럼 만든 것은 인간의 기술이 아니야. 게다가 라이언스톤은 우리에 대해 듣자마자 우리를 파괴하라고 지시할지도 몰라. 그녀는 우리같이 강력한 자들이 제국 내에 있는 것을 원치 않아. 지금 당장 결정할 필요는 없어. 나중에 의논해보도록 하자고. 일단은 여기서 일어난 일들을 어떻게 설명할지에 대해서 먼저 고민해야 되겠군."

"문제없습니다." 프로스트가 말했다. 그녀는 광선총을 꺼내 속이 부서진 채 남아 있는 기계의 껍데기를 쐈다. 그리고 총을 집어넣으며 말했다. "운 좋게 맞춘 거지요. 간단한 일입니다."

"훌륭하군." 사일런스가 말했다. 그는 자신의 통신임플란트를 열었다. "함교, 여기는 함장이다. 상황 보고 바란다. 유령전사들은 모두 쓰려졌겠지?"

"도대체 어떻게 하신 겁니까?" 스텔마가 말했다. "들어오는 보고에 따르면 유령전사들이 모두 갑자기 바닥에 쓰러졌다고 합니다. 다 끝났습니다. 우리가 이겼습니다. 놀랍군요. 가망 없을 줄 알았는데. 저는 기절할 지경입니다."

"우리가 함교로 돌아갈 때까지 버텨보게." 사일런스가 말했다. "자네가 잘해준 덕이다, 스텔마. 자네가 중앙통제장치를 생각해내고 추적해내지 않았더라면 지금쯤 저들이 우리 두뇌를 숟가락으로 파내고 있을 거네. 자네는 영웅이야. 자네의 다른 가족들처럼 말이야."

"영웅이라고요? 저는 챔피언 호로 가는 것도 두려워했는데요?"

"영웅은 여러 가지가 있지." 사일런스가 말했다. "중요한 것은 필요한 순간 자네가 해냈다는 거야. 이상이다."

사일런스와 프로스트는 격납고를 내려다보며 복도를 함께 걸었다. 유령전사들은 움직이지 않았다. 사일런스는 어쨌든 그들에게 시선을 고정하고 있었다.

"함교로 가는 줄 알았는데요." 프로스트가 말했다.

"곧 갈 걸세." 사일런스가 말했다. "우리가 한 일을 생각하면 약간 숨 돌릴 시간 정도는 누려도 될 것 같다고 생각하는데."

"우리는 참 흥미진진한 삶을 사는 것 같군요." 프로스트가 말했다. "그리고 적어도 이번에는 배를 잃지 않았고요."

"그래." 사일런스가 대답했다. "이제 영웅놀이에도 익숙해지는 것 같군." 그러고는 잠시 생각하다가 프로스트를 보며 말했다. "그런데 우리가 처음에 들었던 그 목소리들이 정말 셔브의 함정이었을까?"

"물론이지요." 프로스트가 말했다. "그렇지 않다면 뭐겠습니까?"

사일런스는 어정쩡하게 어깨를 으쓱했다. "나도 모르겠어. 다만 그게 우리한테 일종의 경고 같은 것이 아닐까라는 생각이 들어."

"하지만 챔피언에서 보낸 게 아니라면 그 목소리들이 어디서 왔겠습니까?"

"모르지. 어쨌든 별로 생각하고 싶지 않네. 생각할수록 머리만 복잡해지니까 말이야."

"젠장." 프로스트가 말했다. "립은 갈수록 이상해지는군요."

지옥의 테두리

무정형의 무늬들이 모니터 화면에서 움직이다가 선명한 홀로그램 이미지를 만들었다. 끝없는 폐철더미 속에 구덩이와 도랑이 여기저기 흩어져 있고, 언덕 너머 황량한 철의 지평선 위로는 흐리멍덩한 붉은 태양이 검은 구름이 잔뜩 몰려 있는 회색 하늘을 향해 마지못해 떠오르고 있었다. 풍경은 적막 그 자체였다. 짐승도 없고 새도 없었으며 벌레 울음조차 들리지 않았다. 유일하게 들리는 것은 바람소리뿐이었다. 바람은 신음소리로 시작해 울부짖음으로 바뀌며 다가올 폭풍을 예비하는 힘을 모으고 있었다.

카메라가 천천히 돌아가자 홀로그램 화면 위에 거대한 공장지대가 모습을 드러냈다. 그 거대한 규모와 우뚝 솟은 타워들, 그리고 창문에서 번쩍이는 다양한 색깔의 빛으로 보건대, 공단은 주변 풍경을 압도하고도 남음이 있는 듯했다. 그러나 실상은 그렇지 못했다. 부서지고 찢겨진 채 공단을 둘러싸고 잔뜩 쌓여 있는 철 부스러기 들판은 과거의 공장들이 그대로 주저앉은 것처럼 보였다. 카메라는 공장지대의 영상을 확대해 보여주었다. 중무장한 경비대원들이 눈에 띄었다. 그들은 참호와 포좌 속에 숨어서 바깥을 매섭게 노려보고 있었다. 공장은 보이지 않는 불길한 적에 포위되어 있는 것이 명백하다.

한 사람이 카메라 앞에 모습을 드러내며 바퀴 자국이 선명한 폐철 바닥 위를 조심스럽게 걸어왔다. 철 틈새에 고인 흙탕물이 그의 장화에 튀었다. 그는 화면을 반 이상 채우며 멈춰 서서 카메라를 진지한 표정으로 들여다보았다. 두툼한 모피에 푹 파묻혀 있었지만 한눈에 보기에도 그는 작고 뚱뚱했으며, 불그스름한 얼굴에 금발머리는 기름을 발라 머리에 착 달라 붙인 모습이었다. 하지만 두 눈은 차분했고 입은 완고한 느낌을 주었다. 왠지 이유는 알 수 없으나 어떤 말을 해도 믿음이 가는 그런 인상이었다. 거세진 바람이 그의 머리를 헝클어놓으려 했으나 끄트머리만 살짝 들썩였을 뿐이었고 그는 그런 것에 신경도 쓰지 않는 눈치였다.

"여러분은 테크노스Ⅲ의 초겨울 아침풍경을 감상하고 계십니다. 저 뒤로 보이는 것은 울프 가가 운영하고 있는 공단으로, 이제 곧 신형 스타드라이브를 대량생산할 예정입니다. 노동자들은 헌신적이고 관리자들은 능률적이고 과단성이 있으며 경비대원들은 노련하고 충성스럽습니다. 이런 중요한 사업을 위해 꼭 필요한 이상적인 조건을 모두 갖춘 것으로 보입니다. 하지만 여기는 테크노스Ⅲ이고 상황이 조금 다릅니다.

먼저 간략히 설명드리자면, 이 행성도 다른 식민행성들과 마찬가지로 사계절을 가지고 있습니다. 그렇지만 계절이 딱 이틀씩만 지속

된다는 점이 특이합니다. 당연히 기후 조건은 극히 좋지 않을 것이라고 추측할 수 있습니다. 봄에는 한 시간에 3백 밀리미터 가량씩 하루 종일 비가 내립니다. 여름에는 뙤약볕이 강하게 내리쪼여 피부를 노출시키면 몇 분 내로 물집이 잡힌다고 합니다. 가을에는 허리케인과 강풍이 불기 때문에 물건들을 단단히 고정시켜놓지 않으면 나중에 몇 킬로미터 밖에서 찾아와야 한다는군요. 겨울에는 당연히 눈이 내립니다. 눈보라가 휘몰아치기 시작하면 모든 것이 눈 속에 파묻혀버립니다. 추위 속에서는 채 몇 분도 견디지 못합니다. 피가 얼어버린다고 하는군요. 무른 금속들은 깨지기도 한답니다.

이런 악천후는 자연현상이 아닙니다. 다 무책임한 사이버생쥐들의 준동 때문에 빚어진 사태입니다. 사이버생쥐들이 기상위성을 엉망으로 만들어놓아서 이곳에 지옥 같은 기상이변이 발생했습니다. 저는 지금 겨울 첫째 날 새벽에 공장 밖에 서 있습니다. 바람을 보니 눈보라가 몰려올 것 같습니다. 이제 곧 안전한 공단 안으로 돌아가지 않으면, 저는 열댓 가지의 자연적인 이유로 죽음을 맞게 될지도 모릅니다. 제국의 기술자들이 서둘러 기상위성을 고치고 있으니 곧 정상 기후로 회복될 것으로 기대합니다. 그동안 울프 가의 용맹스러운 사람들은 모든 시스템을 완벽하게 정비하고 신형 스타드라이브 생산이 차질 없이 개시될 수 있도록 만전을 기할 것입니다. 저는 물론 여기서 공장 준공식 행사 소식도 생중계로 전해드리도록 하겠습니다.

테크노스Ⅲ에서 제국뉴스의 토비아스 슈렉이었습니다. 어우, 춥고 따분하고 구역질나고 죽을 맛이군. 배고파 죽겠다."

모니터의 영상이 다시 무정형의 무늬로 흔들리다 꺼져버렸다. 모니터를 들여다보던 두 사람은 허리를 폈다. 슈렉 가문의 홍보담당이

자 '토비 트루바두르(음유시인 토비)'로도 알려진 토비아스 슈렉은 삼촌 그레고르를 화내게 한 죄로 쫓겨난 후 지옥 같은 이곳 테크노스Ⅲ에서 프리랜서 리포터로 일하게 되었다. 그는 허리를 펴고 찌뿌둥한 하늘을 올려다보았다. 구름은 더욱 짙어졌고 살을 에는 바람 때문에 몸의 균형을 잡기가 버거웠다. 그는 모피코트를 여미고 지저분해 보이는 손수건을 꺼내 팽하고 코를 풀었다.

"여긴 정말 싫어. 날씨가 미쳤어. 원주민들은 다들 뽕 맞은 연쇄살인마 같고, 행성을 이 잡듯 뒤져봐도 쓸 만한 식당 하나 없어. 방송국이 그렇게 쉽게 계약하고 일자리를 줄 때 알아봤어야 했는데, 젠장."

"긍정적으로 생각하세요." 카메라맨이 말했다. 카메라맨은 플린이라고 불리는, 키가 크고 호리호리한 체격의 사내였다. 여러 가지 동물 가죽으로 만든 긴 코트를 걸쳤는데 큰 키에 비해서는 껑충해 보였다. 얼굴은 믿을 수 없을 정도로 순진해 보였지만, 기형적인 올빼미처럼 어깨에 앉아 있는 홀로그램 카메라 때문에 멋이 덜했다. 그는 토비를 비췄던 조명을 해체하며 토비가 듣건 말건 상관하지 않고 쾌활하게 계속 떠들었다. "적어도 우리는 공단 안에 기어들어갈 따뜻한 숙소라도 있지요. 경비 서고 있는 저 불쌍한 녀석들은 발열내복에 발열제복까지 입고도 엉덩이를 꽁꽁 얼리고 있잖아요. 이런 날씨에 만약 당신이 방귀를 뀌면, 방귀가 바지 속으로 굴러 떨어져 땅에 부딪치며 깨져버릴 거예요."

토비는 코웃음을 쳤다. "저자들은 아주 많은 돈을 받는 용병들이야. 사람을 아주 짧은 시간에 여러 부분으로 분해하는 수많은 방법을 숙달한 자들이지. 그래서 엄격한 의미에서 사람이 아니라고 할 수 있어. 그나저나 공장이 정말 소름끼쳐. 공장은 모두 자동화되어 있고,

기계가 하지 못하는 일을 하는 클론노동자들은 저 경비대보다 훨씬 비인간적이란 말이야."

플린이 어깨를 으쓱했고, 그의 카메라는 균형을 잃지 않기 위해 발로 어깨를 더욱 꽉 조였다. "클론들이 사교성을 기준으로 채용되지는 않죠. 그들은 완벽한 공장노동자가 되도록 설계되었을 뿐이에요. 그들이 여기 있는 이유는 인간적인 결정이 필요한 작업들이 항상 있기 때문이고요. 컴퓨터한테 모든 것을 맡겨놓을 수는 없어요. 특히 셔브의 반란이 일어난 이후로는요."

"영상에서 몇 초 정도 잘라내야겠어." 토비가 모니터에서 돌아서면서 무겁게 말했다. "뭐 중요한 것 빠트린 거 없나?"

"별로요. 굳이 말씀드린다면, 울프 가가 이곳을 장악하기 전에 원래 시작한 가문이 캠벨 가였다는 것을 지적했어야 한다는 것 정도요. 그리고 반란 테러리스트들 때문에 약간의 문제가 있지만 곧 진압될 것이다, 뭐 이런 말도 삽입했으면 좋았고요."

"아니, 그럴 수 없어." 토비가 말했다. "울프 가에서 검열할 거야. 이제 겨우 도입부인데 그렇게 깊이 들어갈 것까지는 없어. 그건 인터뷰를 위해 남겨둬야지. 그리고 너는 아무것도 모르겠지만 캠벨 가를 들먹여봐야 아무도 관심 갖지 않아. 울프 가가 적대적 인수전에서 승리했고, 패배자에 대해서는 아무도 동정하지 않거든. 몇몇 살아남은 캠벨들은 요즘 밀실에서 방귀 뀌는 사람만큼이나 인기가 없어. 들어가자고, 플린. 손발에 감각이 없어. 이렇게 추워지기 시작하면 날씨가 금방 지독해진다고. 젠장, 차라리 골고다에 있는 게 나을 뻔했어. 궁정에 출석해도 이보다는 안전할 거야."

"왜 여기 오게 됐죠?" 플린이 물었다. "당신이 도대체 그레고르 슈

렉 어른한테 무슨 짓을 했기에 그분이 그렇게 화가 났는지 한 번도
얘기한 적이 없어요."

"네게 말할 이유가 없지." 토비가 말했다. "너도 네 성이 뭔지조차
내게 말한 적이 없잖아."

"카메라맨의 이름은 알아서 뭐하게요. 자, 자초지종을 털어놔봐요.
안 그러면 카메라에 돼지처럼 나오도록 만들어줄 테니까."

"협박하는 건가? 좋아. 기본적으로 교회가 겉보기에 신실한 교인
인 그레고르의 도덕성에 대해 굉장한 의심을 품게 됐지. 나는 무척
의심스러운 그의 사적인 습관들을 아주 창의적인 홍보와 여론 조작
으로 잘 감추고 있었는데, 말이라는 건 어차피 새어나갈 수밖에 없는
거야. 교회에서 전면적인 조사를 실시한다는 말이 있었고 그레고르
의 돈과 지위로도 안 되는 게 있었지. 정말 추악해. 역겨운 두꺼비 같
은 자라니까. 교회와 잘 지내려면 몸을 좀 낮추라고 여러 번 일러줬
는데, 그가 어디 말을 들을 사람인가? 그래서 내가 할 수 있는 유일
한 일을 했지. 조사팀을 맡을 책임자가 누군지 알아내서는 전문가다
운 내 식견으로 아가씨를 선정하고 그와 즐거운 시간을 갖도록 만들
어준 후 모든 것을 촬영해 그자를 협박했어. 그런데 하필 요즘 교회
에서 정말 희귀해진 솔직한 사람을 건드린 것이 될 줄 누가 상상이나
했겠나? 그가 공개적으로 고해성사를 하며 모든 것을 폭로해버렸고,
나는 그레고르가 해고하기 전에 알아서 사임을 하게 된 거지. 그레고
르의 성격상 언제 폭력적으로 돌변해 자객을 고용할지 모른다는 생
각에, 제국뉴스로 무작정 찾아가 제국에서 멀리 떨어진 곳이면 어디
든지 가겠다고 말하고 첫 번째 파견근무를 자청해 여기까지 오게 된
거야. 그런데 가끔 사실은 그레고르가 제국뉴스에 먼저 손을 쓴 것은

아닐까 궁금해질 때도 있어."

"아마 그랬을 겁니다." 플린이 말했다.

"아니야. 삼촌은 그렇게 치밀하지 못해. 삼촌이 날 고용했던 이유가 내게 대신 그런 일을 맡기려고 했던 것이니까."

"자, 사람들이 말하는 것처럼 겨울이 그렇게 혹독하지는 않을 거예요. 그렇게 무시무시할 턱이 있겠어요?"

토비는 그를 한심하다는 듯 쳐다보았다. "브리핑 영상을 보지 못했나? 공식적으로 이곳의 겨울은 잔혹하고 혹독한 형벌이라고 분류되어 있어. 눈은 처음부터 눈보라로 시작해 더 강해진다고. 에스키모는 눈에 대해서 127가지의 다른 단어를 가지고 있지만 여기의 눈에 걸맞은 단어는 없다고 하더군. 겨울에 바람은 시속 5백 킬로미터까지 분다니, 믿어져? 여기서는 눈이 옆으로 내려." 토비는 말을 멈추고 진정하기 위해 숨을 깊이 들이마셨다. 의사는 그에게 고혈압 때문에 흥분하면 안 된다고 경고했다. 그 의사는 테크노스Ⅲ에서 일할 필요가 없으니 그런 소리를 하는 것이다. 토비는 하늘을 올려다보고 얼굴을 찌푸렸다. "들어가는 게 좋겠다. 장비 챙겨."

"당신이 이걸 가지고 나왔으니" 플린이 말했다. "당신이 가지고 가세요. 저는 짐꾼으로 고용된 게 아닙니다. 저는 카메라맨이고, 제가 가지고 다녀야 하는 것은 카메라밖에 없습니다. 저는 처음부터 그 점을 분명히 밝혔습니다."

"이거 왜 이래." 토비가 말했다. "나보고 조명과 모니터를 다 들고 가라고? 그리고 너는 3백 그램도 안 되는 카메라만 달랑 들고? 카메라를 박살내버려야 말을 듣겠어?"

"저는 짐을 옮기지 않아요." 플린이 말했다. "그건 제 적성에 맞지 않아요. 짐꾼을 원한다면 하나 고용하세요."

토비는 그에게 눈알을 부라리다가 조명을 챙기기 시작했다. "젠장, 노조 믿고 까불기는."

다니엘과 스테파니 울프는 스타드라이브 생산을 책임졌고 그래서 테크노스Ⅲ의 주인이 되었다. 그들은 자동화된 바에서 술을 즐기고 있었다. 귀족인 그들은 하인들의 시중에 익숙했지만 이곳 공장행성에서 그런 것은 꿈도 못 꿀 사치였다. 술도 그다지 훌륭하지 않았다. 스테파니는 침울한 기분으로 안락의자에 몸을 던졌고, 의자가 마사지를 시작하자 바로 꺼버렸다. 느긋하게 휴식을 취할 기분이 아니었다. 카사 주교가 오고 있었고, 그녀는 정신을 바짝 차리고 그를 맞이해야 했다. 다니엘은 두툼한 카펫 위를 우리 속 짐승처럼 오락가락했고, 스테파니는 그것이 신경에 거슬렸다.

그 방은 테크노스의 기준으로는 매우 큰 방이었다. 만약 간편하게 사용할 쇠 지렛대가 있다면 열 사람은 우겨넣을 수 있는 크기였다. 가구는 지극히 간소했고 지나치게 밝은 조명은 스테파니에게 두통을 안겨주었다. 다니엘은 이윽고 걸음을 멈추고 공장의 외부센서에 접속했다. 한쪽 벽이 사라지면서 바깥 날씨를 보여주는 영상이 나타났다. 강한 바람 때문에 눈이 옆으로 내리고 있었다. 스테파니는 그것을 보지 않으려고 의자를 돌려 자신의 계획에 정신을 집중했다.

표면적으로는 밸런타인이 스타드라이브의 공식적인 양산이 개시되기까지 모든 것이 순조롭게 진행되도록 관리하라고 그들을 이곳에 보낸 것으로 되어 있었다. 그는 라인이 가동되는 날 축하행사를 열고 제국 전체에 생중계할 계획이었다. 울프 가의 금력과 권력이 어디서 나오는지 모든 사람들, 특히 궁정 사람들에게 상기시켜주려는 것이다. 사실 모든 준비는 스테파니가 도맡아야 했다. 애초에 그녀가 축하 행사를 제안했다. 그리고 그녀는 행사장에 밸런타인이 아니라 자신과 다니엘이 참석하게 되도록 은밀하게 꾸준히 작업해왔다. 그리고 생방송이 나가는 중에 스타드라이브 생산을 완전히 중지시키지는 않더라도 심각한 차질을 빚게 만들 사건이 발생한다면 밸런타인의 꼴이 상당히 우습게 될 것이다. 그런 세간의 이목을 끄는 실패는 밸런타인을 공장 운영의 부적격자로 낙인찍을 것이고, 결국 공장은 자신과 다니엘의 수중으로 넘어오게 될 것이다. 그때가 되면 사람들은 누가 울프 가를 실제로 지배하는지 알게 되리라.

지역반군은 여전히 성가신 존재들이다. 준공식 전에 싹 쓸어버려서 자기 소굴에서 고개를 내밀지 못하도록 만들어야 한다. 그렇게 어려운 일은 아닐 것이다. 카사 주교가 꽤 큰 충성스러운 병력을 끌고 와 울프 가의 용병들을 지원하기로 되어 있다. 반군들은 누가 자신들을 공격하는지조차 모르고 당할 것이다. 하지만 경비 병력이 증강되는 만큼 그녀의 사보타지 계획도 더 신중해질 필요가 있었다. 그녀나 다니엘이 현행범으로 발각되면 어떤 변명을 늘어놓아도 무사하지 못할 것이다. 밸런타인은 그 기회를 틈타 그들을 가문에서 쫓아낼지도 모른다. 그녀라도 그 위치라면 그렇게 할 것이다. 그녀가 고개를 들자 다니엘이 보였다. 그는 여전히 가짜 창문을 쳐다보고 있었다. 그녀는 그가 바깥의 눈보라를 보고 있는 것이 아니라는 것을 알고 있었다.

"잊어버려, 다니엘." 그녀는 부드럽게 말했다. "아빠는 돌아가셨어. 그것에 대해 너나 나나 할 수 있는 게 없어."

"아니야. 아빠는 죽지 않았어." 다니엘이 계속 눈보라를 쳐다보며 말했다. "궁정에서 아빠를 봤잖아. 몸은 죽었지. 하지만 셔브의 AI들이 고쳤어. 아빠는 그 안에 살아계셔. 썩어가는 시체에 갇힌 채 말이야. 아빠가 날 알아보셨어. 나한테 말을 하셨다고. 우리는 아빠를 구해드려야 해. 집으로 모셔 와야 한단 말이야."

"네가 본 것은 유령전사일 뿐이야." 스테파니가 말했다. 그녀의 목소리는 차분히 가라앉아 있었다. "시체가 서보구동장치와 컴퓨터로 움직이는 것뿐이라고. 기계가 말하는 거고, 아빠를 흉내 내고 있는 거야. 아빠의 홀로그램 영상들을 보고 모방하는 것일지도 몰라. 우리가 알고 있는 아빠는 돌아가셨어. 그분은 이제 잊어버려."

"그럴 수 없어." 다니엘은 마침내 돌아서서 그녀를 쳐다보았고, 그의 얼굴에는 스테파니가 말릴 수 없는 무언가가 담겨 있었다. 평상시 그의 부루퉁한 입은 단호한 일자로 다물어져 있었고 눈빛은 강하고 결연했다. "분명히 말해두겠는데, 내가 옳다고 믿는 것을 누나가 방해할 권리는 없어. 아빠가 살아 계실 가능성이 조금이라도 있다면, 아빠를 구해야 해. 그래야 한다고. 나는 그분이 살아계실 때 너무 많은 실망을 안겨드렸어. 마지막까지 그렇게 할 수는 없어. 내가 여기 있을 필요는 없잖아? 사보타지는 누나의 계획이야. 그리고 카사 주교가 반란군은 알아서 처리해줄 테고. 그런 일엔 그 사람이 전문가야. 나는 이제 더 이상 그런 일에 관심 두지 않아. 반란자도 중요하지 않고 공장도 중요하지 않아. 울프 가문이 우선이야, 항상."

스테파니는 의자에서 몸을 일으켜 창문 앞의 다니엘에게 재빨리 다가갔다. "난 네가 필요해, 대니. 넌 나의 힘이야. 나랑 여기 있어줘. 적어도 준공식이 끝날 때까지만이라도, 응? 그다음 아빠를 찾고 어떤 상태인지 확인할 사람을 파견할 수도 있잖아. 이런 일에 경험이 많은 사람 말이야. 그렇게 하면 일을 조용히 처리할 수 있어. 아빠가 가문의 수장으로 복귀하는 것을 원치 않는 사람들이 얼마나 많은지 너도 잘 알잖아."

그녀는 그가 마지못해 고개를 끄덕이기 전에 이미 눈빛을 보고 그의 결정을 알 수 있었다. 그리고 조용히 안도의 한숨을 내쉬었다. 다니엘은 그냥 풀어놓기에는 너무 불안한 존재였다. 그녀는 그가 보는 것과 말하는 것을 결정해주기 위해서라도 그를 옆에 붙잡아둘 필요가 있었다. 그는 선량했으나 그녀가 가진 야심이나 집중력이 없었다. 그녀는 가문을 위해 무엇이 최선인지 잘 알고 있다. 거기에는 바보 같은 목적으로 제국을 헤집고 다니는 것은 포함되어 있지 않다. 아빠는 죽었다. 그리고 그것이 나쁘지 않았다. 어쨌든 종국에는 그녀가 아빠를 죽게 만들어야 했을 테니까. 그는 방해가 될 뿐이다.

"내가 여기 머물러야 한다면, 할 일을 마련해줘." 다니엘이 말했다. "나는 쓸모없는 존재 같아."

"내 부대원들과 한번 일해보겠나?" 그때 카사 주교가 불쑥 말했다. "교회에는 항상 용감한 전사가 필요하지."

두 사람은 깜짝 놀라 뒤돌아보았다. 다니엘은 그가 엿본 것에 분개해 주먹을 쥐었다. 스테파니는 주교를 향해 냉담하게 인사했다. 당황한 모습을 보여 그에게 만족감을 주고 싶지 않았다. 그자가 얼마나 엿들었는지는 알 수 없지만 말이다. 주교는 문가에서 턱을 쳐들고 우아한 자태로 서 있었다. 공장 안에서는 안전했음에도 불구하고 갑옷을 온전히 갖춰 입고 있었다. 그것은 교회의 피해망상증 때문일 수도 있고, 울프 가의 경비를 믿지 않는다는 그 나름의 무언의 시위일 수도 있었다. 하지만 스테파니는 그가 갑옷을 입어야만 강하고 군인답게 보인다고 믿기 때문에 그렇게 차려입은 것이라고 여겼다.

그런 면에서는 거의 성공적이었다. 가슴에 양각된 커다란 십자가는 사람들의 시선을 끌기에 충분했다. 하지만 카사의 망가진 얼굴이 더 인상적이었다. 염산에 반은 녹아내린 그의 얼굴은 살아 있는 사람이라기보다 해골에 더 가까웠고 뺨에 난 구멍으로는 반짝이는 이가 훤히 들여다보였다. 스테파니는 품위 있는 미소를 지어 보였지만 움직이지 않고 다니엘 옆에 바싹 붙어 있었고 다니엘도 역시 움직이지 않았다. 카사가 걸어오도록 두었다.

주교는 늦었다. 하지만 그녀는 이미 예상한 일이었다. 카사는 사람들을 기다리게 만들면 자신의 가치가 올라간다고 믿는 족속이었다. 그는 테크노스Ⅲ에 온 후로 그런 사사로운 승리에 집착했다. 공식적으로 이것은 그에게 기회였다. 교회는 그에게 교회군과 열댓 명의 예수회의용단 간부들을 붙여주며 테크노스Ⅲ에 가서 울프 가를 도와 반란군을 물리치라고 명령했다. 전사예수교회는 보통 귀족의 청을 들어주지 않았다. 더군다나 울프 가에 대해서는 말할 것도 없었다. 하지만 다른 모든 당파들과 마찬가지로 교회의 힘도 새로운 스타드라이브 획득 여부에 따라 크게 좌우되었다. 어떤 곳에 먼저 도착한 자가 그렇지 못한 자들에 비해 유리한 지점을 선점하는 것은 당연한 일이다. 교회가 울프 가문, 특히 현재의 수장인 밸런타인을 싫어한다고 해서 정치적으로 남보다 한 발 앞설 기회를 걷어찰 수는 없었다. 필요하다면 못할 일이라곤 없다.

카사는 특히 울프 가를 좋아하지 않았다. 그럼에도 불구하고 이 자리를 위해 엄청난 로비를 벌였다. 테크노스Ⅲ의 전쟁은 그가 장수로서의 능력을 과시할 기회였고 교회에서의 쾌속 승진을 위한 발판이었다. 신앙심도 중요하지만 결국 승진의 기준은 전쟁에서 많은 승리를 거두는 것이다. 그리고 카사는 비록 인정하고 싶지 않았지만, 자신의 용기를 다시 한 번 확인할 필요가 있었다. 궁정에 유령전사와 퓨리가 나타났을 때 그가 보인 모습은 스스로도 실망스럽기 짝이 없었다. 좀 더 용감하고 당당한 모습을 보이며 위기를 해결했어야 했다. 하지만 다른 사람들과 마찬가지로 그냥 서서 입만 벌리고 있었을 뿐이었다. 비록 그의 면전에 대고 말하지는 않았지만 사람들은 모두 그가 몸을 사리는 모습을 똑똑히 지켜보았다. 그래서 그는 테크노스Ⅲ에 와서 어떤 대가를 치르더라도 위대한 승리를 거두어야 하며, 그래야만 사람들이 그의 용기에 의심을 품지 않을 것이다. 본인 스스로도.

세 사람은 오랫동안 제자리에 서서 각자의 생각에 빠져든 채 누구도 먼저 움직이려 하지 않았다. 마침내 스테파니가 한 걸음 앞으로 나서며 카사에게 손을 내밀었다. 카사도 한 걸음 나아가서 그 손을 잡고 짧게 절했다. 그의 악수는 힘찼지만 짧았다. 다니엘은 서 있던 자리에서 고개만 까닥 끄덕였다. 카사도 고갯짓으로 답례했다.

"테크노스Ⅲ에 오신 걸 환영합니다, 주교님." 스테파니가 말했다. 목소리는 우아했지만 조금 쌀쌀맞았다. "날씨는 유감이군요. 마음에 들지 않으시면 방 안에만 계셔도 됩니다. 금방 계절이 바뀔 테니까요. 여기 날씨는 두 가지 원죄에 사로잡힌 시골 목사의 마음처럼 변덕이 죽 끓듯 한답니다. 뭐 불편한 점은 없겠지요?"

"내 부하들이 반란군 소굴에 대한 첫 번째 공격을 준비하고 있소." 카사가 말했다. "편한 것은 나중 일이오. 당신들은 테러리스트들에게 너무 오냐오냐했던 것 같소. 하지만 당신들의 보잘것없는 군대를 보면 이해할 만도 하오. 공장노동자들을 군에 좀 더 투입시키지 그랬소? 필요한 무기와 갑옷은 내가 제공할 수 있소."

"별로 좋은 생각이 아니에요." 스테파니가 대답했다. "노동자들은 모두 클론이고, 공장근로용으로 설계되고 배양된 자들이에요. 설마 클론에게 무기를 주자는 건 아니겠지요?"

카사는 자신의 실수를 덮으려고 대충 어깨를 으쓱했다. "정 그러시다면. 내 부하들만으로도 사실 충분하오. 자, 다니엘 자네 생각은 어떤가? 우리 부대에 합류하고 싶지 않은가?"

"울프는 다른 사람들을 위해 싸우지 않습니다." 다니엘이 단호하게 말했다. "우리는 자신을 위해 싸우지요, 항상."

어색한 침묵이 흘렀지만, 세 사람 누구도 먼저 나서서 침묵을 깨려 하지 않았다. 그때 토비와 카메라맨 플린이 열린 문으로 들이닥치며 긴장을 깨뜨렸다. 토비는 모두에게 가볍게 인사하고 플린에게 카메라 위치를 잡으라고 손짓했다.

"모두, 좋은 아침입니다." 그는 쾌활하게 말했다. "정말 완벽하게 좋은 날 아닙니까? 제가 중요한 일을 방해하지 않았기를 바랍니다. 하지만 주교님이 공장주를 만나는 장면이 꼭 필요해서요. 시청자들은 그런 것을 아주 좋아하고, 이미지 쇄신에도 많은 도움이 되지요. 걱정 마십시오. 짧고 요점만 간단히 할 테니까요. 당신들 모두 바쁜 사람들이라는 것을 잘 알고 있습니다."

다니엘은 험악한 인상을 지으며 토비를 노려보았다. "정말 이런 게 필요합니까?"

"그런 것 같구나." 스테파니가 재빨리 끼어들었다. "홍보라는 게 원래 따분하고 번거로운 일이지만 꼭 해야 하는 것도 사실이야. 대중이 환호하면 안 될 일도 될 때가 있거든. 공장 준공식은 중요한 행사니 세세하게 기록됐으면 좋겠어. 모든 사람들이 보게 될 텐데, 다니엘, 좀 참고 협조해. 금방 끝날 거야."

"바로 그거지요." 토비가 말했다. "주교님, 두 울프 사이에 서시면 아주 훌륭한 그림이 나올 것 같은……"

카사는 그를 노려보면서도 시키는 대로 스테파니와 다니엘 사이로 갔다. 세 사람은 가까이 붙어 있었음에도 불구하고 서로 몸이 닿지 않으려고 경직된 채 어색하게 서 있었다. 토비가 분주히 그들 주위를 돌며 팔을 올려주고 어깨를 펴주고 했다.

"좋습니다, 여러분. 플린이 찍는 동안 자세를 유지하세요. 그다음 잠시 인터뷰가 있겠습니다. 어려울 것 하나도 없습니다. 주교님이 여기 오셔서 기쁘다, 뭐 그런 얘기만 하면 됩니다. 억지로라도 좀 웃으세요."

"슈렉, 당신 삼촌이 여러 가지 난동과 부패 혐의로 지금 교회의 조사를 받고 있다는 것을 알고 있나?" 카사가 차갑게 물었다.

"저와는 상관없는 일입니다." 토비가 가볍게 대꾸했다. "그를 쇠사슬로 꽁꽁 묶고 싶다면 제가 쇠사슬을 사드릴 수도 있습니다."

"그는 당신 가문의 수장입니다." 다니엘이 말했다. "당신에겐 충성의 의무가 있어요. 당신은 명예가 없는 겁니까?"

"물론 없지요." 토비가 말했다. "저는 기자입니다."

"물론 기사가 전송되기 전에 우리가 먼저 확인할 수 있겠지요?" 스테파니가 물었다. "잘못되거나 편중된 것은 교정해야 하니까요."

"모든 영상은 교회의 검열을 받아야 하오." 카사가 재빨리 덧붙였다. "신성모독이나 불경한 것이 있어서는 안 되니까. 규범은 준수되어야 해."

토비는 미소를 짓고 있었다. 그의 뺨이 얼얼해지기 시작했다. "물론입니다. 원하시는 대로요. 제가 불편해할 거라고 생각하지 마십시오. 저는 제 어깨너머로 쳐다보는 사람들을 두고 일하는 것에 아주 익숙해져 있습니다."

그는 세 사람 주변에서 좀 더 부산을 떨었다. 좋은 영상을 얻기 위해서이기도 했지만 세 사람을 자기 마음대로 부릴 수 있다는 것이 기분 좋기도 해서였다. 얼마간의 검열을 예상 못한 바는 아니었다. 하지만 테크노스Ⅲ에서 뭔가 재미있는 것을 얻어내기 위해서는 아주 힘든 작업을 해야 하리라는 예감이 들었다. 약간의 교묘함과 기자의 교본에 수록된 모든 더러운 속임수를 총동원해야 할 것이다. 그들은 자신들이 알지 못하는 것을 검열할 수는 없다. 그는 테크노스Ⅲ 취재가 자신의 경력에 많은 도움이 되기를 원했으며 이 잘난 체하는 세 작자가 그의 길을 방해하도록 놓아두지는 않을 작정이었다. 저들의 검열을 피할 방법이 더 이상 없다고 여겨지는 날에는 차라리 언론을 포기하고 정치로 갈 것이다. 그곳에서는 무엇이든지 믿어준다.

이것은 그가 슈렉의 공보담당 비서로 수년간 허송세월하다가 처음으로 잡은 진정한 일거리였다. 여기서 정확한 보도를 하면 명성이 쌓일 것이고 언론인이자 평론가로서 입지를 다질 수 있을 것이다. 토비는 그것을 원했다. 더 넓은 무대에서 자신의 재능을 입증할 기회를 잡았다는 느낌이 강하게 들었다. 물론 단순히 스타드라이브 공장 준공식만 취재한다면 딱히 주목받을 것이 없다는 것을 잘 알고 있었다. 진정한 이야깃거리는 테크노스Ⅲ의 분쟁에 있다. 울프 가와 교회군대 반란 테러리스트의 전쟁. 울프 가와 교회가 그를 막기 위해 무슨 짓을 하건 상관없이 그가 다루어야 할 것은 바로 그것이었다.

그는 플린을 쳐다보았고, 플린은 고개를 끄덕이며 준비됐다는 신호를 보냈다. 플린의 어깨 위에 놓인 카메라는 붉은 올빼미 눈으로 세 명의 명사를 관찰했다. 카메라는 통신임플란트를 통해 플린의 눈과 연결되어 있기 때문에 그는 카메라가 보는 것을 그대로 볼 수 있었다. 다니엘과 스테파니와 카사는 모두 어색하게 미소 지으며 서로 다정한 척했다. 정치에서 다 그렇듯이 개인적인 불화는 공동의 적을 앞에 두고서는 강고한 전선을 구축해야 한다는 요구로 인해 눈 녹듯이 소멸해버린다.

교회의 전함, 디바인브레스 호는 테크노스Ⅲ의 들끓는 기후를 멀찌감치 아래에 두고 궤도상에 머물고 있었다. 명목상으로는 순찰 중이었지만 실상은 주교와 예수회의용단 단원들이 없는 틈을 타 게으름을 피우고 있었다. 사실 주교와 교회군이 한 줌의 반란자들을 처리하는 동안 디바인브레스 호의 승무원들이 할 일이라고는 가끔 센서를 확인하는 것 말고는 없었다. 간단한 일이었다. 잘 훈련된 교회군에 맞설 수 있는 반란자들은 없다는 사실을 누구나 알고 있었다. 또 한 번의 쉬운 임무였고 승무원들은 그것을 즐기고 있었다. 그렇기 때문에 갑자기 거대한 헤이든맨의 황금 배가 초공간에서 뛰쳐나와 그들 바로 위에 나타났을 때 모든 선원들이 경악을 금치 못했던 것이다. 거대한 배는 교회 함선을 마치 상어 앞의 멸치처럼 초라하게 만들었다. 혼비백산한 교회 함선의 승무원들은 황급히 자기 자리로 돌아가 절망적으로 제어판 위에서 손을 놀렸다. 보호막을 치고 포를 시동했으며, 신심이 별로 깊지 못한 자들도 갑자기 열정적인 기도를 올리고 싶은 심정이 되었다.

헤이든맨의 배가 포격을 개시해 보호막을 때리자 디바인브레스 호는 전율했다. 교회 함선도 즉시 포가 준비되는 대로 반격을 개시했으나, 황금 배는 크기에 비해 너무나도 빨랐다. 디바인브레스 호의 승무원들은 전력에서 도저히 상대가 되지 않음을 깨달았다. 그래도 그들은 어쨌든 싸웠다. 신앙심으로 싸웠다기보다 달리 방법이 없었기 때문이다. 보호막을 내리지 않고서는 초공간으로 도망칠 수 없는데, 만약 보호막을 내리면 그 즉시 헤이든맨의 배가 그들을 박살낼 것이다.

　보호막이 점점 내려가는 것을 확인한 함장은 이미 배의 엔진이 과부하가 걸렸음을 알고 있음에도 불구하고 더 많은 동력을 보호막으로 보내라고 악을 썼다. 저 아래 행성에서 생산되고 있는 신형 스타드라이브만 있었어도 한번 싸워볼 만했을지 모른다. 이런 생각이 계속 그의 머릿속을 맴돌았다. 그리고 그가 불가피한 결말을 어떻게든 피해보려고 미친 듯이 뭔가를 찾아 헤매는 중에 갑자기 거대한 황금배가 다시 초공간 속으로 사라져버렸다.

　함장은 몇 차례 눈만 껌뻑껌뻑하다가 제복 깃에 달린 십자가를 쥐고 성모마리아를 중얼거리며 지휘석에 등을 기댔다. 이마에 맺힌 식은땀이 서서히 말라갔다. 그의 배는 살아남았다. 하지만 도무지 그 이유를 알 수가 없었다. 마침내 정신을 추스른 그는 적색경보를 해제하고 피해 보고와 주변에 대한 철저한 탐색을 지시했다. 그리고 도대체 지상에 있는 주교에게 어떻게 보고해야 할지 난감해했다. 주교가 길길이 날뛸 게 뻔하지만 보고를 하지 않을 수도 없는 노릇이었다. 함장은 얼굴을 찌푸렸다. 군사재판에 회부되거나 파문당하지 않을 수 있는 그럴듯한 변명을 지어내야 한다. 그들이 혼쭐이 났다는 사실을 부정할 도리가 없었다. 하지만 젠장, '헤이든맨'의 배였지 않은가! 헤이든맨의 배를 보고도 살아남은 사람은 많지 않다. 함장과 승무원들은 머릿속에서 여러 가지 변명과 설명을 쥐어짜내느라 여념이 없었고, 그렇기 때문에 헤이든맨의 배가 사라지기 직전에 떨어뜨려놓은 구명정을 발견하지 못했다.

 구명정은 난기류에 이리저리 심하게 흔들리면서도 예정된 코스대로 하강을 계속했다. 구명정 안에서는 직업적 혁명가 잭 랜덤, 전 현상금사냥꾼 루비 저니, 그리고 은퇴한 혁명가 알렉산더 스톰이 안전그물을 부여잡고 빨리 강하가 무사히 끝나기만을 빌고 있었다. 구명정의 동체가 엄청난 압력을 견디느라 끽끽거리는 신음소리를 내고 센서들이 하나씩 꺼져가면서 그들은 사실상 눈먼 상태에서 비행을 하게 되었다. 구명정이 테크노스Ⅲ의 난기류에 부딪치며 발생한 충격은 안전그물이 대부분 흡수해주었다. 그럼에도 불구하고 그물 내에서 세 사람의 몸은 심하게 흔들렸다.

 스톰은 이를 악물고 마지막으로 먹은 음식물을 쏟아내지 않으려고 애썼다. 랜덤은 모든 것에 초연한 듯 착륙 후 할 일에 대해 침잠하고 있었다. 오랜 휴지기 끝에 다시 무장반란에 복귀했다. 자신이 그렇게 원했던 일임에도 불구하고 걱정이 앞서는 것은 어쩔 수 없었다. 세월이 너무 많이 흘렀고, 그는 과거의 자신이 아니었다. 하지만 그게 뭐어쨌단 말인가? 일이 잘못된다 하더라도 직업적 혁명가에게 적의 시체를 밟고 총과 검을 든 채 죽는 것만큼 영예로운 일이 또 있겠는가? 랜덤은 씁쓸하게 웃었다. 생을 끝내는 수십 가지 방법을 생각해보았다. 훌륭한 와인과 여자가 있는 장면들 말이다. 하지만 그런 것은 꿈에 불과하다는 것을 잘 안다. 혁명가가 침대에서 죽는 경우는 드물다.

그의 옆자리에서 루비 저니는 몸이 흔들릴 때마다 괴성을 지르고 큰 소리로 깔깔대며 아찔한 스릴을 만끽하고 있었다. 랜덤은 그녀를 보며 웃었다. 저런 여인을 어찌 사랑하지 않을 수 있겠는가? 그는 계기판을 점검해보았으나 여전히 꺼진 상태였다. 구명정의 센서가 칼날 같은 바람에 뜯겨나간 것 같았다. 순간 날카로운 근접경보가 울렸다. 랜덤은 몸을 긴장시켰다. 지면이 가까웠거나 산에 충돌하거나 둘 중 하나였다. 루비는 환호성을 질러댔다. 스톰은 눈을 질끈 감았다. 그래봐야 달라질 것도 없을 텐데…… 랜덤은 한숨을 쉬고 테크노스 III에 산이 있었는지 기억을 더듬어보았다. 산은 없었던 것 같았다. 제발 기억이 맞기를 바랐다.

구명정의 엔진이 착륙 전 감속을 위해 출력을 높였다. 세 사람은 그물에 꼭 낀 채 동체가 내는 신음소리를 무력하게 듣고 있었다. 조명이 꺼지고 희미한 붉은색 비상등이 켜졌다. 그리고 마침내 구명정이 테크노스III의 금속 지면에 닿은 후, 폐철더미 위에 긴 궤적을 그리며 앞으로 밀려나가다가 커다란 철 부스러기들을 공중에 흩뿌리며 멈춰 섰다. 구명정은 잠시 앞뒤로 흔들리다가 곧 얌전해졌다. 하늘은 시커멓게 잔뜩 찌푸려 있었고 바람이 거세지며 첫눈이 내리기 시작했다.

구명정 내부에서는 스톰이 여전히 눈을 질끈 감은 채 어떻게 숨을 쉬는지 기억해보려고 애쓰는 것 같았다. 랜덤은 그물 안에서 몸을 늘어뜨리며 또 조금 더 늙어버렸다는 생각을 했다. 루비 저니는 새빨개진 코를 손등으로 문지르며 즐겁게 웃었다.

"끝내주는군요! 한 번 더 했으면 좋겠어요."

"절대 안 돼." 스톰이 여전히 눈을 감은 채 말했다. "일제사격을 가

하는 군인들 앞에 서 있는 게 훨씬 편안하겠어. 다음에는 좀 더 신형 구명정을 이용하도록 노력해보자고. 정말 죽겠구먼. 안전하게 내려온 거 맞지? 누가 확인 좀 해줘. 그렇지 않으면 나는 이 자리에서 꼼짝도 하지 않을 테니까."

"시끄럽네, 알렉스." 랜덤이 느긋하게 말했다. "몸뚱이 성하게 내려 왔고, 그러면 훌륭한 착륙이야. 그리고 헤이든맨의 배에 수백 년 동안 고이 모셔둔 구명정이었는데 이 정도면 만족스럽지 않나? 루비, 센서 가 모두 고장 났어. 해치를 열고 밖에 뭐가 있는지 좀 살펴봐."

루비는 안전그물을 풀고 랜덤에게 군인처럼 깍듯한 경례를 붙인 다음 기울어진 바닥을 조심스럽게 걸어 해치 쪽으로 갔다. 랜덤은 천천히 그물을 벗고 새로 생긴 멍 자국들에 눈살을 찌푸리며 스톰이 눈을 뜨도록 설득하려고 일어섰다. 루비는 해치를 바깥으로 열어젖혔다. 차가운 공기와 눈송이가 구명정 안으로 몰려들었고 비상등 때문에 붉게 물든 실내가 옅은 핑크빛으로 바뀌었다. 스톰은 눈을 떴다.

"오, 환상적이야. 우리가 생일케이크 안에 착륙한 거야."

"입 닥쳐, 알렉스. 루비, 바깥은 어떤가?"

"춥네요." 루비가 명랑하게 대답했다. "사단병력의 눈사람을 만들 수 있을 만큼 눈이 많이 내리고 있어요. 하지만 환영단은 안 보이는 데요."

랜덤은 인상을 썼다. "아직 작동하는 기기를 보면 정확한 위치에 착륙한 것 같은데. 접선자가 곧 나타나겠지. 우리가 내려오는 걸 봤을 거야. 서두르게, 알렉스. 춤을 춰봐. 혁명을 할 시간이야."

"나는 야전활동은 좋아하지 않아." 스톰이 해치 쪽으로 거북하게 이동하며 말했다. "이런 일은 보통 젊은이들의 몫이지. 일이 잘못돼도 슬퍼할 사람이 많지 않은 사람들 말이야."

"거참 징징거리지 좀 마." 랜덤이 스톰을 해치 쪽으로 떠밀다시피 하며 말했다. "누가 들으면 자네가 여기 온 걸 후회하는 줄 알겠네. 자유와 민주주의를 위해 헌신하러 왔으면서 말이야."

"후회하는 거 맞아." 스톰이 말했다. 그리고 찬 공기에 놀라 얼른 입을 다물었다.

세 사람은 구명정에 기대 바람을 피하며 한데 모여 있었다. 삐쭉 삐쭉한 금속 표면은 이미 두꺼운 눈 담요 아래 자취를 감추었고, 바람은 거세져서 눈보라로 변했다. 그들은 모두 옷의 발열장치를 최대한으로 올리고 몸을 껴안거나 손을 비벼댔다. 너무 추워서 말도 하기 싫었고, 숨 쉴 때마다 허연 입김이 진하게 뿜어져 나왔다. 해는 물론 하늘도 눈에 가려 보이지 않았다. 한낮인데도 어두컴컴해서 사위를 분간하기 힘들었다. 랜덤은 옆에서 스톰이 무섭게 몸을 떠는 모습을 보고 걱정이 되기 시작했다. 스톰의 늙은 몸이 이런 추위를 오래 견디는 것은 무리였다. 랜덤은 추위를 심하게 느끼지 않았다. 그는 광기의 미로를 지났기 때문이다.

"아주 바보 같은 질문이 될지도 모르겠지만 말이야." 스톰이 이를 달그락거리지 않기 위해 턱에 잔뜩 힘을 주며 말했다. "왜 우리가 구명정 안에 들어가 있으면 안 되는 거지? 여기보다는 덜 추울 텐데."

"구명정의 난방장치가 고장 난데다" 랜덤이 말했다. "배터리에서 유독가스가 누출될 가능성이 아주 높아. 추위를 잊고 싶으면 접선자가 오는지나 잘 살펴봐. 이런 눈보라 속에서는 바로 코앞에 두고도 모르고 지나칠 수 있으니까. 하지만 그들이 금방 나타나지 않는다면 유독가스고 뭐고 다시 들어가는 수밖에 없겠지. 자네는 이런 추위를 견디기 힘들어하는 것 같군."

"자네가 견디면 나도 견딜 수 있어, 이 늙은이야." 스톰은 분개하며 대답했다. "나는 자네보다 고작 여섯 살밖에 많지 않아, 알고 있어?"

"물론이지, 알렉스. 그러니까 입 닥치고 힘을 아껴."

"잘난 체하기는."

"반란군 기지에서 얼마나 멀리 있는 건가요?" 루비가 물었다.

"몰라." 스톰이 말했다. "우리한테 알려주지 않더군. 그냥 착륙지점만 알려주고 마중 나오겠다고 했어. 나는 이렇게 대책 없는 상황이 싫어. 그나저나 제국군이 우리를 찾기 전에 이 소심한 녀석들이 빨리 와줬으면 좋겠는데. 그들이 제국군의 시선을 분산시키기 위한 작전도 병행한다고 했지만, 나는 애당초 믿지도 않았어. 그리고 내 손발에 감각이 사라지고 있다는 것을 말해주고 싶군."

"걱정 마." 랜덤이 말했다. "자네 나이에는 어차피 별로 쓸모도 없잖아."

"자네는 사람을 열 받게 하는 재주가 있어, 알고 있나?" 스톰이 말했다.

그들은 잠시 침묵을 지켰다. 찬 공기가 폐를 찢는 듯했다. 그들은 조금이라도 온기를 나누려고 서로 밀착한 채 눈보라 속을 눈이 빠지도록 응시하고 있었다. 랜덤은 열심히 손을 비비며 루비의 모피를 부러운 듯 쳐다보았다. 평소 그는 그녀가 강한 인상을 주기 위해 고집스레 모피를 입는다고 생각했는데, 적어도 이번만큼은 그녀가 브리핑에 더 집중한 것 같았다. 별로 놀랄 일도 아니었다. 안 그런 척하는 겉모습과는 달리 그녀는 일에 대해서는 무서운 집중력을 보였다. 그는 크게 재채기를 했다. 공기 중의 무언가가 목구멍을 자극했다. 공기가 차다는 것을 감안하더라도 대기는 그가 익숙한 것보다 더 짙은 것 같았다. 그리고 냄새는 누군가 먼저 들이쉰 것을 받아 마시는 듯한 느낌이었다. 원주민들은 일단 익숙해지면 호흡에 장애가 없을 것이라고 말했다. 랜덤은 그들이 그렇게 진화해버려서 잘 모르는 것이 아닐까 걱정스러웠다. 그들은 불순한 일기에 대해서도 마찬가지로 말했다. 랜덤은 별로 믿음이 가지 않았다. 그들은 눈보라 때문에 착륙도 쉬울 거라고 말했기 때문이다. 그는 그따위 말을 한 사람을 범죄행위로 처단하는 것이 옳다고 생각했다.

그는 스톰을 보고 걱정이 커졌다. 그의 얼굴에는 핏기가 없었고 여전히 무섭게 떨고 있었다. 랜덤은 루비에게 손짓했고, 그녀는 모피를 벗어서 스톰을 감싸주었다. 약간 도움이 되는 것 같았다. 루비는 별 차이를 느끼지 못했다. 그녀도 미로를 통과했기 때문이다. 랜덤은 얼굴을 찌푸렸다. 그가 스톰을 노인으로 여기고 있는 것이다. 은퇴해 책이 즐비한 서재에서 난롯불이나 쬐며 손자들의 응석을 받아주어야 할 그런 사람 말이다. 하지만 그와 스톰의 나이차는 그렇게 많지 않았다. 스톰에 대한 그의 기억은 대부분 항상 너털웃음을 터뜨리며 언제라도 적진에 뛰어들 태세를 갖추고 있는 더벅머리의 젊은 전사 모습이었다. 하지만 이미 오래전 일이었다. 얼마나 먼 과거의 일인지 헤아려보자 랜덤은 갑자기 서글퍼졌다. 스톰은 이미 오십대 중반이고 오랜 투쟁의 시간이 그에게 가혹한 흔적을 남겨놓았다. 랜덤은 미간을 찌푸리며 차라리 스톰을 데리고 오지 말걸 하는 후회가 일었다. 하지만 스톰이 자원했고, 그는 거절할 수 없었다. 그가 비록 미로를 통과했다고 해도 스톰보다 별반 젊은 것도 아니었기 때문이다. 이제 그들 둘 다 더 이상 젊지 않다는 것만은 확실했다. 루비가 갑자기

한 걸음 앞으로 나서며 눈보라 속을 뚫어지게 바라보았다.

"긴장하세요, 누군가 오고 있어요."

"무엇이 보이나?" 랜덤도 앞으로 나서 그녀 옆에 서며 물었다.

"아무것도요, 하지만 느낌이 와요. 이쪽으로 오고 있어요."

랜덤도 정신을 집중해보았지만 아무것도 느낄 수 없었다. 미로가 그들을 각각 다른 방식으로 바꾸어놓은 듯했다. 그때 눈 속에서 검은 형상이 천천히 모습을 드러내기 시작했다. 스톰도 힘겹게 앞으로 나가 동료들 옆에 섰다. 그것은 자존심의 문제였다. 모두 모피를 걸친 열 명의 현지인들이 그들 앞에 나타났다. 현지인들은 동물의 머리를 흉내 낸 가죽과 금속으로 만든 마스크를 뒤집어쓰고 있었다. 랜덤은 무슨 동물인지 알 수 없었지만 정말로 못생겼다고 생각했다. 현지인 중 한 명이 앞으로 나와 마스크를 벗고 얼굴을 내밀었다. 턱수염이 덥수룩하게 자란 험상궂은 얼굴이었다. 고생한 흔적이 역력했고 나이는 도저히 가늠할 수 없었다. 얽은 얼굴에 깊은 흉터도 여러 개 보였고 눈은 검고 매서웠다.

"나머지는 어디 있습니까?" 그는 루비를 보며 거친 목소리로 물었다.

"우리가 전부요." 랜덤이 침착하게 말했다. "당신들이 우리에게 이곳 상황을 설명하면 우리가 판단해 지하동맹에 더 많은 자원자와 무기와 보급품을 요구할 거요. 우리에게 자원은 한정되어 있고 할 일은 많다는 것을 잘 알고 있지 않소. 가장 필요한 곳에 효과적으로 자원을 배분하는 것이 중요하지. 나는 잭 랜덤이라고 하오. 이쪽은 루비 저니, 그리고 저 사람은 알렉산더 스톰이오. 조심하시오. 물지도 모르니까."

"당신이 랜덤이라고요?" 현지인이 믿기지 않는다는 듯 말했다.

"내 생각에는……"

"그렇소." 랜덤이 씁쓸하게 말했다. "대부분 그런 반응이지. 하지만 내 나이를 생각해보시구려. 어디 자리를 옮겨서 얘기하는 것이 좋지 않겠소? 기온이 영상은 되는 곳에서 말이오."

"물론입니다. 나는 '키다리 존'이라고 합니다. 이곳을 지휘하고 있죠. 따라오시지요."

그는 다시 마스크를 쓰고 뒤돌아서서 눈보라 속을 성큼성큼 걸어갔다. 나머지 현지인들은 올 때처럼 조용히 그의 뒤를 따랐다. 랜덤은 스톰을 부축했다. 루비가 스톰의 다른 쪽 팔을 잡았고, 세 사람은 비틀거리며 키다리 존과 그 일행을 따라잡기 위해 안간힘을 다했다. 구명정은 눈보라 속에서 금세 자취를 감추었고, 그들은 방향감각을 잃었다. 어디를 둘러봐도 보이는 건 눈뿐이었고, 전방에 어두운 형체들이 걸어가는 것만이 아스라이 보였다. 시간이 흐를수록 찬바람은 더욱 매서워져서 살을 에는 면도날 같았다. 그리고 검은 형체들이 갑자기 하나 둘씩 사라지기 시작했다. 마지막 형체가 돌아서서 그들에게 빨리 오라고 손짓했다. 그가 마스크를 벗자 다시 키다리 존의 얼굴이 나타났다.

"바로 여깁니다. 지옥의 테두리에 온 것을 환영하는 바입니다."

그는 발밑을 가리키고는 한 걸음 나서서 구멍 속으로 내려갔다. 랜덤은 눈보라 속에서 희미한 어둠만 볼 수 있을 뿐이었다. 그는 조심스럽게 전진했고, 갑자기 발밑에 깊은 협곡이 있는 것을 발견했다. 협곡의 너비는 2미터 정도인데 눈으로 확인할 수 없을 정도로 깊어 보였다. 그리고 곧 가까운 벽에 계단이 패어 있음을 발견하고 앞서가는 존을 따라 내려갔다. 스톰이 천천히 아주 조심스럽게 뒤를 따랐고 마지막으로 루비가 뒤를 이었다. 협곡의 깊이는 대략 5미터였으며 바닥에는 발목까지 빠지는 눈이 쌓여 있었다. 키다리 존이 그들을 기다리다가 작은 샛길로 따라오라고 손짓했다.

랜덤은 어두침침한 조명 아래 현지인을 따라 두 사람이 간신히 통과할 수 있는 터널 속을 걷고 있었다. 천장에 머리가 부딪치는 것을 피하려면 고개를 잔뜩 숙여야 했다. 터널의 벽과 천장은 모두 금속으로 이루어져 있었다. 랜덤은 이 행성에 와서 철을 제외하고는 눈밖에 본 것이 없는 것 같았다. 뒤에 스톰과 루비가 따라오는 소리를 들을 수 있었다. 그가 뒤돌아보니 스톰은 한결 좋아진 것 같았다. 터널 안은 확실히 따뜻했다. 깊숙이 들어갈수록 더 따뜻해지는 듯했다. 그들은 마침내 가로 6미터 세로 9미터가량 되는 방에 도착했다.

방은 행성 표면에 켜켜이 쌓여 짓눌린 철 부스러기들을 깎아내 만들어졌기 때문에 벽에는 들쭉날쭉한 철판들이 그대로 노출되어 있었다. 하지만 철판들을 가리려고 애쓴 흔적은 전혀 없었다. 방 안에 가구는 일절 없었으며 여기저기 흩어진 유리병 속의 촛불들이 실내를 밝혔다. 방 한가운데는 빨갛게 달아오른 석탄을 품은 화로가 놓여 있었다. 스톰은 팔을 활짝 펴고 난로로 직행했다. 랜덤과 루비도 체면 때문에 잠깐 머뭇거렸지만 결국 스톰과 합류해 불을 쬐었다.

키다리 존이 외투를 벗자 키 크고 약간 마른 체형이 드러났다. 머리숱은 검고 매서운 눈에 고집스럽게 보이는 입매를 지니고 있었다. 함께 눈보라를 헤치고 왔던 또 한 사람이 옷을 벗자 작고 통통한 여인이 모습을 드러냈다. 그녀는 둥글고 창백한 얼굴 위로 풍성한 검은 머리를 말아 올렸다. 그녀는 세 명의 손님에게 환한 미소를 지으며 정답게 인사했다. 키다리 존과 마찬가지로 얼굴에는 고생한 흔적이

짙게 배어 있어서 나이를 가늠하기가 쉽지 않았다.

"저는 '단두대 메리'예요. 키다리 존은 무시하세요. 좀 더 있어보면 정말 성가신 사람이라는 것을 알게 될 테니까요. 키다리 존과 제가 다른 사람들을 대표합니다. 그들은 나중에 만나게 될 거예요. 당신들을 환영합니다. 하지만 우리가 기다린 사람들은 당신들이 아니라는 것을 말씀드려야겠군요. 우리는 지원군이 필요해요. 무기, 보급품 등 아주 많이요."

"우리가 원한 것은 노인네 둘과 현상금사냥꾼이 아니었단 말입니다." 키다리 존이 덧붙였다.

랜덤은 화내지 않고 어깨만 으쓱해 보였다. "겉으로 보이는 것이 전부는 아니오. 그리고 당신들이 그러한 전략적 요구의 중요성을 우리에게 확신시킨다면, 원하는 모든 것을 얻게 될 거요. 그러니 말해보시오. 테크노스Ⅲ에서 무슨 일이 일어나고 있는지 소상히 알려달란 말이오. 당신들의 제안이 흥미롭기는 했지만, 세부정보는 누락되어 있었소."

"좋아요." 단두대 메리가 말했다. "짧게 요점만 말씀드리지요. 제 생긴 모습처럼 말예요. 우리는 제국군에 맞서 터널전과 참호전을 펼치고 있어요. 스타드라이브 양산을 준비하고 있는 공장이 중심이에요. 공장 둘레에 여러 겹의 원형 참호들이 있어요. 제국이 안쪽 참호를 지배하고 우리는 바깥쪽을 장악하고 있지요. 그리고 그 가운데 참호를 두고 서로 격전을 벌이고 있고요. 우리 병력은 만 오천 명 정도예요. 원래는 그보다 훨씬 많았지만 오랜 전쟁으로 많이 줄었지요.

우리는 모두 테크노스Ⅲ의 초기 정착민들의 후손이에요. 우리 선조들은 계약노동자들이었어요. 이주비용을 행성 개간과 산업개발을 하며 갚아나갔지요. 이론적으로 그들이 빚을 모두 청산하면 테크노스Ⅲ는 그들 것이 되는 거였어요. 하지만 세대가 지날수록 빚은 늘어만 갔어요.

원래 회사는 망해버렸고, 그 회사를 인수해 들어온 다른 회사들이 사업을 이으면서 수탈은 점점 가중돼갔어요. 회사들은 왔다 갔지만 우리는 남았지요. 그럴 수밖에 없었어요. 우리 선조들은 이 행성에서 살아남기 위해 유전적으로 변형을 겪었어요. 당신들 세 사람이 여기 오래 머문다면 아마 여러 가지 이유로 서서히 죽게 될 거예요. 우리는 아주 근본적인 수준에서 체내 화학구조를 바꾸지 않으면 이 행성을 떠날 수 없어요. 하지만 우리는 늘 거부당하지요. 공식적인 이유는 너무 비싸다는 거예요. 하지만 사실은 우리처럼 완벽하게 발목 잡힌 유용한 노동력을 굳이 해방시켜줄 이유가 없었던 거지요.

회사들이 계속 바뀌면서 점점 악덕업자들이 몰려오게 됐고 그들은 뒤처리는 신경조차 쓰지 않고 떠나버렸어요. 땅은 오염되고 행성은 점점 폐쇄된 공장과 기계설비들에 파묻히게 됐지요. 그렇게 현재까지 흘러오고 있어요. 캠벨 가문도 개자식들이었는데 울프 가문은 더 심해요. 그들은 이 행성에 대해 전혀 신경 쓰지 않아요. 자기들의 소중한 공장밖에 안중에 없지요. 다른 것들은 썩고 녹슬게 방치해버려요. 우리는 1.5킬로미터 깊이의 공장 잔해, 방치된 건설현장, 고갈된 광산으로 뒤덮인 세상을 물려받았어요. 울프 가, 그리고 그전에 캠벨 가는 바로 이 행성이 쓰레기라는 이유 때문에 여기를 선택한 거죠. 그들은 원하는 대로 아무거나 할 수 있고 아무도 제지하는 사람이 없어요. 이런 세상에서 누가 공해 걱정 따위를 하겠어요? 이미 이 행성은 너무 철저히 오염돼서 우리 같은 원주민들만 생존할 수 있는 곳이

거든요. 그리고 우리에 대해 신경 쓰는 사람은 아무도 없지요. 처음에 우리는 어쩔 줄 몰라하는 불쌍한 사람들이었지만 지금은 반란 테러리스트가 됐어요. 이 행성의 생명들은 모두 지하로 스며들었어요. 우리는 공존하고 있어요. 우리는 살아남은 동식물을 먹고 살고, 그것들은 우리를 먹고 살지요. 우리가 재빨리 피하지 못할 경우에 말예요. 우리는 이제 시간이 별로 없어요.

일단 울프 가문이 공장 건설을 완료하고 가동에 들어가면 더 많은 용병을 고용해 우리를 밀어붙일 여유가 생길 거예요. 그래야 또 공장을 확장할 수 있을 테니까요. 그렇게 진행되기 시작하면 그들은 우리를 절멸시킬 때까지 멈추지 않을 거예요. 우리는 이 공장의 가동을 막아야 해요. 그게 우리의 유일한 희망이에요."

"아주 명쾌하군." 랜덤이 말했다. "물론 여기가 좀 더 극단적인 경우이기는 하지만 이런 일들은 요즘 제국 곳곳에서 비일비재하오. 기후에 대해 얘기해주시오. 듣기로는 비정상적인 상태라던데."

"뭐 그렇게 말할 수도 있겠지만" 키다리 존이 말했다. "250년 전에 사이버생쥐들이 기상위성을 망가뜨린 후 이곳 계절은 정확히 이틀씩만 지속됩니다. 여러 행성 소유주들이 위성을 고치려고 시도했지만 별무소득이었어요. 적응하지 못한 생명은 멸종했습니다. 살아남은 것들은 극단적으로 강해졌지요. 기괴해지기도 하고. 겨울에는 대부분 동면을 취합니다. 봄이면 모두 깨어나고 폭발적으로 성장하지요. 여름에 싸우고 새끼를 치고, 가을에 무지막지하게 먹어치웁니다. 그리고 다시 겨울에 잠드는 거지요. 이곳의 생명들은 적응하는 데는 귀재들입니다. 수백 년간 해온 일이 바로 그것이지요.

이게 테크노스Ⅲ에 대한 간략한 설명입니다. 휴가지로 최고지요.

애들을 데리고 오십시오. 물론 전쟁은 이런 계절 변화와는 상관없습니다. 날씨와 무관하게 매일 계속됩니다. 당신들은 가을에서 겨울로 접어드는 문턱에 여기 온 겁니다. 가장 조용한 시기지요. 양측이 잠시 휴식을 취하고 보복을 계획하고 전사자를 묻는 시간이지요. 그렇다고 쉴 수 있다고 기대하지는 마십시오. 아마 두 시간쯤 후에는 다시 살육이 벌어질 테니까. 자, 그러니 신사 분들, 그리고 현상금사냥꾼 아가씨, 지옥에 온 걸 환영합니다. 그럼, 이제 좀 더 중요한 질문을 해볼까요? 다른 사람들은 언제 옵니까? 어느 정도 규모의 군대를 보내줄 수 있습니까? 무기는요?"

스톰과 루비는 랜덤을 쳐다보았다. 그는 한숨을 쉬고 키다리 존의 시선을 침착하게 받았다. "군대는 없다고 말해야겠소, 아직은. 지하동맹이 대규모 반란을 위해 수백 개의 행성에서 자원자를 모집하고 있지만, 조금 더 시간이 필요하오. 훈련된 자들은 이미 제국 곳곳에 흩어져 자기 할 일을 하고 있소. 당분간은 우리가 지원 세력의 전부요."

"도대체 내가 제대로 들었는지 믿을 수가 없군." 키다리 존이 분노를 억누르며 떨리는 목소리로 말했다. "우리는 전설적인 직업적 혁명가 잭 랜덤이 이끄는 노련한 전사들이 올 것이라고 약속받았습니다. 그런데 우리한테 온 사람이 고작 두 명의 노인네에 직업적 깡패란 말이지. 내가 당신들을 바깥으로 내던져 얼어 죽게 만들면 안 되는 이유 한 가지만이라도 대보시오."

랜덤은 키다리 존의 손에서 총을 낚아채고 다른 한 손으로 그를 번쩍 들어 올린 다음 그의 턱 아래로 총구를 들이밀었다. 키다리 존은 바닥으로부터 다리가 30센티미터는 족히 떠오르자 눈이 휘둥그레졌다. 다른 현지인들이 미처 반응하기도 전에 랜덤은 그를 내려놓고 총을 돌려주었다. 반란지도자는 반사적으로 총을 돌려받고 당황해 눈만 껌뻑였다. 현지인들은 서로의 얼굴을 불안하게 쳐다보았다. 단두대 메리가 웃고 있었다. 루비가 말했다.

"멋진 쇼였어요."

키다리 존은 다시 자세를 가다듬고 랜덤에게 짧게 고개를 끄덕였다. "노인치고는 나쁘지 않군요."

"겉만 보고 판단하면 안 되지." 스톰이 부드럽게 말했다.

"그 말에 책임져야 할 거예요." 단두대 메리가 말했다. "자, 이제 할 일들 다 마쳤으면 본격적으로 당신들을 어떻게 이용해먹을지 고민해봐야겠군요. 따라오세요. 내가 작전 담당자를 소개해드리지요. '누더기 톰'과 '유령 엘리스'에게 좋은 생각이 있을 거예요. 그들은 항상 그렇거든요."

"당신들은 이름이 참 재미있구려." 스톰이 말했다. "여기서는 성씨 같은 것은 사용하지 않는가보지요?"

"우리 조상들은 계약노동자들이었습니다." 키다리 존이 말했다. "말만 그렇지 사실상 노예나 다름없었지요. 그들은 번호로만 불렸습니다. 우리는 해방됐고, 그래서 우리 스스로 이름을 정했습니다. 성씨는 가족과 미래가 있는 사람들에게나 필요한 거지요. 우리는 하루하루 근근이 살아가고 있고 우리들밖에 의지할 데가 없습니다. 테크노스Ⅲ에는 성씨 같은 사치가 들어설 자리가 없어요."

공장에 딸린 아파트의 작은 체육관에서 스테파니의 버림받은 남편 마이클 울프가 평행봉을 하고 있었다. 컴퓨터의 추천에 따라 매일 규칙적으로 하는 운동이었다. 꿈틀거리는 그의 근육에는 땀방울이 송골송골 맺혔다. 그는 눈을 질끈 감고 잔뜩 인상을 쓰며 신음과 기합 소리를 번갈아 토해냈다. 원래는 골고다의 보디숍에서 근육을 키웠고 조금이라도 늘어지는 기미가 보이면 즉시 다시 찾아가서 손질하곤 했다. 하지만 문명과 동떨어진 이곳에서는 근육을 유지하기 위해서 좋건 싫건 힘든 방법에 의존하는 수밖에 없었다. 마이클은 운동이 괴로웠다. 너무 힘든 일이었다. 그가 힘든 일을 감수할 거였으면 애초에 귀족과 결혼할 필요도 없었다.

그는 평행봉에서 내려와 손등으로 이마의 땀을 훔쳤다. 결혼할 때는 그것이 괜찮은 선택이라고 생각했다. 하지만 지금은 차라리 회계사로 남을걸 하는 후회가 들었다. 숫자의 세계는 모든 것이 정확했다. 제대로 작업한다면, 숫자는 부정할 수 없는 하나의 총합을 산출해낸다. 논쟁도 없고 의견도 필요 없으며 다른 사람이 무슨 얘기를 하는지 신경 쓸 필요도 없다. 그렇지만 가문에서의 삶은 사뭇 달랐다. 질문에 대한 답변이 누구와 얘기하고 있는가에 따라 달라졌다. 그리고 잘못되기라도 하면 끝장이었다. 수정할 수도 없었다. 모든 사람들이 모든 사람들에 대해 음모를 꾸몄고, 만약 잘못된 편을 선택하게 되면 차라리 죽는 것이 편안하게 지는 방법이었다. 그리고 반드시 한쪽 편을 선택해야만 했다. 가문의 일원이 되는 것만으로도 수세기를 거슬러 올라가는 적의와 분쟁과 증오를 물려받게 되는 것이다. 마이클은 한숨을 쉬고는 윗몸일으키기 50회를 할까 말까 고민했다. 그리고 될 대로 되라고 체념했다. 복근이 좀 처지면 어떤가. 상관없다. 그는 다시 한숨을 쉬었다.

"무슨 일이에요, 자기?"

마이클은 놀라서 돌아보았다. 다니엘의 버림받은 아내 릴리 울프

가 입구에서 요염한 자태를 뽐내며 서 있었다. 그녀가 가장 좋아하는 자세였다. 한쪽 다리를 앞으로 내밀고 가슴은 한껏 부풀리며 머리를 살짝 뒤로 젖힌 자세. 그런 자세로 믿을 수 없이 잘 빠진 다리에서부터 도톰한 입술까지 2미터의 버드나무 가지 같은 몸매를 과시하는 것이다. 그녀는 또 다른 이교도 마녀 복장을 입고 있었다. 온통 나풀거리는 실크가 달린 어두운 색의 옷은 그녀를 늘씬하고 창백하고 흥미롭게 보이도록 꾸며주었다. 오늘은 긴 은색 가발이 아닌 밝은 빨간색 곱슬머리 가발을 썼는데 그다지 잘 어울리지는 않았다. 아마도 집시풍의 자유분방함을 연출하려 했던 것 같다. 상관없었다. 어쨌든 그녀는 아름답다. 그녀는 항상 아름다웠다. 마이클은 그녀를 보며 자기도 모르게 얼굴에 미소를 머금었다. 그는 그녀를 볼 때마다 항상 새롭게 충만해지는 사랑에 빠지는 자신을 발견했다. 그것이 수류탄을 가슴에 품는 것처럼 위험한 짓이라는 것을 잘 알고 있음에도 말이다. 누구나 인생에서 딱 한 번의 진정한 사랑을 만나게 된다. 삶에 빛을 던져주고 뼈를 녹여버리는 그런 사랑. 그녀가 바로 그런 사람이었다. 그는 수건을 집어 들어 얼굴을 닦았다.

"여기는 왜 왔어, 릴리?" 그는 이미 심장이 두근거리고 있었지만 아무렇지도 않은 듯 말했다. "당신은 이런 장소가 있다는 것조차 모를 줄 알았는데. 그리고 전에 말했잖아. 나를 자기라고 부르면 안 돼. 위험하단 말이야."

릴리는 어깨를 으쓱했다. "내가 관심 있는 운동은 딱 한 가지밖에 없어요. 다른 것은 소중한 힘을 낭비하는 거라고요. 그리고 나는 안전 따위는 신경 쓰지 않아요. 자, 이제 이쪽으로 와서 키스할래요, 아니면 제가 당신을 덮칠까요?"

마이클은 수건을 어깨에 걸치고 서두르지 않고 천천히 그녀에게로 다가갔다. 비록 그녀를 일단 안고 나면 모두 소용없는 일이지만, 일종의 자제력을 유지하는 모습을 보여주고 싶었다. 그는 그녀에게 키스하기 위해 고개를 젖혀야 했다. 그는 그녀보다 20센티미터 이상 작았지만 별로 문제될 것은 없었다. 그것은 그가 그만큼 그녀를 더 사랑해야 할 이유였다. 그리고 길고 섬세한 꽃처럼 그녀를 자신의 팔뚝에 꺾고 그녀의 향수가 머리를 가득 채워버리고 나면 세상에 그녀밖에 아무것도 보이지 않았다.

릴리는 항상 그들이 서로를 위해 만들어진 존재라고 말했다. 그의 거무스레한 얼굴이 그녀의 창백하고 높은 광대뼈를 마치 집시동전의 양면처럼 보완했다. 그들은 서로를 위해 태어난 영적 동반자였고 어떤 것도 그들을 갈라놓을 수 없었다. 그녀는 그런 얘기를 틈만 나면 했고, 그는 별로 귀담아듣지 않았다. 그녀가 옆에 있는 것만으로 충분했다. 그의 몸과 마음은 모두 그녀의 것이었다. 그리고 그녀를 위해 죽게 될 것이다. 언젠가 발각된다면.

그는 그녀를 놓지 않은 채 슬쩍 밀면서 말했다.

"이 건물은 다른 곳처럼 도청이 심하진 않겠지만 그렇다고 우리를 지켜보는 사람이 없을 것이라고 안심해서는 안 돼." 그가 말했다. "당신의 도청방지기는 제한적인 거야. 다니엘과 스테파니가 공장 설립에 정신이 없어서 우리가 자유를 누릴 수 있는 건 사실이지만 그래도 조심해야 해. 혹시라도 꼬리가 잡히는 날이면 그들이 우리를 처형해버릴지도 몰라. 최소한 가문에서 쫓아내겠지. 사랑해, 릴리. 그렇지만 다시 가난해지기는 싫어."

"당신은 걱정이 너무 많아서 탈이에요." 릴리가 눈을 내리깔고 조용히 웃으며 말했다.

"당신은 너무 태평해서 탈이고." 마이클이 그녀의 눈을 단호히 응시하며 말했다. "그들은 우리를 의심하고 있을지도 몰라. 아직 물증이 없어서 기다리고 있는 것일 수도 있지. 그러니까 조금 더 조심하자고, 릴리. 우리는 잃을 것이 너무 많아."

"당신이 그렇게 소심하게 굴면 따분해져요." 릴리가 말했다. 그녀는 어린아이처럼 입을 삐죽 내밀며 그의 품에서 몸을 뺐다. "당신은 좀 더 당신 내부에 있는 고대의 목소리에 귀를 기울여야 해요. 원시적인 감정의 어둡고 야성적인 박동에 말예요. 교양 있는 행동은 우리가 입고 있는 망토와 같은 거예요. 그러니까 필요하다면 언제든지 벗을 수 있죠. 하지만 이번 한 번만은 당신 말에 동의하죠. 저는 얘기를 하려고 왔어요."

마이클은 거대한 가슴 위로 팔짱을 끼었다. "말해요, 듣고 있으니까, 내 사랑."

릴리는 환하게 웃으며 그를 쳐다보다가 갑자기 표정을 바꿔 전혀 어린애 같지 않은 진지한 표정을 지었다. "다니엘과 스테파니는 이 공장의 성공에 사활을 걸었어요. 그런데 그들이 실패하면, 그러니까 이 공장에 무슨 일이라도 난다면, 그들은 우리한테 신경 쓸 시간이 더욱 없어질 거예요. 그러니까 우리는 그들의 실패에 사활을 걸어야 한다고 말할 수 있겠지요. 맞아요. 그러니까 얘기를 좀 더 진전시켜보자고요. 만약 그들이 여기서 죽는다면 당신과 나는 그들의 모든 것을 상속받게 될 거예요. 그리고 콘스탄스는 원래부터 가문에 전혀 관심이 없고, 밸런타인은 이상한 약들에 미쳐서 현실세상에 흥미를 잃어버릴 수도 있다는 것을 감안한다면…… 만약 우리가 잘만 수를 쓴다면, 우리는 모든 것을 가질 수도 있게 되는 거라고요."

"그전에 우리가 먼저 죽게 될 테지." 마이클이 말했다. "그들을 죽인다고? 당신 미쳤어? 꿈에라도 그런 생각 하지 마. 안 그래도 우리 입지는 아주 불안해. 공장에서 그럴듯한 사고를 가장할 수도 있겠지. 하지만 다니엘과 스테파니가 죽는다면 상황이 어떻게 됐건 간에 가장 먼저 체포될 사람은 바로 우리 두 사람이야. 우리가 얻을 게 너무 많다는 것이 그 이유지. 그리고 에스퍼를 속일 수는 없어."

"그렇다면…… 확실히 다른 사람이 죽이도록 하는 건 어떨까요?" 릴리는 차분히 말했다. "우리보다 그들을 더 미워할 만한 사람 말예요. 이를테면 반란자 같은 사람들."

"좋아." 마이클이 말했다. "뻔히 후회할 줄은 알지만 어디 한번 들어나 보지."

릴리는 그에게서 반쯤 몸을 틀고 먼 곳을 쳐다보았다. "당신은 내 마녀 능력을 믿지 않죠, 마이클. 하지만 우리가 여기 온 이후로 그 능력이 점점 커지고 있어요. 뭔가…… 보여요. 뭔가가 느껴진다고요. 폭풍에 실려 오는 뭔가가 있어요. 여기는 야성의 공간이에요. 야성적인 일들이 이곳에서 일어나고 있다고요. 그게 나를 불러요. 나는 강해졌어요. 집중력이 더 커졌고 더 과감해졌지요. 내가 할 수 있는 일을 보면 놀랄 거예요, 내 사랑."

마이클은 고개를 주억거리며 아무 말도 하지 않았다. 그는 릴리가 ESP를 지녔다고 짐작해왔다. 하지만 귀족사회에서 그런 말은 입 밖에 낼 수 없었다. 에스퍼는 사람이 아니다. 어쨌든 강요된 독수공방의 외로움과 이 행성의 길들여지지 않은 자연이 상호작용하며 그녀의 능력을 자극했을지도 몰랐다. 그녀가 요즘 감정이 극단으로 치닫고 더 성급해진 것만은 사실이었다.

"좋아." 그는 부드럽게 말했다. "그러니까 당신은 기상예보관으로서 위대한 미래를 앞두고 있어. 그게 어쨌다고? 우리한테 무슨 도움이 되는데?"

"이 행성의 야성은 날씨에 있는 게 아니라 사람들한테 있어요." 릴리가 말했다. "나는 그들이 저쪽에 있는 것을 느낄 수 있어요. 지하에. 그들은 아주 큰일을 꾸미고 있어요. 우리가 활용할 수 있는 큰일을요. 알겠어요? 나는 여기 친구들이 있어요. 훌륭한 친구들. 강력한 친구들."

그때 복도에서 다가오는 발소리가 들렸다. 그들은 대화를 멈추고 서로 떨어졌다. 잠시 뜸을 들이다가 토비 슈렉이 능글맞게 웃으며 문 안으로 들어섰고 카메라맨 플린도 쫄래쫄래 따라 들어왔다. 마이클과 릴리는 엄숙한 태도를 갖췄다.

"나가세요." 릴리가 외쳤다.

"방해해서 죄송합니다." 토비가 능청스럽게 말했다. "하지만 두 분을 잠시 인터뷰해야겠군요. 복잡하거나 어려운 일이 아닙니다. 당신 가문이 제게 위임한 준공식에 관한 다큐멘터리에 삽입할 인물소개를 위해 필요한 거지요. 잠시만 시간을 내주신다면……"

"나가라고요." 릴리가 다시 외쳤다.

"사실" 토비가 볼이 얼얼할 정도로 웃으며 말했다. "일단 시작하면 마음에 드실 겁니다. 여러분 얼굴이 제국의 모든 사람들이 지켜보는 홀로그램 방송에 나온다는 건 상상만 해도 즐거운 일 아닙니까? 스타드라이브 생산은 커다란 뉴스거리지요. 엄청난 시청률을 기록할 겁니다. 당신들 이름이 모든 사람들의 입에 오르내리는 거죠." 그는 희망적인 표정으로 릴리와 마이클을 쳐다보다가 한숨을 쉬며 어깨를 으쓱했다. "알았어요. 나갈게요. 플린, 가자. 저 귀족양반들이 덜 젠체할 때 다시 시도해보자고."

그는 릴리와 마이클에게 간단히 인사하고 떠났고, 플린은 인사도 없이 따라 나갔다. 그들 뒤로 문이 닫히자 마이클은 안도했다. 릴리는 얼굴을 찌푸렸다.

"시건방진 녀석 같으니라고. 감히 우리한테 그딴 식으로 말을 하다니. 그자가 무슨 질문을 하려고 했는지 뻔해요. 우리는 얼굴을 파는 짓 따위는 필요 없어요. 내 계획을 위해서는 더욱 그렇죠."

"자, 도대체 당신 계획이 정확히 뭔데?" 마이클이 초조하게 물었다. "그리고 당신 친구들이라는 게 누구야? 왜 전에는 말하지 않았지? 그들에게 우리에 대해 말했어?"

"할 필요가 없었어요." 릴리가 대답했다. "그들은 이미 알고 있어요. 그렇기 때문에 그들이 내게 온 거예요."

"젠장, 그들이 도대체 누구야?"

"초지로 가문이요. 나는 오래전부터 그들의 첩자였어요. 그들은 내 마녀 능력을 존중해주었고, 보수도 두둑이 줬어요. 그들은 이미 여기 많은 첩자를 심어두고 있어요. 하지만 이제 나를 통해서 예전에는 접근할 수조차 없었던 곳에 작업을 할 수 있게 됐지요. 그들은 자기들이 원하는 것을 갖게 되는 한 우리가 우리 것을 취하는 데 상관하지 않아요. 그리고 그들은 반란군에게조차 자기들 사람을 침투시켜놓았어요. 이렇게 좋은 기회가 또 어디 있겠어요, 안 그래요?"

"잘 모르겠어." 마이클이 말했다. "초지로 가문과 공모한다는 건 상어낚시를 하면서 당신 자신을 미끼로 사용하는 것과 같아. 생각해볼 시간이 좀 필요하겠어."

"그럼 빨리 생각하세요. 누군가 금방 우리한테 얘기하러 올 테니까요. 우리 계획은 언제 시작될지 몰라요. 퍼즐의 마지막 조각이 금방 도착했어요."

"그렇게 암시적인 말을 할 때가 제일 싫어. 내 생각에는 우리가 지금 이중첩자에 대해 말하고 있는 것 같은데. 그가 왜 그렇게 중요한 거지?"

"그는 예수회의용단이오."그때 그들 뒤에서 침착한 목소리가 불쑥 끼어들었다. "그 말의 의미는 그가 공단의 모든 경비시스템에 접근할 수 있다는 것이오."

마이클은 누군가가 허락도 없이 대화에 끼어들었다는 것에 화가 나서 주먹을 쥐고 뒤돌아섰다가 앞에 있는 사람이 누군지 깨닫고 황급히 주먹을 풀었다. 예수회는 전사예수교회에서 무력을 담당하는 자들로 수색관과 검투사를 제외하고는 적수가 없다고 소문난 자들이었다. 눈앞에 있는 예수회 단원은 자줏빛과 백색의 갑옷을 입고 냉소적인 미소를 띠고 있었다. 큰 키에 검은 피부를 지녔지만 눈에 잘 띄는 사람은 아니었다. 그렇게 강해 보이지도 않았다. 하지만 마이클은 그것을 확인해볼 의도가 전혀 없었다. 그를 자극하는 것조차 꺼렸다. 마이클의 근육은 과시용일 뿐이다.

"이렇게 찾아와주셔서 기뻐요."릴리가 예수회 단원을 보며 우아하게 말했다. "모든 게 계획대로 흘러가는 증거라고 생각해도 되겠죠?"

"아직까지는." 예수회 단원이 말했다. "나는 브랜든 신부요, 마이클. 나를 완전히 신뢰해도 좋소. 예를 들자면 이 방에서는 현재 경비시스템이 무한반복으로 조작되었기 때문에 누군가 엿들을 것을 염려

하지 않고도 우리가 원하는 대로 얘기할 수 있소. 자, 당신들에게 질문이 있을 것 같소만. 뭐든 물어보시오."

"좋습니다." 마이클이 말했다. "우리가 왜 교회 사람을 믿어야 하는지부터 얘기해봅시다. 제가 알기로는 교회는 여전히 간통죄에 대한 사형제 부활을 주장하고 있습니다. 이게 모두 카사의 음모라는 생각이 드는군요. 우리를 울프 가를 무너뜨리는 데 요긴한 무기로 활용하고 싶어 하겠지요."

"주교는 이 일에 대해 아무것도 모르고 있소." 브랜든이 말했다. "만약 그가 알았다면 지금 우리는 모두 죽었겠지. 내가 왜 초지로 가문을 위해 일하는가에 대해서 말하자면 아주 간단하오. 나는 실베스트리 가문 출신이오."

"초지로와 실베스트리가 무슨 상관이 있단 말입니까?"

예수회 단원이 미소를 지었다. "블루블록."

마이클은 턱이 내려앉았다가 딱 소리를 내며 닫히는 것을 느꼈다. 블루블록. 극도의 비밀이 유지되는 수수께끼 같은 단체. 각 가문의 자제들이 어렸을 때부터 차출되어 목숨을 바쳐 가문에 충성하도록 훈련되고 정신개조를 받는 귀족사회 최후의 보루. 가문들의 비밀병기.

"하지만……" 마이클은 말문이 막혔다. "왜 블루블록이 울프 가를 방해하는 겁니까?"

브랜든은 미소를 지었다. "전체적으로는 울프 가문, 그리고 특별하게는 밸런타인이 너무 강력해졌기 때문이오. 그는 균형을 무너뜨리고 있소. 우리는 밸런타인이 물러나고 스타드라이브 생산의 이익을 공유할 의향이 있는 사람이 그 자리를 맡는 것이 모두를 위해 좋다고 판단했소."

"여기가 바로 우리가 발을 들이밀 자리예요." 릴리가 말했다. "밸런타인의 보호와 지지가 없으면 다니엘과 스테파니도 쉽게 쓰러질 거예요. 콘스탄스는 별 저항 없이 물러날 테고. 그러면 우리가 가문을 인수하는 거지요. 초지로 가문이 우리를 돕는 이유는 나중에 우리가 그들에게 더 관대하게 대해주기를 기대하기 때문이죠."

"정확하오." 브랜든이 말했다. "당신들은 그렇게 크게 할 일도 없소. 우리가 폭발물을 제공하고 가장 타격이 큰 지점을 지정해줄 거요. 당신들이 할 일은 그것을 그 자리에 가져다놓기만 하면 되는 거지. 폭탄은 그다지 위력적이지 않을 거요. 생산을 마비시켜서 울프 가문을 망신 주는 정도에 그칠 거요."

"그러니까 아무도 죽지 않는다는 말이군요?" 마이클이 재빨리 물었다.

"불가피한 경우를 제외하고는." 브랜든이 대답했다. "우리도 피는 원치 않소. 이건…… 확실하오. 나를 믿으시오, 마이클. 가급적 안전한 수단을 도모할 거요."

마이클은 긴가민가 고개를 끄덕였다. "좋아요. 언제 터뜨리는 겁니까?"

"준공식 때." 예수회 단원이 대답했다. "제국에 생중계될 때 말이오. 방송을 폭력물로 만드는 거지."

"알겠어요, 자기?" 릴리가 마이클에게 팔짱을 끼며 말했다. "아까 그 두꺼비 같은 기자도 우리를 돕는 꼴이 되는 거예요. 모든 게 치밀하게 계획돼 있죠. 잘못될 일은 없어요."

토비 슈렉은 손목시계를 보며 복도를 빠르게 걸었다. 지금 공장 아파트는 규정상 잠잘 시간이었고 오늘 하루에 한 일을 생각하면 일주일은 잠잘 수 있을 것 같았다. 그는 릴리와 마이클 울프와 별로 성공적이지 못한 대화를 나눈 후, 몇 시간 동안 이리 뛰고 저리 뛰며 인터뷰 계획을 잡고 공장 촬영을 했다.

사람들은 협박하지 않으면 협조하려 들지 않았다. 그리고 이 공장을 멋지게 보이도록 하는 것은 그처럼 노련한 홍보담당 출신에게도 쉬운 일이 아니었다. 그는 공장이 아니라 말쑥한 도살장을 본 느낌이었다. 하지만 지금 문제되는 것은 그런 것이 아니었다. 그는 지금 평생에 한 번 올까 말까 한 인터뷰 기회를 눈앞에 두고 있었다. 그리고 지금이 모든 문명화된 사람들이 고개를 처박고 꿈나라를 헤매야 하는 시간이라고 하더라도, 이 기회를 놓친다면 두고두고 땅을 치고 후회할 것이다. 다른 모든 사람이야 인터뷰를 거절해도 좋다. 이 한 번의 인터뷰로 그는 단박에 유명해질 것이다.

그는 더욱 걸음을 재촉했다. 하지만 이미 숨이 턱에 차 있었다. 그는 너무 뚱뚱했다. 홍보 행사들을 개최하면서 좋은 음식들을 너무 많이 먹어서였다. 그의 몸뚱이는 속도보다는 휴식에 적합했다. 그래도 문제없다. 인터뷰에서 그를 쳐다보는 사람은 없을 것이다. 그는 헉헉대며 서둘렀다. 플린의 숙소는 아파트 반대편에 있었다. 사실 그건 좀 불공평했다. 토비는 훨씬 좋은 숙소를 사용하고 있었다. 그는 어쨌든 귀족이지만 플린은 그렇지 않았기 때문이다. 토비는 쓴웃음을 지었다. 그가 언제부터 공평을 추구했던가? 그는 마침내 플린의 방 앞에 도착해 숨을 돌리고 방문을 주먹으로 두드렸다.

"꺼져버려요." 플린의 목소리가 들렸다. "나는 지금 휴식중입니다. 공장 직원이라면 지옥에나 가보세요. 토비 트루바두르라면 지옥에

특급열차를 타고 가세요. 올프라면 이건 자동응답입니다. 저한테 반한 사람이라면 내 컴퓨터 파일에 이름과 주소를 남겨놓으세요. 전신사진도 첨부해서요. 옷 입는 것은 선택사항입니다."

"문 열어, 제기랄." 토비가 말했다. "누가 우리 인터뷰에 응했는지 알기나 해?"

"그 사람에게 아스피린 두 알 먹으라고 하세요. 제가 내일 아침에 만나보겠다고 전하고요. 저는 퇴근했습니다. 내가 원하지 않으면 아무와도 만날 의무가 없다고요. 그게 마음에 들지 않으면 노조에 말해보세요."

"플린! 그분은 자비수녀단의 베아트리체 수녀원장이야!"

잠시 침묵이 흐르고 문의 자물쇠가 풀리는 소리가 들렸다. "좋아요, 들어오세요. 하지만 말에 책임져야 해요."

토비는 아주 불쾌하고 원초적인 것에 관한 말을 씹어뱉은 후 방문을 박차고 뛰어들었다. 그러고는 대여섯 걸음쯤 들어가다가 우뚝 멈춰 섰다. 뒤에서 문이 닫히고 걸쇠가 걸리는 소리가 들렸지만 알아채지 못했다. 누군가 그의 팬티에 수류탄을 집어넣어도 알아채지 못했을 것이다. 카메라맨의 방은 보잘것없었다. 좁은 공간이 실용성 위주로 꾸며져 있었는데 여성적인 손길이 방 안을 화사하게 만들어주고 있었다. 그리고 방 안에서 가장 여성적인 존재는 플린이었다. 그는 한손에는 마르가리타가 담긴 냉동 술잔을, 다른 한 손에는 퇴폐주의 프랑스어 시집을 들고 칵테일드레스를 입은 채 침대에 기대앉아 있었다. 또한 황금색의 긴 곱슬머리 가발을 쓰고 진한 색조화장을 했다. 장화와 헐렁한 바지가 있던 자리를 망사스타킹과 하이힐이 대신했고 손톱은 충격적인 분홍색으로 칠해져 있었다. 전체적으로 플린은 아주 예쁘고 편안해 보였다. 토비는 눈을 감고 천천히 고개를 흔들었다.

"플린, 이러지 않기로 약속했잖아. 우리는 지금 교양 있는 회사에 와 있는 게 아니야. 사람들은 이해해주지 않을 거야. 그리고 전사예수교회 대표들은 절대로 이해하지 않을 거야. 그들은 적발하는 즉시 너를 변태와 성도착 혐의로 처형해버릴 거야. 그리고 너를 안다는 이유 하나만으로 나도 같이 쏴버릴지 모르지. 이제 그것들 벗어버리고, 우리가 교수형당하지 않을 만한 것으로 좀 갈아입어. 베아트리체 수녀를 기다리게 할 수는 없어."

"빨리빨리! 지겨워 죽겠어." 플린이 말했다. 그는 마르가리타를 쏟아버리고 시집에 책갈피를 끼운 다음 책과 잔을 조심스럽게 한쪽으로 놓고 우아한 자태로 일어섰다. "좋아요, 제가 좀 덜 편한 복장으로 갈아입는 동안 밖에서 기다리세요. 그리고 명심해요. 베아트리체 수녀만 아니었어도 절대로 이 시간에 일하러 가지는 않았을 것이라는 걸요. 그분은 성자예요."

토비는 밖으로 나와서 문을 닫으려다가 살짝 열어두었다. 그래야 계속 대화할 수 있고 누가 오면 알려줄 수도 있기 때문이다. 그는 다시 고개를 절레절레 흔들었다. 두통이 몰려오는 것 같았다. "그 많은 카메라맨 중에서 하필이면 너 같은 녀석이 걸렸을까?"

"왜냐하면 당신이 훌륭한 카메라맨을 원했고, 다른 사람들은 당신과 일하지 않으려 했을 테니까요." 안에서 플린이 대답했다. "사실 당신은 삼촌 그레고르에게서 도망치기 위해 기자면허를 딴 거 아니에요? 그런데 공교롭게도 저도 급히 떠나야 할 이유가 생겼었죠. 저의 최근 남자친구가 가문의 고위인사였고 그 사람도 자기 방에서 몰래 예쁘게 꾸며 입는 것을 좋아했지요. 훌륭한 남자였어요. 요들송을 아주 좋아했지요. 내가 아는 사람 중에서 노래를 부르며 밤일을 할 수 있는 유일한 사람이었어요. 정말로 그 중후한 떨림하며, 모음*을 굴리는 솜씨라니…… 어쨌든 우리는 싸우고 헤어졌어요. 그런데 그 사람이 내가 누군가의 돈을 받으면 비밀을 누설할지도 모른다고 걱정하게 된 거지요. 그는 그걸 감당할 수 없었나봐요. 그의 성향이 알려지면 가문에서 아무도 그를 대접해주지 않을 거라고 생각했던 거죠. 귀족들에게 타락은 용인될 수 있지만, 웃음거리가 되는 것은 그렇지 않은가보죠?

어쨌건 그의 생각이 그런 식으로 돌아가기 시작하니 제가 어쩌겠어요. 잠시 그곳을 떠나 그가 진정할 때까지 조용히 처박혀 있는 것이 좋겠다고 생각했어요. 그렇지 않았다면 제가 당신 토비 슈렉과 같이 일할 이유는 없었을 거예요. 당신에 대한 평판이 별로라는 건 인정하지요? 뒤늦게 언론에서 입신양명을 꿈꾸는 퇴물 홍보담당관. 사적인 감정이 있는 것은 아니에요. 이해하세요. 그냥 제 생각이지만, 당신은 여기서 그런대로 잘 해내고 있어요. 저는 더 심한 사람과도 일해봤는걸요."

토비는 인상을 구겼지만 아무 말도 하지 않았다. 플린의 말이 틀리지 않았다. 그는 인생의 대부분을 그레고르 슈렉의 공보관으로 보내면서 동료들에게 경멸당하고 가문 내에서도 인정받지 못했다. 공보관이라는 직책이 얼마나 어려운 일인지 아무도 모른다. 그는 항상 진정한 언론인이 되기를 꿈꿔왔다. 상류층의 패악과 부패를 감추기보다는 파헤치고 진실을 밝히는 일을 하고 싶었다. 하지만 가문과 그

---

* vowel, 창자를 뜻하는 bowel과 발음이 흡사하다.

안에서의 보장된 삶을 뒤로하기에는 용기가 없었다. 아이러니하게도 가문에서 쫓겨나는 것이 그의 야망을 다시 일깨워주는 계기가 되었고, 이제 그는 여기 테크노스Ⅲ에서 자신이 할 수 있는 최고의 일을 해낼 작정이다. 이것은 그레고르 슈렉의 그늘에서 벗어나 그가 스스로 일을 할 수 있는 기회다. 마침내 스스로 자존감을 회복할 기회를 잡은 것이다. 베아트리체 수녀는 인터뷰를 하지 않는 것으로 유명하다. 그리고 한 기자가 그녀의 친구를 협박해 기사거리를 얻으려고 했을 때, 베아트리체 수녀가 고기 다지는 망치로 그 기자의 무릎뼈를 박살내버린 일 이후로는 언론사에서도 그녀를 더 이상 귀찮게 하지 않았다. 그녀는 아마도 테크노스Ⅲ에서 후환을 두려워하지 않고 그에게 진실을 알려줄 수 있는 유일한 사람일 것이다. 토비는 문설주를 발로 세게 후려 찼다.

"플린! 아직 준비 안 됐어?"

플린이 평범한 카메라맨으로 변신해 밖으로 나왔다. 카메라는 졸린 올빼미처럼 그의 어깨 위에 앉아 있었다. 그는 토비 앞에서 한 바퀴 돌며 헐렁한 바지와 군용재킷을 선보였다. "자, 합격인가요?"

"아직 립스틱 안 지웠잖아." 토비가 싸늘하게 말했다.

플린은 손수건을 꺼내 입을 닦고 토비에게 미소 지었다. "좀 나아요?"

"조금. 빨리 가자. 베아트리체 수녀의 마음이 바뀌기 전에."

그들은 무슨 소리가 들렸다고 느껴질 때마다 멈춰 서며 좁은 복도를 조심스럽게 걸었다. 아무도 돌아다니는 사람이 없었다. 모두들 잠들었다. 전자감시장비를 무한정 신뢰하며 모두 휴식에 빠져든 것이다. 사실 반란군이 아무리 기승을 부려도 여기까지 쳐들어온 적은 없었으며 공장 사람들도 이 시간에 경보를 울릴 위험을 무릅쓰고 돌아다닐 자는 없었다. 토비는 공장을 선전해줄 사람이었기 때문에 거의 전 지역을 돌아다닐 통행카드를 받았고, 사려 깊고 풍족하기까지 한 뇌물은 그의 밤 산책을 더욱 안전한 것으로 만들어주었다.

그는 플린을 이끌고 외부구역으로 통하는 가장 가까운 출구로 향한 다음 문가에 걸어놓은 두꺼운 모피를 입었다. 적당한 보호장비 없이는 테크노스Ⅲ의 겨울에 잠시의 외출만으로도 생명이 위험해질 수 있었다. 토비와 플린은 겨우 움직일 수 있을 정도로 모피를 겹겹이 껴입고 뒤뚱거리며 출구로 걸어갔다. 토비는 문 옆의 창문으로 바깥을 내다보고 얼굴을 찡그렸다. 바깥은 강풍 속에 휘몰아치는 눈 때문에 한 치 앞을 분간하기 어려웠다. 그는 온도계를 보지 않았다. 알고 싶지 않아서였다. 그는 모자를 눈에까지 눌러쓰고 머플러로 입과 코를 감싼 다음 잠시 조용히 욕설을 내뱉다가 두꺼운 문을 열어젖혔다. 문은 안쪽으로 열렸고 바람에 쓸려온 눈이 문에 기대어 수북이 쌓여 있었다. 토비와 플린은 눈을 발로 걷어차며 겨울밤 속으로 걸어 나갔다. 뒤에서 문이 소리를 내며 닫혔다.

차가운 바람이 망치처럼 그들을 때렸고, 잠시 토비와 플린은 넘어지지 않으려고 서로 기대는 것밖에 할 수 있는 것이 없었다. 그들은 폐가 얼어붙는 것 같았으며 노출된 눈에서는 눈물이 흘러내렸다. 눈은 족히 30센티미터는 쌓여 있었다. 자동제설기가 부지런히 돌아다니며 공장의 눈을 치우고 있었지만 눈은 그보다 더 빨리 내려서 쌓였다. 바람이 너무 세게 불어서 몸을 날려버릴 정도였기 때문에 균형을 잡기 위해서는 바람을 안고 몸을 앞으로 잔뜩 수그려야 했다. 머플러를 몇 겹으로 둘렀음에도 불구하고 이가 시릴 지경이었다. 마음 한구석에서 이런 악몽 같은 날씨와 맞서기보다는 차라리 돌아가고 싶은 유혹이 치솟았지만 토비는 애써 억눌렀다. 그는 이제 기자였고 특종을 잡은 마당에 추위 따위에 굴복할 수는 없었다.

그는 짙어만 가는 눈발 속에서 주변을 둘러보았다. 공장 외등 밖으로는 어둠과 몰아치는 폭설뿐이었다. 별들과 두 개의 작은 달이 보여야 했지만 눈 속에 모두 파묻혀버렸다. 그러나 저 멀리 어둠 속에서 창문도 없는 기다랗고 낮은 건물에서 작은 불빛 조각이 도전적으로 비치고 있었다. 토비는 플린의 팔을 치며 그 불빛을 가리켰고, 그들은 그곳을 향해 눈을 헤치며 걸어 나갔다. 플린의 카메라는 바람을 피해 그의 어깨 뒤에 떠서 따라왔다.

낮은 건물은 사실 금속성 천을 둘러친 아주 긴 텐트였다. 그 위에는 자비수녀단을 표시하는 낯익은 붉은 초승달이 그려져 있었다. 자비수녀단의 병원은 제국 곳곳의 전쟁터마다 있는, 피아를 가리지 않고 이용할 수 있는 곳이었다. 수녀들은 누구의 편도 아니었다. 공단에도 병동은 있었지만 장교 전용이었다. 보병, 경비대원, 용병들은 자비수녀단에 의지해야 했다. 장교들은 그렇게 함으로써 부하들이 다치지 않으려고 노력할 것이라 믿었다. 병원은 커다란 텐트였다. 토비가 눈을 헤치며 그쪽으로 다가갈수록 그 크기를 실감할 수 있었다. 토비는 얼마 걷지도 않았는데 눈을 헤치고 바람에 맞서느라고 벌써 허벅지가 쑤셔왔다. 땀이 흘러 눈에 스미고 눈썹에서 얼어붙었다. 토비는 벌써 욕설을 멈춘 지 한참 됐다. 숨이 찼던 것이다.

마침내 텐트의 한쪽 끝에 도달한 토비는 초인종이 달린 매우 단단해 보이는 철문 앞에 섰다. 그는 초인종을 주먹으로 쳤다. 손가락에 감각이 없었기 때문이다. 철문의 스크린이 켜지면서 베일을 쓴 수녀의 얼굴이 나타났다. 그녀는 별로 반가워하는 기색이 아니었다. 토비는 모피 안쪽으로 손을 집어넣어 기자증을 꺼낸 후 스크린 앞에 들이밀었다. 수녀는 혀를 찼고 스크린은 꺼졌다. 토비와 플린은 불안한 듯 서로를 쳐다보았다. 벌써 땀이 식어서 몸이 심하게 떨리기 시작했다. 그리고 안쪽으로 문이 열리더니 빛과 온기가 밤공기 속으로 쏟아져 나왔다. 토비와 플린은 서둘러 아늑한 불빛 속으로 뛰어들었고 그들 뒤로 문이 닫혔다.

토비는 머플러와 모자를 벗었다. 새로운 불빛과 온기에 적응하면서 그의 눈에는 물기가 어렸다. 그들은 서로 눈을 털어주었고, 토비는 돌아서서 그들을 들여보내준 수녀에게 천진한 미소를 지어 보였다. 자비의 수녀에게는 항상 정중한 것이 좋다. 그들은 훌륭한 기억력을 지녔고, 언제 그들에게 몸을 의탁하게 될지 모른다. 이 수녀는 이십대 후반으로 보였으나 눈과 입가에 벌써 주름이 잡히기 시작했다. 매일 환자들의 고통과 죽음을 현장에서 끝도 없이 지켜보다보면 그렇게 될 것이다. 수녀는 야전용의 장식 없는 하얀 제복과 윔플을 착용하고 있었는데 군데군데 피 얼룩이 눈에 띄었다. 그녀는 탱크라도 막을 만큼 기골이 장대했고, 눈은 부리부리해서 기자만 아니라면 누구라도 겁을 줄 수 있을 것 같았다. 플린은 슬며시 토비 뒤에 섰고, 토비는 다시 천진한 미소를 지어 보였다.

"안녕하세요. 베아트리체 수녀원장님을 만나뵈러 왔습니다. 저는 토비 슈렉이고 이쪽은 카메라맨입니다. 미리 시간약속은 했습니다."

수녀는 한 걸음 앞으로 다가와 그의 모피를 제치고 민첩한 손놀림으로 몸수색을 했다. 플린에게도 똑같이 했다. 토비는 카메라맨이 킬킬대지 않기만을 빌었다. 그들이 무기를 휴대하지 않은 것을 확인하자 수녀는 뒤로 물러나 두 사람을 엄한 눈으로 쳐다보았다. "원장님이 두 분을 들여보내라고 했습니다. 하지만 절대로 그분을 지치게 해서는 안 됩니다. 지금은 휴식시간입니다. 그분은 신이 할애하신 모든 시간을 일하며 보내는데 또 당신들 같은 사람들을 위해 억지로 시간을 내신 겁니다. 그분을 힘들게 하지 마십시오. 이해하시겠습니까?"

"물론입니다, 수녀님." 토비가 말했다. "금방 뵙고 돌아갈 겁니다."

수녀는 못 믿겠다는 듯 혀를 차며 돌아서 앞서 갔다. 그들은 텐트의 대부분을 차지하고 있는 긴 병동의 한중간에 난 좁다란 복도를 따라 걸었다. 토비와 플린은 수녀와 적당한 거리를 유지하며 뒤따랐다. 복도의 양편에는 병상들이 다닥다닥 붙어 있었고 면회자를 위한 의자 같은 사치품은 없었다. 병상은 도회지에서 보는, 센서와 진단장치가 내장된 그런 표준적인 것과는 거리가 멀었다. 간이침대와 낡은 담요가 전부였으며 베개도 없는 곳이 많았다. 코를 찌르는 소독약 냄새 속에서도 피 냄새와 그밖에 역겨운 냄새들이 느껴졌다. 환자들은 대부분 조용했다. 약에 취해 있는 것이라고 토비는 생각했다. 하지만 몇몇은 신음소리를 토해냈고, 간이침대 위에서 쉴 새 없이 몸을 뒤척이는 이도 있었다. 다리가 없는 사람 하나가 조용히 흐느끼고 있었다. 플린은 모든 것을 카메라에 담았다. 많은 환자들이 팔다리를 잃거나 얼굴이 없었다. 토비는 역겨웠다. 야만적인 사회가 아니고서는 좀처럼 이런 상처들을 볼 수 없었다. 그는 고개를 돌렸다. 하지만 이런 것을 취재하려고 여기 온 것이다. 이 모든 것을.

"울프 가가 이보다 좀 더 좋은 장비를 제공해야 하는 것 아닙니까?" 마침내 그가 물었다. 환자들을 자극하지 않기 위해 목소리에서 분노를 숨겼다.

수녀는 돌아보거나 걸음을 늦추지도 않은 채 코웃음만 쳤다. "우리는 자력으로 꾸려나가고 있습니다. 공식적으로 울프 가는 이 전쟁을 사소한 것이라고 말하며 이기고 있다고 주장합니다. 그러니까 테크노스Ⅲ에 커다란 병원시설을 짓거나 의료용품을 공급할 필요는 없는 것으로 보여야겠지요. 그렇지 않으면 사상자의 규모나 전쟁의 치열성에 대한 소문이 퍼져버릴 테니까요. 그래서 그들은 자기들이 보고하는 경미한 부상에 필요한 정도로만 의료품을 공급합니다. 울프 가는 이곳에 아무 문제도 없고 그들이 모든 상황을 통제하고 있는 것처럼 보여야 합니다. 개자식들 같으니라고. 내 마음대로 할 수만 있다면 몽땅 물속에 처박아 죽여버리고 싶습니다. 이 말은 원하면 기사에 넣어도 좋습니다."

"저는 모든 사람들의 의견을 존중합니다." 토비가 말했다. "여기서 무슨 일이 일어나고 있는지 그 진실을 사람들에게 알리고 싶습니다."

"만약 그렇다면 그런 사람은 당신이 처음일 겁니다. 그렇다고 별로 달라질 것도 없겠지만요. 당신이 방송에 내보내기 전에 울프 가가 검열해 원하지 않는 것은 모두 빼버릴 테니까요."

토비는 아무 말도 하지 않았다. 당연히 검열을 받을 것이다. 그가 하는 일에서 어쩔 수 없는 부분이다. 어떻게 검열을 몰래 통과할 수 있느냐는 그의 능력에 달린 문제다. 복도 중간쯤에 작은 구역이 높은 스크린으로 가려져 있었다. 토비는 처음에 화장실이라고 생각했다. 그런데 수녀가 예의와 존경심을 갖추고 그 스크린을 두드리는 것을 보고 깜짝 놀랐다.

"기자가 왔습니다." 수녀가 기어들어가는 목소리로 말했다. "아직도 그들을 만나보고 싶으세요? 아니면 내쫓아버릴까요?" 안에서 중얼거리는 듯한 소리가 들렸고 수녀는 얼굴을 찌푸리며 돌아서서 토비와 플린을 쳐다보았다. "30분 만입니다. 1초도 더 안 됩니다. 그리고 저분을 성가시게 하면 내가 당신들 불알을 뭉개버릴 겁니다."

그녀가 스크린을 걷어 길을 내주자 토비와 플린은 그녀에게 조심스럽게 머리를 조아리고 으르렁거리는 경비견을 지나듯 재빨리 안으로 들어갔다. 스크린으로 구획된 공간에는 단출하게 간이침대와 세면대, 작은 책상 하나만 놓여 있었다. 베아트리체 수녀원장은 책상 앞에 앉아 있었다. 팔꿈치가 닳고 소매가 해진 긴 실크 실내복을 입고 있었다. 창백하고 수척해 보였으나 눈빛만큼은 따뜻했고 인자한 웃음을 띠고 있었다. 그녀 뒤로 검은 제복과 풀 먹인 윔플이 걸려 있어서 마치 또 한 사람이 그곳에 서 있는 느낌이었다. 베아트리체 수녀원장은 일어서지 않은 채 손을 내밀었다. 그녀의 악수는 짧았지만 힘찼다. 그녀는 플린을 보았고, 플린은 허리 숙여 그녀 손에 입 맞추었다. 수녀원장은 환한 미소를 지었다.

"만약 내가 30분 전에 그 손으로 뭘 했는지 당신이 안다면 당장 뛰쳐나가 황산으로 입을 가시고 싶어질 거예요." 그녀는 다시 토비를 쳐다보았다. "두 사람을 만나게 돼서 기쁩니다. 당신들이 정말 올 줄은 몰랐어요. 제가 연락드린 모든 분들이 공연한 말썽을 일으키기 싫어했거든요."

"저도 아직 어떨지 잘 모르겠습니다." 토비가 말했다. "수녀님이 저에게 어떤 얘기를 해주느냐에 달렸겠지요. 카메라맨이 대화를 기록해도 되겠습니까?"

"물론이죠. 두 분을 같이 오시라고 한 게 그 때문인데요. 침대에 걸

터앉으세요. 남는 의자가 없어요. 그렇게 서 계시니 너무 비좁군요."

그녀는 의자에 등을 기댔고, 토비는 조심스럽게 간이침대에 엉덩이를 붙였다. 그는 침대가 몸무게를 지탱해줄지 불안했다. 침대는 딱딱하고 불편했다. 플린은 서서 왔다 갔다 하며 카메라 각도를 잡는 데 열중했다. 토비는 그를 그대로 놔두었다. 기술적인 문제는 플린의 영역이다. 기자로서 토비의 영역은 인터뷰에서 진실을 짜내는 것이다. 베아트리체 수녀원장은 거침없이 말하는 성격으로 유명하다. 하지만 그것은 피와 죽음의 전선에서 멀리 떨어진 궁정에서의 이야기다. 야전병원의 경험으로 그녀는 많이 변했을 것이다. 하지만 그 모든 것들도 전해들은 이야기일 뿐이다.

그리고 토비는 성직자라고 해서 꼭 신뢰할 필요는 없다고 생각했다. 그는 단순명료한 것부터 시작하기로 했다.

"여기는 상당히 붐비는 것 같습니다, 베아트리체 수녀님. 이곳이 한 번에 이렇게 많은 사람을 수용할 용도로 지어진 것은 아니겠지요?"

"절대 아니지요. 이곳은 원래 현재 환자의 3분의 1을 적정 수용인원으로 지어진 겁니다. 문명사회에서 문명인이라는 사람들이 결정한 거지요. 그리고 저를 베아라고 부르세요. 저는 지금 근무시간이 아닙니다. 지금 이곳이 이렇게 꽉 찬 것은 최근 울프 가가 몇 차례 공격을 시도한 이후부터예요. 전선은 지도상에서 밀고 당기기를 반복하지만 결국 다른 사람의 피로 또 새로 그려지고 있을 뿐이지요. 우리 환자들 중 일부는 물론 반란군입니다. 자비수녀단은 양측을 차별 없이 대합니다. 어떤 압력이 있다고 하더라도 말예요."

토비는 눈썹을 치켜 올렸다. "울프 가가 수녀님이 반란군도 치료하고 있다는 것을 알고 있습니까?"

"그들에게 말한 적은 없어요. 제가 처음에 그 문제를 제기했을 때 그들의 반응을 본 후로는요. 저는 계속 그들에게 상황을 알리려고 했지만 별로 성공하지 못했어요. 그들은 전혀 상관하지 않는 것 같아요. 그들은 최소한의 물품만 제공해주고, 그것도 자기 편 사람들만을 위한 거예요. 우리는 문명세계로부터 멀리 떨어져 있고 운송비는 상상을 초월해요. 저는 할 수 있는 한 최선을 다하고 있어요. 하지만 대부분 사람들에게 붕대를 감아주고 내보내는 거지요. 같은 얼굴을 두어 번 보는 경우도 많아요. 매번 다른 곳에서 피를 흘리며 오지요. 하지만 세 번 이상 보는 경우는 드물어요. 많은 사람들이 수술의 충격을 이기지 못해요. 다른 사람들은…… 그냥 포기해버리죠. 무자비한 전쟁이고 비참한 세상이에요. 경상인 경우는 별로 없어요. 보급품도 턱없이 부족해요. 혈장, 마취제, 필수 약품 등. 수녀단에서 물품을 보내주기는 하지만 아시다시피 제국에 전쟁터는 많고 수녀단의 자원은 한정되어 있지요. 어떤 날은 여기가 정말 병원인지 의심스러울 때가 있어요. 도살장에 가까운 모습이거든요."

"여기서 무장투쟁이 얼마나 계속되고 있는 겁니까, 베아?" 토비가 물었다. 그는 마치 두 사람이 조용히 사적인 대화를 나누는 것처럼 목소리를 낮고 차분하게 유지했다.

"여러 세대에 걸쳐서입니다." 베아가 대답했다. "사람들은 여기서 태어나서 살다가 죽기까지 전쟁 이외에는 아는 것이 없어요. 그리고 울프 가가 공장을 인수한 후로는 더욱 치열해졌지요. 다가오는 준공식이 양측 모두를 더욱 필사적으로 만든 거예요. 그렇기 때문에 여기서 무슨 일이 벌어지고 있는지 더 널리 알려지게 됐고, 자비수녀단이 저희를 파견한 겁니다. 만약 이곳의 진상을 더 잘 알게 된다면 더 많은 지원의 손길을 보낼 거예요. 그들은 분명히 그렇게 할 겁니다. 하지만 울프 가가 외부와의 모든 연락을 통제하고 있어요."

"지금 말하고 있는 전쟁은 어떻게 진행되고 있습니까, 베아?" 토비가 물었다.

"아주 기본적인 겁니다. 이곳의 싸움은 진지전이에요. 수십 년 동안 같은 양상으로 전개되고 있지요. 양측 모두 터널을 팝니다. 이 행성의 남은 생물들도 지하에서 살고 있지요. 지상에서의 싸움은 날씨 때문에 쉽지 않아요. 날씨가 예측 불가능하게 변하기 때문에 포격도 불가능해요. 공습도 마찬가지고요. 바람이 불기 시작하면 공기 중에 먼지와 쇠 부스러기들이 가득하기 때문에 에너지빔도 소용이 없어요. 그래서 대부분의 싸움은 서로의 참호 사이에서 백병전으로 치러집니다. 전선은 수시로 왔다 갔다 하지만 실상 변하는 것은 없어요. 양측이 팽팽합니다. 교회군이 왔다 해도 얼마나 달라질지 의문이에요."

"예수회의용단이 이끄는 부대는 여러 행성에서 저항을 분쇄한 경력이 있습니다." 토비가 말했다.

"테크노스Ⅲ는 다릅니다." 베아가 자신 있게 말했다. "반란군은 여러 세대에 걸쳐 저항을 계속해왔어요. 그 세월 동안 많은 것을 배우고 발전을 이루었죠. 그들은 수백 년 동안 전사로 진화해온 거예요. 그리고 날씨도 한몫해요. 여기서 살기 위해서는 초인이 돼야 합니다. 그게 바로 테크노스Ⅲ의 전황이에요. 바로 코앞에서 유혈전이 벌어지고 있어요. 이 병원이 완전히 피바다가 되지 않는 이유는 대부분의 부상자들이 여기 올 때까지 살아 있지 못하기 때문이에요. 그들은 열기나 추위, 폐철폭풍이나 눈보라 때문에 죽어가지요. 그럼에도 불구하고 여기는 또 부상자들로 넘쳐납니다. 우리는 약품이나 혈장도 없는데 말이지요. 의사가 환자를 절개하고 봉합하는 동안 우리는 그들의 팔다리를 붙잡고 있으면서 쇼크로 죽지 않기만 빌어요."

토비는 몸을 앞으로 살짝 숙이는 것으로 그녀의 말을 제지했다. 그녀가 했던 말을 되풀이하고 있었기에 약간 간섭할 필요가 있었다. 그는 가급적이면 많은 정보를 얻고 싶었지만, 시간을 오래 끌수록 공장에서 그와 플린이 사라졌다는 것을 눈치 챌 가능성이 높기 때문에 갈등할 수밖에 없었다. 그래서 나름대로 균형점을 찾아야 했다. "여기에는 인력이 얼마나 있습니까, 베아?"

"의사 둘과 수녀 다섯이 있습니다. 원래는 의사 한 사람이 더 있었는데 정신적 압박을 이기지 못해서 제가 돌려보냈지요. 그 사람은 돌아가지 않겠다고 했어요. 전출명령을 내리자 울기까지 했죠. 하지만 그는 우리가 감당할 수 없을 만큼 망가져 있었어요. 지금 후임자를 기다리고 있습니다. 하지만 테크노스Ⅲ는 별로 주목받는 곳이 아니지요. 대부분의 사람들에게는 그저 하나의 이름에 불과해요. 저도 궁정에서의 끝없는 중상모략과 음모에 지쳐서 정말 발로 직접 뛰는 현실의 일을 해보자는 단순한 생각으로 이곳에 오게 됐던 거예요. 상황이 이런 줄은 전혀 몰랐지요. 물론 알았어도 왔을 테지만…… 저는 고개를 돌리고 못 본 척하는 데는 별로 소질이 없거든요.

여기 있는 의료기기들은 자비수녀단에서 제공할 수 있는 것 중 최고 수준입니다. 하지만 이렇게 많은 부상자들을 돌보기에는 여전히 무리지요. 저는 그것들이 망가지지 않을까 매일 불안에 떨며 지냅니다. 여기는 그것들을 고칠 수 있는 사람이 없어요. 울프 가는 공장에 의료시설을 운영하고 있는데 재생기계를 포함해서 필요한 것은 다 갖추고 있지요. 그곳에 있는 간호사 하나가 마음이 좋아요. 저는 가끔

씩 의약품을 구하려고 몰래 그곳에 갑니다. 제가 정말 절박할 때, 그리고 그분이 덮어줄 수 있는 선에서 그렇게 하는 거지요." 그녀는 한숨을 내쉬고 머리를 흔들었다. "두 분께 마실 것 좀 드릴까요?"

그녀는 책상 아래로 손을 넣어 지저분해 보이는 술병과 두 개의 유리비커를 꺼냈다. 토비와 플린이 정중하게 사양하자 그녀는 어깨를 으쓱한 후 자신을 위해 한 잔 가득 부었다. 토비는 급히 플린에게 그 장면을 찍으라고 손짓했다. 베아트리체는 사람들이 다큐멘터리에서 보고 싶어 하는 그런 사람이다. 모든 사람과 모든 것을 알고 현장의 한가운데 있으면서도 물러서서 전체를 조망할 수 있는 사람. 그런 그녀가 엄격한 수녀로만 비치지 않는 것도 도움이 될 것이다. 술을 마시는 것은 좋은 그림이 될 수 있다. 시청자들은 그들의 성자가 너무 완벽한 것은 좋아하지 않는다. 그녀가 잔을 입으로 들어 올릴 때 손이 떨렸다. 토비는 그 모습에 왠지 모를 부끄러움을 느꼈다. 그가 듣고 본 모든 것들에도 불구하고 그는 그녀만큼 마음으로 느끼지 못했던 것이다. 그녀는 현실에 아파한 반면, 그는 느낌을 모르는 관찰자의 눈으로만 지켜보았다. 마치 플린의 카메라의 눈처럼. 그는 기자로 제대로 일을 하기 위해서는 그래야 한다고 스스로 설득해보았다. 하지만 그 생각이 전만큼 설득력을 지니지는 않은 것 같았다. 베아가 거의 빈 술잔을 내려놓자 그는 다시 그녀에게 집중했다.

"지독한 맛이군요." 그녀는 조용히 말했다. "하지만 이것 없이는 여기서 일할 수 없어요. 수녀 둘은 암페타민을 사용하고, 의사 하나는 심각한 마약중독자지요. 저는 그들이 일하는 데 지장이 없는 한 아무 말도 하지 않아요. 우리 모두 하루를 견디려면 뭔가의 도움이 필요하거든요. 그리고 밤도 끔찍해요. 우리 환자 대부분이 밤에 죽지요. 새

벽에 여명이 깃들기 전에 말예요. 저도 제가 여기서 얼마나 더 버틸수 있을지 잘 모르겠어요. 사람들이 간단한 상처로도 죽어가는 것을 지켜보다보면 조금씩 나 자신도 허물어지는 것 같거든요. 여기서 사실 간단한 것이라고는 없어요. 이 텐트도 마찬가지지요. 수녀단에서 줄 수 있는 것 중 가장 튼튼한 것이지만, 이곳의 극단적인 날씨를 견디기에는 무리예요. 여름에는 거의 움직일 수 없을 정도로 푹푹 찌고, 겨울에는…… 의사가 수술 중에 손을 녹이려고 금방 열어놓은 배에 손을 올리는 것도 봤어요.

우리는 여기서 많이 변했어요. 당신도 알다시피 제가 원래 수녀가 되려고 했던 건 아니에요. 밸런타인 울프와 결혼하기 싫어서 수녀원으로 도피했던 거지요. 하지만 어쨌든 다시 울프 가의 손아귀에 들어오고 말았군요. 저는 그다지 종교적인 사람은 못 됩니다. 다른 사람들처럼 수녀단의 세력을 이용하려 했던 것뿐이었어요. 그런데 결국 이 지옥에서 종교를 찾았어요. 이 많은 죄악을 직면하고서야 결국 신을 믿게 되더군요. 신앙만이 여기서 버틸 수 있는 힘을 주지요."

그녀가 갑자기 일어서자 토비와 플린은 놀라서 멍하니 쳐다보았다. 그녀는 술잔을 마지막까지 비우고 책상에 내려놓았다. "말은 충분히 한 것 같군요. 병상으로 안내해드리지요. 우리가 어떤 종류의 상처를 다루고 있는지 직접 보는 게 좋을 것 같아요. 어떤 환자들은 당신들에게 말을 걸지도 모릅니다. 불필요한 것은 알아서 편집하세요."

그녀는 방 밖으로 나와서 침대 사이의 긴 복도로 그들을 안내했다. 텐트 안은 조용했고 아무도 그들에게 말을 걸지 않았다. 토비는 그들이 신음하거나 고통을 호소할 힘조차 없는 것이라고 생각했다. 다른 수녀들은 조용히 침대를 오가며 붕대를 점검하거나 체온을 재기도 했고, 할 수 있는 일이 없을 때는 시원하고 위안을 주는 손으로 뜨거운 이마를 짚어주기도 했다. 토비도 침묵을 지켰다. 그의 설명이 필요치도 않았고 더 이상 질문할 것도 없었다. 답은 너무나도 명백했다. 그는 스스로 놀랍게도 화가 나는 것을 느꼈다. 요즘 같은 세상에 이런 일이 일어나서는 안 된다. 그는 과거에 그레고르의 공보관으로 일하면서 많은 일들을 보았지만 이런 것은 처음이었다. 한 가문의 치부를 감추기 위해 가문의 군대가 죽어가고 있다. 그는 계속 스스로에게 관찰자로 남아야 한다고 다짐했다. 이것은 훌륭한 기사거리일 뿐이다. 하지만 자기도 모르게 자꾸 화가 치미는 것은 어쩔 수 없었고 눈앞이 흐려졌다.

"원하는 대로 찍으세요." 베아트리체 수녀원장이 말했다. "결국 아무도 보지 못할 가능성이 높지만요. 저는 보도가 나가게 하려고 계속 노력하고, 울프 가는 계속 저를 막지요. 그들은 여기서 전쟁에 지고 있다는 것을 인정할 수 없는 거예요. 여제가 알면 테크노스III와 공장을 빼앗을까봐 두려운 거지요."

"이미 밖으로 소문이 흘러나갔습니다." 토비가 말했다. "화물선 승무원 같은 사람들에 의해서요. 테크노스III에 성자가 있다고요. 귀족 지위까지 내던지고 부상병들을 돌보기 위해 여기서 헌신하는 사람에 대한 소문 말입니다. 우리가 여기 온 이유도 그 때문입니다."

"저는 성자가 아니에요." 베아가 말했다. "누구든 제가 본 것을 보게 된다면 저와 똑같은 일을 할 거예요."

"우리는 어떤 식으로든 이것이 보도되도록 만들 겁니다." 토비가 말했다. "기록을 캔에 담아 엉덩이에 쑤셔 넣고 나가는 한이 있더라도 말입니다."

베아가 갑자기 웃고는 장난스럽게 말했다. "맞아요, 그래서 저는 항상 울프 가를 엉덩이의 고통이라고 말하곤 하지요."

잭 램덤, 루비 저니, 알렉산더 스톰은 안내자를 따라 꼬불꼬불한 미로 같은 터널을 지나고 있었다. 터널은 아래쪽으로 내려갈수록 경사가 급했으며 벽에는 행성의 역사를 말해주는 잘 다져진 쓰레기와 폐철의 층이 드러나 있었다. 지하로 갈수록 공기는 따뜻했지만 그래도 그들은 여전히 추위를 느꼈다. 낮은 천장에 걸린 금속 랜턴이 희미하게 노란 빛을 뿌리고 있었지만 적응되지 않은 그들의 눈에는 여전히 어두침침했다. 깊이 내려갈수록 마주치는 사람들도 많아졌지만 모두 너무 바삐 움직여서 그저 힐끗 쳐다보고 지나칠 뿐이었다. 그들은 모두 상당한 근육질의 몸매였지만 적당한 지방을 둘러서 울퉁불퉁한 느낌은 없었다. 그들의 눈매는 강하고 집중력을 보였으며, 웃거나 불필요한 말을 하는 사람이 없었다. 키다리 존과 단두대 메리는 침묵 속에서 뚜벅뚜벅 걷고 있었고, 그들의 완고한 등짝을 보면 질문하고 싶은 생각이 싹 가셔버렸다. 램덤, 루비, 스톰은 뭉쳐서 걸으며 서로 온기를 나누고 부축하기도 했다.

"도대체 어떻게 이 많은 터널과 참호들을 팠을까요?" 루비가 금속 벽을 의아하게 바라보며 말했다. "반란군이 굴착기를 가져올 수 있도록 저쪽에서 휴전을 해주거나 하지도 않았을 텐데 말이죠?"

"아마 노획한 에너지무기로 구멍을 내고 오랜 세월 동안 손으로 확장했을 것 같네." 램덤이 말했다. "우리는 지금 수백 년간 이룩한 노력의 결실을 감상하고 있는 걸세."

"맞습니다." 키다리 존이 뒤돌아보지 않고 말했다. "최초의 터널은 너무 오래전에 만들어진 거라 누가 만들었는지조차 전해지지 않습니다. 우리는 누대에 걸쳐서 필요할 때마다 조금씩 터널을 확장했어요. 지하에서 살아야 했기 때문이죠. 이게 우리가 가진 전부입니다. 과거에는 추적장치와 무기를 장착한 군사위성 때문에 이게 필요했지만 지금은 기후 때문에 필요합니다. 게다가 공장은 보호막을 갖추고 있기 때문에 그것을 통과할 방법은 지하밖에 없습니다. 울프 가도 이 사실을 알고 있지요. 그래서 그들도 터널을 파고 있습니다."

"그렇지만 어쨌든 이곳 지하에서는 안전하겠지요?" 스톰이 물었다.

"그런대로 안전한 편이지요." 단두대 메리가 대답했다. "테크노스 Ⅲ의 다른 생명체도 지하에서 살고 있어요. 그들은 우리가 잘 가지 않는 아주 깊숙한 곳에 살고 있지요. 하지만 가끔 올라오기도 해요. 그럴 때면 우리는 이 터널의 임자가 누군지 결판을 내야 해요. 우리는 그것들을 잡아먹고 그것들은 우리를 잡아먹지요. 대체로 우리가 이기는 편이기는 해요. 그리고 이런 환경이 약자들을 제거하는 데 도움이 되기도 하지요. 여기 바닥에 핏자국 보여요? 우리가 그 짐승들을 잡으면 피를 뿌려서 영역을 표시하는 거예요. 그러면 그것들이 얼마간 접근하지 않지요."

"그럼 여기까지도 짐승들이 온다는 말이군요?"

"물론입니다." 키다리 존이 말했다. "봄에는 이빨과 발톱을 지닌 난폭한 녀석들 때문에 여기가 아주 분주해집니다."

"훌륭하군요." 루비가 말했다. "운동 좀 할 수 있겠어요."

"그렇다면 핏자국은 이해하겠는데," 스톰이 재빨리 물었다. "다리는 어떻게 된 겁니까?"

키다리 존과 단두대 메리가 걸음을 멈추고 그를 돌아보았다. "다리라니요?" 키다리 존이 되물었다.

스톰이 조용히 손을 들어 가리켰고, 그들은 오른쪽 벽과 천장이 만나는 지점에 바지와 장화까지 완벽하게 갖춘 인간의 다리가 튀어나와 있는 것을 발견했다. 키다리 존이 얼굴을 찌푸렸다. "석수 엘리엇! 여기는 네 구역이야! 어딨어?"

턱까지 모피를 올려 입은 땅딸보가 더러워 보이는 검은 시가를 삐딱하게 물고 옆 터널에서 튀어나왔다. "소리 지를 거 없어. 난 귀머거리가 아니야. 이번에는 또 왜 그러셔? 열쇠를 또 잃어버리셨어?"

"저 다리는 뭔가?"

"천장을 받치고 있는 거죠. 저번에 블러드웜이 공격한 뒤로 벽을 보수하고 있거든요. 시간도 없고 자재도 부족하니 일단 시체라도 써야지…… 사실 아무도 그를 좋아하지 않았잖아. 어차피 몇 주 후면 블러드웜이 또 공격해올 테니 그때 치우려고요."

"그때까지 냄새는 어쩌고?" 키다리 존이 말했다. "지금 당장 다리를 치워. 도끼로 찍어내라고, 당장!"

"알겠슈, 지도자 어른!" 땅딸보는 키다리 존의 일행이 지나가는 동안 시가를 꺼내 귀 뒤에 걸고 다리를 쳐다보고 있었다. 랜덤이 제일 뒤에서 걸었기 때문에 그 혼자만 땅딸보가 중얼거리는 소리를 들을 수 있었다. "이제 무엇으로 표지판을 대신한다?"

키다리 존은 그들을 터널 이리저리로 끌고 다녔다. 랜덤은 길을 기억할 수 없도록 그가 일부러 우회로를 택하고 있는 것은 아닌지 의심이 들었다. 하지만 그 점이 마음에 들었다. 그들이 조심성과 기초적인 보안 감각을 지니고 있다는 것을 의미하기 때문이었다. 그래도 랜덤은 광기의 미로를 통과했기 때문에 길을 잃을 수가 없었다. 항상 다른 모든 곳으로부터 자신의 상대적인 위치를 정확히 파악했다. 하지만 키다리 존에게 그런 말은 하지 않을 것이다. 굳이 그를 화나게 할 필요는 없다. 랜덤은 군말 없이 터벅터벅 따라 걸으며 주변을 구경했다. 터널의 너비는 불편함이 없었지만 천장은 너무 낮아서 누구든 잔뜩 수그리고 걸어야 했다. 랜덤은 터널이 이렇게 만들어진 이유는 침입자들의 진입을 방해하고 길을 잃게 만들기 위해서라고 추측했다. 반란군은 그런 것에 익숙했다. 랜덤은 목에 통증을 느꼈다. 마침내 터널이 평평해지자 더 많은 사람들이 나타났다. 그들은 모두 가죽과 모피를 걸쳤고 항상 무기를 휴대하고 있었다. 그들은 새로 온 손님을 싸늘한 의심의 눈초리로 쳐다보며 웃거나 인사를 해도 아무 반응을 하지 않았다.

"당신들은 항상 무장을 하고 다닙니까?" 스톰이 물었다. "이렇게 깊숙한 곳에서는 위험하지 않을 텐데?"

"위험은 늘 도사리고 있어요." 단두대 메리가 대답했다. "경비대가 갑작스레 기습하지 않더라도 아래에 사는 짐승들이 공격하곤 하지요. 보초를 서는 사람들이 있기는 하지만 모든 곳을 경계할 수는 없어요. 그래서 우리는 항상 준비하고 있는 거예요. 아이 때부터 목숨을 지키기 위해 즉각적으로 싸울 태세를 갖추고 있는 거지요."

"그러면 어디서 휴식을 취하시오?" 스톰이 물었다.

"쉬지 않아요." 단두대 메리가 말했다. "죽었을 때만 쉬지요."

루비가 랜덤을 보며 웃었다. "저를 아주 훌륭한 곳으로 데리고 왔군요."

랜덤도 미소 지었지만 그의 생각은 다른 데 가 있었다. 목적지에 도달했을 때 반란군에게 무슨 얘기를 할지 머리를 쥐어짜고 있었던 것이다. 그는 자신의 얘기가 이곳 지하세계에서 별로 호응을 얻지 못할 거라는 강한 예감이 들었다. 하지만 얘기를 해야 한다. 그는 선동적인 말과 왜곡된 진실로 많은 사람들을 전쟁터로 이끌었고 그들이 죽어가는 것을 보면서도 눈 하나 깜짝하지 않았었다. 왜냐하면 대의가 개인보다 훨씬 중요하다고 여겼기 때문이다. 지금도 그럴 수 있을지는 자신이 없었다. 어쨌든 사람들을 완전한 진실로 감화시키기 위해 이곳에 온 것이지 번드르르한 말로 구슬리기 위해 온 것이 아니다. 그 진실이 그들이 듣고 싶어 하지 않는 것이라 할지라도. 그는 자신이 가져온 소식 때문에 사람들이 그를 죽이려 할지도 모른다는 생각이 들었다. 랜덤은 그래도 어쩔 수 없다고 생각했다.

그들은 마침내 비교적 커다란 방에 도착했다. 천장의 높이가 못해도 6미터는 돼 보였다. 랜덤과 루비, 스톰은 허리를 펴고 안도의 숨을 내쉬었다. 벽은 윤기 나는 금속이었고 출입구 하나를 제외하고는 계단형으로 좌석이 둘러쳐져 있었다. 자리에는 사람들이 어깨를 맞대고 가득 앉아서 새로 온 손님을 주의 깊게 쳐다보고 있었다. 그 한가운데 빈 공간에 두 명의 남녀가 서서 기다리고 있었다. 그들도 별로 환영하는 기색은 아니었다. 키다리 존과 단두대 메리가 세 명의 손님을 안쪽으로 안내했다.

"이 사람들이 바로 '누더기 톰'과 '유령 엘리스'입니다." 키다리 존이 말했다. "우리는 모두 지하세계의 평의회 위원들입니다. 이제 말해보십시오, 잭 랜덤. 당신들이 여기 온 이유를."

잭 랜덤은 위원들에게 미소 짓고 인사를 한 후 군중에게도 마찬가지로 인사했다. 그는 군중의 수에 주눅 들지 않았다. 이보다 훨씬 많은 비우호적인 군중을 예전에 이미 상대해봤으며 엄청난 긴장 속에서 쭉 일해왔었다. 그는 잠시 새로 만난 두 위원을 관찰했다.

누더기 톰은 중키의 보통 체격이었고 외모에 두드러진 특징이 없었다. 이름과 달리 다른 동료들보다 더 남루해 보이지도 않았다. 반면에 유령 엘리스는 궁지에 몰린 시궁창 쥐처럼 괄괄해 보였다. 키가 작고 나이가 많았으며 기름때에 찌든 회색 모피를 입었고 그것과 거의 흡사한 삐쭉삐쭉 솟은 머리를 지니고 있었다. 그리고 노려보는 듯한 눈매를 지녔고, 비웃듯이 한쪽으로 기울어진 미소를 띠고 있었다. 랜덤은 그녀가 악수를 청하지 않은 것을 다행으로 여겼다. 쳐다보기만 해도 쥐어박고 싶은 충동이 이는 얼굴이었다. 키다리 존은 그의 침묵이 긴장한 탓이라고 여겼는지 먼저 연설을 시작했다.

"우리는 대를 이어 싸우고 있습니다. 그럼에도 불구하고 싸움은 끝이 없습니다. 그래서 위원회는 인정하고 싶지 않지만 우리 힘만으로는 이 싸움을 이길 수 없다는 결론에 도달했습니다. 우리는 도움이 필요합니다. 병사, 무기, 보급품 등. 골고다 지하동맹이 그런 것들을 제공해줄 수 있다는 얘기를 들었습니다. 하지만 그들이 보내온 것은 이 세 사람뿐입니다. 여기 있는 모든 사람들은 우리가 사이버생쥐들에게 도움을 청했을 때 그들이 군사위성을 망가뜨렸을 뿐만 아니라 기상위성도 엉망으로 만들었다는 것을 잘 알고 있을 겁니다. 우리는 그 후 지옥 같은 곳에서 살고 있습니다. 우리는 분노를 표현하기 위해 당신 세 사람을 여러 조각으로 만들어 골고다로 보낼 수도 있지만, 먼저 그래서는 안 되는 이유를 당신들에게서 듣고 싶습니다."

랜덤은 전혀 동요하지 않고 웃었다. "첫째, 군사위성이 없고 기후가 교란되었다는 것은 울프 가가 제국순양함을 불러들여 당신들을 토벌하기 위한 선택적인 소각작전을 펼칠 수 있는 여지를 없애버렸습니다. 둘째, 울프 가가 당신들을 처리하기 위해 다수의 용병들을 데려오지 않은 것은 얻는 것에 비해 비용이 너무 많이 든다는 단 한 가지 이유 때문입니다. 너무 갑자기 전세가 확 바뀌면 그들도 달리 생각하게 될 겁니다. 그리고 셋째, 우리 중 한 사람이라도 건드린다면 골고다는 당신들과 절연할 것이고 당신들은 다시는 외부의 도움을 기대할 수 없게 될 것입니다. 스톰, 내가 뭐 빠뜨린 것 있나?"

"한 가지." 스톰이 말했다. "제국이 신형 스타드라이브 생산에 차질이 없도록 하기 위해 조만간 울프 가에게 기상조건에 상관없이 작동할 수 있는 강력한 센서를 지닌 군사위성을 공급할 예정입니다. 그러면 지상에서의 싸움은 완전히 끝나는 것이라고 봐야 합니다. 그리고 앞으로 당분간은 당신들이 승리할 가능성은 없어지는 겁니다. 사이버생쥐들이 다시 교란시킬 수 있을 거라고 기대하지 마십시오. 그건 아주 오래전 이야기입니다. 당신들의 시간이 완전히 사라지기 전에 우리가 돕도록 해주십시오."

"그리고 당신들 중 만약 한 사람이라도 우리를 우습게 보는 사람이 있다면 내가 엉덩이를 걷어차주겠어요."

모두들 루비를 쳐다보았다. 그리고 그녀가 정말 그럴 것이라는 것을 믿어 의심치 않았다. 랜덤이 가볍게 헛기침을 해서 사람들의 주의를 끌었다.

"보고서에는 당신들의 전쟁이 순조롭다고 되어 있던데 그 얘기를 좀 해주십시오."

"우리 터널의 규모와 숫자 때문에 울프 가의 공격은 제한적입니다." 누더기 톰이 높고 냉정한 목소리로 말했다. "그리고 우리는 그들보다 환경에 더 잘 적응되어 있습니다. 그들은 이렇게 깊이 들어오고 싫어 하지 않습니다. 이곳에는 우리 말고도 여러 가지 위험한 생물들이 많이 살고 있습니다. 지상에서도 상황은 유사합니다. 우리 선조들은 이 행성의 악조건에 견딜 수 있도록 유전적으로 진화했습니다. 울프 가의 군대는 그 점에서는 불리합니다. 그들은 수가 많고 화력도 우세하지요. 하지만 그들은 단지 이기기 위해 싸울 뿐이고, 우리는 살아남기 위해 싸우고 있습니다. 그래서 항상 고착화된 진지전을 벌이고 있습니다. 어느 쪽도 오랫동안 이기지는 못합니다."

"우리는 항복하지 않습니다." 유령 엘리스가 거칠고 찢어지는 듯한 목소리로 말했다. "우리는 내쫓기고 버려졌습니다. 우리는 거부된 자들이고 그것을 자랑스럽게 여깁니다. 우리는 제국과 제국이 비호하는 모든 것을 거부합니다. 울프 가는 적의 또 다른 얼굴일 뿐입니다. 그러니 우리가 당신들 도움에 목말라 있을 거라고 기대하지 말고 대가도 바라지 마십시오. 우리는 주인을 바꾸는 것으로 만족하지 않습니다. 우리는 필요하다면 끝까지 싸우다가 외롭게 죽을 것입니다. 그러니까 돕건 말건 마음대로 하십시오. 우리는 아무에게도 고개 숙이지 않습니다."

"저 여자 마음에 드네." 루비가 말했다.

"자네는 그럴 거야." 랜덤이 말했다.

"우리가 돕는 것에는 아무런 대가도 필요치 않습니다." 스톰이 사람들을 둘러보며 미소를 짓고 말했다. "우리가 추구하는 것은 제국에 대항한 동맹입니다. 철의 쌍년을 타도하는 데 필요한 도움입니다. 당신들은 병사, 무기, 보급품을 필요로 합니다. 우리는 그것들을 당신들에게 제공할 수 있습니다."

"좀 더…… 복잡한 문제가 있는데요." 키다리 존이 말했다.

"그가 저렇게 말할 줄은 몰랐지요?" 루비가 중얼거렸다.

"조용히 해봐." 랜덤도 중얼거렸다.

"우리는 우리 자신만을 위해 싸우지 않습니다." 누더기 톰이 말했다. "공장에서 일하는 클론들의 자유를 위해서도 투쟁하고 있습니다. 그들도 우리와 마찬가지로 죽을 때까지 일만 하기 위해 이곳에 왔습니다. 그들은 공장 안에서 일하고 먹고 잡니다. 거의 하늘을 보지 못하지요. 그들이 죽으면 울프 가는 시체로부터 새로운 대체 클론을 만들어냅니다. 그리고 이곳에서의 일에 맞게 설계되고 배양되고 훈련받습니다. 인간에게는 너무 더럽고 위험한 일이지요. 그들은 아무리 열악한 조건에서 일하게 되더라도 반항할 수 없도록 정신이 조작되어 있습니다. 그들은 물건입니다. 하지만 그들도 종종 자유를 꿈꿉니다. 그들 중 몇 명은 탈출에 성공하기도 합니다. 달리 갈 곳이 없기 때문에 이곳으로 옵니다. 우리는 항상 그들을 따뜻하게 반깁니다. 그들은 우리의 형제자매입니다. 울프 가는 이 사실을 알고 있습니다. 우리 때문에 준공식이 제때 열리지 못한다면 클론노동자들을 모두 죽여버리겠다고 협박하고 있지요. 아마 그렇게 할 겁니다."

"맞습니다." 새로운 목소리가 조용히 말했다. "그렇게 할 겁니다."

사람들은 일제히 자리의 앞 열에서 몸에 잘 안 맞는 모피를 걸치고 서 있는 깡마르고 키 큰 남자에게로 고개를 돌렸다. 그의 얼굴은 수척했고 눈이 움푹 들어가 있었으며 입술은 가늘었다. 그는 너무 허약해서 훅 불면 날아갈 것만 같았다. 다리는 몸무게를 지탱하기 버거운 듯 후들거리고 있었다. 하지만 눈은 안정되어 있었고, 말을 할 때는 작은 목소리지만 단호하고 조리가 있었다.

"저는 '롱 랭킨 32호'입니다. 공장에서 도망쳐 나온 클론입니다. 그들은 준공식 일정을 맞추기 위해 우리를 죽어라고 닦달하고 있습니다. 작업은 매우 위험합니다. 세력장이 우리의 육체와 정신을 갉아먹고 있습니다. 그들은 원하는 대로 우리를 부려먹을 수 있습니다. 누구도 뭐라고 하는 사람이 없지요. 여제는 신형 스타드라이브만 원할 뿐입니다. 가서 공격하십시오. 우리를 죽이라고 하세요. 우리가 살며 매일 일하고 있는 지옥에서 더 나빠질 건 없습니다. 하지만 당신들이 우리를 해방시켜준다면, 우리는 마지막 피 한 방울까지 다 바쳐서 당신들을 위해 제국과 맞서 싸울 것입니다."

그는 더 이상 서 있는 것이 힘겨운지 갑자기 주저앉아버렸다. 군중 속에서 격려의 소리가 터져 나왔다. 스톰이 힘차게 고개를 끄덕였다.

"그의 각오가 느껴집니다. 감동적이군요. 클론이 정신조작을 저렇게 완벽하게 깨는 경우는 보기 드뭅니다. 클론들이 모두 저 사람 같다면 우리는 무적의 군대가 생기는 겁니다. 훈련된 제국의 군대와도 맞설 수 있을 겁니다."

랜덤 역시 고개를 끄덕였으나 아무 말도 하지 않았다. 롱 랭킨의 모든 말이 진실이고 가슴에서 우러나온 것이라는 점을 인정하지만, 딱 보기에도 미리 연출된 것이라는 사실을 알 수 있었다. 평의회가 그들이 말하는 복잡한 문제라는 것을 좀 더 부각시키기 위해 그를 그 자리에 심어놓은 것이다. 평의회가 군중과 새로 온 손님들에게 최대의 효과를 얻기 위해서 그에게 연설문을 써주었을지도 모른다. 랜덤 자신이라도 그렇게 했을 것이다. 하지만 랜덤은 오랜 경험으로 단련된 직업적 혁명가였기에 감정에 좌지우지될 사람이 아니었다. 테크노스Ⅲ에서 그의 임무는 스타드라이브 생산을 저지하는 것이고, 그것을 위해서 공장을 완전히 파괴하고 그 안에 있는 클론들도 어쩔 수 없이 희생시켜야 한다면 그럴 수밖에 없다고 생각했다. 물론 그가 거부된 자들을 도와서 먼저 클론들을 구출해낼 방법이 있다면 기꺼이 그렇게 할 것이다. 그가 직업적 혁명가가 된 이유는 결국 그런 것을 하기 위해서였기 때문이다.

"참호전은 저한테 새로운 것이 아닙니다." 마침내 그는 말문을 열었다. "우리는 왕년에 참호 속에서 참 많은 시간을 보냈지, 그렇지 않나, 알렉스? 물론 그때는 우리가 젊었지요. 지하에서 싸우는 것도 마찬가지입니다. 태양이 보이지 않는 곳에서 줄달음 치고 피 흘리는 것은 전혀 새로운 일이 아닙니다. 제가 어떻게 싸우는지 가르치겠다고 나서며 당신들을 모욕할 생각은 전혀 없습니다. 저는 당신들이 제가 알고 있는 것보다 그런 것들에 대해서 훨씬 많이 알고 있다는 것을 인정합니다. 하지만 알렉스와 저도 평생을 제국과 싸우는 데 바쳤습니다. 우리는 전략과 전술에 대해 알고 있고 그것이 당신들이 울프가의 경비대와 교회군에 맞서 싸우는 데 일조할 것이라고 확신합니다. 우리는 그들이 어떤 식으로 생각하는지 알고 있습니다.

우리 셋밖에 오지 않았다고 여러분이 실망하고 있다는 것을 잘 압니다. 수백 개의 행성에서 사람들이 제국에 역습을 가할 기회를 갈망하며 지하동맹 운동에 동참하고 있습니다. 하지만 불행히도 아직 골다에서는 자문단을 파견하는 것 이상의 여력이 없습니다. 일단 당신들이 필요로 하는 모든 것을 필요한 시간 내에 얻을 것이라고 잭랜덤, 제 이름을 걸고 약속드리겠습니다. 하지만 현재 중요한 것은 울프 가의 공장에서 생산될 신형 스타드라이브가 여제의 손에 넘어가는 것을 저지하는 것입니다. 신형 스타드라이브를 장착한 해군을 갖게 된다면 라이언스톤은 무적이 됩니다. 그래서 우리가 이곳에 온 것입니다. 당신들이 스타드라이브의 생산을 저지하는 것, 그리고 가능하다면 울프 가를 쫓아내는 것을 돕기 위해 여기 왔습니다. 그다음에 우리가 제국을 공략하는 동안 이 행성을 유지하는 것은 여러분 손에 맡겨질 것입니다. 우리는 당신들을 돕기 위해 필요한 모든 것을 할 것입니다. 비록 우리 세 사람뿐이지만 우리가 무엇을 할 수 있는지 알게 된다면 여러분은 놀랄 겁니다."

"간단히 말하면," 유령 엘리스가 랜덤에게 시선을 고정하고 말했다. "당신은 그냥 걸어 들어와서 지휘권을 인수하고 마음대로 작전을 짜서 다시 위대한 영웅이 되고 싶다는 거군요, 그렇지요?"

"아닙니다." 랜덤이 말했다. "그런 것은 이미 많이 해봤습니다. 저는 여기서 솔선수범하며 싸울 것입니다. 전선에서 당신들과 어깨를 맞댈 것입니다. 그리고 내가 직업적 혁명가로서 많은 세월 동안 깨달은 것을 당신들에게 알려주겠습니다. 루비와 알렉스도 자신들의 방식대로 싸울 것입니다. 당신들은 도움을 청했고, 우리가 여기 왔습니다. 그리고 우리 모두 같이 공장을 박살낼 것입니다."

네 명의 지도자는 서로 모여 열심히 의견을 주고받았다. 청중도 자기들이 들은 얘기에 대해 서로 의견을 나누느라고 웅성대고 있었다. 랜덤은 주변을 둘러보았지만 사람들의 표정만 보고는 자기 발언이 어떤 효과를 가져왔는지 전혀 짐작할 수 없었다. 필요한 모든 것을 지적했다고 생각했다. 하지만 확신할 수는 없었다. 그는 진지하게 말했다. 그들을 지휘할 생각은 없다. 그러나 그들과 함께 싸워야 한다. 그리고 여전히 그렇게 할 수 있다는 것을 증명하고 싶었다. 잭 랜덤의 전설은 골고다의 취조실에서 죽지 않았다는 것을 확인하고 싶었다.

그는 거부된 자들이 그의 말에 별로 감동받지 않았다는 사실을 인정할 수밖에 없었다. 그들을 탓할 수는 없다. 그는 20년은 더 늙어 보이는 사십대 후반의 나이 아닌가! 그때 갑작스런 소음이 들렸고 그는 주변을 살폈다. 무언가가 삐걱거리며 미끄러지는 소리였는데 어디서 들려오는지 가늠할 수 없었다. 발밑의 동굴 바닥이 마치 기차가 지나가는 것처럼 흔들리기 시작했다. 네 명의 지도자는 논의를 멈추고 바닥을 내려다보았다. 그러고는 표정이 굳어지면서 검을 뽑아들었다. 청중도 자리에서 일어섰다.

"이게 뭡니까?" 스톰이 물었다. "무슨 일이 일어나는 거지요?"

"땅뱀입니다." 키다리 존이 소리쳤다. "지하 깊숙이 사는 녀석이지요. 쇳덩어리 속을 자유자재로 파헤치고 다닙니다. 그리고 아무거나 닥치는 대로 먹습니다."

루비 저니는 검을 꺼내려고 손을 내렸다가 이곳으로 내려오면서 무기를 맡겼던 것을 기억해내고는 욕설을 내뱉었다. 스톰은 황급히 주변을 살폈다. 랜덤이 그의 어깨를 다독이며 안심시켰다.

"걱정 마세요." 단두대 메리가 검을 들어 올리며 말했다. "우리가 보호해드릴게요."

그 순간 랜덤 옆의 바닥이 갈라지면서 커다란 비늘로 뒤덮인 머리가 불쑥 솟아올랐다. 머리는 폭이 1미터는 돼 보였고 몸체도 장정 두 사람을 합쳐놓은 굵기였다. 녀석의 입은 컸고 그 속에는 예리한 이빨이 무수히 박혀 있었다. 눈은 없었다. 좌석의 앞 열에 있던 사람들이 위험을 피해 뒤로 올라가려고 아우성치면서 동굴 안에는 일대 혼란이 일었다. 키다리 존이 검으로 괴수의 목을 내리쳤으나 칼날이 비늘에 튕겨났다. 녀석은 커다란 머리를 휘둘러 그를 멀리 쳐냈다. 사람들이 광선총을 가져오라고 소리쳐댔다.

랜덤이 앞으로 뛰어나가 주먹으로 괴수의 목을 있는 힘껏 내리쳤다. 주먹은 괴물의 비늘을 깨끗이 뚫고 들어가 몸 속 깊이 박혔다. 괴수는 귀청을 찢는 듯한 날카롭고 거친 비명을 내질렀다. 랜덤은 몸의 균형을 잡고 손을 더욱 깊숙이 찔러 넣었다. 괴수는 몸을 떨었고 시커먼 피가 입에서 뿜어져 나왔다. 하지만 랜덤은 놓아주지 않았다. 그의 팔이 팔꿈치까지 잠길 정도로 괴수의 몸을 파고들자 손끝에 척추가 만져졌다. 랜덤은 척추를 움켜쥐고 단 한 번의 동작으로 꺾어버렸다. 괴수는 한 차례 몸을 떨더니 이내 바닥에 축 늘어졌다.

잠시 동굴 안에는 완벽한 정적이 흘렀다. 그리고 모두 일어서서 환호하며 박수를 치기 시작했다. 네 명의 지도자도 입을 다물지 못한 채 그를 쳐다보다가 검을 집어넣고 청중을 따라 박수를 쳤다. 랜덤은 환하게 웃었다. 마침내 저들에게 강한 인상을 심어주는 데 성공했다. 스톰은 믿을 수 없다는 듯 고개를 내둘렀다. 랜덤은 땅뱀에게서 몸을 빼냈고 루비가 그에게 손수건을 건네주며 귀에 속삭였다.

"멋진 쇼였어요."

그리고 전쟁은 계속되었다.

봄이 찾아왔고 기온은 급상승했다. 눈과 얼음이 녹아 참호에 흥건히 고였고, 여기저기서 기묘하고 위험한 생명들이 돋아나 참호와 터널을 메웠다. 봄이 왔고 동면은 끝났다. 바닥과 벽에 폭발하듯 생명체들이 자라났다. 육식성의 공격적인 식물들이었다. 이빨이나 발톱과 흡사한 가시들로 뒤덮인 크고 작은 배고픈 식물들은 생명체를 붙잡기 위해 필사적이었다. 식물들은 영역을 두고 서로 다퉜고, 그 승자는 참호와 터널의 주인 자리를 두고 반란군과 또 싸워야 했다. 반란군은 항상 하듯이 검과 도끼, 가끔은 광선총까지 동원해 게걸스런 식물들을 몰아냈다. 울프 가의 경비대도 똑같은 전투를 치러야 했다. 짧은 일 년 동안 양측이 싸우지 않는 유일한 날이었다. 번성하는 생물은 식물들만이 아니었다. 산을 내뿜는 거머리가 벽을 갈라놓았고, 오랜 본능으로 빛과 따뜻함을 찾아다니는 거대한 동물들이 천천히 지상에서 지하 깊숙한 곳까지 여기저기 헤집고 다녔다. 봄이 됐고 모든 세상이 깨어나 활개를 치고 다녔다.

잭 랜덤과 루비 저니는 칼을 번뜩이며 외계생명의 피를 뿌리고 있었다. 두 사람은 강하고 빨랐으며 지치는 법이 없었다. 그들은 거대한 터널 안을 종횡무진 누비며 도움이 필요한 곳에는 언제든지 나타났고 어떤 것도 그들을 대적할 수 없었다. 그리고 알렉산더 스톰은 한때 전성기에는 랜덤과 어깨를 맞대고 전장을 누비며 검 하나를 들면 천하무적이었지만, 지금은 작전을 짜고 부대를 편성하는 일에 주력하고 있었다. 그는 온종일 정찰병과 전령을 상대하며, 자신이 늙었다는 생각을 떨쳐버리려고 노력했다.

날이 저물면서 생명의 폭발은 그 기세가 수그러들었고 봄은 이미 중반을 향해 치닫고 있었다. 랜덤과 루비, 스톰의 도움으로 반란군은 기록적으로 빠른 시간 내에 참호와 터널을 장악했다. 울프 가의 경비대도 매우 빠른 진척속도를 보였다. 그들은 에너지무기가 풍부했다. 봄의 둘째 날이 밝아오고 있었다. 동식물들은 따끔한 가르침으로 자기 자리를 알게 되었고, 반란군과 울프 가의 용병들은 이제 더 진지한 전쟁에 주의를 기울일 수 있게 되었다.

비가 억수같이 퍼부었다. 물이 빠지는 것보다 더 많은 비가 흘러들어서 참호가 발목까지 차가운 물로 잠겼다. 반란군은 첨벙거리며 자기 위치로 가서 신호를 기다리고 있었다. 그리고 호각이 울리자 양측은 참호를 박차고 나와 중간지대에서 서로 맞부딪쳤다. 잠시 화살이 날고 광선총의 포효가 울리다가 백병전이 전개되면서 살과 뼈를 가르는 쇳덩이의 거친 울림만 낭자했다. 서로 여기저기로 밀리며 양측은 엉겨 붙었고 모두들 자신의 동료들과 떨어졌다. 남녀 할 것 없이 비명을 지르며 죽어갔고 들쭉날쭉한 철제 바닥에는 잠시 피가 고였다가 금세 빗물에 씻겨나갔다.

싸움은 밀고 당기기를 반복했고 양측은 유리한 지점을 놓치지 않기 위해 사력을 다했다. 퍼붓는 빗속에서 병사들은 하나둘씩 쓰러져 갔으며 사람들의 형체는 빗속에서 흐릿해졌다. 어떤 자는 지칠 줄 모르고 내리는 굵은 빗줄기와 전장의 공포에 미쳐버려서 피아의 구분도 없이 마구 칼을 휘두르기도 했다. 공기는 너무 습해서 숨 쉬기가 거북했다. 빗물은 눈과 귀와 입 속으로 쉼 없이 파고들었다. 그래도 양편은 계속 싸웠다. 그들이 하는 일이 바로 그것이기 때문이었다. 랜덤과 루비는 등을 맞대고 싸웠다. 그들의 검은 너무 빨라서 아무도 감히 대적할 수 없었다. 주변에 무수한 사람들이 쓰러져도 그들은 눈하나 깜짝하지 않고 계속 싸웠다. 그리고 마침내 호각이 또 한 번 울리자 양편은 시체와 부상자들을 끌고 각자의 터널과 참호로 돌아갔다. 비는 계속 내렸고, 봄날의 이틀째는 그렇게 흘러갔다.

여름이 다가왔다. 누군가 수도꼭지를 잠근 듯 비가 뚝 그치며 열기가 치솟기 시작하더니 참을 수 없는 지경에까지 이르렀고, 그다음에도 열기는 계속 올라갔다. 참호 속의 물은 증기가 되어 날아갔다. 뜨거운 공기가 폐를 태웠고, 열기 속에서는 몸놀림 하나하나가 고역이었다. 하늘은 눈부셨고 태양은 눈을 멀게 만들었다. 울프 가의 경비대원들은 특수 제작된 냉방복을 입었다. 반란군은 그런 것이 필요 없었다. 그리고 모두가 놀랐던 것은 랜덤과 루비도 더위에 아랑곳하지 않는다는 것이었다. 그들은 그냥 적응해버렸다. 그리고 호각이 다시 울리자 양편은 고함을 지르며 참호를 뛰쳐나와 다시 싸웠다. 검이 뱃속에 박혔고, 에너지빔이 지나가는 자리에 머리가 농익은 과일처럼 터졌다. 도끼가 팔을 가르자 반란군이 비명을 질렀고, 얼굴의 반을 칼날에 잃은 경비대원의 피가 사방에 흩뿌려졌다. 남자와 여자들은 여기저기 쿵쾅거리며 내달렸고, 검을 휘두를 공간을 마련하기 위해 다퉜다. 시체와 부상자들이 적을 향해 달려가는 사람들 발에 짓밟혔다. 분노와 고통의 절규가 전쟁구호와 함께 대기를 들끓게 했다. 울퉁불퉁한 지면은 피와 내장으로 뒤덮였다. 날이 저물 무렵 호각이 울리고 양측은 물러났다. 그들은 부상자들을 챙겼다. 여름날에 상처는 금방 곪았다. 전사자는 밤에 열기가 좀 가셨을 때 수습하기 위해 그냥 썩도록 놔두었다.

어떤 사람들은 밤에도 싸우겠다고 자원했다. 한낮의 접전에서 충분한 분풀이와 살육을 즐기지 못한 사람들이 정찰대를 구성한 것이다. 그들은 칠흑 같은 전장을 기어가다가 갑작스런 조우로 서로 맞붙어 싸우다가 죽어갔다. 참호에서는 찌는 듯한 더위 속에서도 사람들이 잠을 청했다. 여름의 둘째 날은 기온이 더욱 올라갔지만 전의는 더욱 뜨겁게 불타올랐다. 호각이 울리자 양측은 함성을 지르며 참호를 기어 나왔다. 오늘도 해야 될 살육이 있는 것이다.

그리고 가을이 찾아왔다. 기온은 돌덩이처럼 급작스럽게 떨어졌다. 호각이 울리면 남자와 여자들이 참호를 벗어나 싸움을 벌였다. 날카로운 금속의 도살장은 이미 전날의 전투에서 흩어진 피와 내장이 무자비한 햇볕에 데워진 철에 바싹 구워져 거무튀튀하게 변색되어 있었다. 어디선가 갑작스런 돌풍이 일었다. 사람을 멀리 날려버릴 만큼 강한 바람이었다. 양측은 벨트와 다리에 추를 달아 몸이 날려가는 것을 방지했다. 바람은 흩어진 금속 파편들을 그러모아 엄청난 속도로 뿌려댔다. 날카로운 금속은 순식간에 노출된 피부를 뚫고 뼈까지 파고들 수 있었다. 그래서 양측은 갑옷을 입었고 그들의 행동은 더욱 굼뜨게 되었다. 전투는 느릿느릿 우스꽝스러운 모습으로 전개되었지만 피는 여전히 흘렀고 부상자나 전사자들에게는 그것이 절대로 웃음거리가 아니었다.

그리고 마침내 겨울이 되돌아왔다. 눈과 얼음과 살을 에는 추위의 시간. 경비대는 특수 발열복을 입었다. 반란군은 그런 것이 필요 없었고, 랜덤과 루비도 마찬가지였다. 양편은 눈송이가 눈에 들어가지 못하도록 두꺼운 고글을 착용했다. 전장은 눈부신 설원이 되었다. 그 속에서 한 무리의 무장한 남녀들이 적의 흔적을 찾아 두리번거리며 눈보라를 뚫고 걸었다. 피가 눈 위에 뿌려져 꽃송이처럼 피어났다. 병사들은 바닥에 넘어져 다시 일어서지 못했다. 잭 랜덤과 루비 저니는 계속해서 싸웠다. 날씨가 어떻든 간에 시간이 어떻든 간에 상관하지 않고 매번 참전했다. 반란군은 전쟁구호로 그들의 이름을 외쳤고 몸을 사리지 않고 그들을 따랐다. 냉기가 반란군의 폐를 찢고 피를 얼렸지만, 분노는 모든 추위를 녹일 만큼 뜨거웠다. 이틀이 지나자 겨울은 봄에게 자리를 양보했고, 모든 것이 새로 시작되었다. 테크노스Ⅲ의 일 년은 그렇게 흘러갔다.

엄혹한 기후와 증오와 살육이 끊임없이 반복되는 와중에도 꾸준한 진보는 있었다. 반란군이 조금씩 울프 가의 경비대를 밀어붙이면서 야금야금 그들의 영역을 잠식해 들어갔다. 참호를 하나씩 빼앗으면서 전선은 공장에 점점 가까워지고 있었다. 잭 랜덤과 루비 저니는 거침없이 전장을 누비며 반란군의 사기를 드높이고 싸움을 독려했으며 울프 가의 경비대를 공포의 도가니로 몰아넣었다. 날씨도 적도 그들을 말릴 수 없었다. 이제 양편 모두에서 전설적인 직업적 혁명가와 그 동료의 이름이 회자되었다. 그리고 반란군의 진지 깊은 곳에서는 알렉산더 스톰이 평의회 위원들과 함께 지치지 않고 작전계획을 수립하고 있었다. 그도 한때는 이름을 드날린 전설적인 존재였다. 그는 가끔 혼자 있을 때, 자신은 늙었지만 오랜 친구이자 동료인 잭은 전혀 그렇지 않다는 사실을 되도록 떠올리지 않으려 노력했다.

전장에서 잭 랜덤은 날이 갈수록 더 강해졌으며 그의 검은 지칠 줄 몰랐다. 그는 다시 예전의 위명을 떨치던 자기 자신으로 되돌아간 기분이었다. 그리고 외모까지도 젊어지고 있다는 것을 루비는 눈치 챘다. 그녀는 아무에게도 말하지 않았다. 반란군은 그들의 이름을 드높이 외치며 승리를 향해 달려갔다.

그리고 적과 아를 가릴 것 없이 사상자가 발생했으며 자비수녀단은 부상자들을 치료하느라 바빴다.

그렇게 전쟁은 계속되었다.

다니엘과 스테파니 울프는 공장의 접견장으로 꾸며진 곳에서 초조하게 대기하고 있었다. 그곳은 사실 한동안 사용되지 않던 커다란 창고였는데, 붉은 카펫을 깔고 꽃으로 이곳저곳 치장을 해놓은 것이다. 카펫은 좀 초라해 보였지만 꽃은 화사해서 나름대로 공장의 삭막한 분위기를 누그러뜨려주었다.

다니엘은 한쪽 발로 바닥을 두드리고, 몸이 흩어지기라도 할까봐 두려운 듯 스스로를 껴안으며 안절부절못했다. 울프 가의 일들이 최근 그다지 잘 풀리지 않았다. 그런데 이 만남은 자칫하면 일을 크게 그르칠 수도 있는 위험이 있었다. 혹시 말실수라도 하면 큰일이었다. 그의 옆에는 스테파니가 냉정을 잃지 않고 차분하게 자리를 지키고 있었다. 한 사람이라도 이성적일 수 있다는 것은 다행스러운 일이다. 원래는 마이클과 릴리도 이렇게 중요한 인물을 환영하는 자리에는 동석해야 했다. 그러나 그들이 제대로 처신할 수 있을지 의심스럽다는 이유로 스테파니가 그들의 불참을 결정해버렸다. 그래서 그들의 음식에 약을 탔고, 만일을 대비해 그들을 방에 가두어놓았다. 공식적으로는 그들이 몸이 불편하다는 이유를 댔다. 물론 그 말이 거짓은 아니었다. 그리고 카사 주교도 초청하지 않았다. 카사는 초대받기 위해 협박을 포함해 할 수 있는 모든 것을 다 했다. 하지만 스테파니는 무대에서 뒤로 처질 생각이 없었다. 이것은 울프 가의 행사이고 그들의 손님이다. 카사는 그를 나중에 만나도 된다. 아주 나중에.

그럼에도 불구하고 그녀가 배제시킬 수 없었던 사람들이 있었다. 토비 슈렉과 그의 카메라맨이다. 여제는 이 환영행사가 홀로비전에 생중계되기를 원한다고 말했다. 그녀는 물론 그 이유를 설명할 필요가 없었다. 그녀가 원한다면 무조건 따라야 한다. 그래서 토비와 플린은 조명을 설치한 후 가급적 눈에 띄지 않도록 뒤쪽으로 멀리 물러나 기다리고 있었다. 이것은 그들이 절대로 놓치고 싶지 않은 장면이었다. 전설적인 반신인(半身人) 하프맨을 카메라에 담는 기회는 날이면 날마다 오는 것이 아니었다.

제국에서 하프맨의 무시무시하고 끔찍한 이력을 모르는 사람은 거의 없다. 그는 2백 년 전에 아직도 정체가 밝혀지지 않고 있는 외계종족을 만났다. 외계인에게 납치되었던 것이다. 그는 자신의 순양함인 베어울프 호의 지휘석에서 모든 승무원들이 지켜보는 가운데 홀연히 사라져버렸다. 아무런 예고도 없었고 외계인의 배가 근처를 지나고 있었던 것도 아니었다. 그냥 눈 깜짝할 사이에 없어진 것이다.

외계인은 그를 3년간 붙잡아놓고 갖은 실험을 했다. 그는 악몽 속에서만 단편적으로 그것을 기억한다고 했다. 그리고 기억의 대부분은 자신의 비명소리였다. 그러다 베어울프 호의 함교에 어느 날 갑자기 다시 나타났다. 배는 그가 사라진 장소에서 제국의 반을 가로지른 곳에 있었는데도 말이다. 하지만 그 순간이 바로 진짜 악몽이 시작되는 시점이었다. 외계인은 그의 몸을 반만 되돌려 보낸 것이다. 왼쪽 반만. 그는 머리부터 사타구니까지 정중앙이 분리되었고 오른쪽 반은 인간의 형상을 한 에너지 구조물로 대체되어 있었다.

당시 황제는 최고의 과학자들과 의료진으로 하여금 그를 검사하게 했으나 아무도 그럴듯한 답을 얻지 못했다. 그들은 그가 무엇이 되었는지는 고사하고 어떻게 죽지 않고 살아 있는지조차 규명해내지 못했다. 그의 오른쪽 반은 전혀 성질을 알 수 없는 에너지장으로 구성되어 있었다. 제국 전체는 조만간 외계인들이 침공해올 것으로 믿고 철저한 경비태세에 들어갔다. 하지만 외계인은 결국 오지 않았고 사람들은 조금 안심이 됐다. 하프맨은 타블로이드 뉴스채널에서 그에게 붙여준 이름이었다. 그는 외계인에 관련된 사항을 조언하는 황제의 자문관이 되었고, 세월이 흘러 황제가 죽고 새로운 황제가 들어섰지만 그의 인간 몸 반은 단 하루도 늙지 않았다. 지금도 그는 제국 내에서 외계인에 대한 정책을 수립하는 중책을 맡고 있다. 누군가 그에게 반대하고 싶은 사람이 있다면, 그를 한 번 쳐다보는 것만으로도 외계인이 그에게 한 짓을 알고 마음을 돌리게 된다.

하프맨은 또한 수색관 제도를 창설한 사람이기도 하다. 그는 외계인의 위협에 적절히 대응할 능력을 갖춘 사람들의 조직이 제국 내에 필요하다고 여겼다. 그래서 직접 사람들에게 외계인을 이해하고 통제하고 죽이는 최고의 방법을 가르쳐서 수색관으로 배출했다. 수색관들은 그를 숭배한다. 그 때문에 여러 황제들은 심기가 불편했던 것으로 알려져 있다. 수색관들이 꼭 필요한 존재들이고 자신의 일을 능숙하게 잘 해나가고 있다는 것에는 이론의 여지가 없었지만, 만약 그들이 하프맨 아래에 하나로 똘똘 뭉친다면 과연 제국 내에서 그들을 당해낼 세력이 있을지는 매우 의심스러운 일이었기 때문이다. 하지만 다행스럽게도 수색관들은 천성적으로 고독함을 즐기는 존재들이라 무리 짓는 것을 좋아하지 않았다. 그들의 유일한 구심점은 하프맨이었다. 그들은 하프맨을 위해 죽을 수도 있었고 그를 위해 살인도 할 수 있었다. 이것이 하프맨이 테크노스Ⅲ에 온 이유였다.

토비 슈렉과 플린은 하프맨에 매료되었지만 겉으로 드러내지 않으려 애썼다. 하프맨은 돌아온 직후에도 대중 앞에 서는 것을 좋아하지 않았다. 타블로이드 언론들이 그를 성가시게 한 이후로는 더욱 심해졌다. 그는 언론을 피했으며 황제가 특별히 명령한 경우가 아니면 거의 모습을 드러내지 않았다. 그 결과 그에 대한 보도는 점점 뜸해졌다. 만약 기자가 하프맨의 영상을 담는 데 성공한다면 자기가 원하는 가격에 언론사에 팔 수도 있었다. 환영행사는 생중계로 진행된다. 하지만 토비는 나중에 몰래 촬영할 수 있는 기회가 반드시 올 것으로 믿었다. 만약 인터뷰까지 할 수 있다면 금상첨화일 것이다. 물론 그가 인터뷰 요청을 했을 때 그 자리에서 맞아죽지만 않는다면 말이다. 실제로 그런 소문도 있었다.

접견실 바깥 복도에서 발소리가 들리자 모두들 문 쪽으로 시선을 집중했다. 한쪽 발이 철판 바닥을 두드리는 소리였다. 그들은 모두 긴장하며 나름대로 잘 보이려고 외모를 가다듬었다. 문이 열리고 하프맨이 들어왔다. 토비에게 처음 든 생각은 '생각보다 나쁘지 않군. 충분히 요리할 수 있겠는걸'이었다. 그는 그토록 이상한 모습에 어떻게 대처해야 할지 걱정스러웠던 것이다. 하지만 몸 반쪽은 지극히 평범한 인간의 모습이었고, 번쩍이는 에너지는 단지 에너지일 뿐이었다.

인간 반쪽은 180센티미터를 조금 넘는 키였고 건장해 보였으며 고풍스러운 옷을 입고 있었다. 반쪽 얼굴은 조금 당혹스러웠지만 머리카락은 평범한 검은색이었고 외눈도 마찬가지였으며 반쪽 입은 꽉 다물고 있었다. 토비는 그의 입이나 눈에서 어떤 감정도 읽을 수 없었다. 반쪽 얼굴에는 별다른 정보가 없었다. 그는 그 얼굴이 한때 잘 생겼었는지 그렇지 않은지조차 가늠하기 힘들었다. 에너지 반쪽은 끝없이 물결치고 있었음에도 불구하고 완벽한 인간의 형상을 갖추고 있었다. 하지만 그것이 인간 반쪽과 전혀 닮지 않았다는 인상을 주었다. 그것은 색깔마저 일정치 않아서 모든 색을 띠는 것 같았다. 그리고 오래 쳐다보고 있기도 어려웠는데 그것이 단순히 너무 밝기 때문만은 아닌 것 같았다.

토비는 하프맨에게서 눈을 떼고 조명이 모두 제자리에서 정상작동하고 있는지 점검했다. 그와 플린은 노출을 어림짐작으로 맞출 수밖에 없었다. 그는 플린을 쳐다보았고, 어깨 위의 카메라가 벌써 모든 것을 조용히 담고 있는 것을 확인하고 안도했다. 수조의 인구가 이

방 안에서 생중계되는 것을 지켜보고 있는데 만약 한 가지라도 잘못된다면 그는 반란군 기자로 전직해야 할 판이었기 때문이다.

스테파니와 다니엘이 공식적으로 하프맨을 맞기 위해 한 걸음 나서다가 세 명의 새로운 사람들이 열린 문으로 들어서는 것을 보고 멈칫했다. 그들은 모두 수색관의 공식 제복인 청색과 은색 망토를 두르고 있었다. 스테파니와 다니엘은 놀라서 입이 쩍 벌어졌다. 토비도 피가 얼어붙는 것만 같았다. 한 방에 세 명의 수색관이 동시에 입장한다? 이것은 듣도 보도 못한 사건이었다. 이런 일은 상상조차 할 수 없었다. 토비는 플린이 확실히 촬영하도록 눈을 부라렸다. 생각했던 것보다 훨씬 큰일이 이곳에서 벌어지고 있는 것이다.

"다니엘, 스테파니 울프," 하프맨이 완벽한 인간의 목소리로 말했다. "내 세 명의 동행자를 소개하겠소. 이들은 수색관 에지, 바르, 쇼올이오."

각 수색관은 그들의 이름이 거명될 때 살짝 고개 숙여 인사했다. 에지는 키가 크고 날렵한 오십대 중반의 남자였다. 얼굴은 길고 턱이 뾰족했으며 눈은 크고 밝았다. 약간 인상 쓰는 듯한 얼굴표정 때문에 좀 오만해 보였다. 바르는 키가 작고 불도그처럼 단단한 인상의 남성이었다. 그는 모든 근육을 긴장하고 부동 자세로 서 있었다. 암회색 머리를 단정하게 빗어 넘겼고 나이는 이미 육십을 넘은 듯했다. 그는 마치 누군가를 죽이라는 명령이 떨어지기만을 기다리고 있는 사람처럼 보였다. 쇼올은 평범한 체격의 사십대 후반의 여성으로 셋 중 가장 젊어 보였다. 그녀는 뻣뻣한 검은 머리카락을 지녔고 시선은 서늘했다. 토비는 그녀의 입술 가장자리에서 보일 듯 말 듯한 미소를 보았다고 생각했다. 하지만 그녀는 수색관이다. 아마 그가 잘못 보았을 것이다. 수색관은 살육할 때만 웃는다는 것이 상식이었다. 모든 외계 종족을 천천히 즐기면서 죽일 때만. 그때 에지가 홀로그램 카메라를 발견했고, 모든 것이 엉망이 돼버렸다.

"그 엿 같은 물건 치우지 못해!" 에지가 이미 검을 손에 쥐고 외쳤다. 그는 플린에게 다가갔고 플린은 재빨리 도망쳤다. 여전히 촬영을 계속하고 있는 중이었다. 플린은 종군 카메라맨으로 일해보았기 때문에 어떤 일이 있어도 촬영은 계속해야 한다는 제일 원칙을 주지하고 있었다. 에지가 금방이라도 찌를 듯 검을 들이대며 말했다. "끄라고 말했다. 아무도 날 찍을 수 없어. 아무도."

토비는 그를 진정시키려고 손을 들고 앞으로 나섰다. "폐하의 명령에 따른 것입니다. 폐하께서 모두 찍으라고……"

에지가 눈 깜짝할 사이에 돌아서서 손등으로 토비의 얼굴을 후려쳤다. 토비는 바닥에 나동그라져서 정신을 차리려고 애썼다. 입과 코에서 피가 흘렀다. 그는 피를 뱉어냈다. 그러고는 한쪽 무릎을 짚고 앉아 어질어질한 머리를 진정시키려고 잠시 피 토하는 것을 멈춰야 했다. 플린은 뒷걸음질 치다가 벽에 닿아서 더 이상 물러설 곳이 없었다. 그래도 그는 여전히 촬영 중이었다. 토비는 위기를 해소할 말을 찾기 위해 미친 듯이 머리를 쥐어짰다. 무언가 할 수 있는 말이 있을 것이다. 그는 항상 무슨 말을 해야 할지 알고 있었다.

"그자를 그냥 둬, 에지." 바르가 중후하면서도 약간 어눌한 목소리로 말했다. "우리는 폐하의 명령에 복종해야 해. 어떤 것이든."

"입 닥쳐, 아첨꾼 같으니." 에지가 뒤도 돌아보지 않고 소리 질렀다. 그는 플린의 목에 검을 겨누고 있었다. "카메라를 바닥에 집어던지고 발로 밟아라, 애야. 네 발밑에서 깨지는 소리를 듣고 싶구나."

플린은 지옥에나 가버리라고 소리치고 싶었지만 목구멍에서 말이 넘어오지 않았다. 수색관에게 그런 식으로 말하는 것은 곤란하다. 특히 지금처럼 눈에서 살인의 광기를 번뜩이고 있는 작자에게는 말이다. 하지만 그는 어쨌든 카메라를 포기하지 않았다. 에지가 갑자기 미소를 띠자 플린은 피가 얼어붙는 것 같았다.

"그 사람을 그냥 놔둬." 쇼올이 말했다. 그녀의 목소리는 차분했지만 쾌활한 느낌이었다. "그자는 쥐새끼하고 똑같은 종자야. 하나를 죽이면 다른 것들이 무수히 몰려들지. 저 사람 하는 소리 들었지. 이건 폐하의 생각이야. 당신은 정말로 쇠사슬에 묶여 여제 앞에 끌려가 명령에 불복종한 이유를 설명하고 싶진 않겠지?"

"그 여자가 나를 어쩔 건데?" 에지가 말했다. "당신은 우리가 왜 여기 왔는지 모르나? 현장에서 써먹기는 너무 늙고 약해졌지만 방출하자니 너무 위험하기 때문이잖아. 우리는 이제 가문을 위해서도 일할 수 없지. 너무 일을 잘하니까. 그녀는 우리가 두려운 거야. 우리가 할 수 있는 일들이 말이야. 나는 평생을 바쳐 그녀에게 충성했어. 그런데 뭐가 남았지? 이런 똥덩어리 같은 행성에서 사법관이나 하는 거? 이 행사를 중계하고 싶다고? 내가 그 소중한 시청자들에게 아주 기억에 남을 만한 장면을 선사해주지."

그는 검을 찌르려고 뒤로 당기며 칼날을 플린의 하복부에 겨냥했다. 플린은 움직일 수 없었다. 토비는 현기증을 느끼며 일어섰다. 부러진 코에서는 피가 흐르고 있었다. 그가 끼어들어봐야 플린과 같이 죽는 꼴밖에 안 된다. 그렇다고 카메라맨이 죽는 것을 두 눈 번연히 뜨고 지켜볼 수만은 없었다. 그때 쇼올이 앞으로 튀어나오며 에지의 목덜미를 능숙한 솜씨로 후려쳤다. 에지는 검을 떨어뜨리고 무릎을 꺾으며 쓰러졌다. 바르는 충격을 받은 표정이었지만 아무 말도 하지 않았다. 쇼올은 정신을 못 차리는 에지를 향해 웃으며 말했다.

"시키는 대로 해, 에지. 안 그러면 재갈을 물려줄 테니까."

"잘 처리했군, 쇼올." 하프맨이 말했다. 그는 다니엘과 스테파니를 향해 고개를 끄덕였다. "사과하오. 에지는 능력이 출중한 친구인데, 외교 수완만은 좀 떨어지지. 다음에는 좀 더 단속하리다. 이만 이 모임을 마쳤으면 좋겠소. 이미 시청자들에게 충분한 즐거움을 선사했으니 바로 이 자리에서 일에 착수했으면 좋겠소. 파일은 준비됐소?"

"요구하신 모든 것을 준비해두었습니다." 스테파니가 대답했다. "지도, 역사, 부대편성 세목들."

"시청자를 대신해서 제가 질문 하나 드려도 되겠습니까? 여기 오신 목적이 무엇입니까?" 토비가 물었다.

하프맨은 돌아서며 외눈박이 눈으로 토비를 쳐다보았다. 토비는 어느 정도 정신을 수습하고 손수건으로 부어오른 입과 코를 누르며 서 있었다. 하프맨은 반쪽 입술로 미소를 지었다. "고집스러운 자로구먼. 이 자리에서 잘못된 질문을 하게 되면 자네 신상에 이롭지 않다는 것을 확실히 깨달았을 텐데, 그렇지 않나?"

"직업적 사명감입니다." 그는 자기 말이 잘 들리도록 손수건을 내리고 턱으로 흘러내리는 피는 무시해버렸다. "이 상황에 대해 한 말씀 하시고 싶은 것 없습니까?"

"별로." 하프맨이 말했다. "하지만 내 친구가 소란을 피웠으니 한마디 하는 것도 나쁘지 않겠군." 그는 살짝 몸을 돌려 플린의 카메라를 정면으로 응시했다. 그의 에너지 반쪽이 이글거려서 플린은 재빨리 카메라의 감도를 낮추어야 했다. 하프맨이 시청자들을 보며 미소 지었다. "여제께서는 노령이나 부상으로 더 이상 현장에서 일할 수 없는 수색관들이 은퇴해 사적으로 가문에 봉사하는 행위를 금하셨습니다. 특권이 너무 남용됐던 거지요. 앞으로 수색관들은 자신들의 능력과 경험이 유용하게 활용될 수 있는 특별히 위험한 분쟁지역에서 군대와 함께 일하게 될 것입니다. 이번은 그 계획의 타당성을 검증하기 위한 실험으로서, 그 장점과 한계성을 관찰하는 기회가 될 것입니다. 모든 수색관들의 훈련관으로서 저는 이번 작전의 감독을 자원했습니다. 오늘 얘기는 이상입니다. 그리고 앞으로 모든 언론팀은 안전을 위해서라도 충분한 거리를 유지해주시기 바랍니다." 그는 스테파니와 다니엘을 향해 돌아섰다. "다 끝났소. 상황실로 데려다주시오. 쇼올, 바르, 에지를 데리고 와."

그리고 그들은 즉시 떠났다. 에지는 바르와 쇼올의 부축을 받았다. 토비와 플린은 문이 완전히 닫히기를 기다렸다가 크게 안도의 한숨을 내쉬었다. 플린은 카메라를 끄고 정신을 집중해 깊은 호흡을 반복했다. 토비는 손수건으로 조심스럽게 입과 코를 닦았다. 입과 코가 원래 크기의 두 배는 부풀어 오른 것 같았다.

"몽땅 찍었지, 플린? 어서 그렇다고 말해."

"일 초도 안 빼고요." 카메라맨이 말했다. "거의 속옷을 적실 뻔했다고요. 그자가 정말로 날 죽이는 줄 알았어요."

"죽이려 했지. 그는 수색관이야. 다행히도 우리는 생중계 중이었고, 다른 사람들은 그게 무슨 의미인지 간파했던 거야. 이 새로운 계획이라는 것이 결국 퇴물 수색관도 끝까지 부려먹겠다는 거였군. 하프맨은 그 계획이 시작되기도 전에 에지가 수십억 시청자들 앞에서 끔찍한 행동을 벌이는 것을 용인할 수 없었던 거야. 그가 가문에 대해 말하는 것 들었지? 이제 수색관은 가문의 경호원이나 암살자로 고용될 수 없는 거야. 여제 폐하께서 일부 유력 가문의 힘과 영향력이 지나치게 비대해지는 것에 대해 걱정하기 시작했다는 뜻이지. 딱 집어서 이름을 말하지는 않았지만 말이야. 그렇지만 그 새로운 계획이 울프 가의 행성에서 처음 시작된다는 것이 참 공교롭지?"

"맞아요." 플린이 말했다. "그런데 팀으로 일하는 것이 부적합하다고 판명되는 수색관들은 어떻게 될까요? 그들은 원래 혼자 일하도록 훈련받았잖아요. 배의 함장에게 반기를 드는 수색관 얘기도 들리던걸요. 라이언스톤이 그들을 그냥 은퇴하도록 놔둘 것 같지는 않아요."

"좋은 지적이야." 피범벅이 된 손수건을 슬픈 표정으로 바라보며 토비가 말했다. 손수건은 최고급 제품이었다. "이건 일종의 적응훈련 같은 거라는 생각이 들어. 전장에서 싸우다가 죽거나 아니면 처형되는 거지. 다른 수색관들이 이것을 어떻게 받아들일지 궁금하군."

"아마 좋아할 겁니다. 그들은 원래 한마디로 표현하자면 개자식들이니까요. 어쨌든 퇴직연령까지 살아남을 수 있는 자들도 많지 않잖아요. 원래 일의 성격이 그렇지요. 그들은 아마 기회가 된다면 싸우다가 죽는 것을 더 좋아할 겁니다."

"아니면 누군가를 같이 끌고 가든가." 토비가 말했다. "아니면 한꺼번에 많은 사람을 끌고 갈지도 모르지. 어쨌든 에지 수색관은 앞으로도 아주 조심해야 할 것 같아."

"맞아요." 플린이 말했다. 그는 토비를 빤히 쳐다보았다. "저는 당신이 일어나서 저를 도우려고 하는 것을 봤어요. 당신이 걱정했던 것이 전가요, 아니면 카메라인가요?"

"솔직히 말하면" 토비가 말했다. "내가 제일 걱정스러웠던 것은,

그가 너를 죽여서 네 레이스 달린 팬티가 드러나는 것이었어. 나도 체면이 있잖아."

상황실에서 브리핑이 끝난 후 울프 가가 하프맨과 수색관들에게 식사와 음료를 같이하자고 청했지만, 그들 모두 정중하게 사양했다. 수색관들은 사교적이지 않았고, 하프맨은 사람들이 쳐다보는 것을 싫어했다. 그는 언젠가는 사람들 시선에 적응할 것이라고 생각했지만 오산이었다. 그리고 울프 가 사람들은 다정한 표정과 알랑거리는 말로 꾸미기는 했지만 호기심을 감추는 데는 별로 섬세하지 못했다. 그래서 하프맨은 수색관들을 각자의 숙소로 보내고, 에지와 사적이지만 매우 엄한 대화를 나눈 후 자신의 방으로 향했다.

하프맨은 방 안을 둘러보았다. 모든 편의시설이 갖춰져 있고 약간의 사치품까지 구비되어 있었다. 여기까지 타고 온 배의 숙소보다 나았다. 하지만 별 감흥은 없었다. 그는 여기 일하러 온 것이지 방 안에서 빈둥대려고 온 것이 아니다.

그는 의자에 앉아서 마사지 기능을 끄고 책상으로 의자를 끌었다. 그리고 스크린을 켜고 공단의 컴퓨터에 접속해 현지 부대에 관한 기록을 호출했다. 열댓 명의 회사 지휘관 아래로 수백 개의 행성에서 온 용병들이 편성되어 있었다. 울프 가의 경비대원들이 전체적인 감독관 역할을 했다. 테크노스Ⅲ에 오기 전에 용병들의 경력은 대체로 만족할 만한 것이었다. 반란군과의 전투 기록은 흥미롭기는 했지만 실망스러웠다. 어느 쪽도 완전한 승기를 잡지 못한 채 패배하지 않고 버티는 정도로 오랫동안 싸움을 끌어왔고, 최근에는 반란군이 약간 기세를 올리는 중이었다. 이유는 명백했다. 이곳은 반란군의 세상이었고, 그들은 적응이 된 반면에 울프의 군대는 변덕을 부리는 날씨에 적응하기 위해 온도조절 의복, 갑옷, 호흡기 등 여러 장비들이 필요했기 때문이다. 울프 가의 군대가 지닌 기술적 우위는 기후조건 때문에 상쇄돼버렸고, 양측 모두 그것을 잘 알고 있었다.

울프 가는 반란군과 싸우면서 많은 병력 손실을 입었다. 반란군의 전사자에 대한 기록은 없었지만 하프맨은 그것이 울프 가의 수보다 훨씬 적을 것이라고 생각했다. 간혹 생포되는 반란군은 절대로 입을 열지 않았다. 그들은 먼저 자살할 기회를 엿보았고 실패할 경우 취조실에서 버티다가 죽어갔다. 그리고 무엇보다도 흥미로운 것은 반란군에 외부에서 영입한 새로운 지도자가 있다는 사실이었다. 울프 가의 보고가 신뢰할 만한 것이라면 그자는 전설적인 직업적 혁명가 잭 랜덤이었다. 하프맨은 오랫동안 잭 랜덤의 활동을 눈여겨보고 있었다. 그는 언젠가 둘이 서로 만날 운명이라고 생각했다. 동시대를 사는 두 명의 위대한 지도자. 그는 살짝 얼굴을 찌푸렸다. 그가 마지막으로 들은 얘기는 잭 랜덤이 폐인이 된 노인이라는 것이었다. 하지만 보고에는 더 젊고 강력한 전사라고 기록되어 있었다. 아마 새로 나타난 애송이가 유명한 이름을 사칭하는 것이리라. 그는 한숨을 쉬고 스크린을 껐다. 안 그래도 골칫거리가 많은데, 여제가 그에게 세 명의 수색관을 떠맡겨버린 것이다.

그는 항상 에지가 문제가 될 것이라고 생각해왔다. 그자는 미친 살인자였다. 폭력적이고 반항적이었다. 다른 보직이라면 심각한 결점이겠지만, 수색관의 경우에는 그런 성향이 일종의 장점이 되기도 했다. 그의 고약한 태도와 비행들도 어쨌든 자기 일만은 충실히 수행해왔기 때문에 여태까지 묵과될 수 있었다. 그러나 이제 그도 나이가 들어서 느려지기 시작했고, 그 스스로 인정하지는 않았지만 일을 감당하지 못하는 경우가 생겼다. 그는 점점 자제력을 잃어갔고, 폭력적인 돌출행동에서 흘리는 피를 즐기는 듯 보였다. 언제 터질지 모르는 시한폭탄 같은 존재였다. 그는 친구가 없었고, 수색관에게 감히 충고할 사람도 없었다.

그에게는 이성이나 선의, 군대의 규율도 소용없었다. 현장에서 그를 통제하기 위해서는 그보다 더 뛰어난 사람이 있어야 했으며 그것을 끊임없이 입증해주어야 했다. 필요하다면 가혹한 폭력을 행사해서라도 말이다. 현직에 있는 수색관이라면 그런 성향은 용인되고 때에 따라서는 장려될 수도 있지만, 은퇴를 앞둔 자의 경우에는 주변의 타인뿐만 아니라 바로 자기 자신에게도 지극히 위험할 수 있었다. 에지가 하프맨의 전설에 대해서는 다소 경외감을 품고 있다는 것이 그래도 도움이 되었다. 하기야 그렇지 않은 사람이 어디 있겠는가?

바르는 에지와 완벽하게 대비되는 인물이었다. 뼛속까지 철저한 군인으로서 전투에 열광했고 제국과 여제에 충성했다. 어떤 무기라도 능숙하게 다루는 천부적인 전사로서 전장에서 가장 행복을 느꼈다. 아마도 사교적인 재능이 전무했기 때문에 더 그랬을 것이다. 그는 사람들을 싫어했다. 다행히도 외계인은 더 싫어했다. 그는 명령을 받았기 때문에 이곳 테크노스Ⅲ에 왔고, 싸우고 죽이고 명령을 수행하기 위해 필요하다면 죽을 것이다. 최소한 여태까지는 그랬다. 이제 여제가 그에 대한 신임을 거둔 것이 분명하고 현장에서 은퇴시킬 것을 고려하고 있기 때문에 그도 달리 생각하게 될지 모른다. 그는 단순하기는 해도 바보는 아니다. 그는 은퇴를 원하지 않는다. 은퇴 후 그가 할 일은 없다. 바르는 좀 더 지켜봐야 한다.

쇼올에게는 완전히 차원이 다른 문제가 있다. 쇼올은 예리하고 총명하며 놀랍도록 능률적이어서 아직까지도 현직 수색관들 중 열 손가락에 꼽힐 정도로 유능한 인물이었고, 그녀 자신도 그 사실을 잘 알고 있었다. 하지만 그녀는 희귀한 신경퇴화병으로 서서히 죽어가고 있다. 재생 말고는 치료법이 없지만 재생치료는 귀족들에게만 허용된 방법이다. 만약 그녀가 젊고 여전히 전성기라면 하프맨 자신이 나서서 그녀에게만큼은 예외를 허용해달라고 청원해볼 수도 있었다. 하지만 병이 발견되기 전부터 이미 그녀가 나이 들어서 느려졌다는 얘기들이 들렸었다. 수색관으로서의 삶은 거친 가시밭길이다. 그녀는 낙담하지 않았다. 그녀는 훌륭한 군인이다. 아직까지는 그녀의 능력이 온전하며 그녀의 경험은 큰 가치를 지니고 있다. 그는 그녀를 신뢰해도 좋을 것이다. 아마도.

하프맨은 책상에서 의자를 밀치고 일어서서 침대로 갔다. 침대의 이불을 벗기지도 않고 그 위에 벌렁 누웠다. 그는 잠을 자지 않는다. 외계인이 그의 몸을 이렇게 만든 이후 잠을 자본 적이 없다. 하지만 그는 밤에 몇 시간 동안 휴식시간을 갖는다. 그리고 꿈도 꾼다. 가끔 꿈속에서 외계인들이 그에게 한 짓이 떠오른다. 그리고 그는 비명을 지르며 꿈에서 깨어난다. 하지만 그는 꿈을 꿀 필요가 있다. 그에게 무슨 일이 있었는지 정확히 기억해내야 한다. 그것이 아무리 고통스러운 것일지라도. 왜냐하면 정말로 무서운 것은 그들이 그에게 한 일이 아직 끝나지 않았다는 사실이다. 그의 오른쪽 몸을 구성하고 있는 에너지 구조물이 매년 조금씩 성장하면서 나머지 반쪽인 사람의 몸을 그만큼씩 갉아먹고 있다. 아주 조금씩이지만 전혀 멈추거나 속도를 줄이는 기미도 없이 현재도 끊임없이 진행되고 있다. 마침내 그의 모든 인간성이 사라져버리면 그때는 그가 누구 또는 무엇이 되어 있을지 알 수 없었다.

에너지 반쪽의 모양도 서서히 바뀌고 있었다. 점점 인간의 형상을 잃고 다른 것이 되어가고 있는 것이다. 외계인 비슷한 것. 그를 바꾸어놓은 외계인이 어떻게 생겼는지는 악몽 속에서의 어렴풋한 형상 말고는 기억이 없다. 하지만 변하는 모습에서 마음을 불안케 하는 힌트를 얻게 된다. 그리고 더 안 좋은 것은 에너지 반쪽이 자립적인 지력을 가졌을지도 모른다는 사실이다. 에너지만의 비밀스런 생각과 숨겨진 의도를. 그래서 그는 자신에게 남은 인간성과 자신의 마음이 다른 무엇으로 대체될지도 모른다는 공포에 더욱 절박하게 스스로에게 매달리게 된다.

이것이 그가 테크노스Ⅲ에 온 것을 기뻐해야 하는 몇 안 되는 이유 중 하나였다. 현장에 복귀하는 것이 도움이 될 것이다. 그는 최근 거의 책상에 앉아 사무만 보고 있었는데, 여제가 테크노스Ⅲ의 상황이 빨리 종결되기를 바랐고, 그는 이 출정 기회를 쌍수를 들어 반겼다. 전장에서는 모든 것이 명백하다. 그리고 제국의 적을 죽이는 것은 항상 유쾌한 일이다. 보도에 따르면 반란군, 그리고 정체가 무엇이든 그들의 지도자는 훌륭한 상대가 될 것 같았다. 그들은 영리하고 용맹스러운 전사들이다. 간만에 재미있는 싸움이 될 것 같다. 그는 그들을 죽이는 것을 즐기게 될 것이다. 그리고 이 싸움을 에지와 바르, 쇼올에게 군대와 함께 싸우는 법을 가르쳐주는 훌륭한 기회로 활용할 수 있을 것이다. 어려울 것 없다. 애초에 그들을 수색관으로 키운 것이 자신 아닌가?

토비 슈렉은 여러 명의 공장 직원을 꼬드기고 설득하고 협박해서 공단의 통신센터를 편집실로 사용할 수 있게 되었다. 그는 다음날 방송을 위해 그동안 찍어둔 영상들을 편집해야 했다. 플린이 부지런을 떤 덕분에 편집할 영상은 산더미처럼 쌓여 있었다. 이 많은 기록된 역사 중 어떤 장면이 최종적으로 선택되어야 할지를 결정하는 어려운 작업은 모두 토비에게 미뤄놓고, 플린은 지금쯤 방 안에서 작은 트윈세트를 입고 진주를 차고 휴식을 취하고 있을 것이다. 토비는 플린이 문 잠그는 것을 잊지 않았기를 바랐다. 그는 각성제를 삼키려고 술을 한 잔 더 마신 후 입에 시가를 물고 앞에 있는 스크린과 제어판을 쳐다보았다. 시간은 새벽 두시였고 그의 손가락은 생각이 따라가지 못할 정도로 빠르게 움직이고 있었다. 마감시간이 임박하면 일은 그렇게 저절로 진행된다.

그가 잡동사니에서 황금을 골라내는 동안 위스키와 각성제가 몸과 마음을 깨우고 시가 연기가 정신을 집중하게 해주었다. 훌륭한 작품을 만들어야 한다. 하프맨과 그의 수색관들을 생중계한 것으로 그는 최고의 시청률을 올렸다. 하지만 그것만으로는 다른 동료 기자들 사이에서 인정받기에는 충분치 않았다. 다른 기자들도 울프 가의 공단에 들어오고 싶어 했지만 모두 거절당했다. 울프 가는 당연하게도 지극히 폐쇄적이었다. 그들은 토비와 그의 카메라맨 두 사람만 입장을 허용함으로써 언론을 완벽하게 통제할 수 있다고 믿었다. 토비는 시가를 문 입가에 미소를 머금었다. 뭔가를 보여줄 것이다.

그는 좋은 영상을 잡기 위해서 우연에만 의존할 수 없었다. 모든 사람들이 그를 경계했기 때문에 테크노스Ⅲ에서 정말로 무슨 일이 일어나는지 포착하기 위해서는 좀 더 세심한 준비가 필요했다. 쉬운 일은 아니다. 그가 플린과 있건 그렇지 않건 간에 공장의 모든 사람들은 토비만 나타나면 극도로 말을 아꼈다. 운 좋게도 그는 이미 울프 가의 뒤통수를 후려칠 만한 충분한 자료들을 모아놓았다. 이번 편집영상이 그가 무엇을 할 수 있는지 보여주는 선명한 예가 될 것이다. 이것을 통해 그의 재능을 마음껏 뽐내고 그의 이름을 언론계의 명사 반열에 올려놓을 것이다. 그전에 살해되지만 않는다면 말이다. 그리고 이것은 그를 윽박지르거나 모욕했던 사람들 모두의 콧대를 납작하게 눌러주는 계기가 될 것이다. 그는 시가를 입의 반대편으로 굴리고 상자에서 초콜릿 몇 조각을 집은 후 위스키를 한 잔 더 들이켰다. 힘이 넘쳤다. 베아트리체 수녀원장의 영상을 편집하기 시작했다. 여기부터가 핵심이다.

그는 영상을 재생하며 앞의 조그만 스크린을 뚫어지게 쳐다보았다. 왕성하게 활동하는 생각의 속도에 보조를 맞추기 위해 한 번에 두 가지 때로는 세 가지 영상을 한꺼번에 돌렸다. 플린이 공단을 배경으로 병원 텐트를 파노라마로 찍어서 두 공간을 극명히 대비시키는 훌륭한 영상을 만든 것이 보였다. 그리고 텐트 안에서 부상자들이 비좁은 병상 위에 조용히 누워 꼼짝하지 않은 채 가끔 신음소리만 들리는 영상도 있었다. 그는 베아트리체 수녀원장이 울프 가가 누구는 치료하고 누구는 치료해서는 안 된다고 요구하고 있다는 것을 설명하는 장면을 불러냈다. 그리고 그녀의 지치고 수심에 찬 얼굴을 클로즈업했다.

"겨울에는…… 의사가 수술 중에 손을 녹이려고 금방 열어놓은 배에 손을 올리는 것도 봤어요."

'그래, 저거면 시청자들의 관심을 집중시킬 수 있을 거야.' 자비수녀단은 제국 어디에서나 사랑과 존경을 받았다. 그들이 저런 환경에서 일해야 한다는 것에 시청자들은 분노할 것이다. 그 대상이 울프가 같은 세도가라 할지라도. 하지만 어떻게 검열을 통과하느냐가 문제였다. 이곳에는 영상이 밖으로 나가기 전에 미리 볼 권리가 있다고 생각하는 사람들이 아주 많다. 토비는 시가를 문 입으로 미소를 지었다. 한두 가지 좋은 아이디어가 떠올랐기 때문이다.

위스키와 초콜릿 몇 개를 더 먹었다.

다음 영상은 하프맨이 마지못해 응한 인터뷰 기록이었다. 원래 인터뷰할 생각이 전혀 없었던 하프맨을 토비가 여러 차례 여제를 들먹이며 설득해 간신히 얻어낸 영상이었다. 하프맨은 홀로그램 필름에서는 더욱 기괴해 보였다. 그의 오른쪽을 구성하고 있는 에너지 반쪽이 계속 깜빡거려서 쳐다보고 있다보면 현기증이 났다. 오래 쳐다보면 꼭 끝없는 지옥 속으로 빨려 들어가는 느낌이었다. 토비는 혀를 찼다. 그는 많은 부분을 잘라내야 했다. 그러자니 하프맨의 연설이 좀 두서가 없어지기는 했지만, 사실 그가 특별히 새로운 말을 한 것도 아니었다. 토비는 얼굴을 찌푸리며 스크린 쪽으로 좀 더 허리를 숙였다. 하프맨의 얼굴은 원래 표정이 거의 없었다. 하지만 그의 거칠고 약간 부정확한 발음의 목소리에서 진정성만큼은 읽을 수 있었다.

"외계인의 침략으로부터 인간성을 수호하는 것에 방해가 되는 것들은 그 어떤 것도 용납될 수 없습니다. 무슨 수를 쓰더라도 그런 행위는 저지되어야 합니다. 제국은 이 공장에서 생산할 신형 스타드라이브가 절실히 필요합니다. 저는 그 생산을 방해하는 반란군을 남녀노소 가리지 않고 최후의 일인까지 섬멸할 것입니다. 제국은 수호되어야 합니다. 저는 외계인들이 어떤 능력을 가지고 있는지 잘 알고 있습니다."

토비는 침울하게 입을 꽉 다물고 영상을 정지시켰다. 외계인이 하프맨과 같은 자를 만들어낼 수 있다면 분명 인류 전체에 대한 위협으로 간주되어야 한다. 하지만 지난 2백 년 동안 그 외계인은 흔적조차 보이지 않았다. 그리고 반란군을 토벌하는 것보다 훨씬 쉽고 빠른 타협이라는 해결책이 있었다. 반란군이 요구하는 것은 그렇게 무리한 것이 아니다. 그런데 하프맨은 이것을 원칙의 문제로만 보는 것이다. 바로 권위를 지키려는 것이다. 그는 매우 고지식했고 타협의 가능성조차 생각하지 않았다.

토비의 손가락이 콘솔 키 위를 날렵하게 움직여 하프맨이 데리고 온 세 명의 수색관 영상을 불러냈다. 하프맨은 그들의 인터뷰를 허락하지 않는다고 분명히 못박았지만, 어쨌든 플린이 그들을 몰래 찍는 데 성공했다. 에지는 애용하는 면도날을 금방 도난당한 연쇄살인범 같았다. 바르는 명령만 기다리는 기계 같았다. 그리고 쇼올은…… 세상사 볼장 다 봤기 때문에 더 이상 놀랄 것이 남아 있지 않은 사람 같았다. 그들은 모두 위험하고 퉁명스러웠으며 자기 일에 완전한 전문가적 자신감을 지니고 있는 것 같았다. 불쌍한 반란군 녀석들은 자기들 앞에 어떤 운명이 기다리고 있는지 아직 모르고 있을 것이다.

그때 통제실 문이 열리면서 다니엘이 뛰어 들어오다가 방 안이 의외로 좁은 것을 발견하고는 주춤거렸다. 극적인 출현효과가 반감되어버린 것이다. 그는 급히 회전의자를 돌리는 토비를 노려보며 위협적으로 앞으로 허리를 숙였는데, 그때 그만 토비가 뜻하지 않게 그의 얼굴에 시가 연기를 내뿜어버렸다. 다니엘은 기침을 해대며 어쨌든 토비를 위압하려고 최선을 다했다.

"내 말 잘 들어, 이 버러지 같은 인간아. 나는 당신이 방송에 내보내기 전에 모든 영상을 샅샅이 살펴봐야겠어. 여기는 울프 가의 공장이고 무엇이 보도되는지는 우리가 결정해. 혹시라도 뭔가 몰래 빼돌리려고 시도한다면 경비대를 시켜서 당신을 감방에 처넣고, 당신 상사에게 연락해서 더 세상사를 잘 아는 후임자를 보내라고 말하겠어. 감방은 아마 당신 마음에 들 거야. 날씨가 좋을 때는 창살 너머로 우리가 반역자들을 처형하는 벽이 아주 잘 보이거든. 그리고 여기서 누가 반역자인지 결정하는 것은 바로 우리라는 것도 잊지 마. 그러니까 울프 가의 명예에 누가 되지 않도록 조심하란 말이야. 공장도 훌륭하게 보이도록 해야 해. 그래야 신상에 이로울 거야."

그는 밖으로 튀어나가면서 문을 쾅 닫았다. 토비는 위스키 병을 들어 닫힌 문을 향해 건배하고 병나발을 불었다. 압력을 예상치 못한 것은 아니지만 이렇게 무턱대고 노골적으로 나올 줄은 몰랐다. 멍청한 다니엘 울프와 그의 야심만만한 악독한 누이. 그녀가 협박을 사주했을 것이다. 다니엘은 혼자 이런 일을 벌일 강단도 지혜도 없다. 스테파니가 아마 그에게 할 말을 써주고 외우게 했을지도 모른다. 울프가다운 모습이다. 족보 있는 깡패 집단. 그는 한 가지 생각이 떠오르자 시가를 물고 득의의 미소를 지었다.

그는 다시 편집장비로 돌아앉았다. 그리고 마음속에 둔 영상을 불러냈다. 그는 영상을 슬로모션으로 돌렸다. 다니엘과 스테파니가 함께 있고, 마이클과 릴리가 함께 있었다. 서로 몸을 밀착하고 웃으며 바라보고 있는 장면이었다. 눈이 있는 사람이라면 마이클과 릴리가 놀아나고 있다는 것을 알아채지 못할 리가 없었다. 그들은 말조심을 했고 공개석상에서 빌미 잡힐 일을 하지 않으려고 매우 신중했지만 그들의 몸짓만 봐도 서로 어떤 감정을 품고 있는지 쉽게 짐작할 수 있었다. 그들이 서로 쳐다볼 때는 눈빛이 반짝였고, 각자 방 안 어디에 있건 몸은 서로를 향했으며, 말할 때는 그들 자신도 모르게 특정 단어나 문구를 미묘하게 강조하는 것이 느껴졌다. 그 모든 것이 영상에 기록되어 있었다.

물론 다니엘과 스테파니는 자기들끼리 몰두하느라고 전혀 눈치 채지 못하고 있었다. 사실 그들이 조용한 순간을 보면 일반적인 오누이보다는 사랑이 좀 더 짙어 보였다. 토비는 괴성을 지르며 양손으로 편집장비 가장자리를 마구 두드렸다. 그는 물론 어떤 것도 대놓고 말할 수 없었다. 하지만 영상을 잘만 배열하면 두 커플에 대한 얘기를 전달할 수 있었다. 사교계 사람들은 그 함의를 알아채고 소문을 퍼뜨리기 시작할 것이다. 머지않아 울프 가는 궁정 안팎으로 웃음거리가 될 것이다. 다니엘 그 멍청이는 그런 식으로 문을 박차고 들어와 가련한 토비 슈렉을 괴롭힌 대가를 톡톡히 치르게 될 것이다.

그때 다시 문이 활짝 열렸다. 제임스 카사 주교가 극적인 입장을 하려 했으나, 다니엘이 나간 이후 토비가 일부러 문 앞에 가져다둔 의자에 가로막혀버렸다. 카사는 의자를 옆으로 걸어차고 토비를 노려보았다. 토비는 의자 등받이에 기대서 천진난만한 표정으로 주교를 쳐다보았다. 하지만 주교에게는 그런 표정이 통하지 않았다. 토비도 별로 기대하지는 않았었다.

"지금 교회의 상사와 교신하고 오는 길이야." 카사가 말했다. 분노에 치를 떠는 그의 목소리는 얼굴과도 잘 어울렸다. "요점은 자네 방송이 내가 교회에 도착할 때까지 기다리지 않았기 때문에 나와 교회 모두를 바보로 만들었다는 거야. 내 상사는 오랫동안 한 얘기를 또 하고 또 하는 걸로 날 괴롭혔어. '웃음거리'라는 말도 나왔고 '소환'

이니 '강등'이니 하는 말도 언급됐지. 잘 들어, 이 두꺼비 같은 자식아. 내 출셋길을 망치는 것으로 네 출셋길이 열리지는 않아. 지금부터 모든 방송은 나가기 전에 내가 먼저 보겠다. 그리고 네가 나와 교회의 명예를 더럽히는 어떤 짓이라도 한다면, 너를 파문시키고 녹슨 톱으로 머리를 썰어줄 작정이야. 알아듣겠어?"

"오, 완벽하게요." 토비가 말했다. "명심하겠습니다." 그는 술병을 들어 재빨리 한 모금 마셨다. "위스키를 권해드려야겠지만, 한 병밖에 없어서요. 이 시점에서 저는 아주 솔직하게 제가 원칙을 갖고 일한다는 것을 지적할 필요가 있다는 느낌이 듭니다."

"나를 훼방놓아봐, 그러면 네 원칙이라는 것이 여러 개의 병에 담겨 집에 가는 꼴을 보게 될 테니까."

카사는 휙 돌아서 거드름을 피우며 방을 빠져나가면서 문을 쾅 닫았다. 토비는 잠시 몇 초간 기다리다가 문을 향해 가운뎃손가락을 들어 올리고 일어나서 문 아래에 두 개의 작은 쐐기를 박아놓았다. 이제 누구도 함부로 문을 박차고 들어올 수 없다. 그는 편집장비로 되돌아와 스크린 위로 다시 허리를 숙였다. 필요한 영상이 무엇인지 이미 다 알고 있었다. 주교가 그 자신은 그늘 속에 편안한 자세로 쉬고 있으면서 교회군을 뙤약볕 아래에서 훈련시키는 장면이었다. 그는 인색한 작은 독재자처럼 고래고래 소리를 지르며 병사들을 위협하고 있었다. 토비는 웃으며 시가를 깨물었다. 이 장면은 굳이 숨기려고 애쓸 필요도 없을 것이다. 저 바보는 너무 자만심으로 가득 차서 이 영상이 자신을 돋보이게 할 것이라고 생각할 터이기 때문이다.

토비는 술병을 들어 다시 한 모금 마시고 옆으로 치워놓았다. 각성제가 몸속에서 유탄처럼 이리저리 튀고 있어서 기분이 최고였다. 그는 공장을 둘러싸고 있는 참호의 영상을 불러냈다. 그곳으로 나가면 모두들 변해서 돌아왔다. 예수회의용단 단원이 교회군을 훈련시키는 모습을 몇 장면 삽입시킨 후 병원 텐트의 부상자 영상을 연결시켰다. 토비는 의자 위에서 건들거리다가 누군가 문을 두드리는 소리를 들었다. 쐐기 때문에 문을 열지 못한 것이다. 토비의 손가락은 키보드 위에서 물결쳤다. 한참 리듬을 타고 있었다. 울프건 주교건 어떤 개자식이 됐건 간에 그의 보도를 막을 수 있다고 생각하는 녀석들은 모두 미친 작자들이다. 영상을 보고 싶다면 얼마든지 봐도 좋다. 그렇다고 달라질 것은 없다. 그들은 팰림프세스트(palimpsest) 기법에 대해서는 들어보지도 못했을 것이다. 테이프 위에 영상을 기록하고 그 위에 다른 영상을 한 겹 더 입히는 방법이다. 영상을 재생하면 위의 것만 보이게 된다. 하지만 적당한 기계를 사용하면 처음에 기록된 원래 영상을 복원할 수 있다. 이 기술은 그다지 많이 알려지지 않았다. 하지만 토비는 항상 최신 기술에 관심이 많았다. 나중에 시끄러워지기야 하겠지만, 일단 테크노스Ⅲ에 대한 시청자들의 관심이 높아지고 나면 울프 가도 더 이상 그를 검열할 수 없을 것이다. 토비 슈렉은 큰 소리로 웃으며 동이 틀 무렵까지 작업을 계속했다.

몇 사람의 반란군이 잭 랜덤과 스톰, 루비 저니를 안내해 어두침침한 터널을 따라 테크노스Ⅲ 행성의 지하 깊은 곳으로 가고 있었다. 터널은 점점 좁아져서 어떤 곳은 혼자 간신히 통과할 수 있을 정도였다. 터널 벽의 어떤 곳은 암반을 에너지무기로 잘라낸 듯 매끈했고 수작업으로 파낸 울퉁불퉁하고 날카로운 곳도 있었다. 랜덤은 자기 머리 위를 짓누르고 있는 무게가 얼마나 엄청날지 상상하기도 싫었다. 직업적 혁명가로서 많은 시간을 사람들의 눈과 센서를 피해 은밀한 지하동굴과 터널에서 보냈지만 결코 지하가 좋아지지는 않았다.

터널들은 굽이굽이 돌며 여러 갈래로 뻗어나갔기 때문에 외부인은 이렇게 어둡고 복잡한 미로 속에서 길을 잃고 헤매기에 딱 좋았다. 랜덤은 그들이 일부러 돌아가고 있다는 것을 알았다. 반란군은 심지어 그에게조차도 모든 비밀을 한꺼번에 공개하지는 않았다. 만약 그랬다면 오히려 잭 랜덤은 실망했을 것이다. 하지만 언제나처럼 그는 자신의 정확한 위치를 알고 있었고, 굳이 그것을 말해줘서 그들의 즐거움을 망칠 필요는 없다고 생각했다. 그래서 말없이 따라 걷고 있었다. 루비가 그의 옆에서 걸었고 스톰이 헉헉대며 뒤쫓아왔다. 그의 노쇠한 친구는 그들이 기억하기조차 힘든 많은 행성에서 그와 함께 제국에 대항해서 싸웠다. 하지만 그들은 콜드록에서 완패하기 전부터 이미 전장을 누비기에는 자신들이 너무 나이가 많다고 느끼고 있었다. 하지만 그 이후 랜덤은 광기의 미로 덕분에 새로운 인생을 얻고 그것을 한껏 만끽하고 있었지만 스톰은 그렇지 못해 여전히 하루하루 늙고 쇠약해지며 뒤로 처지게 되었다. 스톰은 자신과 랜덤 간의 차이를 쉽게 마음으로 받아들이지 못했다. 하지만 랜덤은 그것에 대해 할 수 있는 일이 없었기 때문에 당혹스러울 뿐이었다. 스톰도 자문관이자 작전기획관으로서 제 역할을 톡톡히 해내고 있었지만 랜덤에 비할 바가 아니었고, 그 사실을 둘 다 잘 알고 있었다. 그래서 스톰이 이번 작전에 다리운동이나 하자며 따라나서겠다고 했을 때, 랜덤은 안 된다고 말할 수 없었다.

"이 터널들은 몇 킬로미터나 되나?" 스톰이 애써 목소리에서 피곤한 기색을 감추며 물었다.

"아무도 정확히 모릅니다." 롱 랭킨 32호가 대답했다. 탈출한 공장 클론은 전보다 더 마르고 영양 상태가 부실해진 것 같았다. 그도 걷기가 힘들었지만 스톰과 마찬가지로 작전에 참여하기를 원했고, 그래서 두 사람은 자연스럽게 길동무가 되었다. "지도는 반란군의 머릿속에만 있고, 모두들 전체의 일부분만 알고 있지요. 그래서 누군가 포로가 되어도 우리는 안전할 수 있는 겁니다. 반란군은 이 터널들을 현재 수백 년째 파고 있습니다. 아직도 낡은 것을 보수하고 새로 터널을 만들기도 하니까 지도는 항상 변하지요. 가끔 저는 새벽녘에 화장실에 가는 것조차도 안내인이 필요할 것 같다는 생각이 들곤 합니다.

울프의 경비대도 자기들의 터널을 팝니다. 그래서 더 복잡해지는 거지요. 가끔 양쪽의 굴착팀이 서로 마주치기도 합니다. 그러면 난리가 나지요. 전쟁은 이곳 지하에서도 벌어지고 있는 겁니다. 용병들은 터널 속에서 오래 견디지 못합니다. 그들은 어둠과 폐쇄공포증을 장시간 감당할 수 없지요. 스트레스 때문에 미쳐버립니다. 반면에 반란군은 오히려 지하를 좋아합니다. 반란군은 돌과 금속에 둘러싸여 있어야 안전하게 보호받고 있다고 느낀답니다. 또한 미친 작자들이지요. 욕하는 게 아닙니다, 여러분."

같이 걷고 있던 스무 명가량의 반란군이 웃으며 고개를 끄덕였다. 모욕으로 느끼지 않은 것이다. 알렉산더 스톰은 다시 숨을 가다듬고 다른 질문을 던졌다.

"이 터널은 얼마나 깊은 곳까지 내려가나? 벌써 몇 시간째 밑으로 내려가고 있는 것 같은데. 이러다가는 올라갈 때 초고속 엘리베이터라도 있어야겠어."

"오늘 지상의 전투는 우리가 없어도 됩니다." 유령 엘리스가 말했다. 그녀는 스톰을 좋아하게 돼서 스톰이 분명한 눈치를 주는데도 자꾸 그에게 달라붙었다. 그녀는 늙고 작고 추했으며, 그녀가 입은 모피는 동물에 붙어 있었을 때부터 한 번도 씻은 적이 없는 물건이었다. 그리고 그녀의 눈에는 누가 봐도 광기가 어려 있었다. 그녀는 스톰에게 다정하게 웃으며 손을 잡으려 했다. 그는 오랜 연습으로 익힌 능숙한 솜씨로 손길을 피했다. 그녀는 무리하지 않았다.

"우리는 주회의장으로 가고 있는 겁니다." 그녀는 즐겁게 말했다. "어디서 진정한 결정이 이루어지는지 볼 시간이지요. 걱정 마세요. 그렇게 멀리 내려가지 않습니다. 깊은 곳에는 위험한 녀석들이 살고 있지요. 기후나 전쟁에 상관없이 어둠에 적응한 생물들입니다. 하지만 대부분은 건드리지 않으면 우리를 해치지 않아요. 걱정 말아요, 자기. 당신은 이 유령 엘리스한테만 붙어 있으면 돼요. 내가 당신을 안전하게 지켜줄게요."

스톰은 전혀 안전함을 느낄 수 없다는 듯 어색하게 웃었다. 그리고 일부러 멀리 쳐다보는 척해서 더 이상의 대화를 회피했다. 랜덤은 웃음을 참아야 했다. 스톰은 전성기 때 여성편력이 대단했었다. 그의 옆에서 루비가 한숨을 쉬자 랜덤은 그녀를 향해 고개를 돌렸다. 그녀는 입을 삐죽 내밀고 인상을 썼다.

"걷는 게 싫어요." 그녀는 밑도 끝도 없는 말을 던졌다. "나는 현상금사냥꾼이지 건강중독자가 아니라고요. 터널의 쥐나 괴물은 다 어디 갔죠? 한바탕 하고 싶은데. 나는 테크노스III에 관광 온 게 아니라고요. 언제 싸울 수 있나요?"

"마음에 드는군요." 롱 랭킨 32호가 말했다. "아주 바람직한 태도를 지녔어요."

그들은 계속 걸었다. 스톰은 옆에서 엘리스가 자극해도 점점 일행들을 따라잡기 힘겨워했다. 랜덤은 괜스레 죄책감이 들었다. 날이 갈수록 그는 젊어졌고 스톰은 늙어갔다. 한때 동료였던 그들은 지금은 부자지간처럼 보였다. 스톰은 아직껏 아무 말도 하지 않았지만 그가 두 사람 사이에 커져만 가는 차이를 모를 리 없었다. 랜덤은 차이를 너무 의식하지 않으려고 애썼다. 자신이 완전히 다른 사람이 된다는 것이 마음에 들지 않았다. 몇 년 만에 처음으로 살아 있다는 느낌이 들기는 하지만 말이다. 그는 걸음을 늦춰 스톰 옆에서 보조를 맞추다가 그러는 자신의 행동이 우정 때문인지 동정심 때문인지 알 수 없다는 생각이 들었다.

"우리가 애초에 왜 여기에 왔을까?" 스톰이 그에게 조용히 말했다. "전쟁은 젊은이들의 일이야. 우리는 그러기에는 너무 늙었네, 잭. 우리는 주막에 앉아서 젊은이들에게 무용담이나 떠들고 있어야 할 나이야. 그럴 자격이 있지. 이미 많은 전장에서 충분한 피를 흘리지 않았나. 왜 이걸 다시 하고 있어야 하는 거지?"

"전쟁이 아직 끝나지 않았으니까." 랜덤이 말했다. "우리는 맹세를 했지, 기억하나? 피와 명예를 걸고 제국이 거꾸러지든 우리가 죽든 둘 중 하나 결판을 내겠다고 맹세했잖은가."

"젊은이들은 맹세를 잘 하지." 스톰이 말했다. "전쟁과 정치에 대해 아는 바가 없는 젊은이들, 제국이 어떻게 돌아가는지 현실을 모르는 젊은이들 말이야."

"더 이상 대의를 믿지 않는다고 말하는 건가?"

"물론 여전히 대의를 믿어! 그래서 여기 있는 것 아닌가, 그렇지 않아? 다만 이제는 다른 사람이 기치를 넘겨받을 때가 됐다고 말하는 거야. 젊은 사람들이 말이야. 뼛속까지 한기를 느끼지 않고, 매일 아침 자기 기침소리에 놀라 잠을 깨지 않는 그런 사람들. 우리는 우리 몫을 다했어. 그리고 나는 이제 공장에서 몇 명의 클론을 구해내기 위해 낯선 행성에서 낯선 사람들 곁에서 죽기에는 너무 나이가 많아."

"좀 있으면 원기가 회복될 걸세." 랜덤이 침울하게 말했다. "그러면 좀 기분도 나아지겠지."

"랜덤 자네가 나한테 훈계하려 드는 겐가?" 스톰이 쏘아붙였다. 그리고 그들은 말없이 걸었다.

앞서 걷던 반란군이 갑자기 정지하더니 멈추라는 수신호를 보냈다. 모두 그 자리에 서서 조용히 귀 기울이며 어둠 속을 응시했다. 스톰이 불안하게 주변을 살폈지만, 랜덤과 유령 엘리스는 전방을 살피느라고 정신이 없어서 그에게 주의를 기울이지 않았다. 랜덤은 인상을 쓰며 정신을 집중해 그의 새로운 감각을 앞으로 내뻗었다. 터널 앞의 어딘가에서 규칙적으로 낮게 쿵쿵거리는 것을 감지할 수 있었다.

"이게 뭐지?" 그는 조용히 물었다. "뭐가 오고 있는 건가?"

"울프의 터널생쥐들." 유령 엘리스가 말했다. "그들은 가까운 터널에서의 움직임을 감지할 수 있는 장비가 있어요. 그들이 가까이 왔어요. 몸조심 하세요."

그 말과 동시에 모든 사람들이 무기를 손에 쥐었다. 대부분 검과 도끼였고 날이 선 체인도 있었다. 랜덤과 루비는 무의식적으로 서로 붙어서며 검을 준비했고, 스톰은 혼자 알아서 하도록 방치했다. 스톰은 그들의 등을 노려보다가 불안하게 자신의 검을 들어 올렸다. 쿵쿵거리는 소리가 점점 가까워졌다. 랜덤의 자유로운 손은 광선총 위를

오갔지만 총을 뽑지는 않았다. 이렇게 좁은 공간에서 에너지빔이 되
튈 경우 끔찍한 결과를 초래할 수도 있기 때문이었다. 그는 울프의
군인들도 같은 생각을 하기만을 바랐다. 갑자기 오른편 벽에 금이 가
더니 바닥에서 천장까지 쩍 갈라지면서 전투갑옷을 입은 사람들이
터널 안으로 쏟아져 들어왔다. 서보구동장치의 윙윙거리는 소리 속
에서 그들은 아주 민첩하게 움직이며 반란군을 파고들었고, 전투갑
옷의 도움을 받아 거대한 도끼와 장검을 손쉽게 휘둘렀다.

양편은 서로 뒤엉켜 싸웠다. 반란군은 이리저리 뛰며 검과 도끼를
휘둘러 전투갑옷의 약점을 노렸다. 하지만 좁은 공간에서 몸을 움직
일 틈이 많지 않았다. 계속해서 서로 몸이 부딪치고 밀치기를 반복하
며 혼전을 벌였다. 운이 안 좋거나 너무 느린 자들은 비명을 지르며
피를 흩뿌렸고, 쓰러진 자들은 무자비한 발길에 밟혀 거의 다시 일어
나지 못했다. 단단한 전투갑옷을 입은 울프군은 도끼나 검을 맞아도
끄떡없었다. 하지만 관절 부위는 약했고 반란군은 그곳을 노렸다. 그
렇지만 갑옷을 입은 자들은 열댓 번을 맞아도 멀쩡한 반면, 반란군은
서보모터의 힘이 실린 가격 한 방에 몸이 반 토막 나버리고 말았다.
그래서 얼마 지나지 않아 반란군보다 갑옷을 입은 자들의 수가 더 많
아졌다.

반란군은 하나씩 쓰러졌고 점점 터널 뒤로 밀려났다. 갑옷을 입은
자들도 목이나 눈에 칼을 맞은 자들은 쓰러지기는 했지만 아직 그 수
가 세 명에 불과했다. 반란군은 불굴의 의지로 싸웠다. 테크노스Ⅲ의
극한환경에 오랜 세월 적응하면서 그들은 보통인간의 한계를 뛰어넘
는 힘을 지니게 됐고, 지하에서 싸우는 것에도 훨씬 익숙했다. 그들은
갑옷을 입은 자들 주변에 몰려들어 믿기지 않는 속도로 요리조리 몸

을 틀어서 적의 공격을 흘려보내며 맞서 싸웠고, 점차 후퇴를 멈췄다.

루비 저니는 싸움의 한가운데에서 검을 양손으로 쥐고 흔들고 있었다. 그녀의 칼날이 짧은 원호를 그리며 갑옷으로 보호된 적의 목을 깨끗이 절단했다. 헬멧 속의 머리가 어깨에서 떨어져 바닥에 나뒹굴었고 경악에 찬 눈빛이 선명했다. 랜덤이 웃으며 칭찬했다. 그는 검을 크게 휘둘렀으나, 순간 적이 들어 올린 팔의 갑옷을 때리고 튕겨났다. 그리고 반동 때문에 그만 검을 놓치고 말았다. 울프 가의 용병은 씩 웃으며 치명적인 일격을 가하기 위해 검을 뒤로 당겼다. 루비는 그 모습을 보고 비명을 질렀다. 하지만 그녀가 돕기에는 너무 멀리 떨어져 있었다. 랜덤은 속에서 원초적인 분노가 솟구치는 것을 느꼈고, 온 힘을 다해 주먹으로 적의 가슴팍을 때렸다. 그의 맨주먹이 갑옷을 뚫고 적의 가슴까지 파고들었다. 랜덤의 손이 그의 심장을 붙잡고 뜯어내자 울프 가의 용병은 단말마의 비명을 질렀다. 랜덤은 아직도 고동치는 심장을 들고 팔뚝을 피로 적시며 통쾌한 웃음을 터뜨렸다.

잠시 싸움이 완전히 멈춘 것 같았다. 모든 사람들이 제자리에 얼어붙어서 랜덤을 쳐다보았다. 그리고 다시 싸움이 시작되었지만 이미 군인들은 전의를 완전히 상실해버렸다. 랜덤과 루비가 거칠게 밀어붙였고 아무도 그들을 막을 수 없었다. 그리고 반란군도 기세등등하게 공격의 고삐를 바짝 쥐었다. 갑옷 입은 사람들이 더 많이 비명을 지르며 쓰러져갔고, 몇몇은 등을 보이며 도망치기 시작했다. 하지만 도망칠 곳도 마땅치 않았다. 유령 엘리스는 적을 덮쳐서 쓰러뜨리고 그 위에 앉아 단도로 눈자위를 계속 찔러댔다.

결국 울프 가의 병사들은 한 명도 살아남지 못했다. 갑옷 입은 시체들이 터널 바닥을 가득 메웠다. 반란군도 많이 죽기는 했지만 적의 시체보다는 훨씬 적었다. 사방은 피범벅이었다. 벽에서 피가 줄줄 흘러서 바닥에 고이고 있었다. 랜덤과 루비는 서로 쳐다보며 씩 웃었고, 반란군도 서로 모여 등과 어깨를 토닥이며 승리를 자축했다. 랜덤은 손과 팔의 피를 되는대로 옷에 문지르며 사람들에게 미소로 답하다가 스톰과 시선이 마주쳤다. 그의 늙은 친구는 다른 사람들과 멀찍이 떨어져 있었다. 그의 검과 옷에 피가 묻어 있었지만 그의 것으로 보이지는 않았다. 스톰은 거친 숨을 몰아쉬었고, 손에 든 검은 덜덜 떨리고 있었다. 그는 모르는 사람을 대하듯 랜덤을 바라보았다. 랜덤이 그에게 다가가다가 그의 눈에서 뿜어져 나오는 냉기를 감지하고 멈칫했다.

"자네는 누군가?" 스톰이 물었다. "내가 기억하는 잭 랜덤은 그런 일을 할 수 없어. 그건 인간이 할 수 있는 게 아니야."

"나는…… 변했네." 랜덤이 대답했다. "예전에 비해 많이 달라졌지만 그래도 나는 여전히 나야."

"아니, 그렇지 않아." 스톰이 말했다. "나는 이제 자네가 누군지 더 이상 모르겠어."

그는 돌아서서 혼자 터널을 터벅터벅 걸어갔다. 랜덤은 내버려두었다. 옛 친구의 말이 틀린 것은 아니었다. 그는 유령 엘리스가 자기를 쳐다보고 있는 것을 느꼈다. 랜덤은 어깨를 으쓱했고, 그녀도 어깨를 으쓱하더니 스톰을 뒤쫓아갔다. 루비 저니는 그사이 욕설과 고함으로 주변 사람들을 물리고 지저분한 실크 손수건으로 칼날을 닦고 있었다. 루비는 축하의 말이나 동지애 같은 것에는 익숙하지 않았다. 그녀는 지금 랜덤과도 별로 말하고 싶지 않았다. 랜덤은 또다시 어깨를 으쓱할 수밖에 없었다. 그는 예전에 무수히 그랬던 것처럼 자기가 해야 할 일을 했을 뿐이다.

하지만 그는 아직도 자신이 웃고 있을 때 손안에서 필사적으로 뛰던 심장고동을 느낄 수 있었다. 자기답지 않은 행동이었다. 전혀 자기답지 않았다.

그는 그 생각을 밀쳐버리고 다른 생각을 떠올려보았다. 반란군이 고의적으로 울프의 전투갑옷으로 무장한 터널생쥐들과 만날 수 있는 경로를 택한 것이 아닐까 하는 의심이었다. 전설적인 잭 랜덤과 그의 동료들이 부대에서 외따로 떨어졌을 때 무엇을 할 수 있는지 테스트해보기 위해서 말이다. 그 자신이라도 그런 일을 꾸몄음직했다. 하지만 반란군이 그를 테스트해보기 위해 생명의 위협을 무릅썼다는 것은 매우 인상적이기는 했지만, 그들이 왜 포로를 잡을 생각은 아예 하지도 않았는지는 여전히 이해가 되지 않았다. 증오 때문에 전쟁의 승리가 방해받는 경우가 있다. 상대방을 최후의 일인까지 사살하는 것보다 항복으로 승리를 얻는 것이 더 쉽다. 이곳 테크노스Ⅲ에는 증오가 너무 깊이 뿌리를 내린 것일까?

교회군이 공장과 첫 번째 참호 사이의 넓은 공간에서 훈련을 하고 있었고, 토비와 플린은 그 장면을 촬영하기 위해 그곳에 갔다. 그들의 출현을 반기는 사람은 하나도 없었지만 토비와 플린은 그런 것에는 이미 이골이 나 있었다. 공식적으로는 이제 전사예수교회의 군인들과 노련한 울프 가의 용병들이 단일한 부대로 통합되는 것으로 되어 있었다. 하지만 양측은 서로간의 불타는 적의는 차치하더라도 각자 수백 년 동안 간직해온 저마다의 전통이 있었다. 그래서 양측을 조화시키기 위해 기획된 훈련은 순식간에 완벽한 혼란으로 변해버렸다. 교회군과 용병들은 서로를 압도하기 위해 기술이 아닌 강렬한 적의를 발휘했던 것이다.

카사 주교는 검은 갑옷에 진홍색 망토를 드리우고 얼굴이 시뻘게질 때까지 이런저런 명령을 내리고 있었다. 그의 얼굴색은 복장과 민망할 정도로 안 어울렸고 미래에 심장 이상을 초래할 만한 요인이었지만 아무도 감히 그에게 그 말을 해줄 수 없었다. 그는 열병식장에서의 구령처럼 욕설을 내뱉고 고함을 질러대며 부하들을 통솔하려고 안간힘을 썼다. 하지만 그가 아무리 가혹한 벌로 위협해도 질서는 잡히지 않았다. 용병들은 찬송가나 불러대는 계집애들 같은 집단으로 보이기는 죽어도 싫어했고, 교회군은 오직 진실한 신앙심으로 단련된 사람들만이 성취할 수 있는 종교적 암살 집단의 위용을 과시하겠다는 의지로 불타고 있었다. 상황은 점점 혼란스러워졌고 유혈극까지 벌어졌다. 양측은 팽팽히 맞서며 한 치의 양보도 하지 않았다.

예수회의용단은 대오를 오가며 소리를 지르고 싸우는 자들을 뜯어말리기도 했고, 극단적인 폭력도 마다하지 않았다. 그들은 이리 뛰고 저리 뛰며 잔뜩 독이 오른 양몰이 개처럼 분투했지만 동시에 모든 곳에 있을 수는 없었다. 어쨌든 그들이라도 있었기에 그나마 권위가 완벽하게 무너지는 것은 방지할 수 있었다. 전장에서 잔뼈가 굵은 용병들도 예수회의용단에게는 몸을 사리는 지혜를 가졌던 것이다. 그들은 엘리트 중의 엘리트였고 제국 내에서는 수색관에 버금가는 냉혈의 자객 집단으로 알려졌기 때문이다. 그들은 전장에서 부대에 섞여 같이 싸우면서 인체의 일부를 전리품으로 모았다.

카사 주교는 소리치기를 멈추고 욕을 참기 위해 이를 악물었다. 주먹을 꽉 쥐었고 당장이라도 달려나가 앞에서 미쳐 날뛰는 망나니 자식들의 대갈통을 후려갈겨버리고 싶었다. 하지만 그럴 수 없었다. 플린의 카메라가 그와 부하들을 찍고 있다는 것을 알고 있었기 때문에 자제력을 잃은 추태를 보일 수는 없었다. 이 작전에서 모든 것들이 잘못되어가고 있지만, 여태까지는 그런대로 누군가 탓할 수 있는 사람을 찾을 수 있었다. 하지만 대중에게 이런 꼴이 알려진다면 테크노스Ⅲ에 질서를 회복한다는 이번 작전의 목표 자체가 우스워지는 꼴이 될 것이며 그의 출세도 엄청난 난관에 봉착할 것이다. 그러므로 이번 시범은 절대로 잘못돼서는 안 된다. 무작위로 몇 명 골라내 처형을 시키는 한이 있더라도 기강을 바로 세워야 한다.

토비 슈렉은 멀찍이서 카사를 쳐다보며 만족스런 미소를 띠었다. 그는 척 보면 곧 기함할 사람을 알아봤다. 그리고 자기 앞에서 펼쳐지고 있는 완벽한 군사적 무질서도 알아챘다. 밸런타인 울프가 장난으로 브라스밴드가 마시는 차에 뭔가를 슬쩍 떨어뜨렸을 때 이후 이같이 완벽한 무질서를 보기는 처음이었다. 그 영상은 지난 6개월간 베스트셀러에 올랐었다. 그는 카메라맨을 쳐다보았다.

"물론 이걸 다 찍고 있겠지, 플린? 몇 날 며칠을 연습했다고 해도 이보다 훌륭한 쇼를 보여주지는 못할 거야."

"안심해요, 대장. 제국의 수십억 시청자들이 지금 생중계로 이걸 보고 있다고요."

토비는 생중계라는 마법의 단어에 만면의 미소를 띠었다. 그의 이전 보도는 이미 일등급을 받았다. 제국뉴스사가 생긴 이래 받은 최고 등급이었다. 아직도 몇몇 방송사들이 그것을 방송하며 중계료를 두둑이 지불하고 있다. 토비와 플린이 언론상 물망에도 오르고 있으며, 더 좋은 것은 보너스도 한몫 챙길 것이라는 사실이다. 울프들은 그

방송을 처음 보았을 때 심장마비를 일으킬 뻔했다. 특히 베아트리체 수녀원장의 인터뷰에서 큰 충격을 받았다. 스테파니와 다니엘은 당장 변호사를 부르라고 소리쳤지만, 나중에 그 모든 책임을 밸런타인에게 떠넘기는 것으로 사태를 일단락 지었다. 그들은 개선을 약속했다. 하지만 테크노스Ⅲ에 별다른 변화는 찾아오지 않았다.

그 소동에서 얻은 단연 최고의 성과는 울프 가가 제국뉴스에게 토비와 플린의 모든 작업이 생중계로 방송될 수 있도록 양보했다는 점이다. 제국 내에는 이제 토비와 플린의 후속작업이 어떻게 될지 조바심치며 기다리는 엄청난 시청자 집단이 생겼다. 물론 이것은 토비에게 부담이기도 했다. 기대에 부응해야 했기 때문이다. 토비는 원래 훈련 장면에 별다른 흥밋거리가 있으리라고 기대하지 않았지만 뭔가 찍어야 했기 때문에 작업에 응했던 것이다. 이제 그의 뒤에 항상 울프 가의 경비대원들이 따라다니는 덕분에 아무도 뭐라고 말하는 자가 없었다. 그의 시청자들은 초조하게 그의 방송을 기다리고 있었다.

그는 한 무리의 교회군이 용병들을 쓰러뜨리고 둘러서서 발길질을 해대는 것을 보며 만족스럽게 웃었다. 그는 울프 가나 카사나 손만 대기만 하면 일을 엉망으로 만드는 재주가 있다는 것을 진즉에 알아봤어야 했다. 그는 다시 플린을 쳐다보았다. 플린은 능숙한 자세로 앞의 난투극을 찍고 있었다. 카메라는 지금 소동이 벌어진 곳 바로 위를 날고 있었고, 플린은 통신임플란트로 그 장면을 고스란히 자기 눈으로 확인하고 있었다. 플린이 새로운 폭력사태를 발견할 때마다 카메라는 재빨리 날아다녔다. 그는 단점이 많은 자였지만 훌륭한 카메라맨임에는 틀림없었다. 첫 방송의 경이적인 성공 이후 좀 시건방지게 변하긴 했지만 그가 깃털 목도리를 두르고 나오지 않은 것만으로도 토비는 감사히 여겼다.

"조심해요, 대장." 플린이 조용히 말했다. "사악한 것이 이쪽으로 오고 있어요."

토비는 주변을 둘러보고 카사가 성큼성큼 걸어오는 것을 발견하고 몸을 움츠렸다. 불안했지만 표정에 드러내지는 않았다. 카사 같은 자는 상대의 약점을 파고든다. 그는 카사에게 정중히 인사하고 자기도 속을 만큼 자연스러운 미소를 지어 보였다.

"안녕하세요, 주교님. 날씨가 끝내주죠? 제 생각에는 그래도 초가을이 그나마 테크노스Ⅲ에서 제일 쓸 만한 것 같더군요. 물론 폐철폭풍이 시작되기 전까지만 말입니다. 그런데 제가 뭘 도와드릴까요?"

"일단 우리가 정리를 좀 하는 동안 저 망할 카메라를 꺼줬으면 좋겠군."

"죄송합니다, 주교님." 토비가 명랑하게 말했다. "주교님 상관 분들의 명령이 아주 구체적이었거든요. 오늘 여기서 일어나는 모든 일을 담으라고 말씀하셨습니다."

카사는 콧방귀를 뀌었지만 아무 말도 하지 못했다. 그도 명령을 보았다. 교회는 궁정에서 영향력을 높이기 위해 진행되는 협상에서 그것을 지원할 선전물이 필요하다고 느꼈다. 그리고 테크노스Ⅲ에서의 교회군의 활약이 입맛에 딱 맞는 소재라고 판단했다. 게다가 교회군의 절도 있는 모습과 기량을 과시하는 장면이 방영되면 앞서 토비의 방송 때문에 실추된 명예도 만회할 수 있으리라고 기대했던 것이다. 카사가 그들에게 미리 말했어야 하는데…… 하지만 당연하게도 그의 의견을 묻는 상관은 없었다. 그는 손톱이 손바닥에 박히도록 주먹을 꽉 쥐었지만 얼굴은 냉정을 유지하면서 두 사람을 쳐다보았다.

"물론이지. 좋은 장면을 얻어야겠지. 하지만 방송되기 전에 모든 영상을 내가 검토해보아야겠네. 교회에서 나한테 새로운 장비를 보내주었네. 팰림프세스트 같은 것을 걸러낼 수 있는 장치 말이야."

적어도 이번만큼은 확실하게 자기의사를 전달했다고 생각한 카사는 돌아서서 아픈 목을 가다듬고, 멀리서 엎치락뒤치락하고 있는 부대원들을 향해 걸어갔다. 이번에는 그들이 말을 들을 것이다. 그렇지 않다면 본때를 보여줄 것이다. 플린은 그가 걸어가는 모습을 지켜보며 말했다.

"이 방송이 생중계되고 있다는 사실을 말해줘야 하는 것 아녜요?"

"그가 명령서를 찬찬히 읽어보지 않은 것이 우리 잘못은 아니지." 토비가 쾌활하게 말했다. "저런 바보가 주교가 됐다는 게 믿기지가 않아."

"연줄이겠지요." 플린이 말했다.

"그것도 한계가 있지." 토비가 말했다. "저자는 약자들만 괴롭히는 허풍선이야. 부하들조차도 그를 싫어할걸."

"당연한 얘기를 하시네요. 예수회의용단만 아니었으면 벌써 그의 부하들이 화장실 변기에 몰래 수류탄을 처박았을걸요. 그리고 예수회도 그에게는 신물을 내고 있지요. 그래도 그는 성직자들 내에서 지지자들이 많아요. 결국 전사예수교회에서 통하는 것은 완벽한 무자비함이니까요."

"훌륭한 지적이야. 그런데 카사가 부대원들과 같이 전투에 참여하는지 모르겠네. 후방에서 잔소리만 하는 작자 아닐까?"

"너무 깎아내릴 필요는 없어요. 그는 몸소 실천하는 것을 좋아한다고요. 그가 여기 온 이후로 단 한 차례의 전투에도 빠진 적이 없는 것 같아요. 그에게 할 수 있는 만큼 사람들을 죽여보라고 기회를 줘보세요. 그는 매우 행복해할 겁니다."

"그렇군. 이제 불행히도 슬슬 상황이 정리되고 있는 것 같은데, 아마 그가 모두를 십자가에 못 박겠다고 협박이라도 한 모양이지?"

"충분히 그럴 거예요. 그전에 제가 적당한 조명을 세울 수 있도록 먼저 시간을 줬으면 좋겠군요."

토비는 한숨을 쉬었다. "우리의 시청률이 날아가는 소리가 들리는구먼. 그가 통제력을 회복하고 모두들 명령에 따르고 멋지게 행동하고 있어. 우리 시청자들은 채널 돌리기에 바쁘고."

그때 모든 상황이 일순 돌변했다. 연병장 곳곳에서 폭탄이 터지고 금속 들판에 구멍이 뚫렸다. 귀청을 찢는 폭음이 울리고 시커먼 연기가 피어오르면서 연병장이 순식간에 아수라장으로 변했다. 폭발이 계속되면서 파편이 사방으로 날았고, 교회군과 울프 가의 용병들이 동시에 규율을 내팽개치고 엄폐물을 찾기에 바빴다. 검은 연기가 치솟아 하늘을 뒤덮어서 연병장이 해거름 녘처럼 어둑어둑해졌다. 사방에 불길이 치솟고 모두들 아우성쳐서 아무 목소리도 올바로 들리지 않았다.

금속 들판에 새로운 구멍들이 열리더니 반란군이 쏟아져 나왔다. 그들은 어디서 입수했는지 광선총을 발사하고 수류탄을 사방으로 던졌다. 용병들과 교회군은 넋을 잃고 흩어져 있었고 반란군이 그들을 향해 쳐들어갔다. 칼날이 번뜩이고 피가 튀었으며 날카로운 금속 들판이 온통 피로 물들었다. 토비는 아래턱을 무릎 근처까지 떨어뜨리고 그 장면을 지켜보았다.

"이런 세상에! 플린, 찍고 있지?"

"찍고 있어요, 찍고 있다고요! 연기 때문에 흐릿하기는 하지만 모조리 찍고 있어요."

제국군은 일방적으로 당하고 있었다. 여기저기서 소규모 저항이 있기는 했지만 대부분 고개를 숙이고 걸음아 나 살려라 하고 줄행랑치기에 바빴다. 폭탄은 여전히 터지고 있었고 구멍에서 꾸역꾸역 기어 나오는 반란군의 수는 끝도 없어 보였다. 예수회의용단 단원들이 부하들에게 싸우라고 독려했지만 그들의 목소리는 혼란 속에 묻혀버렸다. 몇몇 반란군이 예수회에게 달려들었고 그들도 어쩔 수 없이 수에서 밀려 후퇴할 수밖에 없었다. 카사는 완전히 당황해 이리저리 몸을 돌리며 어쩔 줄 몰라했다. 반란군의 물결이 그를 지나 도망치고 있는 교회군과 용병들을 쫓았다. 마침내 몇몇이 정신을 차리고 반격을 시도하면서 금속 들판은 곳곳에서 결투 장면이 연출되었다. 토비 슈렉이 낯익은 얼굴을 발견한 것은 바로 그때였다. 그는 플린의 어깨를 잡고 긴박하게 한 곳을 가리켰다.

"저기! 세시 방향! 저 사람이 누군지 알아? 그 유명한 잭 랜덤이야. 직업적 혁명가 말이야. 콜드록에서의 참패 이후 아무도 전장에서 그를 본 사람이 없어. 그 사람이 테크노스III에 있을 줄은 몰랐는데. 넌 알았냐? 아, 젠장, 무슨 상관이겠어. 무조건 찍어. 잭 랜덤이 돌아왔다. 우리는 이걸 생중계하고 있는 거야!"

"만약 저 사람이 잭 랜덤이라면, 나이에 비해 아주 정정해 보이는군요." 플린이 카메라의 움직임에 집중하며 말했다. "무자비하기도 하고요. 마치 죽음의 신처럼 용병들을 작살내고 있잖아요. 옆에 있는 사람은 누구죠?"

"그 노인네는 모르겠군." 토비가 또 다른 폭발에 반사적으로 몸을 숙이며 말했다. "저 가죽 옷 입은 여자 보이나? 모르는 얼굴인데 나중에 찾아봐야겠어. 지금은 랜덤만 찍어. 그가 주인공이야."

그때 갑자기 그의 앞에 반란군이 불쑥 나타나자 그는 혼비백산해 비명을 지르며 뒤로 펄쩍 뛰었다. 반란군의 눈은 어두웠고 칼에서 피를 뚝뚝 흘리고 있었다. 플린도 비명을 지르며 카메라를 불러들여 그와 반란군 사이에 띄워놓았다. 토비는 앞뿐만 아니라 뒤에도 반란군이 뛰어다니는 것을 보고 그 자리에 얼어붙었다. 플린도 조용히 서 있었다. 반란군은 토비와 플린을 쳐다보더니 씩 웃으며 카메라를 향해 윙크를 한 후 혼란 속으로 뛰어가 사라졌다. 반란군조차도 대중선전의 중요성을 알고 있는 것 같았다. 토비는 그제야 숨을 돌리고 아침에 갈색 바지를 입고 나오기를 잘했다고 생각했다.

누군가 호각을 불었다. 갑자기 반란군이 싸움을 멈추고 돌아서서 구멍 속으로 사라지기 시작했다. 불과 몇 분 만에 모든 반란군이 벌판 아래의 터널로 사라지며 미리 준비한 폭약을 터뜨려 구멍을 봉쇄해버렸다. 교회군과 용병들, 예수회의용단과 카사 주교는 멍한 상태에서 주변을 살펴보며 도대체 그들을 방금 전까지 공격한 것이 무엇이었는지 파악해보려고 애썼다. 공기 중에 연기가 자욱했고, 여기저기 흩어진 에너지총에 맞은 시체들에서 불꽃이 타오르고 있었다. 연병장은 온통 시체투성이였다. 반란군 시체는 거의 없었다. 그들은 전사자와 부상자를 대부분 거두어갔다. 정적이 흘렀다. 카사는 여전히 촬영하고 있는 플린을 보고 냅다 쫓아왔다. 눈에는 광기가 그득했다.

"너! 촬영 중지해! 그리고 테이프 이리 내! 당장."

"죄송합니다, 주교님." 토비 슈렉이 억지로 희열을 감추며 말했다. "이건 주교님 상사 분들의 요청에 따라 모두 생중계되고 있는 겁니다. 혹시 현 상황에 대해 간단한 논평이라도 좀 하시겠습니까?"

카사는 광선총을 꺼내 공중에 떠 있는 카메라를 박살냈다. 플린이 그를 노려보았다.

"우리 노동조합에서 가만히 있지 않을 겁니다."

랜덤과 루비, 스톰은 울프군의 추격을 따돌리고 반란군과 함께 좁은 터널을 달리며 숨이 넘어갈 듯 웃어젖혔다. 기습은 계획한 대로 정확히 진행되었다. 적의 피해를 극대화하면서도 아군의 손실은 거의 없었고, 울프 가와 교회를 완전히 혼란으로 몰아넣었다. 공장에서 일하는 클론이 방송을 탈 수 있는 정확한 시간을 알려주었었다. 반란군은 이제 자기 진영의 터널로 진입해 숨을 돌리며 천천히 걷고 있었다. 구멍을 폭약으로 봉쇄했어도 울프군이 곧 입구를 재확보할 것이다. 그것도 원래 예상한 것이다. 싸움은 아직 끝나지 않았다. 이곳 깊숙하고 비좁은 어둠의 공간에서 반란군은 적들에게 마지막 치명적인 교훈을 선사할 것이다.

터널들이 한동안 급경사로 내려가다가 갑자기 넓은 동굴이 나타났다. 랜덤은 우뚝 멈춰 섰다. 길이 여러 갈래의 좁은 길로 나뉘어 동굴 안쪽 벽을 휘감고 돌며 내려갔다. 거대한 동굴은 마치 산을 들어낸 것처럼 어마어마한 크기였다. 동굴 천장은 수백 미터 위에 있었고 바닥도 그만큼 까마득한 아래로 보였다. 랜덤은 가만히 서서 주변을 둘러보았다. 반란군은 그를 스치며 소로를 따라 성큼성큼 내려갔다. 벽은 대부분 매끄러웠다. 수백 년간 흐른 물이 그렇게 만들어놓은 것이다. 그곳에는 청색, 녹색, 황금색의 밝은 금속 띠들이 격자무늬를 형성하며 오래전에 잊힌 산업의 흔적을 보여주고 있었다. 천장에 묵직하게 걸린 종유석과 바닥에 솟은 석순들이 반란군의 등불에 반짝였다. 그리고 아래쪽에는 노란 안개가 굽이치며 바닥면을 보일 듯 말듯 가리고 있었다. 루비와 스톰이 랜덤의 옆에 서서 어서 가자고 재촉했지만 그는 움직일 수 없었다. 그것은 마치 거대한 성당에 들어선 기분이었다. 그곳은 테크노스III의 은밀한 영혼 같았다. 그는 숨이 막혔다. 그 자신이 퇴락한 수도원의 스테인드글라스에 달라붙어 기어다니는 파리가 된 기분이었다.

그는 마침내 사람들의 재촉을 받아들여 유령 엘리스를 뒤따라 긴계단을 밟으며 안개 낀 바닥 쪽으로 내려갔다. 주변에는 미리 계획한대로 반란군이 은밀한 장소에 매복하고 있었다. 랜덤은 그들에게는이 대단한 장소가 아무런 의미도 없다는 것을 서서히 깨달았다. 그들은 이 신비스러운 자연의 장엄함과 영광을 알지 못한다. 그럴 여유가없는 것이다. 그들은 오직 매복하기 좋은 장소를 찾기에 여념이 없다. 여기도 그들에게는 또 다른 끝없는 전쟁의 격전장일 뿐이다. 유령 엘리스는 랜덤, 루비, 스톰을 이끌고 동굴 벽의 움푹 파인 공간으로 안내했다. 그곳에서는 위쪽에 있는 동굴의 유일한 입구가 훤히 보였다. 그녀는 스톰이 자기 옆에 편안하게 자리 잡았는지 확인한 후 총을 꺼내 들고 앉아서 기다렸다. 그녀의 작은 손안에서 광선총은 무척 커보였다. 바닥에서 황 냄새 나는 노란 연기가 한 가닥 피어올랐다. 반란군은 그림자처럼 각자의 은신처로 녹아들어가 손에 총을 쥐고 적이 나타나기만을 숨죽여 기다렸다. 거대한 동굴은 아무런 움직임도없이 조용했다.

랜덤은 엉덩이를 옮겨 유령 엘리스의 귀에 입을 갖다댔다. "이 동굴은 얼마나 오래된 겁니까?"

"누가 알겠어요? 우리보다야 오래됐지요. 그건 확실해요."

"놀라운 곳이군요."

"맞아요. 매복하기 딱 좋은 곳이지요. 이 밑에서 우리는 모든 것을 통제할 수 있어요. 울프군은 자신들이 어떤 장소로 기어드는지조차 모르고 있을 거예요. 불쌍한 녀석들. 피의 고통을 맛보게 해줘야지요. 이제 조용히 해요. 적들이 금방 나타날 겁니다. 우리가 적들을 모두 죽인 다음 관광해도 늦지 않아요."

위에서 달려오는 발소리가 들려왔고, 랜덤은 손에 총을 쥐고 웅크 렸다. 그가 아름답고 경이로운 공간을 전장으로 만든 것이 처음은 아니었다. 많은 행성에서 많은 신비로운 경관을 목격했고 그곳을 시체들로 더럽힌 적이 한두 번이 아니었다. 그의 고귀한 대의를 위해서 그가 남길 유일한 유산은 죽음과 파괴의 흔적뿐이라고 종종 생각하기도 했다. 그때 울프군과 교회군이 동굴 안으로 쏟아져 들어왔다. 세 명의 수색관, 즉 바르, 에지, 쇼올이 그들을 이끌고 있었다. 그들은 후회하거나 반성할 시간도 갖지 못했다. 살육의 시간이 왔다. 고귀한 반란의 대의 아래 산 자와 죽은 자의 광란의 춤이 시작된 것이다.

양측이 에너지무기를 발사하면서 거대한 동굴 안에는 섬광이 가득했다. 수백 가닥의 휘황한 에너지빔이 튀어나와 서로 교차하고 벽에서 되튀며 동굴을 가득 메웠다. 비명과 전투구호 그리고 긴박한 명령들이 울렸고 교회군과 울프군은 엄폐물을 찾아 이리저리 뛰어다녔다. 그들은 분노와 복수심에 이끌려 자신들을 조롱한 적을 추격해 성급하게 어둠 속으로 뛰어들었지만, 거대한 벽에 부딪친 듯 에너지빔에 막혀 한 발자국도 더 나아가지 못했다. 병사들은 비명을 지르지도 못한 채 바닥에 쓰러져 죽어가며 좁은 길을 가득 메웠다. 생존자들은 엄폐물을 찾아서 응사했고 에너지무기가 모두 소진되자 동굴 안은 다시 조용해졌다. 간간이 신음소리만이 메아리칠 뿐이었다. 그리고 양편은 검을 빼들고 숨었던 장소에서 걸어나와 안개를 헤치고 서로를 향해 돌격했다.

반란군과 그 적이 서로 맞붙어 칼에는 칼로 주먹에는 주먹으로 싸웠다. 양측은 한 치의 양보도 없었다. 이제 이 싸움은 교회군과 용병들에게는 원수를 갚는 것이었다. 반란군 입장에서는 싸움 자체가 그렇지 않았던 적은 단 한 번도 없었다. 양측은 계속 앞으로만 밀어붙이며 몸을 아끼거나 주저함 없이 치열하게 싸웠다. 검이 번뜩일 때마다 피가 튀었다. 거대한 동굴 바닥에는 수많은 병사들이 뒤엉켜 일대 혼전을 펼쳤다.

랜덤과 루비는 언제나처럼 등을 맞대고 싸웠다. 그들은 무적이었다. 스톰도 그들 뒤에서 싸웠다. 그도 다년간의 갈고 닦은 실력을 유감없이 발휘하며 민첩하게 검을 휘둘렀다. 적들이 세 사람을 에워쌌지만 쓰러뜨릴 수는 없었다. 루비 저니는 적을 죽이고 또 죽이며 큰 소리로 웃었다. 물 만난 고기가 따로 없었다. 랜덤은 냉정하고 정확한 집중력으로 어서 싸움을 끝내기 위해 싸웠다. 그는 대의를 위해 싸울 뿐 살육에서 기쁨을 느끼지는 않았다. 이미 오래전에 그런 것은 초탈했다. 스톰은 계속 싸웠으나 벌써 숨이 가쁘고 검이 점점 무거워지는 것 같았다. 그는 한낱 인간일 뿐이었다.

그리고 불가피하게 세 명의 가장 유명한 반란군은 세 명의 가장 뛰어난 제국군의 전사인 수색관 바르, 에지, 쇼올을 상대하게 되었다. 서로 밀치는 군중이 마치 약속이라도 한 듯 그들을 맞닥뜨리게 만든 것이다. 에지는 랜덤과, 바르는 루비와, 쇼올은 스톰과 대결하게 되었다. 그들은 서로 예를 갖추는 듯 잠시 멈췄다가 상대를 향해 달려들었다. 칼날이 몇 차례 충돌하고 튕겨나기를 반복하는 동안 큰 싸움의 무리는 그들을 뒤에 남겨두고 서서히 다른 쪽으로 이동했다.

랜덤은 석순을 뒤로하고 서서 에지의 공격을 받았다. 그는 칼날을 피할 수 있을 때는 피하고 그렇지 못할 때는 칼로 쳐내면서 수색관이 스스로 지치도록 만들었다. 그러나 에지는 전혀 지치지 않았다. 오히려 매번 공격이 실패할 때마다 분노가 일어서인지 공격은 점점 더 예리해지고 힘이 실렸다. 그의 입은 싸늘한 미소로 벌어졌고 눈은 어두워지고 광기로 희번덕거렸다. 랜덤은 에지가 양손으로 크게 휘두르는 칼날을 피해 허리를 깊숙이 숙였고 에지의 칼은 랜덤 뒤의 석순을 깨끗이 절단했다. 랜덤은 수색관에게 방어적으로 싸우다가는 죽기에 딱 알맞겠다는 생각이 들었다. 미로를 통과했건 말건 상관없이 말이다.

그는 부스트를 했다. 혈관과 머릿속에서 피가 들끓는 것을 느끼며 에지에게 돌진했다. 에지는 깜짝 놀라 한 걸음 물러났다. 그러고는 자리를 잡더니 랜덤의 부스트한 힘과 속도에도 불구하고 절대로 물러서지 않았다. 그는 결국 수색관이었고 비록 노쇠한 수색관일지라도 우주의 모든 적을 상대할 수 있었다. 그것이 그의 직업이다. 하지만 랜덤은 광기의 미로를 통과했고, 우주의 일반적인 적과는 달랐다. 랜덤은 에지의 미친 미소를 향해 침착하게 웃으며 방어를 약간 느슨하게 내렸다. 즉시 에지의 검이 허점을 노리고 날아왔다. 그리고 랜덤의 다른 한 손이 무서운 속도로 올라와서 검을 옆으로 쳐냈다. 영원한 찰나의 순간에 그들은 서로 마주 보고 서 있었고, 에지의 몸이 훤하게 드러났으며, 그 자신도 그 사실을 알고 있었다. 그리고 랜덤은 검을 에지의 가슴에 밀어 넣었고 칼끝이 등을 뚫고 나왔다. 에지는 외마디 비명을 토해냈고 찡그린 얼굴에는 피가 튀었다. 그러고는 힘을 잃고 무릎을 꺾었다. 랜덤이 칼을 뽑자 에지는 마지막 지지대를 잃은 것처럼 바닥을 보고 쓰러졌다. 랜덤은 그럼에도 불구하고 그의 목을 쳤다. 만약을 대비해서. 에지는 수색관이다.

루비는 상대가 수색관이라는 것을 알자마자 바로 부스트를 했다. 바르는 셋 중에서 가장 나이가 많았지만 그래도 어느 누구보다도 위험한 인물이었다. 그래서 그녀는 그와 칼과 몸을 맞대고 얼굴을 최대한 바싹 밀어서 바르의 왼쪽 눈에 침을 뱉었다. 그리고 그가 정신이 산란해진 아주 짧은 순간을 틈타서 벨트에서 단도를 꺼내 그의 갈빗대 사이를 찔렀다. 루비는 바르의 몸에서 솟구치는 피를 손으로 느꼈다. 바르가 몸을 뒤로 빼며 루비에게서 물러났다. 루비는 부스트한 힘과 속도로 맹렬한 공격을 퍼부었고 바르는 주춤주춤 후퇴했다. 바르는 옆구리에서 계속 피를 흘렸지만, 치명적인 상처에도 굴하지 않고 차분한 표정으로 루비의 공격을 막아냈다. 결국 루비는 있는 힘을 다해 바르의 칼날을 옆으로 쳐내고 곧바로 검을 회수하면서 그의 노출된 목을 그었다.

피가 분수처럼 솟구치며 그녀의 얼굴을 적셨다. 그녀는 즉시 물러나며 이마를 닦아 피가 눈에 스미지 못하도록 했다. 그녀는 그 일격으로 바르의 목이 반가량 잘린 것을 보고 웃다가 그가 여전히 서 있는 것을 보고 웃음을 멈췄다. 그는 수색관이고 적을 같이 끌고 가지 않고는 절대로 죽지 않는다. 그는 그녀에게 몸을 던졌고 검이 도저히 막을 수 없는 맹렬한 기세로 공기를 갈랐다. 루비는 한쪽 무릎을 바닥에 대고 몸을 숙여 검을 피했다. 그녀의 머리가 살짝 흔들렸고 머리카락 한 움큼이 바르의 검에 잘려나갔다. 그녀는 검을 바르의 배에 깊숙이 찔렀다. 그는 한 차례 신음하고 뒤로 물러나면서 몸을 꿰뚫은 검에서 빠져나가려 했다. 루비는 검을 놓고 일어서서 바르에게 달려들어 그의 머리를 양손으로 붙잡았다. 그리고 그를 뒤로 밀어 뒤통수를 뾰족한 석순에 내리찧었다. 석순은 그의 머리를 뚫고 오른쪽 눈으로 튀어나왔다. 바르는 격렬하게 경련을 일으키다가 좌절의 마지막 긴 한숨을 내뱉고는 움직임을 멈췄다. 루비는 검을 회수하고 거친 숨을 몰아쉬며 만일을 대비해 안전한 거리에서 조심스럽게 바르를 쳐다보았다. 그는 수색관이다. 그가 정말로 죽었다는 사실에 만족한 루비는 허리를 숙여 그의 피범벅이 된 입술에 입을 맞추고는 고개를 들어 랜덤이 어떻게 하고 있는지 살펴보았다.

싸움은 거의 끝나가고 있었다. 반란군은 위치를 선점해 매복기습을 했고 싸움터도 더 잘 알고 있었다. 교회군과 용병들은 아무리 노련하고 분기탱천했더라도 이길 가망이 없는 싸움을 벌였다. 그들 대부분이 죽었다. 몇몇 생존자들이 수색관 쇼울와 함께 뭉쳐 있었다. 루비는 랜덤 옆에 서서 쇼울을 쳐다보았다. 누구도 스톰에 대해 말하지 않았다. 쇼울은 두 사람을 번갈아보았다. 그녀의 검에서는 피가 뚝뚝 떨어지고 있었다. 그리고 그녀는 씩 웃더니 돌아서서 아무도 없는 길을 달려 동굴을 빠져나갔다. 나머지 생존자들도 그녀를 쫓아 허겁지겁 달아났고, 반란군은 그들을 달아나도록 내버려두었다. 누군가는 돌아가서 울프 가에게 반란군의 위대한 승리 소식을 전해야 하기 때문이었다.

전투는 끝났다. 반란군은 부상자들 사이를 돌아다니며 적은 냉정하게 숨통을 끊고 아군은 후송했다. 그들은 포로를 거둘 처지가 아니었고, 자비수녀단으로 가는 먼 길에 어차피 포로들은 죽을 것이었다. 루비와 랜덤은 칼을 거두고 알렉산더 스톰을 찾아보았다. 전성기를 훨씬 지난 검객이 수색관 쇼올을 상대했던 것이다. 그들은 시체 사이를 돌아다니며 가끔 시체를 뒤집어 피로 얼룩진 얼굴을 확인해보았지만 스톰의 시신은 보이지 않았다. 그들은 마침내 한구석의 움푹 들어간 곳에서 그를 찾아냈다. 그는 다치지 않았다. 그는 그들을 쳐다보았다. 얼굴에는 분노의 빛이 가득했다.

"나는 도망쳤어!" 그는 대들듯이 말했다. "수색관을 만나면 누구나 그랬을 거야! 나는 자네들처럼 초인적으로 빠르지도 강하지도 않아. 나는 절대로 그녀의 상대가 될 수 없었고, 우리 둘 다 그 사실을 잘 알고 있었지. 그래서 뒤돌아서 도망쳤고, 그녀는 나를 놓아주더군. 그녀는 더 중요한 일이 있었던 거야. 늙은 바보가 위험해봤자 별거 아니라고 생각했던 거지."

"자네는 그녀가 오기 전까지 멋지게 싸웠어." 랜덤이 말했다. "옛날 모습 그대로더군."

"나는 지치고 고통스러웠네. 숨도 쉴 수 없었지. 이제 예전처럼 싸울 수 없어. 나는 한물 간 늙은이일 뿐이야. 자네가 그랬던 것처럼. 하지만 이제 자네는 안 그렇지 않나?"

"알렉스……"

"자네가 싸우는 것을 봤어. 누구도 그렇게 빠르고 강할 수 없어. 그 옛날의 전설적인 잭 랜덤조차도 말이야. 자네를 더 이상 모르겠네. 도대체 자네는 누군가? 퓨리? 헤이든맨? 외계인? 어쨌든 자네가 이제 인간이 아닌 것만은 확실해."

"나는 자네 친구일세." 랜덤이 말했다. "항상 그랬던 것처럼."

"아니, 그렇지 않아. 자네는 나날이 젊어지고 있어. 누구도 자네를 대적할 수 없지. 수색관조차도 말이야. 자네가 무엇이든 간에 이제 나 같은 평범한 자들과는 공통점이 없어. 아마 자네는 제국이 자네를 체포했을 때 정말로 죽었을지도 몰라. 적어도 내가 알고 있던 잭 랜덤은 말이야."

그는 그들을 밀치고 걸어갔다. 랜덤은 그를 쫓았다.

"알렉스, 제발…… 자네가 필요하네."

루비가 그의 팔을 붙잡았다. "놔두세요. 그의 말이 옳아요. 우리는 예전의 우리가 아니에요. 우리는 더 발전한 거예요. 그리고 당신은 그가 필요 없어요. 당신에게는 내가 있잖아요."

랜덤은 핏물로 얼룩진 그녀의 얼굴을 한참동안 쳐다보았다. "그래." 그리고 마침내 말했다. "내게는 자네가 있지."

자비수녀단의 베아트리체 수녀원장은 텐트의 장막을 걷어서 부상자 이송을 용이하게 만들었다. 반란군의 기습으로 이미 병원은 많은 부상자들로 넘쳐나고 있었다. 기존의 병상만으로는 턱도 없었다. 베아트리체는 간이침대를 치우고 더 많은 부상자들이 들어올 수 있는 공간을 만들었다. 부상자들은 서로 어깨를 맞대고 피 묻은 시트 위에 누워 비명을 지르고 신음하고 울면서 죽기를 기다리고 있었다. 수녀들이 여기저기 소독약을 잔뜩 뿌려댔음에도 불구하고 피와 구토물, 노출된 내장의 냄새가 사방에 진동했다. 베아트리체는 곧 냄새에 익숙해질 것을 알았지만 그게 지금 당장 도움이 되는 것은 아니었다. 냄새 때문에 머리가 어질어질해서 그녀는 텐트자락을 붙잡고 기대야만 했다. 상황이 너무 절망적이었기 때문에 그랬을지도 모른다. 베아트리체와 그녀의 동료들은 할 수 있는 최선을 다했지만 그들이 아무리 열심히 해도 항상 부족하다는 사실을 알고 있었다. 토비의 방송이 나간 이후로 약품과 혈장, 의료 소모품들이 자비수녀단과 여러 봉사단체, 심지어는 울프 가로부터도 밀어닥쳐서 이제 풍족해졌지만, 의사와 간호사는 충원되지 않았다. 테크노스Ⅲ가 그렇게 중요한 곳은 아니었다. 다른 곳에서도 간호사들은 필요했다. 누구도 이런 대유혈 사태를 예상하지 못했다. 단 한 번의 전투에서 이렇게 많은 부상자가 발생한 것은 그녀도 처음 보는 일이었다. 그리고 보통 부상자들은 곧 죽었다. 하지만 자원이 풍족해지자 베아트리체는 많은 부상자들을 살릴 수 있었고, 그래서 비좁은 공간에 그들을 모두 수용하기가 어려워진 것이다. 망할 반란군. 망할 울프 가. 그녀 자신이 뭔가 바꿀 수 있다고 생각해 여기 온 것이 순진했던 것이다.

베아트리체는 손등으로 이마의 땀을 닦았다. 손등의 피가 이마에 묻어 벌겋게 얼룩이 진 것도 알지 못했다. 제대로 된 의료시설만 갖추었다면 구할 수 있는 생명들을 생각할 때마다 그녀의 좌절과 무력감은 깊어졌고, 그래서 가급적이면 그런 생각을 하지 않고 할 수 있는 일에만 집중하려 했다. 그녀는 피로를 물리치고 다시 텐트 안으로 들어갔다. 다시 지옥 속으로. 텐트 안을 천천히 걸으면서 환자들의 상태를 살피고 필요한 곳에서는 의사와 간호사를 도왔다. 그래봐야 환자들의 손을 잡거나 이마를 짚어주는 정도가 전부였다. 가끔은 의사가 수술하는 동안 환자의 팔을 누르고 있어야 하는 경우도 있었다. 마취제를 아껴야 했기 때문에 쇼크사의 가능성이 있는 큰 수술이 아니면 가급적 마취제 사용을 자제했다. 간단한 수술은 환자가 불쌍하기는 했지만 입에 물고 있을 것을 주는 게 전부였다. 비명소리를 막기 위해.

그녀는 신께 힘을 달라고 조용히 기도하며 계속해서 필요한 일들을 돌보았다. 환자들이 숨이 멎으면 바로바로 밖으로 내보냈다. 공간이 모자라서기도 했지만, 울프 가에서 장기 재사용을 위해 시체를 저장했기 때문이다. 그들이 용병을 샀기 때문에 시체도 그들 소유였다. 그리고 울프 가가 이익이 생기는 것을 마다할 리 없었다. 물론 부상자들 중 그 혜택을 입는 사람은 없었다. 장기이식은 영관급 이상에게만 시술된다.

베아트리체는 이를 악물고 욕설을 참았다. 울음을 참은 것인지도 몰랐다. 그녀가 이성을 잃는 모습을 보여서는 안 된다. 항상 차분하고 자신만만하게 상황을 통제하고 있는 모습을 보여야 한다. 환자들에게 믿음을 심어줘야 한다.

그녀는 계속 움직였다. 바닥에 고인 피와 여러 액체 때문에 신발이 질척거렸다. 열려진 뱃속과 죽어가는 사람들의 배설물 냄새가 코를 찔렀다. 환자들 중에 아는 얼굴이 눈에 띄자 그녀는 걸음을 멈췄다. 그리고 경련을 일으키며 헛소리를 해대는 남자 옆에 무릎을 꿇고 앉아 조용히 쳐다보았다. 그의 왼쪽 팔은 팔꿈치 위쪽에서 잘려 반쯤 사라졌다. 다른 곳에도 자상이 눈에 띄었다. 베아트리체는 입술을 깨물었다. 그 얼굴을 잘 알고 있었다. 공장에서 자주 보았던 얼굴이었다. 그는 교회군이나 용병이 아니었다. 클론이었다. 제국이 클론에게 무기를 줄 리 없기 때문에 탈출한 클론일 것이다. 반란군 측에 가담한 자였다. 그녀는 어깨를 으쓱하고 일어섰다. 그녀는 자비수녀단이고 이곳은 모든 환자를 똑같이 대한다. 울프 가가 뭐라고 하든 상관없다. 그녀는 가까이 있는 간호사를 불렀다.

"이자는 반란군이야." 그녀는 조용히 말했다. "이런 사람이 몇 명이나 더 있어?"

"현재까지 서른두 명입니다. 원장님이 말씀하시기를……"

"그래, 내가 받으라고 했지. 그 사람들 얼굴을 가려. 필요하다면 붕대를 감아. 울프 가가 모르도록 해야 해. 괜한 분란을 일으킬 필요는 없어. 보급품에 대한 소식은 없어?"

"대부분 궤도에 대기 중입니다. 기습 때문에 울프 가에서 꼭 필요한 착륙만 허가하고 있습니다. 그들 말로는 보안 때문이래요."

"개자식들. 기회가 있을 때 수녀단에 다시 연락해봐야겠어. 압력을 좀 행사하도록 말이야."

"반란군 환자들이 거동할 수 있게 되면 어떻게 해야 합니까? 여기에 계속 둘 수는 없습니다. 공간도 부족하고요. 그런데 다 치료한 다음에 울프 가의 경비대에 넘겨야 하는 거라면 사실 치료할 필요도 없지 않습니까?"

"그건 걱정 마. 움직일 수 있게 되면 반란군이 데리러 올 거야. 예전에도 그랬어." 베아트리체는 텐트 뒤쪽이 소란스러워지자 어깨너머로 돌아보았다. 그녀는 그가 누군지 알아보고 얼굴을 찌푸렸다. "문제가 생겼군. 어서 얼굴들을 가려, 당장."

간호사는 재빨리 고개를 끄덕이고 돌아섰다. 베아트리체는 최대한 빨리 입구 쪽으로 달려가 그자를 몸으로 막았다. 그리고 놀란 간호사들에게 자신이 알아서 처리하겠다고 안심시켰다. 베아트리체는 그자에게 싸늘한 미소를 던졌다.

"카사 주교님, 이렇게 바쁜 시간에 어인 일로 여기까지 왕림해주셨습니까?"

"여기에 반란군 부상자들이 있소." 카사가 단도직입적으로 말했다. "보고를 들었소. 수사를 위해 그들을 넘겨주었으면 좋겠소, 지금 당장. 그들은 여기 있을 자격이 없소. 우리 쪽 부상자들도 곧 쏟아져 들어올 거요."

"또 뭐가 잘못된 건가요?"

"당신이 상관할 바 아니오."

"당신은 내 텐트를 부상자로 채우는 사람이에요. 그러니까 저도 상관해야겠어요. 그리고 자비수녀단으로서 저는 누구든 제 도움이 필요한 사람에게 도움을 거절하지 않습니다. 그게 제 일이지요."

카사는 차갑게 웃었다. "당신 일은 내 알 바 아니고, 반란군 자식들을 순순히 넘기든가, 아니면 내 부하들이 들어와서 그자들을 끌고 나가도록 할 것인지나 결정하시오."

베아트리체는 차분히 고개를 끄덕였다. "당신이 개자식인 것은 전부터 알고 있었어요, 제임스. 그렇지만 싸움에 졌다고 해서 엉뚱한 곳에 화풀이하는 것으로 나중에 후회할 일은 만들지 마세요. 수녀단은 골고다의 교회에 막강한 영향력이 있어요. 그리고 지금 나는 수녀단의 가장 촉망받는 수녀예요. 제가 수녀단의 명성에 지대한 기여를 하고 있지요. 나를 건드리기만 해봐요. 내 윗분들이 당신 상사에게 영향력을 행사해 당신을 가만두지 않을 겁니다."

"우리는 골고다로부터 멀리 떨어져 있소, 베아트리체. 당신이 연락하고 자시고 하는 사이에 상황은 모두 끝나 있을 거요. 당신이 그렇게 소중히 여기는 반란군이 내가 필요한 정보를 쥐고 있소. 그러니 나는 그들에게서 그것을 짜낼 거요. 최후의 한 방울까지 말이오. 내 부하들이 당한 것처럼 그들도 당해야 하오. 그리고 당신이 무슨 짓을 해도 나를 막을 수는 없소."

"틀렸어요." 베아트리체가 말했다. "밑을 봐요, 주교."

그들 두 사람은 아래를 내려다보았다. 베아트리체의 손에 들린 수술용 칼이 카사의 사타구니를 지그시 누르고 있었다. 두 사람 모두 꼼짝도 하지 않았다.

"찌르지 못할걸." 카사가 말했다.

"시험해봐요." 베아트리체가 말했다. "당신이 말했듯이 우리는 골고다로부터 멀리 떨어져 있어요. 사고야 늘 일어나는 것이고. 당신은 부하들이 다치는 것은 전혀 신경 쓰지도 않아요. 당신은 이 지옥 같은 곳에서 조그만 성공을 거두기 위해 안간힘을 쓰지요. 그래야 출세할 수 있으니까. 어쨌든 여기는 내 영역이고, 내 방식대로 일을 처리해요. 감히 나를 무시하고 마음대로 해보세요. 맹세컨대 바로 이 자리에서 당신을 거세해주겠어요."

카사는 그녀의 흔들림 없는 시선을 보고 빈말이 아니라고 느꼈다.

"나중에 다시 오겠소. 무장한 부하들을 데리고."

"그러지 않는 게 좋을걸요. 이 장면은 우리 몰래카메라에 다 찍혀 있어요. 당신이 수녀 한 명에게 쫓겨난 꼴을 부하들에게 보여주고 싶은 건 아니겠죠? 그러면 정말로 승진 기회는 사라져버릴 텐데요. 자, 이제 빨리 나가요. 꼴도 보기 싫으니까."

카사는 움찔하며 고개를 끄덕이고 조심스럽게 뒷걸음질 쳤다. "잊지 않겠다, 못된 년."

"좋은 생각이야. 꺼져버려. 난 바쁘단 말이야."

카사는 돌아서서 성큼성큼 걸어갔다. 그의 뒷모습은 풀 길 없는 분노 때문에 금방이라도 폭발할 것만 같았다. 공장에서 그를 처음 마주치는 사람은 정말로 운수 사나운 사람일 것이다. 베아트리체는 그가 멀어져가는 것을 지켜보다가 수술용 칼을 들어 올리고 쳐다보았다. 몰래카메라 따위는 없다. 하지만 카사는 그 말을 믿었다. 원래 그자라면 몰래카메라를 설치했을 테니까. 앞으로 주교를 눈여겨볼 필요가 있다. 그는 악랄한 인간이고 모욕은 절대로 잊지 않는다. 하지만 베아트리체는 그다지 심각하게 생각하지 않았다. 신경 써야 할 더 중요한 일들이 많았다. 그녀는 의사가 급히 부르는 소리를 듣고 피와 죽음을 헤치고 자신이 할 일을 하기 위해 바삐 걸어갔다.

카사 주교는 미리 약속한 대로 하프맨을 만나려고 그의 숙소를 찾아갔을 때도 여전히 분통을 터뜨리고 있었다. 못된 년의 버릇을 고쳐줘야 한다. 직접적으로는 아니더라도 말이다. 그전에 먼저 영상 기록을 입수해야 한다. 그녀가 자신을 모욕한 것을 다른 사람이 알아서는 안 된다. 그는 하프맨에게 깍듯이 인사했다. 하프맨은 한 번도 사용하지 않은 것 같은 침대 옆에 열중쉬어 자세로 서 있었다. 하프맨이 잠자는 것과 같은 인간적인 행위를 한다는 것은 상상하기 어려웠다. 그의 나머지 반쪽 몸을 구성하고 있는 에너지장의 일렁거림을 가까이에서 보니 머리가 아플 지경이었다. 아무런 색깔이 없는 듯하면서도 모든 색깔을 품고 있었고 계속 쳐다보면 그대로 빨려 들어가버릴 것만 같았다. 카사는 하프맨의 왼쪽 사람 얼굴에 시선을 고정했다. 물론 그쪽도 그다지 인간답게 보이지는 않았지만 말이다.

"단도직입적으로 말씀드리겠습니다." 카사가 서둘러 말했다. "오늘 참패에 대해서는 보고를 받았습니다. 당신이 제 상관으로부터 울프 가에 대한 행동지침을 가져온 것으로 아는데요."

"아주 간단한 지시요." 하프맨이 말했다. 그가 말하려고 입을 열 때 입안에서도 일렁거리는 에너지가 보였다. 카사는 하프맨의 말소리에만 집중하려 애썼다. "내가 가져온 폭발물을 공장 내 선정된 장소에 설치하기만 하면 되는 거요. 정확한 위치를 알려주는 지도도 내가 가지고 있소. 폭발은 공장을 위험에 빠뜨리지 않으면서 스타드라이브 생산을 조금 늦추는 정도가 될 것이오. 울프 가가 공장 운영에 미숙한 것을 보여주려는 것이지. 그 이후 제국의 이익을 위해 교회가 스타드라이브의 생산을 담당하게 될 것이오. 당신 상관들은 궁정에서 더 많은 영향력을 확보하려는 것 같소."

카사는 고개를 끄덕였다. "별로 어렵지 않은 일이군요. 그 일을 할 적합한 사람을 알고 있습니다. 아주 조심스러운 사람이고, 필요하다면 사후에 제거해도 무방한 자지요. 폭발물과 지도만 주시면 나머지는 제가 다 알아서 하겠습니다. 폭탄이 터질 때까지는 아무도 눈치 채지 못할 겁니다." 그는 말을 멈추고 잠시 하프맨을 물끄러미 쳐다보았다. "당신이 종교적인 분이라고 생각하지는 않습니다. 그동안 정치에는 지극히 중립적인 태도를 지키셨는데 왜 교회를 위해 폭탄을 반입하는 위험을 감수하신 거지요? 이번 일로 무엇을 원하는 겁니까?"

"내가 간절하게 원하는 것이라고만 해두지. 하지만 당신이 알 필요는 없는 일이오."

"알겠습니다. 저도 한 가지 부탁이 있습니다." 카사가 말했다. "자비수녀단의 베아트리체 수녀원장이 이곳에서 병원을 운영하고 있습니다. 저는 그 여자의 죽음을 원합니다. 아주 끔찍하게요. 저를 위해 그 일을 좀 주선해주셨으면 좋겠습니다. 그러면 저도 제가 아는 것에 대해 함구하겠습니다."

"나는 당신을 이 자리에서 죽여버릴 수도 있소." 하프맨이 말했다.

"당신은 저 없이는 이 일을 처리할 수 없습니다." 카사가 냉정하게 말했다. "당신은 여기 아무런 조직도 없습니다. 제 부하들만이 폭탄이 설치될 장소에 마음대로 접근할 수 있지요. 다른 사람들은 울프가의 경비대원들에게 모두 발각될 겁니다. 당신은 제가 필요합니다."

"요즘은 교회에 들어가는 사람들의 질이 아주 많이 떨어져버린 것 같군." 하프맨이 말했다. "알겠소. 일을 위해서는…… 약간의 융통성도 필요하겠지. 베아트리체가 불행한 끝을 보도록 처리하겠소."

"시간은 제가 지정하겠습니다." 카사가 말했다. "먼저 영상 기록의 존재를 확인할 게 있습니다."

"알겠소. 하지만 카사…… 다시는 나를 협박하려 들지 마시오. 나는 성가신 사람을 다룰 때는 아주 성미가 급해지고 폭력적으로 변하는 성향이 있거든. 내 책상 위에 지도와 폭발물이 숨겨진 장소에 대한 기록이 있소. 폭탄은 스타드라이브 생산을 축하하는 준공식에 맞춰 터지도록 시간 설정을 하시오. 슈렉과 그 도마뱀 같은 친구가 후세를 위해 그 장면들을 모두 촬영할 것이오."

"훌륭합니다." 카사가 말했다. "토비 슈렉을 위해서 저도 약간의 재미있는 계획이 있습니다. 그는 그냥 뉴스를 보도만 하는 것이 아니라 뉴스의 일부가 될 겁니다."

다니엘과 스테파니는 또다시 언쟁을 벌였다. 이번에는 전과 달리 방해받지 않을 사적인 장소를 택했다. 스테파니는 가족 전용 접견실을 위아래로 오가며 동생에게 칼날 같은 말을 던지고 있었고, 다니엘은 바에 서서 술잔을 내려다보며 부루퉁해 있었다. 마이클과 릴리는 언제나처럼 각자의 배우자에게 무시당한 채 멀리서 큰 술잔을 들고 둘이 같이 서 있었다. 그 방은 원래 캠벨 가의 소유였기 때문에 벽에는 아직도 캠벨 가의 문장이 흐릿하게 남아 있었다. 공장에는 캠벨 가의 흔적이 여전히 여기저기 많이 남아 있다. 울프 가의 경비대원들이 여러 방에서 아직도 부비트랩을 발견하고 컴퓨터에서 논리폭탄을 제거하고 있는 중이다. 모든 식음료도 행성 밖에서 조달했다. 이 모든 이유 때문에 스테파니는 항상 기분이 언짢았다.

그녀는 잠시 멈춰서 숨을 고르고 있었다. 방 안에는 불길한 침묵이 흘렀다. 다니엘도 하고 싶은 말은 많았지만 누나가 저렇게 흥분하고 있을 때는 말을 아끼는 것이 좋다는 것을 잘 알고 있었다. 게다가 그가 하고 싶은 말은 고성을 동반해야만 효과가 있을 텐데, 그 방이 완벽한 방음이 되는지 확실치 않다는 것도 입을 다물게 한 이유였다. 공장에는 여전히 캠벨 가에 충성하는 자들이 있었고 교회가 파견한 스파이는 말할 것도 없었다. 그리고 그와 그의 누이 둘이서 꾸미는 음모가 가족들의 귀에 들어가서는 절대로 안 된다. 그들이 손수 뽑아 문밖에 세워둔 경비들에게조차도 말이다. 공장 안에서도 경호원은 항상 필요했다. 반란군에 동조하거나 그들이 직접 침투시킨 자들이 있을 수 있기 때문이었다. 그리고 주교와 그의 부하들의 접근을 막기 위해서도 필요했다. 카사가 울프 가를 싫어하고 밸런타인과 앙숙이라는 것은 세상이 다 아는 사실이다. 그런 자에게 공연히 허점을 보일 필요가 없었다. 전사예수교회가 스타드라이브 생산시설을 탐낸다는 것은 공공연한 비밀이었다.

여제는 그저 뒷짐 지고 서서 서로 알아서 질서를 잡도록 방관하고 있을 따름이었다.

"나는 저 사람들 앞에서 이런 얘기를 할 필요는 없다고 봐." 마침내 다니엘이 술잔으로 마이클과 릴리를 가리키며 입을 열었다.

"그들은 얘기를 흘리지 않아." 스테파니가 말했다. "우리한테 좋은 일은 저들한테도 좋은 것이고, 저들도 그걸 알고 있어. 그리고 우리가 계획하고 있는 것을 저들도 알 필요가 있어. 그래야 무심코 허튼소리를 하지 않을 것 아니야. 게다가 만약 비밀을 누설하면 자기들도 어떻게 될지 잘 알고 있어. 그렇지 않아요, 당신? 물론 알고 있겠지. 자, 이제 내 말 잘 들어봐, 다니엘. 오늘은 얘기를 끝내야 해. 반란군의 기습이 생중계되는 바람에 우리 체면이 구겨졌어. 밸런타인뿐만 아니라 우리에게도 영향이 있다고. 우리 계획에 아주 심각한 차질이 생긴 거고, 시간도 이제 얼마 없어. 우리는 스타드라이브 생산이 개시되기 전에 어떻게든 밸런타인의 평판을 땅에 떨어뜨리고 우리를 훌륭하게 보일 수 있는 일을 만들어야 해. 밸런타인을 여제의 총애만 받는 무능력한 자로 보이도록 만들어서 그를 제거하는 기적을 만들 수 있는 일 말이야."

"동의해." 다니엘이 말했다. "하지만 나는 아직도 저들이 보는 앞에서 이 얘기를 꺼내고 싶지는 않아. 나는 누나는 철저히 믿지만 우리 배우자들에 대해서는 그렇지 않아. 우리가 저들과 결혼했다고 해서 완벽하게 한 가족이 된 건 아니야."

"그래, 알겠다. 내 방으로 옮겨서 좀 더 얘기해보자. 마이클, 릴리, 사람을 보낼 때까지 여기서 기다려. 어쨌든 당신들 두 사람은 세세한 것까지는 알 필요가 없어. 그냥 우리가 시키는 대로만 하면 돼. 그리고 바를 완전히 비우지 말고."

그녀는 당당하게 접견실을 걸어 나갔고 다니엘이 언제나처럼 그 뒤를 따랐다. 마이클과 릴리는 그들의 배우자들이 나가고 방문이 완전히 닫히기를 기다렸다가 서로의 품에 안겼다. 허겁지겁 입을 맞추고 마치 물에 빠진 사람들처럼 서로의 몸을 꼭 껴안았다. 테크노스Ⅲ에서 둘만의 시간을 갖기는 좀처럼 쉽지 않았다. 그런 사정이 그들의 열정을 더욱 부채질했다. 마침내 둘은 조금 떨어졌지만 껴안은 팔을 완전히 풀지는 않았다. 눈은 서로의 눈에 고정되어 있었고, 아직도 서로의 입가에 거친 숨을 뿜고 있었다.

"우리 계획대로 해야 해요." 릴리가 다급하게 말했다. "우리가 저들로부터 벗어나 우리 삶을 찾기 위해서는 그 길밖에 없어요. 내가 경비대원 하나를 매수해놓았어요. 그가 무기고에서 폭탄을 가져다줄 거예요. 그러면 그를 죽이고 반란군 침입자 짓이라고 하면 그만이에요. 그다음에는 적당한 장소에서 적당한 시간에 터지도록 폭탄을 설치하기만 하면 되는 거예요. 그러면 다니엘과 스테파니도 끝장나겠지요. 지옥에나 가버리라고 하자고요.

아무도 우리를 의심하지 못할 거예요. 우리보다도 훨씬 강한 동기를 가진 자들이 많으니까요. 반란군은 물론이고 주교까지도요. 우리는 슬퍼하는 척하다가 이곳을 물려받기만 하면 되는 거예요. 밸런타인은 자기가 좋아하는 그 많은 물질들을 뒤에 두고 여기까지 와서 공장을 운영하려 하지는 않을 거예요. 그러면 가족 중 믿을 사람이 우리밖에 더 있겠어요? 일단 우리가 일을 잘 처리한다는 것을 보여주면 그는 여기 일은 신경 쓰지 않게 될 거예요. 그리고 우리는 결혼할 수도 있어요. 공장을 완전히 가문의 것으로 만들기 위해서 결혼이 필요하다는데 설마 밸런타인이 반대하겠어요?"

"당신은 죄책감 같은 것은 못 느끼나?" 마이클이 말했다. 그러고는 갑자기 그녀를 밀쳤고 그녀는 균형을 잃고 몇 걸음 뒤로 물러났다. 그녀는 아주 작고 연약해 보였고 커다란 눈망울은 밤처럼 까맸다. 그는 자기가 하고자 하는 말에 집중했다. "우리는 그들과 결혼했어. 그들 때문에 우리가 울프 가의 사람이 된 거라고. 귀족 말이야. 나는 회계사였고, 당신은 도서관 사서에 타로점성술협회 하급 간부였지. 내가 당신을 만나지 않았다면, 나는 울프의 남편으로서 귀족의 사치스러운 삶을 누리며 더 행복했을 거야."

"하지만 우리는 만났잖아요." 릴리가 다시 다가가 그의 입 근처에 뜨거운 입김을 뿜으며 말했다. "그리고 제가 당신을 사랑하는 것처럼 당신도 저를 사랑하고, 그게 귀족이 되는 것보다 더 중요하지요. 우리가 함께할 수 없다면 저는 아무것도 필요 없어요. 죄책감? 그게 우리하고 무슨 상관이 있나요? 다니엘은 한 번도 제게 남편인 적이 없어요. 저를 사랑하지 않는다고요. 꼭 필요한 때가 아니면 저와 같이 있으려고도 하지 않지요. 스테파니는 좀 다른가요? 그녀가 당신에게 신경이나 쓰는 줄 아세요? 당신은 그저 궁정에서 걸치는 크고 근육질의 액세서리에 불과해요. 제이콥 울프가 우리를 결혼시킨 이유는 울프 가에 필요한 작은 사업을 우리가 가지고 들어올 수 있었기 때문이었어요. 우리 가족은 그에게 우리와 함께 사업까지도 팔아넘겼어요. 우리 의견 따위는 아무도 묻지 않았지요. 애초에 상관하지도 않았고요."

마이클이 천천히 고개를 끄덕이며 그녀를 다시 품에 안았다. 그녀는 만족한 듯 그의 가슴에 안겼다.

"어때요?" 릴리가 물었다. "할 거죠? 폭탄 설치하는 걸 도와주실 거죠?"

"당연히 해야지. 내가 어떻게 당신 청을 거절하겠어. 하지만 릴리…… 우리 관계에 대해서는 어떠한 환상도 품지 말자고. 우리가 다니엘과 스테파니를 제거하고 무사할 수 있다고 하더라도 우리 관계가 달라질 수는 없어. 밸런타인과 콘스탄스가 누가 공장을 가질 것이냐를 놓고 치열하게 다툴 거고, 우리는 방해만 될 뿐이지. 그들은 우리를 결혼하도록 내버려두지 않아. 우리 둘이 힘을 합치도록 방관하기보다는 당신과 나를 제국의 양쪽 끝으로 보내버릴걸. 그들은 눈 하나 깜짝하지 않고 우리 사랑을 갈라놓을 거야. 그럴 힘이 있으니까."

"그런 식으로 생각할 필요 없어요." 릴리가 고개를 숙인 채 말했다. "우리는 그 사람들에게는 별 볼일 없는 존재들이에요, 마이클. 밸런타인과 콘스탄스는 서로 싸우느라고 우리에게는 신경도 쓰지 않을 거고, 그들이 상황을 알았을 때는 너무 늦은 다음이겠지요. 풀밭을 기어 다니는 아주 작은 실뱀조차도 이빨에는 치명적인 독을 품을 수 있어요. 우리가 그들을 쓰러뜨리는 거예요, 내 사랑. 우리를 존중하지 않은 대가로 그들 모두를 파멸시켜버리자고요."

"꿈은 실컷 꾸라고, 몽상가 아가씨." 마이클이 말했다. "그렇게 될 수도 있고 그렇지 않을 수도 있지. 상관없어. 당신 없이 사느니 당신과 함께 죽는 길을 택하겠어."

울프 가의 여러 사람들이 각자의 음모에 열중하는 동안 토비는 마지못해 하는 테크노스Ⅲ의 정규 선전방송을 내보내고 있었다. 그러던 중 갑자기 화면이 지글거리면서 방송이 중단되었다. 시청자들은 토비가 카메라 밖을 쳐다보며 "도대체 무슨……"이라고 말하는 장면까지만 잠깐 보았고, 그의 얼굴은 곧 화면에서 사라졌다. 그리고 새로운 얼굴이 화면을 채웠다. 그는 사십대 초반의 나이에 잘생기고 카리스마 넘치는 사람이었다. 눈매는 온화했다.

"안녕하십니까, 여러분. 제 이름은 잭 랜덤입니다. 제 이름을 들어보신 분이 꽤 있으리라 믿습니다. 저는 지금 울프 가문이 소유한 테크노스Ⅲ에서 반란군을 도와 자유와 존엄성을 위해 투쟁하고 있습니다. 원래 이곳은 반란군 소유의 행성이었지만 궁정의 힘 있는 사람들이 빼앗아가버렸습니다. 오래된 얘기지만 잘 알려지지 않은 사실이지요. 테스노스Ⅲ는 현재 라이언스톤의 신형 스타드라이브 생산기지입니다. 여러분은 신형 스타드라이브에 대해 많이 들어보셨을 것이고 그것이 어떤 변화를 가져올지도 잘 아실 겁니다. 하지만 그들이 스타드라이브에 대해 말하지 않는 다른 한 가지 사실은 그 생산이 생명을 갉아먹는 노예노동에 의존하고 있다는 점입니다."

화면이 바뀌며 천장이 아주 낮은 방에서 줄지어 일하는 노동자들의 모습이 나타났다. 조명은 눈부시도록 밝았고 어디서 나온 것인지 알 수 없는 이상한 색깔의 가스가 공기 중에 자욱했다. 공기에 물결 같은 것이 일면서 가까이 있던 것처럼 보이던 물건들이 갑자기 멀리 보이기도 하고 그 반대의 현상도 나타났다. 화면은 몰래카메라로 찍은 듯 몹시 흔들렸다. 남자, 여자, 어린아이들이 거대한 금속과 크리스털 구조물 사이를 기어 다니며 일하고 있었다. 그들은 몇 가지 작업도구를 이용해 무엇인가를 쉬지 않고 조립하고 있었다. 일하고 있는 사람들 중 많은 수가 골격이 휘고 기형이었다. 어떤 사람들은 손가락이 없었다. 무언가에 먹힌 것처럼 턱이나 눈이 없는 사람도 있었다. 아무런 설명 없이 공장 장면이 계속 흐르다가 잭 랜덤의 목소리가 다시 들렸다.

"한 가족 전체가 스타드라이브를 제작하고 있습니다. 기계에 맡기기에는 너무 섬세하고 중요한 작업을 하고 있는 것입니다. 자동화 기계는 필요한 작업환경에서 작동하지 않습니다. 기계는 미쳐서 오작동을 일으킵니다. 컴퓨터도 마찬가지입니다. 사람만이 적응할 수 있습니다. 완벽하게 조립되지 않은 스타드라이브에도 세력장이 만들어지며 그것은 인체조직에 치명적입니다. 여러분이 보고 있는 일가족은 하루 열네 시간씩 일주일 동안 쉬지 않고 일합니다. 그들이 너무 쇠약해지거나 일하기에 부적합하게 몸이 변형되어버리면 폐기처분됩니다. 대체인력은 항상 있습니다. 여러분이 보고 있는 사람들이 클론이기 때문에 그렇습니다. 그리고 클론에게 무슨 일이 일어나든 아무도 신경 쓰지 않습니다. 하지만 저는 신경이 쓰입니다. 그리고 테크노스Ⅲ의 반란군도 마찬가집니다."

다시 화면이 바뀌고 반란군이 빗속에서 참호 안에 대기하고 있는 장면이 파노라마 화면으로 펼쳐졌다. 남녀노소 할 것 없이 모두 무장한 채 싸울 준비를 하고 있었다. 그들의 얼굴은 지쳤지만 결연해 보였다. 랜덤의 설명이 이어졌다.

"반란군 진영에는 비전투요원이라고는 없습니다. 왜냐하면 감히 자기 자신의 생각을 가지려 했다는 이유 하나만으로 제국이 그들을 살해할 것이기 때문입니다. 강탈과 남용으로부터 자신들의 행성을 지키려 했다는 이유 때문에 말입니다. 그들은 자신들의 생명과 미래를 위해 싸우고 있으며, 그들의 근무시간은 무제한입니다. 저는 그들과 함께 싸우고 있습니다. 언젠가는 제가 여러분의 생명과 미래를 위해 여러분과 함께 싸우게 될 것입니다. 왜냐하면 제국은 부와 권력과 자기만족을 향한 끝없는 탐욕 속에서 희생자가 누구이든 상관하지 않기 때문입니다."

잭 랜덤의 얼굴이 다시 홀로그램 화면을 채웠다. 그의 얼굴은 피곤해 보였지만 여전히 온화하고 굳세고 믿음직하고 결연해 보였다. 눈 주위에 흉터가 보였다.

"오늘 우리는 여러분에게 처음으로 진실을 알려드렸습니다. 이곳 테크노스Ⅲ에서 일어나고 있는 일들이 여러분에게도 발생할 수 있습니다. 어떤 귀족이 당신들 행성을 원하면, 그들은 그것을 취할 수 있고 아무도 말릴 수 없습니다. 만약 그가 여러분을 죽을 때까지 일하도록 시키겠다고 결정한다면, 지속적으로 이윤이 발생하는 한 아무도 그를 향해 항변의 목소리를 높일 수 없습니다. 여제는 실체도 없는 외계인의 침공으로 여러분을 협박하고, 점점 더 많은 권력을 자기 수중에 집중시키고 있으며, 여러분에게 점점 더 많은 것을 요구하고 있습니다. 의회는 그녀를 막을 수 없습니다. 의회는 귀족들과 마찬가지로 게으르고 부패했습니다. 여러분이 무엇을 가지고 있건 종국에는 그들이 모두 빼앗아갈 것입니다. 여러분이 무엇을 믿건 그 믿음을 파괴해버릴 것입니다. 누군가 나서서 말리지 않는 한 그들은 끝이 없습니다.

여러분에게 지금 당장 집밖으로 나가 반란군에 합류하라고 요청하는 것이 아닙니다. 아직은 아닙니다. 오늘 보고 들은 것을 기억하고 생각해보시기 바랍니다. 반란에 참여한 자들에 대해 제국이 행하는 거짓말은 무시해버리십시오. 우리도 여러분과 똑같은 사람들입니다. 다만 우리는 한 가지 간단한 진실을 위해 헌신하고 있습니다. 인간이건 클론이건 에스퍼건 모든 사람은 동등한 권리를 타고났으며 자신의 운명을 스스로 결정할 수 있다는 것이 그것입니다. 여러분은 저희를 도울 수 있습니다. 도움을 주실……"

그때 제국 전체의 홀로그램 화면이 갑자기 먹통이 되어버렸다. 잠시 화면이 지글거리다가 지역 채널들이 음악과 게임쇼 같은 것을 내보내기 시작했다. 나중에 방송을 방해한 것은 사이버생쥐들의 또 다른 장난으로 밝혀질 것이다. 모든 것이 거짓이며 사람들이 걱정할 바는 하나도 없다고. 시청자들은 울프 가가 첫 번째 완성된 스타드라이브를 자랑스럽게 공개할 때 테크노스Ⅲ의 진정한 모습도 같이 확인할 수 있게 될 것이라고.

테크노스Ⅲ의 공장 외곽에서 카사 주교는 만족스런 미소를 띠고 광선총을 거두고 있었다. 그의 광선총 한 방으로 공장의 주 송출기는 산산조각이 났다. 이 행성에서 이제 방송은 불가능하다. 그가 주위를 둘러보니 스테파니와 다니엘이 허겁지겁 경사로를 뛰어 올라오고 있었고, 그 뒤로 토비와 플린의 모습도 눈에 띄었다. 카사는 그들에게 미소로 인사하고 박살난 송출기를 가리켰다.

"반란군이 당신들의 장비로 악랄한 거짓말을 선전해대는 것을 이것으로 막은 것 같소. 솔직히 나는 당신들이 이런 일이 일어나지 않도록 예비조치를 하지 않았다는 것이 놀랍소."

"당연히 우리는 그런 조치를 했어요." 스테파니는 눈사람도 덜덜 떨 정도로 차가운 어조로 말했다. "반란군이 조금만 더 신호를 붙잡고 있었다면 우리 보안요원들이 그들의 위치를 추적해 그들의 장비를 파괴하도록 병력을 파견할 수 있었을 거예요. 이제 당신 때문에 반란군이 어디서 신호를 보냈는지도 모르게 됐을 뿐만 아니라 우리와 외부세계 사이의 유일한 연결수단이 사라져버렸네요. 우리의 다른 송출장치들은 모두 이것과 연결되어 있어요. 이것 없이는 우리는 완전히 제국과 단절되는 거라고요. 그 의미는 당신이 송출기를 되살려놓지 않는다면, 여제의 명으로 계획된 이틀 후의 준공식 생중계도 불가능해졌다는 것이지요."

"아……" 카사가 말했다. "그렇군……"

"저도 한 가지 지적하자면," 토비는 그 순간이 너무 즐겁다는 듯이 말했다. "주교님이 그 장비를 쏘지 않았더라면, 제가 몇 시간 내에 반박방송을 내보내서 손실을 만회할 수 있었을 겁니다. 만약 서둘러 송출기를 복구시켜놓지 않는다면, 엄청나게 많은 사람들이 주교님을 원망하게 될 겁니다."

카사는 경사로에 산산조각 나서 흩어져 있는 송출기를 바라보았다. "젠장."

"저도 동감이에요." 스테파니가 말했다. "송출기가 정상 작동할 때까지 당신 부하들이 매시간 보고해주기를 바랍니다. 그리고 준공식 때까지 준비되지 않으면 제가 당신 불알을 뭉개버리겠어요. 만약 여제께서 먼저 그렇게 하지 않으신다면 말예요."

그녀는 다니엘에게 고개를 끄덕였고 두 사람은 돌아서서 공장 안쪽으로 사라졌다. 카사는 그들의 등을 멍하니 쳐다보다가 황급히 뒤따라갔다. 토비와 플린은 망가진 송출기를 쳐다보았다. 그들은 이 상황에서도 꽤 즐거운 듯 보였다.

"진짜 잭 랜덤이었을까요?" 플린이 물었다.

"오, 그래. 기습 때 찍은 영상을 제국뉴스의 파일들과 비교해봤지. 맞아. 좀 세파에 찌든 모습이기는 하지만 그래도 그의 나이와 겪은 일을 볼 때 아주 건강한 모습이더군. 그리고 아까 방송으로 볼 때 더이상 의심의 여지가 없어. 그게 바로 잭 랜덤의 전형적인 행동이야. 그는 그런 일을 잘하기로 유명하지."

"그럼 클론들이 스타드라이브를 제작하던 모습도 진짜란 말인가요?"

토비는 플린을 진지하게 쳐다보았다. "나도 몰라. 하지만 일단 사실이라고 한다면 말이야, 우리가 특종을 노리고 그곳에 잠입할 경우, 아마 울프 가가 우리를 보자마자 죽여버릴 것이라는 점만은 확실해. 아무리 클론이라도 사람을 그런 식으로 다뤄서는 안 되는데 말이야. 라이언스톤이 스타드라이브를 정말로 간절히 원하고 있는 것 같군."

"그럼 우리는 그냥 모르는 척하면 되나요?"

"언제부터 네가 그렇게 이상주의자가 됐지? 매일 제국 전역에서 사람들이 죽어나가고 있어. 그렇다고 우리가 할 수 있는 일은 없고. 어쩌다가 작은 일을 바로잡을 수 있는 기회를 얻을 수도 있지. 베아트리체 수녀원장의 병원 일처럼 말이야. 그렇다고 늘 그런 식으로 할 수 있다고 생각한다면 오산이야. 우리가 스타드라이브 작업을 하는 클론들을 촬영하는 데 성공했다고 치자. 어떻게 방송에 내보낼 건데? 지금은 아니야. 그리고 내 장담컨대 제국뉴스가 우리를 바로 잘라버릴 거야. 작은 승리에 만족하는 법을 배우라고, 플린. 적어도 네 머리가 어깨 위에 붙어 있기를 원한다면 말이야."

그들은 아무 말 없이 각자의 생각에 빠져 잠시 서 있었다. 플린이 말문을 열었다. "여기서 잭 랜덤이 승리한다면 대반란의 시작이 될 수도 있어요."

"정말 나도 그러기를 바란다." 토비가 말했다. "전쟁에서는 취재할 거리가 엄청나게 많지. 기자의 명성은 전쟁터에서 쌓이는 법이야."

"당신 생각만 하는군요." 플린이 말했다. "발포가 시작되면 나는 바로 몸을 숨길 테니 당신이 알아서 찍으세요."

"너의 문제점이 뭔 줄 알아?" 토비는 경사로 아래의 공장을 내려다 보며 말했다. "야망이 없다는 거야."

"내 야망은 백 살 넘게 사는 겁니다." 플린이 진지하게 말했다. "그리고 화난 마누라한테 총 맞아 죽는 게 소원이에요."

"간혹, 플린, 넌 참 알다가도 모르겠단 말이야." 토비가 말했다.

이른 아침, 세상이 쥐 죽은 듯 조용할 때, 잭 랜덤과 루비 저니는 반란군이 장악한 가장 안쪽의 참호에서 걸어 나와 폐철더미 위에 서서 태양을 등지고 버티고 있는 거대한 공장의 전경을 바라보았다. 울프 가의 군대는 최근 진지를 잃고 후퇴해 새로운 방어선을 구축하느라 분주했다. 그들은 아직 저격수도 배치하지 못했다. 랜덤과 루비는 보이지 않아도 저격수가 있다면 벌써 알아챘을 것이다. 그래서 그들은 편안하게 앉아서 일출의 기기묘묘한 하늘색을 감상하고 있었다.

오늘은 첫 번째 여름날이었고 지평선에 간신히 걸린 태양빛에도 벌써 심한 더위가 느껴졌다. 랜덤과 루비는 그날 공격을 위해 지면을 살펴보겠다는 핑계로 지상에 나왔지만 사실은 둘만의 시간을 갖고 싶어서였다. 지하는 항상 붐비고 갑갑했기 때문에 그 속에서 오래 있다보면 별일 아닌 것에도 짜증이 날 때가 있었다. 반란군은 그들을 어둠의 세력에 대한 불가피한 승리를 가져다줄 전설 속의 예정된 영웅으로 여기고 깍듯이 대접했다. 하지만 랜덤이나 루비나 그런 것이 별로 달갑지 않았다.

"나는 영웅이 아니에요." 루비가 진지하게 말했다. "보수는 형편 없고 작업환경은 엉망이에요. 내가 반란에 가담한 이유는 제국이 무너졌을 때 마음껏 약탈해도 좋다는 약속을 받았기 때문이에요. 그리고 라이언스톤 그년이 내 목에 현상금을 걸었기 때문이기도 하고요. 그런데 반란군이 저를 바라보는 시선을 보면, 마치 내가 물위를 걷기라도 할 것처럼 여기는 것 같아요. 조만간 그들이 제게 사인해달라고 아우성칠 것 같은 불길한 예감까지 드네요."

"사람들은 원래 영웅을 원하게 돼 있지." 랜덤이 말했다. "누군가를 따르고 싶어 하고 자기들 대신 누군가가 어려운 결정을 내려주기를 바라는 거야. 그들은 우리를 실제 모습보다 부풀리고 우리에게 모든 희망과 꿈을 걸다가도, 우리도 한낱 인간일 뿐이라는 사실로 그들을 실망시키게 되면 아주 냉혹하게 돌아서버려. 나는 그런 것을 아주 많이 봤어. 그게 내가 직업적 혁명가를 그만두고 미스트월드로 도피한 이유 중 하나야. 다른 사람들의 희망과 기대를 어깨에 걸머지고 가는 것에 지쳐버렸던 거지. 애초에 내 어깨는 그렇게 넓지도 않았는데 말이야. 나는 인생의 대부분을 사람들이 스스로 생각하고 스스로의 운명을 책임지도록 만드는 데 보냈지만, 그 일이 결코 쉽지는 않더군. 사람들은 너무나도 자주 지도자를 따르려 하지. 사람들에게 자신을 대단한 자로 여기게끔 만드는 재주가 있는 겉만 번드르르한 개자식들을 말이야. 나는 가끔 사람들이 기꺼이 라이언스톤을 권좌에서 끌어내리고 그 자리에 그럴싸하게 말만 잘하는 영웅이라는 자들을 올려놓을 것이라는 생각이 들어. 나 같은 사람을 말이야."

"잭 폐하." 루비가 말했다. "마음에 드는군요. 당신이 싹 바꿔버리면 되겠어요."

"나는 그게 싫어." 랜덤이 말했다. "어떤 사람에게도 그렇게 많은 권력이 주어져서는 안 돼. 나에게도 마찬가지야. 그건 너무 강력한 유혹이지. 나는 권력이 어떻게 부패하는지 알아. 심지어 선의를 가진 사람이 권력을 잡아도 마찬가지야. 오히려 그런 사람이 더 위험해. 자기가 옳다고 생각하는 사람만큼 위험한 사람도 없어. 그런 사람은 자신이 믿는 것을 지키기 위해 아무리 많은 사람도 기꺼이 희생시킬 수 있지. 적이든 친구든 가리지 않고 말이야. 내 경험으로는 권력의 문제에서 절대적으로 신뢰할 수 있는 사람이라고는 없어. 민주주의가 좋은 이유는 그것이 여론에 기반한다는 점 때문이야. 자신이 만들어낸 선전물을 스스로 믿기 시작하는 지도자가 있다면, 사람들은 언제라도 그를 내쫓을 수 있을 때 더 행복해질 거야."

그들은 잠시 대화를 멈추고 금속 벌판을 조용히 바라보았다. 몇 시간 전의 전투와 비교할 때 아침은 기괴할 정도로 고요했다. 여기저기 아직 불꽃이 보였고 제국의 전쟁기계도 듬성듬성 눈에 띄었다. 에너지빔으로 벌집이 되어 방치된 기계들은 햇빛에 반짝이며 살육을 꿈꾸고 있는 듯했다. 공장은 시커멓고 육중한 자태를 과시했고 이곳저곳에 나타났다 사라지곤 하는 햇빛의 핏빛 반사면은 마치 지옥문이 열렸다가 닫히는 것처럼 보였다. 점차 날이 밝아오면서 희미하게 이글거리는 보호막이 보였다. 마법으로 보호되는 오거*의 성처럼 보이는 공장은 무고한 피를 연료로, 증오와 분노를 동력으로 오늘도 새로운 하루를 준비하고 있었다.

"스톰은 요즘 왜 그러는 거지요?" 루비가 물었다. "당신을 대하는 태도가 이상해요. 그가 당신 친구인 줄 알았는데요?"

"친구 맞아." 랜덤이 대답했다. "우리는 십대 때부터 서로 알고 지낸 사이야. 그리고 셀 수 없이 많은 전투에서 서로 어깨를 나란히 하

---

* orge, 서양의 전설이나 신화에 등장하는 식인귀.

고 싸웠지. 루비 자네가 그때의 그를 봤어야 하는데. 잘생겼고, 저돌
적이고, 손에 칼 한 자루만 쥐고 있으면 두려울 것이 없었어. 사람들
이 칭송하는 것은 나였지만, 정작 모든 여자들을 차지하는 사람은 스
톰이었지. 그는 내 훌륭한 오른팔이었고 세상이 아무리 바뀌어도 내
가 의지할 수 있는 사람이었어. 그런데 내가…… 변하고 있으니까 그
가 견디기 힘든가봐."

"당신은 젊어졌어요." 루비가 말했다.

그 말은 매우 인색한 표현이었고, 그들 둘 다 그 사실을 알고 있었
다. 랜덤은 지난 몇 주간 20년간의 풍상을 털어버리고 이제는 기껏해
야 삼십대 후반 정도로밖에 보이지 않았다. 체격도 새로운 근육으로
떡 벌어졌고, 몸 내부에서는 새로운 힘이 불타오르는 것 같았다. 비록
얼굴에 고통과 수심으로 생긴 오래된 주름은 여전했지만 과거의 수
척했던 모습은 찾아볼 수 없었다. 루비가 미스트월드에서 처음 만났
던 페인의 모습과는 완전히 딴판이었다.

"젊어진 것 같아." 랜덤이 말했다. "강하고 빠르고 튼튼하지. 내가
전설이었을 때로 되돌아간 것 같아."

"시기심 아닐까요?" 루비가 말했다. "당신은 젊어지고 그는 그렇지
않으니까요."

"모르겠어. 그럴지도 모르지. 알렉산더 스톰에 대한 기억들이 되살
아나기 시작했어. 나중으로 갈수록 그는 신념을 잃어갔어. 그는 대의
를 위해 목숨을 바친다는 것에 회의를 느꼈지. 우리는 수십 년간 제
국을 상대로 싸웠지만 아무것도 얻은 게 없었으니까. 그는 은퇴하고
젊은 사람들이 물려받기를 바랐지. 평범하고 안락한 삶을 원했던 거
야. 그리고 그럴 자격이 있다고 본인은 생각했어. 나는 비록 인정하지

않았지만, 우리 둘 다 전장에서 뛰기에는 너무 나이가 들었던 것은 사실이야. 나는 군대를 이끌고 콜드록 전투에 나갔고, 그는 대의를 위해서가 아니라 오래된 친구에 대한 도리로서 전투에 참여했어. 그런 면에서 그는 참 좋은 사람이야. 우리는 학살당했어. 완전한 패배였지. 내 기억으로 알렉스는 마지막 순간 달아났고 나는 그러지 않았지. 그래서 나는 체포됐어. 그가 옳았을 거야.

그리고 그의 행적을 모르고 있다가 골고다 지하동맹의 대표로 나타난 그를 다시 만나게 된 거지. 스톰은 대의를 저버린 것이 아니었어. 그래서 우리는 지금 여기 같이 있는 거야. 다시 전장에서 같이 싸우면서 말이야. 하지만 나는 예전 모습 그대로인데, 그는 그렇지 않아. 나는 다시 전설이 되었지만, 그는 검을 들기에도 벅찬 노인이 돼있는 거야. 그런 것들이 아마 콜드록에서 그는 도망가고 나는 끝까지 항전했던 사실을 그에게 상기시켜주는 것일지도 몰라. 하지만 이것도 잘못된 기억일 수 있지. 나는 콜드록에서의 일이 잘 기억나지 않아. 그 이후의 내 삶들도 마찬가지고."

"제국의 마인드테크들이 당신을 괴롭힌 것을 생각해보면 그렇게 놀랄 만한 일도 아니에요." 루비가 말했다. "그들이 당신을 아주 오래 붙잡고 있었잖아요. 그 더러운 개자식들은 어떤 사람의 마음도 망가뜨려놓는다고요. 당신이 미치지 않았던 것만도 다행스러운 일이에요."

"나는 가끔 내가 미쳤다는 생각이 들어. 내 마음속에는 마치 빗장이 채워진 것처럼 내가 제대로 볼 수 없는 곳이 너무나도 많아. 그들이 내 마음속에 제어단어나 원격조종 프로그램을 얼마든지 심어놓았을 수 있어. 그리고 그것들이 작동하기 전까지는 나는 그 존재조차 모르고 있겠지. 헤이든맨의 도시에서 오지맨디어스 그 AI 녀석이 오언과 헤이즐에게 어떤 짓을 했는지 봤잖아. 나는 피해를 극대화할 수 있는 시기를 기다리고 있는 시한폭탄 같은 사람일지도 몰라."

"당신은 정말 비관적인 생각만 하는 사람이군요. 내가 왜 당신 같은 사람을 좋아하는지 모르겠어요."

"그건 말이야, 내 매력과 카리스마가 당신 두 눈을 멀게 했기 때문이지."

"꿈 깨세요. 제가 당신을 좋아하는 이유는 당신의 삶을 존경하기 때문이에요. 당신은 자신이 믿는 것을 위해 삶을 송두리째 투자했어요. 나는 돈 말고는 어떤 것도 믿지 않았지요. 명예는 퇴색하고 용기는 쪼그라들기 마련이지만 청구서를 지불하는 데 돈은 항상 믿을 만하다고 생각했어요. 아마 내가 당신 곁에 오래 머물다보면 그 영웅적인 기개에 나도 조금 물들게 될지 모르지요."

"루비, 자네는 왜 항상 스스로를 비하하는 거지?"

그녀는 어깨를 으쓱했다. "제가 하는 일은 더러운 일이지만, 누군가는 반드시 해야 할 일이에요. 질문 같은 건 하지 말아요. 저도 답을 모르니까. 저는 그냥 여기 있고 싶어서 있는 거고 그거면 됐어요."

"변하는 사람은 나뿐만이 아니야. 루비 자네도 변하고 있어. 인정하고 싶지 않겠지만 자네도 이미 나처럼 영웅이나 전설 같은 존재가 돼가고 있는 거야."

"절대로 원하지 않는 일이에요. 내 경험으로 보며 영웅은 늘 아주 젊은 나이에 숭고하기는 하지만 비극적인 죽음을 맞게 되지요. 그런 전설이라면 사양하고 싶군요. 저는 차라리 그런 영웅 곁에서 충실히 오른팔 역할이나 하다가 끝끝내 살아남아, 먼지가 다 가라앉은 후 철저히 상업적인 회고록이나 대필해서 떼돈을 버는 것이 더 좋아요. 내가 변한 것이 있다면 그건 미로가 나를 바꾼 것뿐이에요. 젊어진 건 당신뿐만이 아니라고요. 저도 잘 표 나지는 않지만 최소한 5년은 젊어진 것 같아요. 빠르고 강하고 예리해졌어요. 싸움을 할 때는 다른 사람들이 슬로모션으로 움직이고 있는 것처럼 보여요. 그리고 저는 회복도 빨라요. 하지만 잭, 이렇게 젊어진다는 것이 꼭 좋은 일만은 아닌 것 같아요. 내 말은 그러니까, 만약 이게 멈추지 않는다면 어떻게 되는 거죠? 결국 우리는 무엇이 될까요? 어린이? 아기? 도대체 뭐지요?"

"미로가 우리에게 무엇을 했건 아직 진행 중이야." 랜덤이 생각에 빠져 천천히 말했다. "이제 미로는 더 이상 없지만, 우리들에게 일어나고 있는 일에는 뭔가 목적이 있다고 믿고 싶어. 이 변화는 우리를 정화해서 우리가 될 수 있는 가장 강력한 최상의 상태로 바꾸어놓는 것이라는 생각이 들어. 변화는 단순히 물리적인 것뿐만이 아니야."

"네, 저도 알아요. 저는 당신, 그리고 다른 사람들과 연결됐지요. 당신이 주변에 없어도 항상 어디에 있는지 알 수 있어요. 어떤 때는 당신이 생각하는 것이나 느끼는 것까지도 알 수 있어요. 그리고 싸울 때도 공격이 어느 방향에서 오고 검이 어디로 갈지도 알 수 있어요. 내 등 뒤에 있는 것들도 말예요. 이상하지요. 저는 그전에도 훌륭한 싸움꾼이었는데, 미로가 나를 훨씬 강하게 만들었어요."

"한마디로 말하자면," 랜덤이 말했다. "우리는 인간 이상이 돼가고 있는 거야."

"아니면 비인간적인 것이거나요." 루비가 말했다 "광기의 미로는 외계인이 만들었을 것으로 추정되잖아요. 미로는 그것을 통과한 자들이면 누구든지 그것을 만든 자들처럼 변화시키도록 설계되어 있을 수도 있지요. 우리는 팔이 여섯 개 달리고 귀에 안테나를 단 괴물이 될지도 몰라요."

"그런 말을 하는 사람이 나를 비관적이라고 비난했단 말이지. 자, 그런 일은 일단 일어났을 때 고민하기로 하자고. 알겠어? 그런 것 말고도 우리에 대해 생각할 것들이 많아."

"이를테면?"

"오해 없기를 바라지만, 루비, 하지만…… 나는 자네가 적을 살려주는 것을 본 적이 없어. 우리가 여기 오기 전부터도 자네는 상대를 제압하거나 상처를 주는 정도로 싸움을 그친 적이 없어. 항상 죽여버렸지."

"그게 최선이니까요." 루비가 아무것도 아니라는 듯 간단히 대답했다. "죽은 사람은 갑자기 일어나 칼을 들이댈 일이 없잖아요."

"죽은 사람은 우리 대의로 감화시킬 수도 없고 그들의 잘못을 뉘우치도록 할 수도 없어. 만약 미스트월드에서 자네가 우리를 공격했을 때 자네를 죽여버렸다면 어떻게 됐겠는가? 아니, 그런 예 말고, 우리는 라이언스톤을 타도한 후 재빨리 그녀를 대체해 더 효율적으로 운영될 수 있는 시스템을 만들어내야 해. 그렇지 않으면 혼란만 더할 뿐이지. 그러기 위해서는 그녀가 의존하던 사람들을 계속 활용할 필요가 있어. 반대편이라고 해서 모조리 죽여버릴 수는 없단 말이야. 그들 중 일부는 필요해."

루비는 어깨를 으쓱했다. "그건 당신이 전문가예요. 저는 사람을 죽이는 일이 전문이고요."

"보자고, 자네는 현상금사냥꾼이었지. 한 번이라도 생포해본 적

있나?"

"아뇨. 그러면 서류작업이 너무 복잡해서요."

랜덤은 한숨을 쉬었다. "내가 야만인과 같이 일하고 있군."

루비가 씩 웃었다. "문명은 뭐 별건가요? 저는 윤리 따위에는 관심도 없어요. 저는 전문적인 자객이고 그게 제가 하는 일이에요. 그밖에 흥밋거리는 섹스와 약탈이지요. 당신이 할 일이라고는 목표를 정한 다음 저에게 알려주는 것뿐이에요. 다음에 공장을 공격할 때도 그렇게 하면 돼요. 저와 함께 가고 싶지 않으세요?"

"그런 식으로 은근슬쩍 화제를 바꾸려는 것을 내가 모를 것 같나?" 랜덤이 말했다. "그렇지만 브리핑 중 자네의 명한 표정을 떠올려보면 자네 말도 일리가 있군. 좋아. 그런 얘기는 관두자고. 내일 울프가가 신형 스타드라이브 양산을 개시하는 공장 준공식을 하게 되지. 그 장면이 모든 홀로그램 방송에 생중계될 거야. 여제도 시청하겠지. 선명하고 안정된 방송을 위해서는 공장의 보호막을 잠시 내려야 할 테니 바로 그때가 우리가 뛰어 들어가서 클론만 제외하고 움직이는 모든 것을 공격해야 할 시간인 거야. 그들의 방어막을 쳐부수고 들어가서 클론노동자들을 해방시키고, 모든 것을 산산조각 내놓은 후 경비대가 허둥대고 있을 때 재빨리 빠져나오는 거야. 그리고 그 장면들이 모두 고스란히 생중계되겠지. 그러면 우리 반란에 획기적인 성과를 올리게 될 거야. 엄청나게 많은 가담자들이 새로 몰려올 테지. 그리고 제국이 공장의 피해를 복구하고 새로운 클론노동자들을 공수해오기 전까지는 스타드라이브의 생산도 일체 중단되겠지. 물론 나중에 생산을 재개하려고 하면 그때 다시 한 번 치면 되는 거고."

"이 공격으로 테크노스Ⅲ의 반란군도 얻을 것이 많아요." 루비가 말했다. "그들의 능력을 과시하고 무시할 수 없는 세력으로서 입지를 굳히는 거지요. 제국이 스타드라이브를 얻기 위해서 타협도 고려해 봐야 할 세력으로 성장하는 거지요, 그렇지 않아요?"

"훌륭해, 루비. 이제 전략가가 다 됐군. 우리는 결국 출발점으로 되돌아왔어. 내가 왜 반란군이 우리를 영웅으로 여기고 의존하는 것에 반대하는가에 대해서 말이야. 그들이 서로 합심하고 마음만 먹으면 언제든지 울프 가를 물리칠 수 있다는 것을 입증하고 나면 우리의 임무는 끝나는 거야. 우리가 다른 임무를 위해 여기를 떠나기 전에 그들이 스스로를 믿을 수 있도록 만드는 것이 중요해. 그들은 우리가 없어도 충분히 싸움에서 승리할 수 있어. 그들에게 필요했던 것은 외부로부터 누군가 와서 어떻게 싸우는지 보여주는 것뿐이었어. 루비, 나는 결코 지도자나 영웅이 되고 싶었던 적이 없어. 그저 사람들의 자유와 권리를 위해 싸우고 싶었던 것뿐이야. 심지어는 영웅을 원하는 사람들의 생각과도 싸우고 싶었지. 영웅은 부정과 악에 대항해 싸우는 것에는 탁월하지만, 정치적 지도자로서는 형편없는 존재들이지."

"제가 싸우는 이유는 그걸 잘하기 때문이에요." 루비가 말했다. "그리고 그게 즐겁기 때문이고요."

"계속 훈련해야지." 랜덤이 말했다.

루비는 씩 웃으며 말했다. "이미 완벽한데 뭘 더 연습하지요?"

쇼올 수색관은 하프맨의 방에서 열중쉬어 자세로 서서 도대체 이렇게 이른 아침 시간에 그가 자기에게 무엇을 원하는지 조용히 생각하고 있었다. 그녀는 자기도 모르게 내려앉는 눈꺼풀과 싸우며 터져 나오는 하품을 참으려고 애썼다. 하프맨은 전혀 잠자리에 든 것 같지 않았다. 그녀도 하루 종일 싸우고도 몇 시간만 자고 나면 거뜬해지던 때가 있었다. 하지만 모두 오래전 얘기다. 마흔여덟의 나이가 결코 많은 것은 아니지만, 항상 최고여야 하는 수색관에게는 부담스러운 숫자이기는 했다.

그녀는 기다리는 동안 조심스럽게 방 안을 둘러보았다. 방을 묘사하는 데 검소하다는 말로는 모자랐다. 어디에도 개성이라고는 없었다. 가구를 보면 인간성조차 사라진 듯했다. 방은 사적인 흔적이 철저히 배제되어 있었기 때문에 누구의 방일 수도 있었고 어느 누구의 방도 아닐 수 있었다. 하프맨은 방의 유일한 의자에 앉아 외눈박이 눈으로 반대편 벽을 뚫어지게 쳐다보며 그녀가 짐작조차 할 수 없는 어떤 생각에 골똘히 잠겨 있었다. 쇼올은 그를 쳐다보지 않으려 애썼지만 외면하기도 쉽지 않았다. 그의 오른쪽 반을 구성하고 있는 이글거리는 에너지가 계속 시선을 가로챘기 때문이다. 그것을 오래 쳐다보다 보면 이상한 것들이 보이기 시작한다. 하지만 계속 쳐다볼 수밖에 없다. 그때 하프맨이 갑자기 그녀를 돌아보았고, 그녀는 놀랐지만 오랜 훈련의 결과로 침착함을 가장할 수 있었다.

"알고 있다, 수색관." 하프맨이 놀랍도록 평이한 목소리로 말했다. "너무 이른 새벽이고 자네가 다른 데서 좀 더 생산적인 일을 할 수 있을 시간이지. 하지만 꼭 할 얘기가 있어서 불렀다. 앉아. 그렇게 서 있으니 산만하군."

쇼올은 반사적으로 의자를 찾아보았지만 없다는 것을 이미 알고 있었고, 그가 말하는 것은 침대 위라는 것을 곧 알아챘다. 그녀는 침대 모서리에 엉덩이를 걸치고 허리를 곧추세운 후 하프맨을 응시했다. 그는 원래 말이 많은 사람이 아니었다. 그러므로 그가 이제 할 말은 이 작전에서 매우 중요한 일임에 분명했다. 하프맨은 조용히 한숨을 쉬고, 미소였을 것 같은 표정을 짓기 위해 반쪽 입을 벌렸다.

"안심해, 쇼올. 자네를 잡아먹지는 않아. 자네가 무슨 소문을 들었건 말이야. 나는 그저 대화를 하자는 거야. 요즘은 내가 터놓고 대화할 상대가 거의 없어. 대부분의 사람들이 나를 비인간적인 냉혈한으로 여기지. 그게 내가 의도했던 바이기도 하고. 사실 또 그렇기도 해. 하지만 나는 여전히 인간적인 반쪽을 지니고 있어. 그래서 간혹 인간으로서 다른 인간과 대화할 필요가 있는 거야. 나는 자네의 할아버지와 알던 사이야."

쇼올은 자신 없는 태도로 그를 쳐다보며 말했다. "수색관들에게 가족적 유대관계는 장려되지 않습니다. 일에 방해만 될 뿐입니다."

"아마 그가 나에 대해서 자네에게 말해주지 않았을 거야. 허락되지 않았을 테니까. 자네 할아버지는 좋은 사람이었어. 훌륭한 해군장교였지. 적당한 가문의 배경만 있었다면 훌륭한 함장이 될 재목이었어. 이 작전을 보고받는 자리에서 자네 이름을 듣고 생각이 떠올라 파일을 훑어보았지. 자네는 아주 화려한 경력을 지녔더군, 쇼올. 여기 오기 전까지는 말이야. 뭐, 대부분의 사람들의 결말이 그렇긴 하지만. 어쨌든 여기서 자네라면 내가 터놓고 말해도 상관없겠다는 생각이 들더군. 나는 누군가와 대화를 하고 싶거든. 이 방에서 자네가 듣게 될 얘기는 다른 사람들 앞에서 절대로 되풀이해서는 안 된다는 것을 명심해. 그렇지 않으면 죽음의 형벌이 주어질 거야."

"물론 잘 알고 있습니다. 제게 하시고 싶은 말씀이 무엇입니까?"

"내 과거. 내가 누구였는지에 대해. 내가 여느 사람과 다를 바 없었을 때, 내 이름은 빈센트 패스트(빠른)였어. 사람들은 내 이름으로 곧 잘 농담을 하곤 했지. 내가 문제에 휘말리는 데는 무척 빨랐지만, 그것을 헤쳐 나오는 데는 한없이 느리다고 말이야. 그리고 결국 진실로 판명되었고, 아무도 더 이상 그런 농담을 하지 않게 됐지. 감히 하지 못하게 된 거야. 처음부터 별로 재미없는 농담이었어. 나는 간혹 사람들과 사적인 대화를 나누기를 좋아해. 내가 여전히 인간이라는 것을 확인하는 데 도움이 되거든. 나는 항상 나한테 남은 인간성이 사라지고 있는 것은 아닌지 두려움을 느껴. 내가 이런 것들을 느끼지 못하거나 개의치 않게 되는 그 순간이 올까봐 말이야. 자네는 눈치 채지 못했겠지만 나는 매일 조금씩 인간 부분이 사라지고 에너지 부분이 더 커지고 있어. 컴퓨터가 아니면 그 진행을 정확히 측정할 수 없겠지만 분명히 그런 일이 벌어지고 있는 것만은 사실이야. 나는 아주 조금씩 나 자신을 잃어가고 있어. 그 진행이 갑자기 빨라지지만 않는다면 아직 꽤 많은 시간이 있기는 하지만 말이야. 하지만 지금 현재도 내게 남은 부분은 그다지 인간적이지 못해.

나는 더 이상 먹거나 마시지 않아. 추위와 더위도 느끼지 못하지. 나는 보통사람보다 훨씬 나이가 많아. 이미 오래전에 죽었어야 했음에도 불구하고 에너지 부분이 나를 살아 있게 만드는 거야.

그리고 외계인들이 무슨 생각으로 나를 이렇게 오래 살아 있도록 만드는지 의구심이 들 때도 있지. 나는 여러 차례 자살을 시도했지만 모두 실패했어. 에너지 반쪽이 용납하지 않더군. 내가 자네와 대화하는 이유가 바로 이것이야. 자네가 보기에 에너지 반쪽이 나의 인간성을 통제한다고 판단되면 나를 죽여달라는 거야. 광선총으로 내 인간 반쪽을 파괴시켜버려. 그러면 될 거야. 자네가 이 행성에서 그 일을 할 수 있는 몇 안 되는 사람 중 하나이기 때문에 부탁하는 거야. 나는 자네의 판단을 믿네…… 자네는 자네 할아버지의 눈을 가졌어. 그는 훌륭한 사람이었지. 그도 만약 필요하다고 판단될 경우엔 날 죽였을 거야. 자네 생각은 어떤가?"

"원하시는 것이 그것이라면," 쇼올이 천천히 대답했다. "반대할 생각이 없습니다. 만약 통제력을 상실하게 된다면 당신은 제국에 심대한 위협이 될 수 있습니다. 저 때문에 더 이상 당신의 재능을 활용할 수 없게 되었다고 라이언스톤이 생각하게 된다면 제 목숨이 위험해질 수도 있겠지만, 그건 제 문제지요. 저는 수색관이고 항상 맹세한 것을 지킵니다. 제 삶은 인류를 위한 것입니다. 말이 나왔으니 기왕이면 당신을 이렇게 바꾸어놓은 외계인에 대해서도 말씀해주시면 안 되겠습니까? 공식적인 기록은 별로 도움이 되지 않아서요. 수색관들만 열람할 수 있는 기록에서조차도 정보가 별로 없었습니다."

"오랫동안 나는 아무것도 기억하지 못했어." 하프맨이 말했다. 매우 차분한 목소리로 그녀의 시선을 피한 채 말을 이었다. "아마 내가 기억하고 싶지 않았기 때문일 거야. 그리고 서서히 꿈속에서 기억들이 되살아나기 시작했어. 점점 꿈속에서 더 자주, 더 많은 것이 떠오르기 시작했지. 이게 어떤 의미인지는 아직 모르겠어. 현재 확실한 것은 그들은 여전히 원래 있던 곳에서 때를 기다리고 있다는 거야.

적당히 윤색된 공식 기록은 잊어버려. 진짜 일어났던 일은 많이 달라. 갑자기 어디선가 외계인의 배가 홀연히 나타났지. 엄청나게 거대해서 우리는 마치 산 옆의 개미처럼 보였어. 형체도 전혀 말이 되지 않는 것이었어. 우리는 대화를 시도했지. 그런데 외계인들은 우리가 한 번도 보지 못한 무기로 우리의 방어막과 무기를 불과 몇 초 만에 날려버렸어. 운 좋은 자는 폭발로 죽었고, 다른 승무원들은 모두 질식

해서 죽었어. 그리고 나는 외계인의 배 한가운데서 수술대에 묶인 채 깨어났지. 외계인의 모습은 보이지 않았어. 기계들이 내려와서 길고 가는 칼날과 여러 가지 기구들로 자르고 들추고 부수고 하더군. 내 몸이 어떻게 작동하는지 보기 위해 내 뱃속을 파헤쳤고 피가 사방으로 튀었지. 나는 비명을 질렀지만 아무도 듣지 않았어. 죽고 싶었지만 기계들이 죽지 못하게 하더군.

얼마나 그렇게 계속됐는지 모르겠어. 영원한 시간처럼 느껴지더군. 나는 여러 차례 미쳤지만 기계가 다시 회복시켜놓았어. 그리고 마침내 의식을 잃도록 허락되었다가 일어나보니 반쪽만 남았더군. 내 몸의 왼쪽은 상처 하나 없이 온전한 상태였지만 오른쪽은 완전히 사라지고 인간 형상의 에너지 구조물로 대체되어 있었지. 에너지는 나의 모든 생각에 따르기는 하지만 내가 그것을 느낄 수는 없어. 그것은 내 것이 아니야. 구속끈은 사라졌고, 나는 수술대에서 일어설 수 있었어. 어디에도 내가 흘린 핏자국은 보이지 않더군. 나는 방을 나와 배 안으로 걸어갔어.

배는 아주 컸고, 인간적인 척도의 규모와는 사뭇 달랐어. 여러 가지 모양의 구조물들이 보이기는 했지만 무슨 용도인지는 도무지 알 수가 없더군. 여러 가지 기계장비들도 있었지만 무슨 일에 쓰이는 것인지 모르기는 마찬가지였어. 어디선가 무엇인가가 계속 날카롭고 기분 나쁜 비명을 질러대고 있었는데 멈출 줄을 모르더군. 그 소리는 고통이나 공포의 절규, 또는 승리감의 환호일 수도 있었어. 숨도 쉬지 않고 계속 소리를 질러댔지만, 그것이 생명체로부터 나오는 소리인 것만은 확실했어. 뭔가 살아 있는 것이 영원한 비명을 지르고 있는 거였어. 보통사람들은 그 소리를 듣는 것만으로도 미쳐버릴 정도였지만 나는 이미 많은 것을 겪은 뒤라 그 정도에 허물어지지 않았지. 나는 강해야 했어. 그래야 살아날 수 있으니까. 그래서 제국에 경고를 전해야 했지.

나는 마침내 외계인을 발견했어. 그들이 나를 찾아왔던 것인지도 모르지. 지금도 내가 기억하는 것이라고는 어렴풋한 인상이나 암시뿐이야. 인간의 마음으로는 그들을 완전히 이해하는 것이 불가능한 것 같은 느낌이야. 그들은 거대했고 마치 기계와 연결된 것처럼 보였어. 나는 아직 그 배 자체도 어떤 의미에서 살아 있는 것이 아니었을까 하는 생각을 지울 수 없어.

외계인이 나를 알아보는 데는 조금 시간이 걸렸지. 우리는 내가 설명할 수 없는 방식으로 서로 교신했어. 그들은 우리보다 훨씬 발전되어 있었어. 그들의 마음은 삼차원 세계에 국한되지 않아. 내 느낌으로는 그들이 과거뿐만 아니라 미래도 아주 선명히 볼 수 있는 것 같았어. 그들 사이에는 아무런 차이도 없는 것처럼 말이야. 배 깊숙한 곳에서는 하등생물들이 끊임없이 죽어가면서 그들의 에너지를 배에 공급하고 있었어. 그들은 죽었다가 다시 살아나고 또다시 살해되며 끝없는 고문을 당하고 있었어. 하지만 내가 들은 비명은 그들의 소리가 아니었어. 외계인들은 내게 다른 것들도 보여주었는데 나는 대부분을 이해할 수 없었어. 하지만 그 모든 것들이 여태까지 인간이 해왔던 것을 훨씬 뛰어넘는 잔인하고 사악한 짓들이었어."

그는 말을 멈추고 외눈을 질끈 감았다. 작은 방 안에는 한동안 침묵만 흘렀다. 쇼올이 불안한 듯 몸을 비틀었다.

"그들이 당신에게 왜…… 이렇게 했는지 말해주던가요?"

"아니. 그들이 말했는데 내가 이해하지 못한 것일지도 모르지. 내가 이해하지 못한 것들이 아주 많아. 그들이 내게 알려주고 싶은 것을 모두 얘기했던 것인지, 아니면 나에게 싫증이 난 것인지 모르지만, 어느 순간 나는 내 배의 구명정에 웅크린 채 림의 한 행성궤도상에서 정신을 차리게 됐어. 지나던 배가 나를 구조했고, 그래서 내가 기억하는 것에서 3년이 흐른 후 제국으로 다시 돌아와 끝없는 질문 공세에 시달렸지. 그리고 나머지 얘기는 자네가 모두 다 알고 있는 것들이야. 제국의 에스퍼들이 내가 얘기를 지어냈거나 미친 것이 아니라는 것을 확인해주었고, 그 이후 나는 외계인의 문제에 대해 제국의 브레인이 된 거지. 외계인의 능력에 대해 나보다 더 잘 알고 있는 사람이 또 누가 있었겠나? 나는 외계인 접촉에 대한 정책을 수립하고 알려진 모든 세상에 대해 통제력을 강화했지. 나는 제국을 강력하게 만들었어. 언젠가 나를 납치하고 이렇게 바꾸어놓은 외계인들이 돌아올 것이기 때문에 우리는 강해져야 한다고 생각했어. 그때는 우리가 그들을 대적할 수 없었고 지금도 마찬가지일지 모르지만, 어쨌든 준비를 하고 있어야 해. 그들은 거대하고 강력하며 사악함 그 자체이기 때문에 그들이 나한테 한 짓을 인류에게 되풀이하지 못하도록 해야 해.

내가 할 수 있는 모든 일을 해왔지만, 그게 바로 외계인이 내게 원했던 것일 수도 있어. 그들이 내 마음속에 어떤 지시를 심어놓았을지도 모르고, 에너지 반쪽이 내 마음에 얼마나 많은 영향을 미치는지도 알 수 없어. 내가 해온 일들 중 얼마만큼이 나의 계획이었고 얼마만큼이 그들의 것이었는지도 확실히 알 수 없어. 항상 내 곁에 있어, 수색관. 나를 감시하라고. 그리고 필요하다면 나를 죽여. 나 때문에 전 인류가 위험에 처하게 되는 건 원치 않아.

그런데 아직도 가끔 드는 의문은 내 나머지 인간의 반쪽은 어떻게 되었을까 하는 것이야. 그것이 어딘가에서 여전히 살아 있을지도 모르지. 외계인들이 돌아왔을 때 그것을 내게 돌려줄까? 그렇다면 나를 통제할 수 있는 마지막 유혹이 될 거야. 나도 결국은 인간이니까. 그러니까 내 삶을 자네 손에 맡긴다, 수색관. 나는 이미 여러 사람들에게 이런 부탁을 했었지. 그러니까 어떤 비용을 치르게 되더라도 필요한 일을 해, 쇼올."

"알겠습니다." 쇼올이 대답했다. "제 명예를 걸고 맹세하겠습니다. 당신이 저를 훈련시킨 것도 그런 것이니까요. 그런데 궁금해서 여쭙는 건데, 제 앞의 선임자들은 어떻게 됐습니까?"

"내가 그들보다 오래 살았지." 하프맨이 말했다. "내 수명이 무척 길지 않나."

"아, 그렇군요. 뭐 또…… 해드릴 일이 있습니까? 저를 부르신 다른 이유가 있는지요?"

"있어, 하지만 자네가 생각하는 것과는 달라. 그런 충동은 다른 모든 것들과 마찬가지로 이미 내게서 빠져나가버렸지. 나는 오늘 저녁 자네가 좀 미묘한 임무를 수행해주었으면 해. 사람들이 모두 준공식 준비로 분주할 때 자비수녀단의 베아트리체 수녀원장을 처치해버려. 그리고 반란군의 소행으로 보이도록 꾸며. 그녀는 자신의 영향력으로 너무 많은 사람들을 성가시게 만들어서 그녀의 죽음을 원하는 사람들이 많아. 그리고 현재 진행 중인 작전의 성공을 위해서는 그들의 도움이 필요하기 때문에 그녀가 죽어줬으면 좋겠어. 신속하게 처치하되 너무 전문적으로 보이지 않도록 해. 그리고 조심하도록. 자비수녀단과 원수지간이 되고 싶지는 않으니까."

"알겠습니다." 쇼올이 대답했다. 그녀는 일어서서 하프맨에게 간단히 목례했다. "지시하신 일은 차질 없이 수행하겠습니다. 당신도 일에 집중하세요. 우리가 여기서 반란을 잠재우기 위해서는 해야 할 일이 아주 많습니다."

"그렇지." 하프맨이 말했다. "외계인들이 어딘가에 도사리고 있어. 그들에게 맞서기 위해서 제국은 이 스타드라이브가 꼭 필요해. 이런 실랑이 때문에 시간을 허비할 여유가 없지."

푹푹 찌는 여름 더위 속에서 제임스 카사 주교는 도열한 교회군 앞을 몹시 흥분해 위아래로 오가고 있었다. 부대원들은 차렷 자세로 도열한 채 흘러내리는 땀과 더위에도 아랑곳없이 잔뜩 긴장하고 있었다. 몇몇은 기절해 쓰러졌지만 그 자리에 그대로 방치되어 있었다. 쓰러진 자들은 나중에 혹독한 체벌을 당할 것이다. 카사는 벌써 반 시간째 그들에게 훈계하고 소리 지르며 조금도 누그러질 기미를 보이지 않았다. 잦은 기도와 탄성 때문에 띄엄띄엄 진행되고 있는 그의 연설의 요점은 예수전사교회의 순결성과 자부심, 그리고 교회에 맞선 여러 적들의 극악한 타락에 관한 것이었다. 카사는 입에 거품을 물며 분노와 격정을 쏟아냈지만, 부대원들은 그다지 감동받은 눈치가 아니었다. 이런 일이 너무 자주 있었기 때문이다. 카사는 수도꼭지를 틀듯 쉽게 이런 분노를 쏟아낼 수 있었다.

그럼에도 불구하고 부대원들은 모두 잔뜩 주의를 기울이고 있었다. 그것이 더위를 잊는 데 도움이 되기도 했고, 다른 한편으로는 예수회의용단 단원들이 부대원 사이를 오가며 누군가를 끌어내 끔찍한 본보기로 삼으려고 잔뜩 벼르고 있었기 때문이었다. 오늘 아침에는 그럴 기회가 없었다. 사실 주교가 일단 할 말이 있을 때는 중요한 일일 뿐만 아니라 흥미로운 것이기도 했기 때문이다. 카사는 지난번의 철저한 패배 이후 자존심 회복을 위해 터널 아래로 선제공격을 감행하려는 것이다. 물론 이번은 다를 것이다. 전투갑옷을 입은 소규모 부대가 아니라 개인무기만으로 무장하고 전투갑옷을 착용하지 않은 교회군 전체를 투입할 것이기 때문이다. 그리고 교회가 누군가에게 실험해보고 싶어 안달하는 새로운 전투마약도 지급할 계획이다. 부대원들은 이런 계획에 대해 어떻게 생각하는지 서로의 얼굴이라도 쳐다보며 확인하고 싶었지만 예수회의용단 단원들의 기세에 눌려 꼼짝없이 앞만 바라보고 있었다.

"전투갑옷은 실수였다." 카사가 인정했다. 그러고는 잠시 가만히 서서 부대원들을 위엄 있게 쳐다보았다. "터널 속에서는 움직일 공간이 불충분하고 내장된 광선총은 별로 쓸모가 없다. 갑옷의 무게 때문에 동작이 느려지고 움직임에 방해만 될 뿐이다. 이번에는 경무장을 하고 신속하게 움직여 자유자재로 공격한다. 새로운 전투마약은 우리 교회의 연구소에서 직접 개발한 것이다. 약이 여러분의 신심을 불사르고 더욱 빠르고 강하고 무자비하게 만들어줄 것이다. 영혼이 깨끗한 사람은 열 배의 힘을 얻을 것이다. 혈관 속에 이 약이 흐르는 순결한 자는 나귀의 턱뼈만으로도 능히 대부대를 죽일 수 있을 것이다. 그런데 여러분은 훌륭한 무기까지 지니고 있다. 불쌍한 반란군은 누구에게 공격받는지도 모르고 쓰러질 것이다.

친구들이여, 우리는 이 전투를 승리로 이끌어야 한다. 제국의 안위가 이 공장의 스타드라이브 생산에 달려 있기 때문만은 아니다. 궁정과 여러 곳에 산재한 우리의 적들이 지난 반란군의 기습 때 우리의 패배를 빌미로 삼아 여제 곁의 정당한 우리 자리를 위협하고 있기 때문이다. 우리는 어떤 비용을 치르더라도 자존심을 회복해야 한다. 명심하라. 교회의 이름으로 죽는 자는 천국에 자리를 예약한 것이다. 우리가 만약 실패하고 우리의 신심이 부족한 것으로 판명된다면, 이 싸움에서 살아남는 자는 골고다로 소환되어 교회심문관의 취조를 받을 것이다. 나는 여러분이 불명예 속에 귀환하기보다는 당당히 죽음을 택할 것이라는 것을 잘 알고 있다."

그는 말을 멈추고 부대원들을 쳐다보며 모두 꼼짝도 하지 않고 경청하는 것을 확인한 후에야 만족한 듯 고개를 끄덕였다. "지금 제군들 사이를 오가는 예수회 신부들이 새로운 전투마약을 지급하고 각 부대별로 지시를 하달할 것이다. 30분 후에 무기와 야전장비를 갖추고 이 자리에 다시 모여 신부들의 명령에 따라 약을 복용할 것이다. 애석하게도 나는 여러분과 함께 갈 수 없다. 이곳에서 더 급히 처리해야 할 일이 있기 때문이다. 하지만 나의 마음만은 항상 여러분과 함께할 것이다. 내가 여러분을 자랑스럽게 여기도록 만들어주기 바란다. 교회가 여러분을 자랑스럽게 여기도록 만들어라. 아래의 어둠 속으로 내려가서 찾을 수 있는 모든 살아 있는 것들을 죽여라. 신과 제국의 영광을 위해 반란군이라면 남녀노소를 가리지 말고 씨를 말려 더 이상 이 세상에 반역의 씨를 뿌리지 못하도록 하자."

테크노스Ⅲ의 지표면 깊숙이 여러 겹의 금속 지층을 파내고 자리 잡은 터널과 동굴의 벌집 속에서는 반란군이 평소와 다름없는 생활을 하고 있었다. 언제나처럼 교대로 근무하며 작업을 멈추지도 경계를 소홀히 하지도 않았다. 반란군은 지상에서부터 지하 깊숙이까지 많은 적을 두고 있었기 때문에 경계하는 데는 항상 익숙했다. 그리고 잭 랜덤, 루비 저니, 알렉산더 스톰은 유령 앨리스가 외부세계의 지원을 호소하기 위해 마련한 시찰여행을 하는 중이었다.

"우리는 먹고 입는 것을 자급자족하고 그밖에 필요한 것들은 지상세계를 약탈해 조달하지만 항상 물자는 부족합니다." 유령 앨리스가 말했다. "우리의 삶은 안락과는 거리가 멀어요. 우리는 투쟁 중에 태어나고 그것에 삶을 바치고 그 속에서 죽어가지요. 노인이 되기까지 살아남는 사람은 극히 드물어요. 저처럼 미치지 않고는요. 우리는 무엇보다도 전사들입니다. 가장 깊숙한 곳, 철저히 보호된 공간 속에서도 오락을 즐길 시간은 거의 없지요. 터널을 보수해야 하고, 먹을거리를 장만하고 비축해야 하며, 우리의 영역을 지켜야 합니다. 우리는 학교를 가지고 있어요. 우리는 공장의 컴퓨터를 해킹합니다. 우리는 야만인들이 아니에요. 하지만 투쟁이 항상 최우선이지요. 우리는 교대로 참호를 지키고, 지상의 변덕스러운 날씨를 견딥니다. 공장을 멈추기 위해 우리의 도움이 필요하다면, 우리에게 병력과 에너지무기를 보내주셔야 합니다. 그러면 나머지는 우리가 알아서 합니다."

루비 저니가 갑자기 멈춰 서자 그녀도 말을 멈췄다. 모두들 걸음을 멈추고 그녀를 돌아보았다. 현상금사냥꾼은 랜덤이 강권해서 같이 따라나서기는 했지만 노골적으로 따분함을 드러내고 있었다. 그런데 지금 그녀의 표정에서 지루함은 찾아볼 수 없었다. 그녀는 정면을 응시하고 있었고, 먼 곳을 바라보고 있는 그녀의 검은 눈동자는 창백하고 갸름한 얼굴에서 무척 커 보였다.

"누군가 오고 있어요." 그녀는 나지막이 말했다. "지상에서 대규모 군대가 와요."

스톰은 주변을 둘러보며 말했다. "아무 소리도 안 들리는데."

"느낄 수 있어요." 루비가 말했다. "잭?"

"그래, 나도 느껴. 엄청나게 많은 군대가 이쪽으로 오고 있군. 이미 상층부 터널을 침투했어. 앨리스, 경보를 울려요. 우리가 아주 곤란한 지경에 처했다는 느낌이 강하게 드는구려. 길을 안내해요."

그녀는 그의 말이 끝나기가 무섭게 검을 손에 들고 달리기 시작했다. 잭도 그녀를 따라 달렸고 스톰은 그들 뒤에 처져서 최선을 다해 뒤떨어지지 않으려고 노력했다. 곧 주변 터널들에서 남녀들이 각종 무기들을 손에 쥐고 쏟아져 나와 그들과 함께 민첩하게 달리기 시작했다. 그들은 한가한 잡담을 나눌 여유가 없었다. 터널이 공격당한다는 것만으로도 충분했고, 그들은 모두 자기가 할 일을 알고 있었다. 평생에 걸쳐 이런 상황에 대비한 훈련을 받아왔기 때문이다. 그들은 모두 입을 다물고 달렸고, 철제 바닥을 두드리는 발소리만 점점 커져 갔다. 상층 터널로 달려가는 사람들의 수가 점점 불어나면서 발소리도 천둥소리처럼 점점 커져갔다. 마침내 그들은 압도적인 수로 밀어붙이며 방어선을 유린하고 있는 적, 교회군을 만났다. 반란군은 분노의 함성을 지르며 교회군을 향해 몸을 던졌다. 철과 철이 충돌해 피가 흐르며, 터널은 곧 뒤엉켜 싸우는 자들로 가득 찼다.

교회군은 전투구호를 외치며 착실히 전진했다. 그들의 긴장된 얼굴에서 두 눈이 격렬한 광기로 희번덕거렸다. 전투마약이 핏줄을 타고 다니며 그들의 마음에 불을 질렀다. 그들은 인간의 한계를 뛰어넘어 신성한 의무를 수행하는 무적의 신의 사자들이었다. 승리는 손안에 쥔 것이나 마찬가지였다. 그들은 검과 도끼를 휘두르며 반란군 진영을 짓쳐들어왔고, 약으로 강화된 힘으로 적의 무기를 간단히 걷어내버렸다. 개별적인 결투를 벌일 공간도 시간도 없었다. 양측이 서로 엎치락뒤치락 밀고 당기며 혼전양상 속에서 벌이는 싸움이 터널의 미로 전체로 퍼져나갔다. 칼날이 번뜩이고 남녀들이 쓰러졌으며 군홧발 아래 짓밟혔다. 일부 반란군은 아이들을 데리고 도망가려 했으나 교회군이 사방에 깔려 있어서 가는 곳마다 그들의 칼날에 길이 막혔다. 그들 몸속에 들끓고 있는 전투마약은 여자나 아이들에게도 자비심을 허용하지 않았다. 터널 속은 달리는 자들과 싸우는 자들로 가득했고, 전투구호와 비명소리로 요동쳤으며, 금속 벽과 바닥에는 피가 흥건했다. 지하의 공기는 점점 뜨거워졌고 땀과 피 냄새, 그리고 찢겨진 몸에서 풍기는 악취로 숨 쉬기도 곤란했다.

랜덤과 루비는 서로 등을 맞대고 사냥개처럼 물불 안 가리고 달려드는 적들에 포위돼서 싸웠다. 스톰은 싸우는 와중에 어디론가 떠밀려 가버렸고, 랜덤은 친구의 운명을 걱정할 여유가 없었다. 사방에서 적들이 몰려들며 약간의 주저함이나 허점이라도 보이면 바로 물어뜯을 기세로 달려들고 있었다. 그는 좁은 공간에서 검을 강하고 짧게 휘두르거나 갑작스럽게 찌르며 최선을 다해 싸웠다. 적들은 쓰러졌지만 항상 그보다 더 많이 몰려들었다. 랜덤은 오언에게서 배운 고대 데스스토커 가문의 비전(秘傳)인 부스트를 했다. 그의 마음 가장자리에서는 루비도 부스트를 하고 있다는 것을 느낄 수 있었다. 두 사람은 교회군의 혈관에서 타오르는 전투마약의 힘에 대처할 수 있는 새로운 힘으로 충만해졌다.

위와 아래는 물론 사방의 터널과 동굴, 그리고 주거공간에서 교회군과 반란군은 똑같은 무자비함과 결연한 의지로 서로 한 치의 양보도 없는 팽팽한 접전을 벌였다. 양측 모두 어떤 희생을 치르더라도 절대로 후퇴할 수 없다는 각오로 싸웠기 때문에 어느 쪽도 전진하지 못했다. 터널의 바닥과 입구는 시체와 부상자들로 가로막혀 적과 싸우기 위해서는 먼저 시체를 타고 올라야 했다. 반란군은 자신의 가족들, 여자와 어린아이들이 무자비한 칼날에 쓰러지는 것을 목격하고는 더욱더 광분해 싸웠다. 처절한 고통과 분노, 절규로 귀가 먹먹할 지경이었다.

랜덤과 루비는 자기 자리에 선 채로 끝없이 몰려오는 적에 맞서 싸웠다. 칼날을 피해 몸을 비끼거나 숨일 공간조차 없었기 때문에 어쩔 수 없이 계속 상처를 입었다. 랜덤은 냉정한 치밀함으로 베고 찌르기를 반복했지만 그의 새로운 젊음과 힘, 그리고 부스트에도 불구하고 이 싸움은 이길 수 없다는 것을 알고 있었다. 교회군은 부상에도 전혀 움츠려들지 않았고, 자신들이 죽건 살건 상관하지 않는 것 같았으며, 무엇보다도 그렇게 광포하게 싸우는 적들이 너무나도 많았다. 그들은 자신들 앞의 적이 쓰러질 때까지 계속 싸웠다. 그렇더라도 결국 교회군을 수적으로 압도할 수는 있겠지만 그때까지 너무 많은 사람들이 죽어나갈 것이다. 여자와 아이들이 교회군의 칼날에 도륙당하고 터널은 지워지지 않는 무고한 피로 물들 것이다.

랜덤은 갑자기 이 비좁고 어두침침한 터널에 갇혀서, 하늘과 태양, 시원한 공기 한 점 없는 이곳에서 결국 비참하게 죽게 될 것이라는 생각이 들었다. 그 생각이 그를 격분시켰다. 그는 인생에서 다시 얻은 이 두 번째 기회를 통해 하고 싶은 것들이 너무 많았다. 미래에도 시간이 있을 것이라는 생각으로 미뤄놓은 일들이 너무 많았다. 이제 그 시간이 끝나가고 있다. 그는 지금 죽음을 향해 나아가고 있는 것이다. 힘이 약해서거나 사기가 떨어져서가 아니라 단순히 수에 밀린다는 것 하나 때문에. 그리고 루비…… 그녀도 죽을 것이다. 다른 어떤 것보다도 그 생각이 그를 격동시켰다. 그는 옛 친구 알렉스 스톰의 거의 확실시되는 죽음과 테크노스 반란군의 꺾여버린 희망을 생각하면 비통한 생각이 들었다. 하지만 루비가 피가 흥건한 바닥에 쓰러져 죽어가는 상상이 떠오르자, 그의 내부에서 복수의 불길이 무섭게 치솟으면서 모든 것을 집어삼켜버렸다.

그의 마음은 스스로 부여한 구속을 떨치고 튀어나가 루비의 마음과 하나로 합쳐졌다. 그들의 생각은 서로 쾅 소리를 내며 부딪친 후 한데 엉겨서 단순한 산술적 합계를 뛰어넘는 강력한 것이 되었다. 그들 주변으로 휘황찬란한 빛줄기가 뻗어 나와 태양처럼 이글거리며 미처 물러서지 못한 적들을 집어삼켰다. 교회군은 삽시간에 불길이 되어 타버리고 살은 뜨거운 밀랍처럼 녹아내렸다. 열기는 교회군을 몇 초 만에 삼켜버리고 그들의 검과 갑옷도 녹여버렸으며, 파도처럼 다른 터널들로 퍼져나가면서 자연발화의 연쇄반응을 일으켰다. 반란군은 적들의 몸이 타오르며 뿜어내는 열기 때문에 뒤로 물러서고 손으로 얼굴을 가리기도 했지만 직접적인 해를 입지는 않았다. 교회군은 비명을 지르며 죽어갔고, 생존자들은 갑자기 제정신으로 돌아와 뒤돌아서서 지상을 향해 달리기 시작했다. 살인 열기의 파도는 그들을 쫓아 뒤처진 자들에게 날름거리며 그들의 머리에 불을 붙였다. 교회군이 일제히 도망치면서 금속 벽에는 그림자들이 만들어낸 끔찍한 군무가 펼쳐졌으며, 마치 악마에게 쫓기고 있는 것처럼 그들은 공포에 찬 비명 소리를 질러댔다. 실제로 악마가 쫓고 있는 것인지도 몰랐.

살아남은 교회군은 여자와 아이들을 붙잡고 몸을 밀착해 지옥불이 자신들에게 옮겨 붙지 못하도록 방어했다. 그 계책은 효과가 있었다. 그래서 교회군이 지상에 당도할 때까지 많은 인질들이 그들 손에 붙잡혔다. 그들은 발버둥치는 포로들을 미친 듯이 끌어안고 지상으로 뛰어나갔고, 지옥불이 거기까지는 쫓아가지 않았다. 반란군은 포로들을 구하기 위해 달려갔으나 눈물과, 헐떡거림 속의 저주, 광기의 웃음으로 체념할 수밖에 없었다. 지하로 들어온 6천 명의 교회군 중 살아 돌아간 자는 고작 470명에 불과했고, 모두가 온전한 정신으로 돌아간 것도 아니었다. 그들은 327명의 포로를 붙잡아갔고, 포로의 대부분은 여자와 어린아이들이었다. 그것이 카사 주교의 테크노스 반란군에 대한 대공세의 결말이었다.

반란군의 터널 깊숙한 곳에서 랜덤과 루비는 어두침침한 복도에 둘만 서 있었다. 불길은 사라졌고, 그들도 각자의 마음으로 되돌아와 있었다. 그들의 눈길이 닿는 곳에는 어디든지 연기가 피어오르는 시체들이 널브러져 있었고, 공기는 고기 타는 누린내로 지독했다. 그들은 서로를 쳐다보았다. 이미 그저 평범한 남자와 여자일 뿐이었다. 아니, 그들은 그러기를 바랐다.

그들의 마음은 불길을 따라 다녔고, 그들이 무엇을 했는지 알고 있었다. 알렉산더 스톰과 유령 앨리스가 두 사람이 서 있는 것을 발견하고 그들의 눈을 쳐다보고 터널 바닥을 채우고 있는 불타버린 시체들을 조심스럽게 타넘으며 다가왔다. 스톰과 앨리스는 안전한 거리를 두고 서서 그들이 자신들을 알아보기를 기다렸다. 랜덤과 루비는 마침내 돌아서서 그들을 바라보았다. 스톰은 뒷걸음질 치고 싶은 충동을 간신히 억눌렀다. 그들 두 사람은 더욱 젊어지고 사납고 비인간적으로 보였다. 두 사람이 만들어낸 불길이 마치 그들 내부의 불순물을 완전히 태워 없앤 것 같았다. 그들의 눈을 쳐다보는 것이 마치 태양을 쳐다보는 것처럼 고통스러웠다.

"모두 달아났어." 스톰이 귀에 거슬리는 목소리로 말했다. "지금 터널 청소를 시작했지만 끝나기까지 상당한 시간이 걸릴 것 같네. 옮겨야 할 시체가 엄청나게 많거든."

"생존자들이 포로를 사로잡아갔어요." 유령 앨리스가 말했다. "아직 누가 잡혀갔는지, 얼마나 끌려갔는지도 몰라요. 먼저 전사자부터 추려봐야지요. 울프 가가 그들을 어떻게 할지 모르겠어요. 전에는 포로를 잡아간 적이 없었거든요."

"걱정 마시오." 랜덤이 말했다. "그들을 찾아올 겁니다." 말하는 동안 그의 눈에서 불길이 서서히 사라지며 다시 평범한 사람이 되었다. "얘기를 퍼뜨리십시오. 오늘밤 준공식을 위해 보호막이 내려지면 우리가 공격할 것이라고요. 우리 모두 다요. 우리는 클론들과 포로들을 해방시키고, 준공식을 망쳐놓고, 스타드라이브 조립라인을 박살낼 겁니다. 그 모든 것이 홀로비전에 생중계되는 거지요. 그러면 진정 이곳을 지배하는 자가 누군지 명확해질 겁니다."

"잭, 말처럼 그렇게 쉬운 일이 아니야." 스톰이 말했다. "반란군이 전에도 전면공격을 시도했지만 성공하지 못했네."

"그때는 나와 루비가 그들을 지도하지 않았지." 랜덤이 말했다. "우리는 사태를 다르게 만들 거네. 자네의 호기는 어디 갔나, 알렉스? 자네와 나는 최전방에서 공격을 지휘하게 될 거야. 다시 옛날처럼 해보는 거지."

"그러고 싶지 않네." 알렉스가 랜덤의 눈을 정면으로 응시하며 말했다. "오, 신이시여. 정말 그러고 싶지 않아."

준공식이 아직 두 시간이나 남았지만 다니엘과 스테파니는 벌써

단장에 여념이 없었다. 이런 행사에서는 그럴싸한 외모가 가장 중요하기 때문이었다. 그들은 스테파니의 숙소에 함께 있었다. 아무리 해도 넥타이를 잘 맬 수 없어서 다니엘이 누나에게 도움을 청하러 온 것이다. 그녀는 그럴 줄 알았다는 듯 고개를 가로젓고 짧고 정확한 동작으로 넥타이를 제자리에 매주었다. 다니엘은 그녀가 그의 옷치장을 봐주느라고 분주한 동안 방 안을 둘러보았다. 보통사람이 평생에 걸쳐서도 갖지 못할 사치품들이 방 안 구석구석에 가득했지만 그녀는 틈만 나면 자신의 방이 너무 형편없다고 투덜대곤 했다. 그녀는 결국 울프 가 사람이고 그래서 최고의 사치에 너무 길들여져 있었다. 다니엘도 그녀와 별반 다르지 않았지만 그렇다고 불평을 해댈 만큼 그런 것을 중요하게 여기지는 않았다. 그는 지금 다른 생각에 마음을 빼앗기고 있었다.

"다니엘, 내가 언제까지 너를 위해 이런 것을 해줄 수는 없단다." 스테파니가 뒤로 물러나 자기 작업의 결과를 감상하며 자상하게 말했다. "하인이 가까이 오는 것이 싫으면 릴리에게 시키렴. 그녀는 네 부인이잖아."

"지금 그 여자가 어디 있는지도 모르겠어." 다니엘이 말했다. "항상 필요할 때면 없단 말이야. 이제 신경도 안 써. 그녀가 쓸데없는 말들을 종알거리는 것도 짜증나고. 도대체 이성적인 구석이 없어. 나는 가끔 아버지가 그녀와 나를 맺어준 게 장난이 아니었나 싶어."

"무슨 말인지 알아." 스테파니가 말했다. "마이클도 마찬가지야. 멋진 몸을 가졌지만 양쪽 귀 사이에는 식욕 말고는 아무것도 없어. 그 작자는 뭐 하나 시켜도 제대로 하는 것도 없고, 약속도 까먹고, 그래놓고도 내가 화라도 내면 삐친다니까. 침대에서는 잘하지만, 너무 어린아이 같아. 우리가 그런 결혼을 하지 말았어야 했는데."

"선택의 여지가 없었잖아. 유서를 봤지. 결혼하지 않으면 상속에서 제외시키겠다는 거. 그리고 그들이 가져온 사업이 필요하기도 했고."

"이제 그들의 사업이 우리 차지가 됐지. 그거 다 된 거야. 넥타이 다시 만지지 마. 알겠어? 좋아. 물론 네 말이 옳아. 우리 각자의 배우자들이 그래도 약간은 쓸모가 있을 거야. 이를테면…… 에이, 모르겠다. 진짜 쓸모없는 것의 예를 들어봐."

"릴리와 마이클." 다니엘이 말했다. 스테파니는 보일 듯 말 듯 웃었다.

"맞아." 그녀가 맞장구쳤다. "그가 가문의 사업에 조금도 관심을 갖지 않고 자기가 가진 모든 돈을 내게 바칠 것이라는 확신이 없었다면, 당장 이혼해버렸을 거야. 결혼 전에 그것을 계약으로 확실히 해두었어야 했는데, 아빠의 유서 때문에 그들도 우리가 선택의 여지가 없다는 것을 알고 있었지. 어쨌든 사업과 돈은 모두 내 것이고, 절대로 그가 손대지 못하게 할 거야. 엉뚱한 생각이라도 하면 죽여버리고 말겠어."

"아, 이제 생각이 나는데." 다니엘이 말했다. 스테파니는 그가 자기 말에서 어떤 암시를 알아챘는지 보려고 재빨리 그의 표정을 살폈으나, 그는 다른 생각에 잠겨 조심스럽게 화제를 바꾸려 했다. "스테파니, 준공식 이후 우리가 여기 얼마나 더 머물러야 하는 거야?"

"다니엘, 우리는 여태까지 잘 견뎌냈어. 아직도 두세 달은 더 있어야 해. 우리 계획대로 일이 잘 풀린다 해도 밸런타인에게서 공장을 뺏어오는 데는 좀 더 시간이 걸려."

"그 일에 내가 꼭 필요한 건 아니잖아. 난 여기 있을 필요가 없어.

달리 가볼 데가 있어. 그런 것보다 훨씬 중요한 일이 있단 말이야."

"다니엘……"

"아빠가 어딘가에 계셔. 울프 가의 지원만 있다면 아빠를 찾을 수 있어. 내가 할 수 있다는 것을 난 알아."

"다니엘, 아빠는 돌아가셨어. 캠벨 가와의 인수전에서 돌아가셨다고. 너도 시신을 봤잖아. 궁정에서 너와 내가 본 것은 유령전사일 뿐이야. 컴퓨터 임플란트로 움직이는 송장일 뿐이란 말이야."

"아니야! 아빠였어. 날 알아보셨단 말이야. 아빠는 여전히 살아계셔. 썩어가는 시체에 갇혀 계신 거라고. 내가 찾아서 풀어드려야 해. 뭔가 방법이 있을 거야."

"제발 그만 잊어버려, 다니엘! 아빠가 지금 어떤 상태에 있건 간에 이미 지나간 과거일 뿐이야. 우리는 미래를 바라봐야 해. 아빠는 우리가 가문의 유전자를 보존한다는 것 말고는 우리를 별로 좋아하지도 않았어. 난 네가 필요해. 너는 여기서, 그리고 궁정에서 날 도와줘야 한단 말이야. 나 혼자서는 밸런타인을 무너뜨리고 이 공장을 운영할 수 없어. 네가 필요해, 대니! 항상 그랬어, 너도 잘 알잖아."

"왜? 내가 옆에 서 있으면 더 보기 좋아서? 누나의 명예를 위해 결투라도 하라고? 어려울 때 손잡아줄 사람이 필요해서? 그런 일은 마이클을 시키면 되잖아. 그가 미덥지 못하면 사람을 고용해도 되고 말이야. 누나한테 중요한 것은 돈과 정치밖에 없지만, 나는 그 두 가지 모두를 이해하지 못해. 나는 가야 해, 누나. 아빠에게는 내가 필요해. 아빠를 도와줄 사람이 아무도 없어. 대부분의 사람들은 아빠가 죽었다는 사실에 만족해. 그분에게 남은 것은 나뿐이라고."

"아빠는 돌아가셨어! 도대체 몇 번이나 말해야 알겠니? 네 머릿속을 헤집어보고 싶구나. 우리가 본 것은 셔브의 속임수고, 네가 걸려든 거야!"

"적어도 누나만큼은 내 얘기를 진지하게 들어줄 줄 알았어. 누나도 내가 미쳤다고 생각하는구나!"

다니엘의 얼굴이 붉으락푸르락해지더니 어린아이처럼 훌쩍이기 시작했다. 스테파니는 한숨을 쉬었다. 그리고 앞으로 다가가 그를 껴안았다. 그는 그녀를 와락 껴안고 얼굴을 그녀의 목에 묻었다.

"아빠를 실망시켜드릴 수는 없어." 그는 목멘 소리로 말했다. "아빠는 전에 내 도움을 필요로 했던 적이 없어. 그리고 나와 작별인사도 없이 떠나가버리셨지. 사랑한다는 말도 못해드렸는데 말이야."

"아빠는 잊어." 스테파니가 말했다. "너는 이제 아빠가 필요 없어. 내가 있잖아."

그리고 그녀는 그를 조금 밀치며 그의 입술에 누나가 동생에게 하는 것보다 훨씬 강렬한 키스를 퍼부었다. 다니엘은 그녀의 어깨를 짚고 부드럽지만 강한 힘으로 그녀를 밀어냈다.

"안 돼. 이건 옳지 않아, 누나."

"우리는 울프야, 대니. 원하는 것이면 뭐든 할 수 있어. 무엇이 옳은지는 우리가 결정해."

"이건 아니야. 울프 가에서는 한 번도…… 이런 일이 없었어. 우리도 따라야 할 도덕이 있는 거야. 그렇지 않으면 세상이 어떻게 되겠어? 그리고 만약 소문이 퍼지기라도 하는 날이면, 물론 누나도 잘 알고 있겠지만, 가문에서 아무도 우리를 존중해주지 않을 거야. 우리가 욕망조차 절제하지 못하면서 어떻게 가문을 다스릴 수 있겠어? 사람들은 그렇게 생각할 테고, 그들이 옳아. 사랑해, 스테파니. 앞으로 영원히 그럴 거야. 누나로서 말이야. 누나가 정말로 나를 필요로 하는 동안은 곁에 함께 있겠어. 하지만 그다음에는 떠날 거야. 그때는 날 잡을 생각하지 마. 사랑해, 누나. 하지만 아빠를 구해야 해."

"나가자." 스테파니가 그를 외면한 채 말했다. "준공식이 시작되기 전에 카사 주교와 하프맨을 만나야 해."

그들은 모두 접견실에 다시 모였다. 누군가가 방 안을 각양각색의 리본과 깃발로 장식해놓았고, 제복을 갖춰 입은 하인들이 스낵과 안주류로 뷔페 상을 차리고 있었다. 와인과 샴페인도 품질은 알 수 없으나 양만큼은 풍족했다. 카사 주교는 이미 그 술을 다 마신 것처럼 보였다. 부대원들의 운명에 대한 보고가 즉시 올라와 그는 만나는 사람마다 큰 성공이라고 떠벌렸지만, 아무도 그의 말을 믿지 않는다는 것을 그도 잘 알고 있었다. 카사가 목청을 돋우고 술잔을 거칠게 흔들어대며 자신의 주장을 뒷받침하기 위해 점점 더 상상의 이야기를 해대기 시작했다. 하프맨은 예의 무표정한 얼굴이었고, 그의 옆에 선 수색관도 신중하게 침묵을 지켰다.

"반란군 수백 명을 죽였소." 카사가 큰 소리로 말했다. "수천 명일지도 모르지. 지상으로 시체들을 끌어올 수 없었으니 정확히 말하기 어렵군. 우리도 피해를 입기는 했지만, 그래도 포로들을 잡아왔소. 당신 부하들은 그래본 적이 없지. 우리는 무려 327명이나 붙잡아 왔소. 준공식이 끝날 무렵에 그들을 모두 처형할 작정이오. 그러면 쇼의 대미를 장식하고, 누가 이곳을 지배하는지 확실히 보여줄 수 있겠지."

"당신이 말하는 포로들을 봤어요." 스테파니가 말했다. "대부분 여자와 아이들이고, 부상병도 몇몇 끼어 있더군요. 수조의 시청자들이 아주 감동하겠군요. 그림을 더 완벽하게 할 수 있도록 우리가 예쁜 강아지와 귀여운 새끼 고양이도 몇 마리 제공해드리는 것은 어떨까요? 애들이라니, 맙소사! 뭐 그래도 무슨 문제겠어요, 카사 주교님. 당신 부하들이 머릿수를 채울 만큼 불구자와 지진아들이 그곳에 충분히 없었다는 것이 당신들 잘못은 아니잖아요, 그렇죠?"

카사는 그녀를 노려보았다. "그것들도 반란군이오. 처형은 우리의 권위를 세우고 반란군의 사기에 심대한 타격을 줄 것이오."

"동의할 수 없어요." 다니엘이 말했다. "내 말은, 여자와 아이들을 죽이는 것은 비열한 짓이고 아무 도움도 되지 않는다고요. 당신도 알잖아요."

"우리가 여기서 하는 게 나약한 격식이나 따지는 일인 줄 아나, 젊은이?" 카사가 말했다. 그의 흉측한 얼굴은 새빨개져서 더욱 위협적으로 보였다. "이건 교회의 일이야. 처형에 이러쿵저러쿵할 생각 말게. 그렇지 않으면 내 군대로 자네를 짓밟아줄 테니까."

"당신은 학살을 좋아하죠, 카사?" 스테파니가 물었다. "생각만 해도 기분이 좋아지지 않나요?"

"당신은 안 그렇단 말이오?" 주교는 경멸적인 어조로 코웃음을 쳤다. "내 생각에는 울프 가 사람들이 더 잔인한 것 같은데."

"확인해보시겠어요?" 다니엘이 말했다.

카사는 그 말에 대꾸하려다가 다니엘의 눈이 반짝이는 것을 보았다. 그는 다니엘이 결투로 명성을 떨치고 있다는 것과 자기 부하들이 멀리 있다는 것에 생각이 미쳤다. 하프맨과 수색관이 그의 편을 들어줄지도 모르지만……

"나도 보고를 받았어요." 스테파니가 말했다. "지하터널에서 일어난 일에 대해서 말예요. 내 정보에 따르면 반란군이 어떤 새로운 종류의 에스퍼 무기로 당신 부대를 박살냈다고 하더군요."

"헛소문이오." 카사가 차갑게 대답했다. "과장된 거지. 당신이 그런 헛소리를 믿을 줄은 몰랐는데. 반란군에게는 에스퍼 무기는 고사하고 단 한 명의 에스퍼도 없소."

"하지만 그들에게는 잭 랜덤이 있어요." 다니엘이 말했다.

"그렇다고 하더군." 카사가 대답했다. "그를 교수형에 처하면 재밌을 거야. 내 말은 그는 전혀 위협이 되지 않는다는 거요. 세월과 실패의 연속으로 늙어빠진 노인네가 마지막 발악을 하고 있는 거지. 제국이 콜드록에서 그를 혼쭐내줬으니 이제 내가 여기서 그를 작살내줄 차례요. 교회군에게 감히 대항할 수 있는 자는 없소. 아무도 교회에 대항할 수 없는 것과 마찬가지로."

그리고 그는 자신이 공장에 설치해놓은 폭탄을 떠올리며 음흉한 미소를 지었다. 심각한 피해를 끼치는 것은 아니지만 스타드라이브의 생산을 저지해 울프 가를 바보로 만들기에는 충분하고, 교회가 테크노스Ⅲ를 인수할 작전의 초석이 될 것이다. 그러면 불행하게 끝난 공격작전으로 잃은 군대에 대해서는 아무도 신경 쓰지 않을 것이다.

하프맨은 한쪽에 약간 떨어져서 어떤 얘기들이 오가는지 조용히 듣고 있었지만, 대화에 끼어들지는 않았다. 옆에 잔뜩 독이 오른 사냥개 같은 쇼올을 제지하기라도 하는 듯 그는 꿈쩍도 않고 서 있었다. 여기에 있는 사람들은 최근 너무 허물없는 사이가 되었다. 진정한 힘이 어디에 있는지 상기시켜줄 필요가 있다. 그리고 그가 쇼올에게 사적인 얘기를 지껄인 후이기 때문에 더 강한 모습을 드러낼 필요가 있다고 느꼈다. 그는 최초의 취조실에서를 제외하고는 자신의 저주스러운 과거에 대해 그렇게 많이 떠든 적이 없었는데, 왜 쇼올에게 그렇게 터놓고 말했는지 자신도 이해할 수 없었다. 아마 요즘 꿈이 너무 생생해서 그렇거나, 아니면 쇼올의 할아버지가 좋은 친구였기 때문일 것이다. 하프맨은 요즘 친구의 필요성을 절실히 느끼고 있다. 쇼올이 방에서 나눈 대화 내용을 퍼뜨릴 걱정은 없다. 그녀는 수색관으로서 자신을 훈련시키고 자신의 삶을 만들어준 사람에게 완벽하게 충성을 바치고 있다. 그 점은 의심의 여지가 없다. 그렇기 때문에 카사가 폭탄을 설치하는 것을 그녀에게 감독하도록 맡길 수 있었다. 그녀라면 믿고 맡길 만했다.

마이클과 릴리가 언제나처럼 늦게 모습을 드러냈다. 그들은 행사에 맞춰 맵시를 냈으나 그다지 과하지는 않았다. 그들의 옷은 유행의 최첨단을 걷는 것이었지만 그에 걸맞은 기품이 뒷받침되지 못해서인지 다소 어색해 보였다. 마이클의 넥타이에는 금방 묻은 것으로 보이는 와인 얼룩이 있었고, 릴리의 긴 은빛 가발은 약간 삐뚤어져 있었다. 그들은 킬킬거리며 방으로 뛰어 들어오다가 딱딱한 분위기를 눈치 채고 이내 조용해졌다. 그러고는 천진한 표정으로 주변을 둘러보다가 곧장 와인 쪽으로 걸어갔다. 다니엘은 그들의 뒷모습을 못마땅한 표정으로 쳐다보았다.

"도대체 뭐가 좋아서 그렇게 시시덕거리는 거지? 조금만 더 늦었으면 모임에 아예 빠질 뻔했잖아."

"그래도 별로 아쉬울 것 없잖아요, 안 그래요?" 릴리가 큰 술잔에 술을 가득 따르며 뒤도 돌아보지 않고 말했다. "걱정 말아요, 여보. 아무도 우리를 기다리지 않았다는 걸 알고 있어요. 그리고 준공식까지는 아직 한참 남았잖아요. 참석만 하면 되는 것 아닌가요? 그리고 저도 준공식만큼은 꼭 참석하고 싶어요. 원래 훌륭한 의식을 좋아하거든요."

그리고 그녀와 마이클은 초지로 가에게서 받아 공장에 설치한 폭탄을 떠올리며 서로 의미심장한 미소를 교환했다. 이번 준공기념식은 아무도 쉽게 잊을 수 없는 것이 될 것이다.

"식장에서 문제가 발생할 수도 있어요."스테파니가 말하자 모두가 예민하게 그녀를 쳐다보았다. "토비 슈렉과 카메라맨은 여태까지 골칫거리였어요. 선전물을 제작하러 여기 왔는데, 자기 본분을 망각하고 있는 것 같아요. 그자의 방송이 어떤 파장을 불러일으켰는지 제가 새삼스럽게 지적할 필요는 없겠지요. 그런데 불행히도 라이언스톤을 포함한 고위층에 그의 애청자들이 있어서 이번 준공식을 그 작자가 독점적으로 생중계하게 됐어요. 마지막 순간 그자에게 사고가 일어나도록 꾸밀 생각도 해봤지만, 안타깝게도 그가 여기 있는 유일한 기자이기 때문에 어쩔 수 없이 의지할 수밖에 없어요. 준공식을 가능한 한 많은 사람들이 볼 수 있도록 해야 하니까요."

"물론이오."카사가 말했다. "각계각층의 모든 사람들이 이 준공식을 시청할 거요."

"걱정 마시오."하프맨이 말했다. "내가 수색관을 그의 바로 옆에 세워놓겠소. 그러면 말을 더 신중하게 하게 될 거요."

"메인 송출기가 완벽하게 고쳐졌다는 얘기야?"다니엘이 물었다.

"그래."스테파니가 말했다. "조금 전에. 다니엘, 종종 보고서도 훑어보렴. 주교님이 기술자들을 보내주셔서 아주 큰 도움이 됐지."

"당연히 그렇게 해야지."다니엘이 말했다. "애당초 그가 박살냈던 거잖아."

"이미 사과했잖소." 카사가 언짢은 듯 말했다. "그 문제에 대해서는 다시 거론하고 싶지 않소."

"많이 변하셨네요?" 다니엘이 비아냥거렸다.

"자네는 늘 그렇게 여러 가지에 대해 평가를 내리는군, 젊은 울프." 하프맨이 말했다. "앞으로 도래할 외계인과의 전쟁을 어떤 식으로 이끌어야 할지에 대해서도 의견이 있겠군, 그렇지?"

모두들 갑자기 어리둥절해져서 도대체 왜 그런 뜬금없는 질문을 던지는지 생각하며 잠시 침묵했다. 하프맨의 잘 알려진 강박관념을 고려해보면 전혀 예상치 못한 일도 아니지만 그래도 이 시점에서 불쑥 그런 질문을 던지는 것에 대해서는 모두들 이상하다고 여겼다. 어쨌든 화제를 바꾸는 것은 모두 각자만의 이유로 반겼다.

"전쟁이 있을지 확신할 수 없습니다." 잠시 후 다니엘이 대답했다. "외계인이 우리를 아주 오랫동안 가만두었는데, 앞으로도 그러지 않을 이유는 없다고 봅니다. 하지만 그들이 일단 나타난다면, 답은 명확하지요. 눈에 띄는 모든 평민들을 징집해서 전투마약에 푹 담근 다음 외계인을 작살내도록 파견하는 겁니다. 희생자에 개의치 않고 물불 가리지 말고 싸워야지요. 제국에는 광선포도 얼마든지 있습니다."

"틀렸어." 하프맨이 말했다. "그건 답이 아니야. 하층민들에게 무기를 쥐어주는 것은 결코 좋은 의견이 아니야. 그들이 분수에 맞지 않는 생각을 하게 될 수도 있어. 총과 평민은 멀수록 좋아."

"그렇다면 당신의 계획은 뭡니까?" 다니엘이 물었다.

하프맨은 그에게 외눈박이 눈을 고정했다. "수색관들. 나는 외계인을 다룰 최선의 방책으로 그들을 오랜 세월 조련해왔네. 내가 한 부대의 수색관을 훈련시킬 수 있다면 어떤 외계인의 공격도 물리칠 수 있는 무적의 군대를 만들어낼 걸세."

또 한 번 긴 침묵이 흘렀다. 모두들 하프맨의 지시만 따르는 충성
스러운 냉혈의 살육기계 부대에 대해 상상했다. 수색관은 혼자만 있
어도 충분히 가공스러운 존재였다. 그런데 한 부대를 떠올리자 모두
들 간담이 서늘해졌다. 다니엘만 해도 차라리 발가벗겨 두 손 두 발
다 묶인 채 외계인을 대면하는 것이 낫겠다는 생각이 들었지만, 그것
을 대놓고 떠들지 않을 정도의 분별력은 있었다. 모두들 왜 이 순간
하프맨이 이런 주제를 꺼냈는지 열심히 생각해보았다. 스타드라이브
의 양산에도 영향받지 않는 자신만의 권력 기반을 가지고 있음을 과
시하고자 하는 것인가? 그들이 생각에 골몰하고 있을 때, 방문이 벌
컥 열리면서 토비 슈렉이 활기차게 뛰어 들어왔다. 플린이 새로운 카
메라를 어깨에 메고 그 뒤를 미끄러지듯 따라 들어왔다. 모두들 공동
의 적을 맞아 단합된 모습을 보이려는 듯 본능적으로 서로 뭉쳤다.

"이게 제가 보고 싶었던 모습입니다." 토비가 능글맞게 웃었다.
"서로 모여 계시니 보기 좋군요. 안심하세요, 신사숙녀 여러분. 준공
식 전까지는 방송에 나가지 않습니다. 행사는 생중계될 예정이라는
것을 굳이 말씀드리지 않아도 되겠지요. 그러니까 주교님, 입조심하
세요. 여러분도 모두 준비를 마치셨기를 바랍니다. 다른 사람들은 이
미 모두 끝마쳤거든요. 공장 직원 모두, 그리고 등을 바닥에 대고 누
워서 신음하는 사람들을 뺀 나머지 교회군이 저 바깥의 뜨거운 태양
아래 도열하고 서서 빨리 우기가 시작되기를 열정적으로 기도하며
기다리고 있답니다. 주교님의 포로들도 쇠사슬로 묶어 일렬로 세워
놓았습니다. 그들은 처음에는 소란을 피웠지만 지금은 어떤 친절한
영혼을 지닌 분이 고강도 진정제를 먹여놓아서 똑바로 서 있기조차

힘든 지경입니다. 처형은 아주 흥미로운 볼거리가 될 것 같습니다, 주교님. 사람들은 피의 여흥을 사랑하니까요. 이번에는 희생자가 여자와 아이들이라 좀 그렇기는 하지만요. 주교님, 왜 그렇게 된 거지요? 아마 반란군의 사내들이 모두 전투를 하러 어디론가 나가 있었던 모양이지요?"

"언젠가 자네의 혀가 자네를 아주 곤란한 지경으로 끌고 갈 것이고, 그때는 그 잘난 혀도 곤경을 벗어나는 데 아무런 도움도 되지 않을 거야." 카사가 단어 하나하나가 얼음조각을 쪼개서 꺼낸 것 같은 어투로 말했다. "그리고 내가 그때 그곳에 있어서 자네의 건들거리는 혓바닥을 머리통에서 뽑아낼 수 있게 되기를 기도하겠네."

"변하지 마십시오, 주교님." 토비가 말했다. "그게 당신의 매력입니다." 그는 스테파니를 바라보았다. "이제 나가시는 것이 좋지 않겠습니까? 시청자를 기다리게 하는 것은 실례지요. 특히 거기에 라이언스톤 폐하도 끼어 있을 경우에는요."

행사 장소는 거의 마지막 순간에 결정되었다. 혹독한 날씨에도 불구하고 실외에서 개최하기로 했다. 공장의 거대한 규모를 전경에 담아 수조의 시청자들에게 더 큰 감동을 선사하자는 취지에서였다. 그리고 스타드라이브 조립라인 중 하나를 정문 바깥쪽으로 연결시켜 최초의 완성품이 공장 밖에서 기다리는 군중과 홀로그램 시청자들에게 바로 모습을 선보일 수 있도록 했다. 땡볕에서 대기 중인 군중은 점점 더 불만이 커져서 차가운 물 한 잔을 놓고도 살인을 저지를 수 있을 정도로 치닫고 있었다. 교회군의 대부분은 머릿수를 채우기 위해 궤도에서 대기 중인 교회 함선에서 충원되었다. 그들은 그곳에 내려오게 된 것이 전혀 달갑지 않은 눈치였다. 예수회의용단 면전에서도 노골적인 불만을 터뜨리고 있었다.

스타드라이브 생산은 이미 수개월이 지체되고 있는 상황이었고 그 사실을 모르는 사람은 없었다. 반란군의 잦은 공세로 생산라인의 가동이 완전히 중지된 적이 한두 번이 아니었기 때문이다. 물론 그런 일이 발생한 것은 한 번도 공식적으로 인정된 적이 없었다. 공식적인 입장은 새로운 기술을 개발하는 데 부수적으로 따르는 '시행착오'가 있었다는 것이었다. 스타드라이브가 단지 단편적으로만 규명된 외계인의 기술을 기반으로 한 것이고, 그렇기 때문에 작업하는 클론들이 영문도 모른 채 죽어나가고 있다는 사실을 아는 사람도 많지 않았다. 사람들은 입을 다물었다. 왜냐하면 대부분의 사람들이 죽었기 때문이고, 살아남은 사람도 죽고 싶지 않았기 때문이다.

토비는 시청자들이 현기증을 느끼지 않는 범위에서 기념식을 가능한 한 다양한 각도에서 담기 위해 플린을 정신없이 움직이도록 시켰다. 나중에 공정치 못했다는 비난을 피하기 위해 주요 인물을 골고루 다루려고 애썼으며, 플린에게는 항상 카사에게서 멀리 떨어져 있도록 당부했다. 다행스럽게도 노동조합이 준공식에 늦지 않게 플린에게 비상 특송으로 새로운 카메라를 보내주었다. 토비는 카메라가 광선총에 맞아 어깨 위에서 폭발한 것이 비상이라는 단어와 아주 잘 맞아떨어진다고 생각했다. 그는 제국뉴스가 그의 독점중계권을 확보하기 위해 얼마나 많은 돈을 투자했는지 궁금했다. 준공식 자체는 큰 뉴스거리가 아니었지만, 많은 저명인사들이 참석할 것이고, 지난번 생방송 때의 반란군 기습 장면에 대한 기억이 있기 때문에 이번에도 역시 많은 사람들이 시청할 것이다. 그중에는 여제도 포함될 것이다.

그렇기 때문에 이 방송은 제국뉴스사에게는 크나큰 자랑거리가 될 것이다. 최소한 토비가 엉망으로 만들어놓지만 않는다면 말이다. 그도 그렇게 할 생각은 추호도 없었다. 물론 회사로부터 조용히 그러나 아주 단호하게 만약 일을 망치면 굳이 돌아올 필요가 없다는 말을 들었기 때문에 그런 것만은 아니었다.

그래서 토비는 분주하게 여기저기를 오가며 즉석 인터뷰도 하고, 청중이나 포로들, 그리고 공장 전경 등 흥미로운 장면을 잡아 보여주기도 했다. 그런 노력 덕택에 점잔 빼며 장황한 연설을 늘어놓는 사람들 때문에 자칫 따분해질 수 있는 방송에 약간의 생기를 불어넣어줄 수 있었다. 그는 전설적인 하프맨과 인터뷰를 할 수 없다는 것에 조금 짜증이 났다. 하지만 쇼올 수색관이 그와 플린이 하프맨에게 접근하지 못하도록 막았기 때문에 어쩔 수 없었다. 토비는 처음에는 언론의 자유와 여제의 이름을 들먹이며 항의해보았지만, 쇼올이 금방이라도 플린의 새 카메라를 낚아채 그의 몸에 있는 아무 구멍에나 처박을 것 같은 험악한 표정을 짓자, 어디론가 재빨리 다른 곳으로 사라지는 것이 낫겠다고 생각했다.

릴리와 마이클은 카메라가 그들을 향할 때마다 화사하게 웃어 보였지만 그렇지 않을 때는 대체로 배경 속에 파묻혀 조용히 침묵을 지켰다. 그들은 시계를 쳐다보고 싶은 충동을 간신히 억누르며 갑자기 큰 소리가 들릴 때마다 깜짝깜짝 놀랐다. 하지만 그들의 그런 긴장감마저도 장황한 연설 앞에서는 무력했다. 마이클은 눈을 뜨고 졸기 시작했다. 궁정에서 끝없이 지루한 연설을 들어야 했을 때 터득한 기술이었다. 릴리가 그의 옆구리를 팔꿈치로 찌르지 않았다면 그는 거의 잠에 곯아떨어질 뻔했다. 그는 고개를 번쩍 들고 옆구리를 살살 문지르며 그녀에게 눈을 부라렸다.

"하지 마! 아프단 말이야."

"조용히 해요, 어린애같이! 저기 음료 시중드는 웨이터 보여요?"

"물론 보이지. 내가 장님인 줄 알아?"

"그럼 잘 봐요. 잔 중에서 받침대에 주홍색 줄이 가 있는 거 있지요. 그게 다니엘을 향할 거예요. 그 안에는 독이 들어 있어요."

"미쳤어, 당신!" 사람들이 그를 쳐다보자 그는 뜻 없는 미소를 지어 보이고 목소리를 낮췄다. "정신 나간 거 아니야, 릴리? 우리 둘 다 처형당할 거야!"

"안심해요, 마이클. 내가 뭘 하고 있는지 잘 알고 있으니까. 우리가 우리 배우자들을 폭탄으로 날려버릴 수는 없다고 초지로가 말했을 때부터 나는 다른 계획을 궁리해왔어요. 저 독은 정확히 무엇을 찾고 있는지 알지 못하고는 절대로 검출할 수 없고, 시체를 설비가 더 잘된 실험실로 옮길 때쯤이면 독이 흔적조차 없이 사라져 있을 거예요. 저 웨이터는 후최면 상태에서 일하는 거예요. 언젠가 내 마녀 능력이 위력을 발휘할 거라고 말했지요? 저 사람은 다니엘에게 정해진 잔을 건네자마자 이번 일에 대한 기억을 깨끗이 잊게 돼요. 내가 얼마나 치밀한지 이제 알겠죠?"

"꼭 그렇지는 않아." 그는 그녀의 목에 양손을 감싸고 눈알이 튀어나올 때까지 조르고 싶은 충동을 억누르며 말했다. "어쨌든 우리가 의심받을 수밖에 없어. 동기를 지닌 사람은 우리밖에 없잖아! 당국에서 제일 먼저 할 일은 에스퍼를 시켜 우리 머릿속을 들여다보도록 하는 걸 거야!"

"말도 안 돼요. 다니엘의 죽음은 반란군의 소행으로 여겨질 거예요. 여기서는 모든 것이 그렇잖아요. 우리는 안전할 거고, 모든 게 계획대로 된다면 다음번에는 스테파니에게도 똑같은 방법을 쓸 수 있어요."

마이클은 할 말을 잃고 멍하니 웨이터를 바라보고 서 있었다. 웨이터는 여러 명사들 틈을 지나면서 쟁반을 살짝 돌려 사람들이 가장 가까운 잔을 집도록 유도하고 있었다. 독이 든 잔은 아직 그대로 남아 있었다. 릴리는 활짝 미소를 지으며 양손으로는 마이클의 팔을 붙잡아 쥐어짜고 있었다. 그런데 하프맨이 자신에게 제시된 잔을 무시하고 쟁반 건너편의 주홍색 줄이 있는 잔을 집어 들었을 때 두 사람은 심장이 덜컥 내려앉는 것 같았다. 릴리는 눈이 휘둥그레지고 터져 나오는 비명을 멈추기 위해 손으로 입을 틀어막아야 했다. 마이클은 자신이 기절한다고 생각했다. 다니엘 울프를 살해하는 것과 하프맨같이 극도의 비중 있는 인물을 죽이는 것은 완전히 차원을 달리하는 일이다. 여제는 범인을 색출해내기 위해 하늘과 땅을 옮기는 일도 마다하지 않을 것이다. 참석자들 전원에 대한 세밀한 에스퍼 검사는 이루 말할 필요도 없다. 그때 가서 '미안합니다. 실수였습니다'라고 변명해도 당연히 통하지 않을 것이다. 하지만 그들이 할 수 있는 일은 아무것도 없었다. 정체를 드러내지 않고는 한마디도 할 수 없는 것이다. 그래서 하프맨이 잔을 집어 들고 반쯤 입으로 들이켜는 것을 속수무책으로 지켜볼 수밖에 없었다.

"약효가 나타나기까지 얼마나 걸려?" 마이클이 속삭였다.

"즉시 나타나요." 릴리가 대답했다. "내가 넣은 양을 생각하면 아직까지 잔이 녹아내리지 않은 것도 놀라운 일이에요."

하프맨은 잔을 비우고 웨이터에게 되돌려주었다. "아주 훌륭하군."

그들도 그가 말하는 것을 들었다. "더 없나?"

릴리는 믿을 수 없다는 듯 고개를 절레절레 흔들며 웨이터가 다니엘에게 무해한 와인 잔을 건네는 것을 지켜보아야 했다. "세상에 이럴 수가! 하프맨은 원래 술을 마시지 않아요. 세상 사람들이 다 아는 일이라고요."

"날이 너무 더워서 그럴 수도 있어. 나도 이런 더위는 처음인걸."

"그런데 도대체 왜 그의 양쪽, 아니 한쪽 귀에서 검은 연기가 피어오르지 않는 걸까요?"

마이클은 어깨를 으쓱했다. "하프맨을 죽일 수 없는 수많은 목록 중에 독약도 끼어 있는 것 같군. 좀 으슥한 곳에 가서 잠시 토하고 올 테니 기다리고 있어." 릴리가 다시 그의 팔을 붙잡자 그는 멈췄다. "또 뭐가 문제야?"

"모르겠어요. 하지만 뭔가 안 좋은 일이 일어날 것 같아요. 느낌이 와요."

"릴리……"

"내 마녀 능력은 틀린 적이 없어요!"

"물론 안 좋은 일이 일어나겠지! 우리가 폭탄을 설치했잖아, 잊었어? 이제 입 좀 다물어. 자꾸 사람들의 시선을 끌어서 어쩌려고 그래. 그리고 이 팔 좀 놔. 손에 감각이 없어."

릴리는 얼굴을 찡그리고 그에게 등을 돌렸다. 마이클은 한숨을 쉬며 작은 자비에 감사했다. 연설은 늘 그렇듯이 예정보다 길어지면서 웅웅거리는 소리로밖에 들리지 않았다. 포로들과 공장 직원들 중 몇몇은 일사병으로 쓰러졌고, 카메라가 비추지 않을 때 아주 폭력적인 방법에 의해 다시 의식을 회복하곤 했다. 시간은 계속해서 지연되었다. 많은 사람들이 자연스럽게 자꾸 시계를 들여다보았다. 토비도 시계를 보면서 시청자들이 처형을 보기 위해서라도 아직 채널을 돌리지 않았기를 빌었다. 그는 자기도 모르게 얼굴을 찡그렸다. 처형에 대해 어떤 느낌을 가져야 할지 혼란스러웠다. 분명히 그들은 반란군이고 범죄자들이지만, 대부분 여자와 아이들에 불과했기 때문이다. 토비 슈렉은 그레고르 슈렉을 위해 일하면서 여태까지 많은 부끄러운 일들을 정당화해왔지만, 아이들을 잔인하게 살해하는 것만큼은 쉽게 받아들이기 어려웠다. 그는 자신이 할 수 있는 일이 없을까 이리저리 궁리해보다가 딱 한 번의 기회는 있을 것 같다는 생각이 들었다. 마지막 순간 카메라 앞에서 여제에게 직접 아이들에게 자비를 베풀 것을 청원해보는 것이다. 분명히 수십억의 시청자들에게 그 극적인 효과가 먹힐 것이며, 라이언스톤도 대중에게 온화하고 자비로운 존재로 비쳐지는 것이 나쁘지 않다고 생각할 것이다. 어쨌건 그것이 아이들을 위한 마지막 희망이었다. 하지만 어른들은 구할 수 없다. 대중이 그들의 피를 원하기 때문이다.

그리고 모든 사람들이 각자의 머릿속 계획에 따라 깜짝 놀랄 순간이 다가올 때까지 계속 시계를 들여다보곤 했다. 그들은 모두 자기 일에만 너무 정신이 팔려 있었던 나머지 아무도 쇼올 수색관이 자신만의 임무를 위해 조용히 사라지는 것을 눈치 채지 못했다.

베아트리체 수녀원장은 병원 텐트 앞에 접이식 의자를 내놓고 앉아 와인을 병째로 마시며 상쾌한 공기를 즐기고 있었다. 시체안치소같이 갑갑하고 지독한 냄새로 가득한 텐트 속에 있다가 나오면 푹푹 찌는 저녁의 열기마저도 상쾌하게 느껴졌다. 중상자들이 죽어버려서 이제 텐트 속 공간은 한결 넉넉해졌지만 그래도 여전히 환자들로 가득 차 있기는 마찬가지였다. 베아트리체는 한숨을 쉬고 다시 길게 한 모금 마셨다. 죽은 사람보다 구해낸 사람이 더 많기는 했지만 그 차이는 미미했다. 그녀는 뒤에 문을 열어두었다. 피와 고름과 살 썩는 냄새, 그리고 그것들을 간신히 덮고 있던 싸구려 소독약 냄새가 한꺼번에 몰려나왔다. 그녀는 몸을 떨었다. 다른 부분이 떨기를 멈추었어도 손은 더 오래토록 떨고 있었다. 그녀는 수많은 죽음과 고통을 목격했기에 이제 신물이 날 지경이었다. 잠시 다른 사람들에게 맡겨두자. 조금 있으면 자기가 다시 원기를 회복하고 일어서서 안으로 들어가게 될 것이라는 것을 그녀는 잘 알고 있었다. 하지만 당장은 죽기보다 싫었다. 그래서 의자에 앉아 와인을 마시며 공장 밖에서 열리고 있는 위대한 준공식을 냉소를 머금은 시선으로 내려다보고 있었다. 그녀도 초청받았지만, 참석해서 그들에게 만족감을 선사하고 싶지 않았다. 그렇게 하면 그들의 바보 같은 전쟁을 인정해주는 꼴이 될 것만 같아서였다.

그녀는 발걸음 소리에 놀라 생각에서 깨어나 주변을 둘러보고, 쇼올 수색관이 천천히 언덕을 걸어 올라오는 것을 발견했다. 베아트리체는 얼굴을 찌푸렸다. 도대체 쇼올이 그녀에게 무슨 볼일이 있단 말인가? 수색관은 당장 죽을 치명상이 아니면 절대로 부상을 인정하지 않았고, 환자를 문병할 만큼 가슴이 따뜻한 존재도 아니었다. 그녀는 다가오고 있는 쇼올을 관찰했다. 엄격하게만 보이는 여인이었다. 하지만 어차피 수색관에게 유머감각을 기대할 것도 아닌 일이었다. 쇼올이 마침내 베아트리체 앞에 섰다. 오르막길을 오르고 나서도 숨소리가 전혀 거칠지 않았다. 쇼올이 가볍게 인사했다. 베아트리체도 답례했지만 굳이 일어서고 싶지는 않았다.

"산보하기 좋은 저녁이군요, 수색관님. 무슨 일로 여기까지 오셨나요? 기념식이 지루하던가요?"

"뭐 그렇지요." 쇼올이 말했다. 그녀는 텐트 안쪽을 힐끗 쳐다보았다. "여전히 바쁜가요?"

"항상 그렇지요. 전장에서는 싸우다가도 소강 국면이 있지만, 이곳에서는 항상 생명을 구하기 위한 싸움이 계속되지요. 물론 당신은 생명을 구하는 것에 대해서는 아는 바가 없겠지만요, 수색관님. 당신이 하는 일과는 많이 다르지요."

"그렇군요. 아주 힘든 일이겠군요. 때때로 불쾌하기도 하고요. 누구를 돕고 누구를 포기할지, 누구를 희생시켜서 다른 사람을 구할지와 같은 어려운 결정도 해야겠지요. 저도 그런 것은 이해할 수 있습니다. 제가 하는 일에도 가끔 그런 경우가 있거든요."

베아트리체는 얼굴을 찡그렸다. 수색관이 그녀에게 무언가를 설명하려고 하는 것 같았기 때문이다. 그녀는 어깨를 으쓱하고 쇼올에게 와인 병을 권했다. "한 모금 하지 않으실래요, 수색관님? 정신건강에는 그만입니다."

"괜찮습니다, 수녀원장님. 일하는 중에는 마시지 않습니다."

베아트리체는 쇼올이 검을 뽑을 때 그 말의 의미를 알아채고 의자에서 옆으로 몸을 던졌다. 수색관의 일이라는 것은 살육밖에 없다. 칼날이 그녀가 조금 전까지 있던 장소를 갈랐고 베아트리체는 땅위를 굴렀다. 그녀는 재빨리 일어서서 와인 병을 마구 휘둘렀다. 술병 주둥이로 분수처럼 솟구친 와인이 수색관의 눈을 정통으로 때려서 잠시 눈을 멀게 만들었다. 쇼올은 그래도 검을 휘둘렀지만 베아트리체가 이미 몸을 피한 뒤였다. 베아트리체는 술병으로 쇼올의 머리를 힘껏 가격했다. 술병은 깨지지 않았다. 하지만 쇼올은 충격에 허물어지면서 한쪽 무릎을 땅에 대고 머리를 흔들었다. 베아트리체는 다시 한 번 온힘을 다해 그녀의 머리를 내리쳤다. 이번에는 술병이 수색관의 머리에서 박살났다. 쇼올은 앞으로 고꾸라졌고, 베아트리체는 주둥이만 남은 술병을 손에 쥔 채 돌아서서 달렸다. 그녀는 어디로 가야 안전한지도 모른 채 무작정 달렸다. 수녀단을 자극하는 것도 마다하지 않을 정도라면 쇼올에게 명령을 내린 사람은 아주 고위층일 테고, 그렇다면 이곳 테크노스III에는 더 이상 안전한 곳이 없다. 그녀는 사실 모든 사람을 한 차례 이상씩은 화나게 만들었다. 아니다. 그녀는 아직 친구가 있다. 비록 권력은 없지만 막대한 영향력을 지닌 사람. 바로 토비 슈렉이다. 그녀는 공장과 행사장을 향해 내리막길을 달음박질쳤다. 생방송되는 홀로그램 방송에 대고 보호를 요청하면, 울프 가도 그녀를 모른 척하지는 못할 것이다. 그렇지 않으면 수녀단 전체의 분노를 감당해야 할 것이기 때문이다. 베아트리체는 젖 먹던 힘까지 다해 달리고 또 달렸다. 마신 와인이 머리와 뱃속에서 무겁게 출렁거렸다. 그리고 그녀는 추격하는 수색관의 발소리를 듣지 않으려고 애썼다. 수색관은 그렇게 멀리 뒤떨어져 있지 않았다.

잭 랜덤과 루비 저니, 알렉산더 스톰은 테크노스III의 지표면에서 깊숙한 곳에 새로 판 터널 속을 걷고 있었다. 터널 바로 위 금속 들판에서는 반란군이 기념식에 참석하지 않은 경비대원들을 기습공격해 랜덤이 이끄는 작은 부대가 공장의 외부 방어선을 들키지 않고 통과할 수 있도록 도왔다. 터널은 울프 가와 반란군의 참호를 아래로 깊숙이 가로질러서 지옥의 테두리의 가장 안쪽인 공장 내부에까지 연결되어 있었다. 공격이 끝나면 울프의 경비대가 터널을 쉽게 발견할 수 있을 것이다. 하지만 그때쯤이면 랜덤 일행이 공장 안으로 이미 침투한 뒤일 것이고 터널은 그들 뒤에서 무너지도록 되어 있었다. 적어도 이론상으로는.

"마음에 안 들어." 스톰이 말했다. "정말 마음에 안 들어. 울프의 기술자들이 지금쯤이면 벌써 우리를 발견했을 거야. 경비대가 곧 들이닥칠 거야."

"반란군이 그들을 붙잡고 있는 한 걱정할 것 없어." 랜덤이 말했다. "그리고 알렉스 자네는 불평 좀 그만했으면 좋겠네. 자네는 꼭 내 네 번째 마누라를 닮아가는 것 같아. 생각난 김에 그녀의 명복을 빌어야겠군."

"그녀가 죽었나요?" 루비가 물었다.

"아니." 랜덤이 대답했다. "단지 희망사항이야."

"내가 그녀에 대해서도 분명히 경고했었지." 스톰이 말했다. "자네는 그때도 내 말을 귓등으로 흘려버렸어. 이 계획은 터무니없는 거야, 잭! 성공할 수 없어!"

"자네는 내 모든 계획에 대해 항상 그렇게 말했어."

"그리고 대부분 내가 옳았잖은가."

랜덤은 한숨을 쉬었다. "만약, 혹시, 이런 걱정은 모두 잊어버리게. 아주 단순한 거야. 반란군이 경비대를 바쁘게 만들고 있고, 다른 사람들은 모두 기념식에 정신이 팔려 있어. 그리고 방송 때문에 보호막도 내려져 있으니 우리가 들어가서 아무도 눈치 채지 못하는 사이에 클론노동자들을 데리고 나오는 거야. 잘못될 게 뭐가 있겠나?"

"열 가지라도 말할 수 있지." 스톰이 말했다. "하지만 듣고 싶지 않을 거야."

"목소리 낮춰요." 루비가 말했다. "스톰, 목소리가 너무 커지고 있어요. 누군가 듣겠어요."

"누가?" 스톰이 받아쳤다. "작전계획에 따르면 이 주변에는 아무도 없을 텐데."

"어떤 경비대원이 지시를 어기고 있어서는 안 될 곳에서 얼쩡거리고 있을 가능성이 전혀 없는 것은 아니지." 랜덤이 말했다. "아주 훌륭한 계획이라고 해서 의외의 가능성이 전혀 없으리라는 보장은 없다는 거지. 그런데 자네 정말로 내 계획을 좋아한 적이 전혀 없었나, 알렉스?"

"전혀. 자네 계획은 항상 너무 복잡하고 지극히 위험스러웠어. 그걸 수행해야 하는 녀석들이 얼마나 가여웠는지 알기나 하나?"

"나는 스스로 하고 싶지 않은 일을 다른 사람에게 시킨 적은 없어. 자네도 잘 알지 않나? 젠장, 내가 침투조를 그렇게 많이 이끌어보지는 않았지. 하지만 내 계획이 그토록 나쁜 거였다면 자네는 왜 항상 나와 함께 가겠다고 자원한 건가?"

"어려서 그랬었지. 그리고 그때는 자네가 내 친구였고."

랜덤이 걸음을 멈추고 뒤돌아보았다. 루비도 멈춰서 자신의 오랜 친구를 유심히 관찰하고 있는 잭 랜덤에게로 본능적으로 다가섰다. 어두침침한 조명 속에서 그림자가 짙게 드린 스톰의 얼굴은 도전적으로 보였다. 그 그림자는 언젠가부터 그의 얼굴에 계속 드리워져 있었는지도 모른다. 랜덤은 자신이 전혀 모르는 다른 사람을 쳐다보고 있는 듯한 기분이 들었다. 그리고 잠시 후 요즘 스톰이 자신을 볼 때

느끼는 기분도 그런 것이 아닐까 하는 생각이 들었다.

"자네가 내 친구였다고?" 그는 천천히 말했다. "지나간 과거를 말하듯 하는군. 지금은 아니라는 뜻인가?"

스톰은 그의 시선을 정면으로 받았다. "나도 몰라. 자네를 잘 안다고 생각한 적이 있었어. 하지만 자네는 변했네, 잭. 스스로를 좀 봐. 자네는 젊고 강하고 빨라졌어. 이건 비자연적인 현상이야. 나는 이제 자네의 생각도 좇아갈 수 없네. 도대체 자네는 뭐가 된 건가, 잭?"

"바로 나 자신이지." 랜덤이 대꾸했다. "내 과거의 전성기로 돌아간 거야. 이번에는 잘못된 것을 바로잡을 인생의 두 번째 기회를 얻은 거야. 미안하네, 알렉스. 자네는 여전히 늙어가고 있는데 나는 다시 젊어져버렸지. 결국 문제는 그것 아니겠나? 나는 다시 영웅이 되었고, 자네는 뒤에 처져버린 거야. 하지만 그런 것들이 자네에 대한 나의 태도를 바꿀 수는 없네. 그렇다고 더 이상 자네를 필요로 하지 않는다는 말은 아니야. 다른 방식이기는 하지만 나는 여전히 자네가 필요해. 계속해서 나와 함께해주게, 알렉스. 자네는 내가 누구였는지를 상기시켜주는 사람이야."

"그리고 자네는 내가 누구였는지 끊임없이 상기시켜주겠지." 스톰이 맞받았다. "나는 다시는 되돌아갈 수 없는데도 말이야. 계속 가게, 잭. 자네가 이끌면 나는 따라야지. 항상 그래왔지 않나."

"미안하지만 말입니다." 루비가 끼어들었다. "계속 이런 낡아빠진 동지애 타령을 하고 있을 거면 당신 두 사람에게 토해버릴 것 같아요. 자, 계속 가실까요? 약속된 시간대로 움직여야 하지 않나요?"

"아, 루비, 자네는 섬세한 인간감성을 전혀 모르는군." 랜덤이 말하고 돌아서서 앞장서 걸었다.

"맞아요." 루비가 말했다. "그런 것은 더 중요한 일에 방해만 될 뿐이에요. 살육이나 약탈 같은 것에 말예요. 이제 그 고리타분한 엉덩짝 좀 움직여보라고요, 스톰. 그렇지 않으면 내가 엉덩이가 귀에 걸리도록 걷어차줄 테니까요."

스톰은 코웃음을 치고 랜덤 뒤를 따랐다. "자기야, 너도 언젠가는 늙을 거야."

"글쎄요, 그럴까요?" 루비가 말했다. "그리고 나는 당신의 자기가 아니에요."

"확실히 그렇지." 랜덤이 말했다.

베아트리체 수녀원장은 무거운 옷을 펄럭이며 울퉁불퉁한 금속 들판을 내달렸다. 작열하는 여름 태양 아래서 몸은 펄펄 끓었고 찢어질 듯한 폐에서 가쁜 숨을 토해냈지만 감히 속도를 늦출 엄두를 내지 못했다. 쇼올 수색관이 금방 뒤쫓아올 것이다. 얼핏 보니 공장의 동쪽에서 전투가 벌어지고 있었다. 반란군이 다시 공격을 개시한 것이다. 애초의 계획대로 곧장 행사장으로 직행할 수는 없게 되었다. 공장의 서쪽 쪽문으로 들어가 공장을 가로지른 후 동쪽 출구를 통해 행사장으로 가야만 했다. 오히려 그것이 더 좋을지도 몰랐다. 뜀박질만으로는 쇼올이 금방 그녀를 따라잡을 수 있겠지만, 공장의 복도로 들어가고 나면 숨을 곳이 많을 것이기 때문이다. 그녀는 다리에 힘을 배가해 서문 쪽을 향했다.

대부분의 경비대는 기념식장에 불려갔거나 반란군의 공격을 막기 위해 출동했기 때문에 입구는 검은 가운과 후드를 뒤집어 쓴 세 명의 예수회의용단 단원만이 지키고 있었다. 그들은 총과 검을 허리에 차고 음산하고 위협적인 인상을 주었지만 베아트리체는 상관하지 않았다. 수색관에게 쫓기게 되면 정말 중요한 것에 대해 믿을 수 없을 정도로 마음을 집중할 수 있게 된다. 적나라한 공포가 집중력을 높여주는 것이다. 그녀는 예수회의용단 단원들 앞에서 비틀거리며 서서 손을 내저어 그들의 질문을 막고 숨을 돌리기 위해 애썼다. 그들이 그녀를 보자마자 쏴버리지 않은 것으로 보아 아마도 그들에게까지 그녀에 대한 처형 명령이 전달되지는 않은 것 같았다. 그렇다고 그녀가 사정을 얘기하고 보호해달라고 청할 수는 없었다. 수색관이 뒤쫓는다는 것을 알면, 그녀가 무엇인가 잘못을 저질렀다고 간주할 것이기 때문이다. 예수회 단원들은 누구나 어떤 죄를 가지고 있다고 생각하는 족속들이다.

"누가 쫓아와요." 마침내 그녀가 말했다. "반란군이 틀림없어요. 내가 가서 도움을 청할 동안 그를 좀 막아줘요."

"잠시만요." 가장 나이가 많은 듯한 예수회 단원이 말했다. "우리는 명령을 받았습니다. 보호막이 내려져 있는 동안 아무도 공장에 들이지 말라는 명령입니다. 예외는 없습니다."

"하지만 그가 바로 뒤에 쫓아오고 있다고요. 저를 죽일 거예요."

"당신의 병원에서 반란군을 치료해주기 전에 그런 생각을 미리 하셨어야지요." 또 다른 예수회 단원이 말했다. "무슨 일이 일어나고 있는지는 모르겠지만, 모두 당신 책임입니다. 만약 원하신다면, 당신의 안전을 위해 우리가 당신을 구금할 수는 있습니다. 카사 주교님이 당신을 보러 오실 때까지 그럭저럭 괜찮은 감방에 모셔다드리겠습니다."

"젠장." 베아트리체가 말했다. "이따위 멍청이 짓거리나 하고 있을 시간이 없어."

그녀는 예수회 단원들 중 최고 연장자로 보이는 자의 사타구니를 정통으로 걷어차고, 손에 들고 있던 깨진 유리병을 다른 두 단원의 얼굴 앞에 대고 흔들며 위협했다. 그들이 반사적으로 뒤로 움찔 물러서고 연장자가 허리를 꺾으며 낮은 신음소리를 토해내는 사이에 베아트리체는 날쌔게 공장 안으로 뛰어들었다. 그리고 예전에 공장 의무실에서 약품을 얻기 위해 몇 차례 들어와본 기억을 더듬으며 공장의 복도를 달렸다. 이제 그녀는 정말로 간절히 준공식에 참석하고 싶어졌다. 화난 수색관과 세 명의 예수회 단원들을 뒤에 달고 있는 그녀로서는 토비 슈렉의 카메라 앞만이 유일하게 안전한 장소였던 것이다.

그녀는 뒤돌아볼 엄두도 내지 못하고 계속 이리저리 복도를 뛰어다니며 공장의 깊숙한 곳으로 들어갔다. 추격자들은 공장 내부에서는 광선총을 사용할 수 없다. 불행한 한 방이 어떤 결과를 초래할지 알 수 없기 때문이다. 그녀는 달리다가 불현듯 든 생각에 걸음을 멈췄다. 공장에는 내부 경비시스템과 연결된 카메라들이 도처에 설치되어 있다. 쇼올이 할 일이라고는 자신의 보안등급을 사용해 시스템에 접속하는 것뿐이다. 그러면 자신의 먹잇감이 어디 있고 어디로 향하고 있는지 손금 보듯 훤히 볼 수 있는 것이다. 그렇기 때문에 베아트리체는 행사장에 가기 전에 먼저 쇼올을 떨쳐낼 필요가 있었다. 그녀는 윔플을 떼어내 얼굴의 땀을 닦았다. '생각해봐, 젠장. 몸을 숨기기 위해서는…… 사람들 속으로 스며드는 거야.' 가장 가까이에 있는 사람들은 클론 숙소에 있다. 그들은 기념식에 초대받지 못했을 것이다. 그러니 제복을 벗고 그들 속에 숨어 자취를 감추고 있다가 전력을 다해 행사장으로 달려가면 된다. 그러면 성공할 수 있을 것이다.

할 수 있을 것이다. 그녀는 크게 숨을 들이쉬고 달리기 시작했다. 한 걸음 한 걸음 떼어놓을 때마다 그녀의 희망은 쪼그라들고 가망 없는 일로 보이기 시작했다.

쇼올 수색관은 통신임플란트로 공장의 경비시스템에 접속해 암호를 해제하고 움직이는 생명반응을 찾아보았다. 금세 수녀를 찾아낼 수 있었고, 잠시 후 그녀의 행선지도 알아낼 수 있었다. 쇼올은 옅은 미소를 머금고 분을 삭였다. 그녀가 끌고 다니고 있는 세 명의 예수회 단원들이 그녀가 수색관을 사실상 제압했다는 사실을 알게 해서는 절대로 안 된다. 그 수색관이 신경퇴화증을 앓고 있다는 것을 감안하더라도 말이다. 그녀는 두 번씩이나 얻어맞은 덕에 아직도 머리가 지끈거렸지만 무시해버렸다. 그것은 단지 육체의 고통일 뿐이다. 일단 수녀가 죽어서 발밑에 널브러지면 한결 좋아질 것이다. 그녀는 세 명의 예수회 단원들을 쏘아보았다. 그들 중 하나는 아주 조심스럽게 서 있었다.

"그녀는 클론 숙소로 향하고 있다. 그곳이 출입구가 하나뿐이라는 사실을 모르고 있는 것이 분명하다. 다행스럽게도 그녀는 먼 길을 택해 그곳으로 가고 있다. 너희 셋은 출입구를 봉쇄하고 있어라. 내가 뒤쫓아가서 수녀를 너희들에게로 몰겠다. 이번에는 너희들이 그녀를 제대로 붙잡을 수 있을 것이라 믿는다. 내가 주교에게 연락해 따로 도움을 청할 필요는 없겠지?"

"우리가 그녀를 붙잡을 수 있습니다." 나이 많은 예수회 단원이 말했다. "조금이라도 허튼 짓을 하는 눈치가 보이면 그냥 요절을 내버리겠습니다."

"그러면 안 돼." 쇼올이 말했다. "내가 도착할 때까지 붙잡고만 있어. 그녀를 죽이는 것은 내 몫이다. 이건 수색관의 일이다. 교회가 불필요한 분쟁에 휘말려들 필요는 없다. 이해하겠나? 좋다. 출발. 그녀가 출입구를 돌파한다면, 나는 너희들에게 무척 화가 날 것이다."

세 명의 예수회 단원들은 잠시 서로를 쳐다보다가 황급히 복도 아래로 달려갔다. 예수회 단원들조차도 수색관 앞에서는 쩔쩔맬 수밖에 없다. 쇼올은 슬며시 미소 짓고 클론들의 세상으로 들어가는 입구를 향해 출발했다. 사냥감은 비록 그 자신은 아직 모르겠지만 막다른 곳으로 몸을 숨겼다. 이제 할 일은 몰아내는 것뿐이다.

예수회 단원들은 얼마 가지 않아 최고 연장자가 갑자기 멈추자 모두 같이 멈춰 섰다. 연장자가 주변을 둘러보자 다른 이들도 긴장해 허리의 검을 잡았다. 복도는 텅 빈 채 조용했다.

"무슨 일입니까?" 가장 어린 자가 물었다. "휴식이 필요한 건가요? 수색관님이 말씀하시기를……"

"수색관 얘기는 집어치우고 잘 들어봐." 연장자가 말했다. "무슨 소리 들리지 않아?"

"그랬겠지." 그들이 방금 지나쳐온 모퉁이에서 갑자기 잭 랜덤이 나타나며 말했다. 연장자가 검을 뽑아들고 뒤돌아서자마자 잭 랜덤이 그의 사타구니를 강하게 걸어찼다. 예수회 단원은 몸을 반으로 접으며 바닥으로 쓰러졌고, 랜덤은 다시 그의 머리를 차버렸다. 예수회 단원은 의식을 잃으며 고통도 함께 잊었다. 루비 저니는 가장 어린 예수회 단원을 주먹으로 가격했고, 나머지 한 명은 어느 쪽을 먼저 상대해야 할지 허둥대는 동안 스톰이 뒤에서 머리를 강타했다. 루비는 정신을 잃고 쓰러진 세 명의 예수회 단원들을 내려다보면서 혀를 찼다.

"예수회의용단이라니, 학교 다닐 때도 싫었지만 지금은 더 꼴불견이군. 이들을 죽여서 경고의 의미로 포를 떠버려요."

"다음 기회에 하지." 랜덤이 말했다. "지금은 저들의 옷이 필요하고 옷에 피를 묻히고 싶지는 않거든. 게다가 이번은 자네가 자제력을 키울 좋은 기회이기도 해. 굳이 살인을 할 필요는 없어. 우리가 필요한 건 그들의 옷뿐이야. 예수회 단원으로 변장하면 공장 내 어디든지 갈 수 있을 거야. 감시카메라를 피해 몸을 숨길 필요도 없고."

"왠지 이것도 자네가 이미 계획한 일이라고 말할 것 같군." 스톰이 뚱한 표정으로 말했다.

"이런 일이 생길 거라고 기대하기는 했지." 랜덤이 활달하게 응수했다. "나는 작전에서 융통성을 발휘하기를 좋아해. 자, 이제 옷을 벗기자고."

그들은 서로 쳐다보고 웃은 후 예수회 단원들의 옷을 벗겼다. 그리고 누구에게 누구 옷이 가장 잘 맞는지 확인하느라고 몇 차례 서로 옷을 주고받았다. 누구도 아주 편안하지는 않았지만 그럭저럭 견딜 만할 정도로 복장을 갖추게 되었다. 루비는 기절해 있는 연장자를 내려다보며 킥킥거렸다.

"가운 아래에 저들이 입고 있는 옷이 이런 거였군요. 늘 궁금했거든요."

"이렇게 현란한 속옷을 본 지가 언제인지 아주 까마득하군." 스톰이 말했다. "저 끈을 묶을 때 누가 도와줬을까?"

"시답잖은 농담은 다음에 하고" 랜덤이 말했다. "빨리 클론들을 풀어줘서 움직이도록 하는 게 좋아. 이곳의 반란군 첩자들이 우리가 이용할 길을 터주기 위해 목숨을 걸었는데 그들의 수고를 헛되게 하고 싶지 않아. 루비, 자네가 지도를 가지고 있으니 앞장서게."

루비는 그를 빤히 쳐다보았다. "내가 지도를 가졌다고요? 당신이 챙겼잖아요."

"아니, 나는……"

"내가 지도를 가졌네." 스톰이 말했다. "세상에, 도대체 내가 없었으면 어쩔 뻔했나, 잭?"

베아트리체는 클론의 숙소가 어디 있는지 알고 있었으나 한 번도 가본 적은 없었다. 사실 그곳에 가본 사람은 많지 않았다. 클론들은 사람들과 엄격하게 격리되어 있었다. 그런데 입구는 경비도 없고 잠겨 있지도 않았다. 마치 그녀를 기다리고 있는 것처럼 보였다. 그녀가 아니라면 다른 사람일 수도. 그 생각을 하자 주저되었지만 그녀는 계속 움직였다. 어쨌건 들어가야 한다. 달리 갈 곳이 없다.

장벽을 지나 자동문 안으로 들어서자 실용적이고 황량한 클론 세상이 펼쳐졌다. 베아트리체는 클론들과 반란군 환자들로부터 들은 얘기로 그들의 세상을 잘 알고 있다고 생각했지만, 막상 현실을 맞닥뜨리자 그녀가 그 세상에 전혀 준비되지 않았다는 것을 느꼈다. 방이나 숙소는 없었다. 클론들은 거대한 양계장처럼 층층이 쌓인 철제 우리 속에서 살고 있었다. 그녀가 걷고 있는 중앙 복도를 제외하고는 1센티미터의 빈 공간도 없었다. 그리고 사람의 몸 냄새가 진동했다. 베아트리체는 병원 텐트에서 이미 악취에 익숙해졌음에도 불구하고 손을 들어 입과 코를 막고 싶은 충동을 간신히 참아냈다.

그녀가 철제 우리를 지나칠 때 얼굴들이 튀어나와 그녀를 쳐다보았다. 어떤 얼굴에는 눈이나 코나 귀가 없었다. 아래턱이 통째로 없는 얼굴도 있었다. 그들이 일하는 곳의 이상한 기운 때문에 썩어 없어진 것이다. 그들은 고문당하는 고양이처럼 작고 구슬픈 신음소리를 냈다. 베아트리체는 자기도 모르게 멈춰 섰다. 그들을 위해 할 수 있는 일이 아무것도 없었고, 그들이 그녀를 도울 수도 없었다. 그녀는 그들 속에 섞여들 수 없었다. 그러므로 수색관이 이곳에 오기 전에 어서 나가는 것이 좋을 것 같았다. 그렇지만 아무것도 보지 못한 것처럼 그저 걸어 나가버릴 수는 없었다. 그녀는 양심상 도저히 외면할 수 없는 참상을 접하고 주변을 둘러보면서 두 주먹을 꼭 쥐었다.

그때 발소리가 다가오는 것을 느꼈다. 그녀는 심장고동이 빨라졌고 깨진 병목을 더욱 단단히 거머쥐었다. 그녀가 시간을 너무 지체했다. 수색관이 그녀를 찾아낸 것이다. 그녀는 주변을 두리번거렸다. 하지만 도망가는 것은 아무 의미가 없다는 것을 잘 알고 있었다. 그녀는 이미 지쳤고, 쇼올은…… 수색관이다. 베아트리체는 그 자리에 서서 침을 꿀꺽 삼켰다. 싸워봐야 승산이 없다는 것을 이미 알고 있었지만 그렇다고 그냥 서서 당할 수는 없었다. 그녀는 자신을 쳐다보고 있는 클론들의 일그러진 얼굴을 보고 뒤로 물러나라고 손짓했다.

"고개를 돌려요." 그녀는 조용히 말했다. "봐서 좋을 것 없어요."

그때 갑자기 세 명의 예수회 단원들이 그녀 앞에 나타나 멈춰 섰다. 그녀를 그곳에서 발견한 것이 의외라는 듯 놀란 눈치였다. 베아트리체는 병목을 보여주며 가능한 한 위협적인 목소리를 내려고 노력했다. "자, 덤벼봐! 내가 그렇게 호락호락 당해줄 거라고 생각하지는 않겠지, 안 그래? 나를 수색관 년에게 넘기려면 먼저 죽여야 할걸."

"뭔가 오해가 있는 것 같구려." 예수회 단원 하나가 부드럽게 말했다. 그가 후드를 벗자 약간 찡그린 자상한 얼굴이 드러났다. "나는 알렉산더 스톰이라고 합니다. 현재 테크노스Ⅲ의 반란군과 함께 일하고 있지요. 당신이 누군지 물어봐도 되겠소?"

"베아트리체 수녀원장." 그녀는 반사적으로 대답했다. "자비수녀단 소속이에요. 당신들이 진짜 반란군인지 어떻게 믿죠?"

"글쎄요." 스톰이 말했다. "우리가 당신을 죽이려 하지 않았다는 것만으로도 우리 호의는 입증된 셈이 아닐까요? 그 흉측한 물건을 좀 내려놓는 것이 어떻겠소. 그러면 분위기가 한결 부드러워질 것 같은데." 그는 순진무구한 미소를 지어 보였고, 그녀는 천천히 병을 내렸다. 스톰은 만족스럽게 고개를 끄덕였다. "내 두 친구를 소개하리다. 루비 저니와 잭 랜덤입니다."

베아트리체는 마지막 이름을 듣고 눈을 깜빡이며 나머지 두 사람이 후드를 벗는 것을 유심히 지켜보았다. 여자는 생판 모르는 얼굴이었지만 잭 랜덤만큼은 확실히 알아볼 수 있었다. 그는 그녀가 생각한 것보다 훨씬 젊어 보였지만 그래도 잭 랜덤인 것만은 분명했다. 그녀는 급격히 안도하며 한숨을 몰아쉬었다. 마침내 안전해졌다고 생각했다. "오, 신이시여, 정말 당신들이군요. 그런데 도대체 여기는 어쩐 일이죠?"

"클론들을 해방하러 왔소." 랜덤이 차분하게 말했다. "도와주시겠소? 당신도 우리와 함께하면 훨씬 안전할 것 같소만."

"당연히 그렇지요." 베아트리체가 말했다. "무시무시한 수색관이 지금 저를 쫓고 있어요. 누군가 높은 양반이 제가 죽기를 원하나봐요. 하지만 저는 당신들을 도와드릴 수 없습니다. 자비수녀단은 중립을 지켜야 해요."

"만약 누군가 수색관을 보내 당신의 목숨을 노린다면 이미 당신의 중립성은 끝났다고 보는 것이 옳다고 생각하오." 랜덤이 말했다. "그것도 그렇지만, 그냥 뒷짐 지고 서서 이런 끔찍한 일이 계속되도록 용납할 작정은 아니겠지요?"

베아트리체는 짐승처럼 우리 속에 갇혀서 그녀를 쳐다보고 있는 클론들의 얼굴을 바라보았다. "그건 아니지요." 마침내 그녀가 말했다. "절대로 그럴 수는 없어요."

"훌륭합니다, 수녀님." 스톰이 말했다. "그리고 걱정 마세요. 우리가 당신을 보호해드리겠습니다."

"정말 그럴 수 있을까?" 수색관 쇼올이 말했다. "한번 확인해보고 싶군." 그들은 모두 돌아서서 검을 들고 뒤에 서 있는 쇼올을 발견했다. 그녀는 매우 침착하고 지극히 위협적으로 보였다. "예수회 단원들을 호출했는데 답이 없는 걸 보고 뭔가 수상쩍다고 생각했지. 자비 수녀단의 반역자 수녀를 쫓는 걸로 시작했는데 이제 세 명의 악명 높은 반란군도 함께 죽일 수 있게 됐군그래. 그것도 그중 하나는 전설적인 잭 랜덤이라니 이런 행운이 있나! 신은 참 자비롭기도 하시지, 그렇지 않나? 자, 누가 먼저 죽어줄 텐가?"

루비가 랜덤을 쳐다보았다. "내가 저 여자를 맡게 해줘요. 저번에 수색관을 죽일 때는 별로 즐길 틈이 없었거든요."

"미안해." 랜덤이 말했다. "우리는 그럴 시간이 없어." 그는 이미 손에 광선총을 들고 쇼올을 겨누고 있었다. "잘 가요, 수색관."

루비가 그를 노려보았다. "설마 진짜는 아니겠지요, 잭 랜덤? 만약 당신이 저 여자를 죽이면 당신과는 다시는 말도 하지 않겠어요. 나는 항상 수색관과 일대일로 붙어보고 싶었다고요."

랜덤이 고개를 가로저을 때 쇼올의 검이 번뜩이더니 그의 손에서 총을 쳐냈다. 랜덤은 찌릿한 손가락을 조심스럽게 흔들며 싸늘하게 미소 짓는 수색관을 쳐다본 후 루비에게 고개를 끄덕였다. "자네가 원하는 것을 어찌 내가 거절할 수 있겠나? 단 빨리 끝내야 하네. 우리는 할 일이 있어."

쇼올이 큰 소리로 웃었다. "당신들이 도대체 어떤 약을 처먹었는지 모르겠지만 불법적인 것이라는 건 분명히 알겠군. 그렇지 않고서야 이렇게 비현실적일 수는 없지. 자, 시작하자, 아가야. 너를 죽인 후 네 친구들도 죽이고 잭 랜덤의 머리는 전리품으로 잘라갈 테다."

"꿈속에서는 뭔 짓인들 못하겠어." 루비가 대꾸했다. "시작하자고."

그들은 서로 맞붙어서 칼날을 부딪치며 한 치도 양보하지 않았다. 발을 구르며 돌진하고 조용한 공기에 불꽃을 뿌리며 칼날을 맞부딪쳤다. 두 사람 모두 천부적인 싸움꾼이었고 극악한 환경에서 단련해 왔기에 즐기듯이 서로 맞붙고 떨어지기를 반복했다. 루비는 숨 막힐 듯한 웃음을 터뜨리며 사방에 검광을 뿌렸다. 이것이 그녀가 사는 의미였고 살아 있음을 느끼는 순간이었다. 그녀는 부스트를 할 수도 있었지만 그러지 않았다. 또 미로의 비자연적인 힘과 스피드를 불러올 수도 있었지만 그러지 않기로 했다. 그녀는 공정한 싸움에서 수색관을 물리치고 싶었고, 그렇게 함으로써 자기가 최고임을 확인하고 싶었다.

쇼올이 양손으로 잡은 검을 크게 휘둘렀다. 루비의 목을 단박에 날려버릴 기세였지만 루비는 마지막 순간에 몸을 숙였다. 그리고 바로 공세로 전환해 거세게 쇼올을 몰아붙였다. 하지만 쇼올은 흐트러짐

없이 서서 방어를 할 뿐 한 발짝도 물러서지 않았다. 그들은 다시 팽팽하게 맞섰고 작은 상처들을 주고받으며 여기저기 피를 흘렸지만 누구도 완벽하게 승세를 굳히지 못했다. 하지만 루비는 조금씩 지치며 느려진 반면 쇼올은 전혀 그렇지 않았다. 루비는 현상금사냥꾼이었고 실전경험을 통해 단련된 반면 쇼올은 비록 병이 있지만 수색관이었다. 천천히 한 발 한 발씩 쇼올이 루비를 밀어붙이기 시작했다. 쇼올의 검은 자꾸 피 맛을 보는 반면 루비는 쇼올을 건드릴 수 없었다. 루비도 서서히 한 수 위의 상대를 만났다는 생각이 들기 시작했다. 부스트를 하지 않으면 그녀는 필경 죽고 말 것이다. 부스트만 하면 그녀가 필요한 예리함을 얻을 수 있을 것 같았다. '안 돼.' 그녀는 화가 났다. '나는 할 수 있어. 외계인의 장치에서 얻은 힘 없이도 할 수 있다고.' 쇼올이 갑자기 예상치 못한 강력한 힘으로 검을 휘두르자 루비는 균형을 잃었다.

루비는 뒤로 비틀거리며 중심을 잡으려 애썼고, 쇼올은 마지막 일격을 위해 검을 뒤로 회수했다. 그때 갑자기 루비의 칼날이 그녀가 소환하지도 않은 부스트된 힘과 스피드로 앞으로 튀어나가면서 쇼올의 가슴팍을 뚫고 등으로 튀어나왔다. 수색관은 입에서 울컥 피를 쏟아내며 무릎을 꺾었다. 그녀의 얼굴은 경악으로 가득 차 있었다. 루비가 검을 뽑자 쇼올은 앞으로 거꾸러져서 움직이지 않았다.

"아니야!" 루비가 소리 쳤다. "내가 원한 건 이런 게 아니야!" 그녀는 시체를 검으로 후려치며 침을 뱉고 욕설을 퍼부었다. 그녀는 부스트를 하지 않았다. 하지만 원치 않은 힘이 제멋대로 솟구쳐버렸다. 좋건 싫건 미로는 그녀를 평범한 인간이도록 놓아두지 않았던 것이다. 마침내 그녀는 난자된 시체 위에 쪼그리고 앉아 숨을 헐떡였다.

"저 여자 분은 항상 저런가요?" 베아트리체가 물었다.

"늘 그렇지는 않소." 랜덤이 대답했다. "루비? 괜찮아?"

"아뇨." 루비가 대답했다. "안 그런 것 같아요." 그녀는 검을 닦지도 않고 칼집에 넣었다. 그리고 갑자기 우뚝 멈춰 서더니 주변을 살폈다. "잠깐만요. 이곳에 대해 왠지 불길한 예감이 드는데요."

랜덤이 그녀를 유심히 쳐다보았다. 그녀의 예감을 존중했다. 그도 가끔 그런 예감을 느낄 때가 있었다. "바로 여기 클론 숙소를 말하는 건가?"

"아뇨. 그보다 더 넓은 지역에 퍼져 있어요."

스톰이 불안하게 주변을 살폈다. "경비대가 몰려온다는 건가?"

"나도 몰라요! 잭, 나한테 연결해봐요. 우리 둘이 뭉치면 더 강해지잖아요."

그들은 서로 시선을 마주치고 마음을 합쳤다. 그들이 집중하자 얼굴은 공허해졌다. 하지만 마음은 도약해 밖으로 나와 주변을 살폈다. 베아트리체는 스톰을 쳐다보았다.

"그들이 에스퍼인 줄은 몰랐네요."

"에스퍼는 아니오." 스톰이 대답했다. "하지만 뭔지는 나도 모르니 묻지 마시오."

랜덤과 루비는 다시 각각의 머리로 돌아와 놀란 얼굴로 서로를 쳐다보았다.

"믿을 수 없군." 랜덤이 말했다.

"뭔데 그래?" 스톰이 물었다. "뭘 못 믿겠다는 건가?"

"사방에 폭탄이 설치돼 있어요." 루비가 말했다. "공장 전역에요."

"세 군데에 집중적으로 설치돼 있어." 랜덤이 말했다. "피해를 극대화하려고 그런 것 같아. 이제 곧 폭발할 때가 됐어. 한 군데만으로도 스타드라이브의 생산을 중단시키기에 충분한 수준인데 세 군데나 되니 피해가 어느 정도일지 가늠하기 어렵군. 그건 그렇고 우리는 여기를 벗어나야 해. 알렉스, 전달받은 코드를 입력해 우리를 어서 열게. 아직 시간이 있을 때 클론들을 이곳에서 탈출시켜야 하네."

"잠깐만요." 베아트리체가 말했다. "기념식장에서 포로들을 처형할 계획인 걸 알고 있나요?"

"물론이오." 랜덤이 대답했다. "하지만 걱정할 것 없소. 좀 있다가 우리가 그들을 구출할 것이오."

"시간이 없을 거예요. 처형을 황금시간대에 맞추기 위해 앞당겼어요."

"맙소사!" 랜덤이 소리쳤다. "요즘은 정보원들이 이 모양이라니까. 알겠소. 베아트리체 수녀님과 알렉스는 이곳에서 클론들을 구해내시오. 그들이 폭발물 위에 앉아 있는 형국이니 수녀단의 중립성과 상관없이 그 일을 할 수 있을 것이오. 루비와 나는 포로들을 구출하겠소."

"어떻게 말인가?" 알렉스가 물었다.

"지금 생각 중이야." 랜덤이 대답했다.

"최후의 순간에 스릴 넘치는 구출작전이라." 루비가 말했다. "당신은 수배자로 사는 것을 즐기고 있는 거지요?"

공장 밖의 불볕더위 속에서도 기념식은 그럭저럭 잘 진행되고 있었다. 군인들은 모두 자기 줄을 잘 기억했고, 카사는 아직 아무도 때리지 않았으며, 토비 슈렉과 플린은 모든 장면을 찍어 제국 도처의 시청자들에게 실시간으로 전송하고 있었다. 여제를 위시한 고위층 인사들이 방송을 시청하고 있었고, 그 밖의 다른 사람들은 은근히 중대한 실수나 지난번처럼 반란군의 기습이 있기를 기대하고 있었다. 토비는 축축 처지는 진행과 질질 끄는 연설을 임기응변식의 논평으로 그럭저럭 보완하고 있었다. 빨리 처형이라도 시작되지 않으면 시청자들이 완전히 흥미를 잃을지도 몰랐다. 제국이 원하는 것은 신형 스타드라이브였지만 그것이 그렇게 장대한 볼거리는 못 되었던 것이다.

그래도 토비가 예상한 것보다는 상황이 그렇게 나쁘지 않았다. 하프맨도 보통 때처럼 뒤로 사라지지 않고 요청대로 자리를 지키고 있었다. 그가 실제로 연설이나 다른 어떤 행동을 한 것은 없었다. 하지만 요즘 그가 대중 앞에 모습을 드러내는 일이 극히 드물었기 때문에 참석한 것만으로도 일종의 사건이었다. 토비는 플린이 최고의 파티 연미복을 입겠다는 것을 만류할 때만큼이나 정성을 들여 하프맨을 설득했다. 동원할 수 있는 모든 수단을 끌어 모아야만 좋은 시청률을 올릴 수 있기 때문이었다.

두 명의 울프는 각각의 배우자를 대동하고 앞 열에 서서 모든 사람들에게 상냥하게 인사하고 있었다. 그들 사이에는 긴장감이 흘렀다. 토비는 그들이 남들이 보지 않는다고 여길 때 자꾸 시계를 들여다보는 것을 눈치 챘다. 아마 그들도 처형을 기다리며 조바심을 치는 것 같았다. 토비는 슬며시 미소를 지었다. 그들은 토비 자신이 마지막 순간에 자비를 호소할 예정이라는 것을 꿈에도 모를 것이다.

교회군과 공장 경비대는 여전히 부동 자세로 서서 멋진 그림을 연출하고 있었다. 몇몇이 열기 때문에 혼절하기는 했지만 시청자들은 그 정도에는 별로 개의치 않을 것이다. 오히려 그것은 전체 극 전개에 약간의 감상적인 요소를 가미해 시청자들의 동정심을 불러일으키는 효과가 있었다. 토비는 몇 사람을 매수해 기절하는 연극을 꾸며볼까도 생각했지만, 굳이 수고하지 않아도 어차피 더위 때문에 그런 일이 벌어질 것이라는 올바른 결론에 이르렀다. 포로들은 거지 떼처럼 보였다. 사슬에 묶인 짐승 같기도 했다. 아마도 일부러 그렇게 보이도록 꾸몄을지도 모른다. 울프 가는 훌륭한 선전 기회를 놓치는 법이 없다.

다니엘 울프가 마지막 연설을 하기 위해 앞으로 나섰다. 그는 자연스럽고 여유로운 표정으로 텔레프롬프터의 글을 읽어나갔다. 플린은 카메라를 좀 더 가까이 접근시켜 프레임에 연설자의 머리와 어깨만 잡았다. 그렇게 함으로써 다니엘의 손이 불안하게 떨리는 것을 감출 수 있었다. 토비는 간간히 고개를 끄덕이기도 하면서 연설을 경청했다. 훌륭한 연설이었다. 예전에 그가 쓰곤 하던 원고만큼이나 훌륭한 문구들이었다. 그는 공장 입구에서 튀어나온 경사로를 쳐다보았다. 최초로 완성된 거대하고 흉하게 생긴 스타드라이브가 건물 안에서 신호를 기다리며 대기하고 있었다. 토비는 뿌듯했다. 이 일을 무사히 마치고 나면 이제 언론계에서 나름대로 최고의 일감을 골라 맡을 수 있게 될 것이다. 좀 무료하고 밋밋하기는 했지만 어쨌든 훌륭한 보도를 했고, 이제 테크노스Ⅲ에서의 그의 시간이 끝나가고 있었다. 좀 더 극적인 전개가 없었다는 점이 조금 아쉽기는 하지만 말이다.

잭 랜덤과 루비 저니는 빌려 입은 예수회 단원 복장 덕에 후드를 앞으로 당겨쓴 채 감시카메라와 근무 중인 몇몇 경비대원 옆을 당당히 통과할 수 있었다. 모두들 그들이 지나갈 때 그저 고개만 끄덕였다. 주말을 머리를 쥐어짜며 굴욕적인 참회를 하면서 보내고 싶은 사람이 아니라면 감히 예수회 단원에게 시비를 걸 자는 없었다. 랜덤은 스스로의 생각에 종교적인 주문처럼 들릴 만하다고 여기는 소리를 끊임없이 중얼거리며 무엇이든 움직이는 것에 대해서는 크게 성호를 긋고 고개는 푹 숙이고 걸었다. 그는 항상 작전 중에 변장하는 것을 즐겼다. 좌절된 배우의 꿈에 대리만족을 주기 때문이었다. 가끔은 직업적 혁명가로서의 자신의 인생 전체가 하나의 거대한 역할 연기일지도 모른다고 생각했다. 루비는 랜덤 옆에서 터벅터벅 걸었다. 감춰 둔 무기에서 손을 멀리 두고 평소의 긴 다리로 성큼성큼 걷는 걸음을 자제하려고 애썼다. 그녀도 자기 나름의 방식으로 연기를 하고 있는 셈이었다. 조용하고 차분하고 순종적인 모습은 결코 그녀에게 자연스럽지 못한 것이었다. 랜덤은 그녀를 사랑하기는 하지만 그녀가 다재다능하다고 말할 수 없다는 것을 인정해야 했다. 때리거나 훔치거나 같이 자는 것 말고는 그녀가 할 수 있는 것은 별로 없었다.

그들은 마침내 행사장으로 이르는 출구에 도착했다. 그러나 완전 무장한 교회군 하나가 길을 막았다. 그는 키가 크고 건장했으며 완고한 얼굴이었다. 랜덤이 두 번이나 그에게 성호를 그어 보였지만 병사는 꿈쩍도 하지 않았다.

"죄송합니다, 신부님. 규칙을 아시잖습니까? 일단 식이 시작된 후에는 아무도 입장할 수 없습니다. 화면으로 구경하세요. 돌아가십시오."

랜덤은 병사에게 몸을 앞으로 숙이라고 손짓했다. 그의 머리가 후드까지 가까이 오자 랜덤은 엄숙하게 말했다. "예수회 단원들은 아주 특별한 악수법이 있다는 것을 알고 있나?" 그러고는 한 걸음 앞으로 나가 병사의 불알을 잡고 비틀었다. 병사는 눈알이 튀어나온 채 비명을 지르려고 숨을 들이켰지만 내뱉지는 못하는 것 같았다. 그가 무릎을 꿇고 주저앉자 루비가 그의 헬멧을 벗기고 총 손잡이로 머리를 내리쳤다. 병사는 앞으로 쓰러졌고 랜덤은 정신을 잃은 병사에게 엄숙하게 성호를 그었다. "나도 훌륭한 신부가 될 수 있었는데." 그는 안타깝다는 듯 말했다.

그들은 태연히 식장으로 걸어 나가 가장자리에 자리를 잡았다. 카사가 늦게 온 그들을 보고 잡아먹을 듯 노려보았지만 별다른 행동을 취하지는 않았다. 다른 사람들은 그들에게 눈길조차 주지 않았다. 다니엘 울프가 여전히 연설을 하고 있었다. 형편없었다. 랜덤은 처형을 기다리고 있는 반란군 포로들을 조심스럽게 살펴보다가 그들을 칭칭 동여매놓은 사슬을 보고 눈살을 찌푸렸다. 묵직한 체인에 육중한 자물쇠를 채워놓아서 광선총이 아니고서는 쉽게 절단할 수 없을 것 같았다. 랜덤의 고민은 깊어졌다. 쇠사슬에 대해서는 아무도 언급해주지 않았다.

군중의 반대편에서는 토비 슈렉이 역시 포로들을 찬찬히 살펴보고 있었다. 많은 사람들의 몸에 멍과 핏자국이 있었다. 아이들도 마찬가지였다. 모두들 강력한 진정제에 취해 눈이 흐리멍덩해 보였다. 소란을 부리지 못하도록 하기 위한 조치였다. 하지만 완전히 잠들 정도는 아니었다. 만약 그렇다면 처형할 때 아무런 재미도 느낄 수 없을 터였다. 그때 갑자기 다니엘의 연설이 중단되었다. 다니엘의 텔레프롬프터가 고장 난 것이다. 스테파니가 토비를 바라보며 다급하게 손짓했다. 다니엘이 연설을 외우지 못해서 완전히 바보처럼 보일 것이기 때문이었다. 토비는 플린에게 손짓해 카메라를 끄도록 지시했다. 나중에 기술적인 문제였다고 해명하면 될 것이다. 그리고 스테파니 울프 같은 막강한 실력자에게 호의를 베풀어두는 것도 나쁘지는 않을 것이다. 플린이 토비에게 왔고, 두 사람은 포로들을 바라보았다.

"정말로 아이들까지 죽이겠다니 믿을 수가 없군요." 플린이 말했다. "그런데도 우리는 구경만 하면서 아무것도 할 수 없고요."

"할 수 있는 일이 있지." 토비가 조용히 말했다. "일단 다니엘 가족의 연설이 끝나면, 나는 카메라에 대고 여제에게 직접 아이들을 위한 자비를 청원할 생각이야."

"당신은 정말로 용기 있는 사람이군요, 대장." 플린이 말했다. "하지만 소용없을 거예요. 카사가 자기 부하들이 터널 아래에서 박살난 이후 이 일에 대해서 과도한 열정에 사로잡혀 있어요. 그는 이걸 교회의 일이라고 말할 거예요. 요즘 교회에 간섭할 수 있는 사람은 아무도 없지요. 적어도 숨을 쉬고 싶어 하는 사람이라면 말이에요. 그리고 그는 당신이 그런 시도를 했다는 것만으로 당신도 같이 처형하려 들지 몰라요. 안 돼요, 대장. 우리가 할 수 있는 것은 그냥 있는 그대로를 보도해서 시청자들이 스스로 느끼고 다음에는 그가 그런 짓을 못하도록 말리기를 바라는 것뿐이에요. 물론 별로 기대할 바는 못 되지만. 요즘 사람들은 너무 피를 좋아하는 것 같아요."

"나도 한때는 검투시합을 엄청나게 좋아했었지." 토비가 말했다 "정기권도 끊고 특석을 예약하기도 하고. 하지만 그건 달라. 적어도 검투사들은 싸워볼 기회라도 있잖아. 이건 학살이야. 여기서 이미 많은 피를 봤어. 나도 모르겠어, 플린. 나는 한 번도 스스로를 정치적인 인물이라고 생각해본 적이 없었는데, 이번만큼은……"

"우리가 할 수 있는 일은 없어요, 대장. 그냥 견디고 우리 할 일이나 열심히 해요. 그리고 다음 기회에는 더 문명화된 곳에서 작업할 수 있게 되기나 빌자고요."

"전쟁을 보도하고 싶었어." 토비가 말했다. "전쟁이야말로 진정 역사가 만들어지는 곳이라고 생각했지. 하지만 이런 것은 전혀 상상하지 못했어."

"누구도 상상하지 못했지요." 플린이 말했다. "그렇기 때문에 우리가 모두 다 보도해야 하는 것이고요."

누군가 텔레프롬프터의 민감한 곳을 발로 차는 것으로 다시 작동시키는 데 성공했다. 플린도 다시 카메라를 작동시켰고, 다니엘은 연설을 마치고 모두로부터 형식적인 박수를 받았다. 다니엘은 카사가 처형을 진행하도록 고갯짓하고 물러났다. 주교는 엄숙하게 카메라를 바라보며 싸늘한 미소를 지었다.

"바로 지금 327명의 반란군 포로들이 교회와 황제폐하 라이언스톤 14세의 권위에 대항하는 자들에 대한 본보기로 죽음을 맞게 될 것입니다. 처형은 체인에 고압전기를 흘리는 방법으로 진행하겠으나 먼저 그들의 지도자들을 이곳에서 투쟁하다가 산화해간 장병들의 넋을 달래는 차원에서 하나씩 참수하겠습니다. 처형자들은 앞으로 나서서 할 일을 하라!"

"어, 어." 루비가 외쳤다. "저자가 우리를 보고 있어요."

"아무도 우리를 방해하지 않은 이유가 있었군." 랜덤이 말했다.

"어떻게 하면 좋죠?"

"아주 천천히 걸어. 그리고 저쪽에 도착하기 전에 내가 뭔가 생각해내기를 빌어."

"아주 기가 막힌 생각이어야 할 거예요."

"그럴 거야. 그래야지. 나는 기발한 작전으로 명성을 얻었지."

"당신은 실패로도 유명하지요. 완전무장한 저 많은 사람들이 우리를 쳐다보고 있어요. 조금 더 천천히 걸을까요?"

"루비, 조금만 더 천천히 걸으면 아마 우리는 뒷걸음질 치게 될 거야. 카사가 벌써 우리를 노려보고 있어.

"아, 정말." 루비가 말했다. "오줌 쌀 것 같아요." 그들은 포로들 앞에 세워진 낮은 단상에 도착해 카사에게 절을 하고 두 개의 단두대 옆에 세워진 묵직한 칼을 바라보았다. 랜덤이 포로들을 쳐다보자 그들은 그를 잡아먹을 듯 쏘아보았다. 몇몇 어린아이들은 울음을 터뜨렸다. 무슨 일이 일어나는지는 몰라도 숨 막힐 듯한 공기를 느꼈던 것이다. 짧은 시간이지만 영원할 것 같은 그 순간에 긴장과 고요만이 흘렀다. 카사가 단상으로 다가왔다.

"어떻게 하죠?" 루비가 속삭였다. "잭, 어떻게 하냐고요?"

"빨리 처형을 진행하지 않으면 너희들 머리부터 자르겠다!" 카사가 소리치고는 다가와 랜덤의 후드를 벗겼다. "너는!"

"나야!" 랜덤이 대답하고 카사의 입을 주먹으로 갈겼다. 그러고는 휘청거리는 주교를 잡고 돌려세워 방패로 삼았다. 교회군 사이에서 술렁임이 일었다. 랜덤은 플린의 카메라를 보고 미소 지었다. "반란군 만세!"

"이런, 아주 훌륭한 계획이네요." 루비가 외치고 가운을 벗어던진 후 검과 광선총을 손에 들었다. "아주 절묘해요. 상상도 못 했어요."

교회군이 세 사람을 향해 단상 주변으로 몰려들었고 경비대도 그 뒤를 따랐다. 모두 손에 검을 빼들고 있었다. 루비는 이글거리는 눈으로 그들을 향했다. 몇몇 포로들이 환호하는 모습이 보였다. 랜덤은 시계를 내려다보았다.

토비 슈렉이 플린에게 돌아서며 말했다. "다 찍고 있는 거지?"

"예, 찍고 있어요! 생방송으로 나가고 있다고요. 저 사람이 내가 생각하는 그 사람 맞죠?"

"여자는 모르겠지만, 다른 인물은 잭 랜덤이 확실해. 그가 최후의 순간에 구출하러 올 것이라는 것을 왜 내가 몰랐을까!"

"당신의 기대감에 찬물을 끼얹는 것 같지만 저들은 고작 두 명이에요. 인질을 잡고 있건 말건 수만 명을 상대로는 가망이 없어요."

"뭔 상관이겠어." 토비가 말했다. "어쨌든 멋지잖아. 이거면 올해의 언론상 감이야. 플린…… 저, 저 사람들은 어디서 나타난 거지?"

공장 주변의 은밀한 구멍들 속에서 갑자기 수많은 반란군이 쏟아져 나오기 시작했다. 랜덤은 씩 웃었다. 절묘한 타이밍이었다. 반란군의 일부가 공장의 반대쪽에서 싸움을 걸어 그쪽으로 방어력을 유도한 사이에 나머지 사람들이 처형이 개시되기 전에 도착하기 위해 공장 주변까지 미친 듯이 굴을 팠던 것이다. 그들은 검과 총을 휘두르고 전투구호를 외치며 울퉁불퉁한 금속 표면을 달려오고 있었다. 교회군과 경비대는 랜덤과 루비, 카사는 잊어버리고 뒤돌아서서 반란군과 싸울 태세를 갖추고 잔뜩 긴장했다. 광선총이 발사되어 대기 중에 에너지빔이 난무하면서 피를 뿌리며 사람들의 몸을 동강냈다. 그리고 두 개의 파도가 맞부딪치듯 양편이 충돌하더니 서로 어우러져 이리저리 밀렸다. 오직 검을 위한 공간뿐이었고, 쨍강거리는 소리 속에 핏빛 분노만이 높아갔다.

루비가 랜덤을 쳐다보았다. "이것까지 계획한 건 아니겠죠?"

랜덤이 큰 소리로 웃었다. "물론 계획한 거지. 시간이 조금 아슬아슬하기는 했지만 말이야. 카사의 주머니를 뒤져봐. 저 자물쇠의 열쇠를 가지고 있을지도 모르니까."

바로 그때 하프맨이 인간 쪽의 팔에 검을 들고 사람들을 헤치며 잭 랜덤 쪽으로 성큼성큼 걸어오는 모습이 보였다. 랜덤이 카사를 밀어내고 광선총을 뽑아 발사했지만 하프맨의 에너지 팔이 쳐내자 에너지빔은 아무런 상처도 주지 못하고 하늘로 튕겨져 날아가버렸다. 그리고 두 사람은 서로 맞붙었다. 둘 다 외계인의 손길에 의해 더 이상 인간이 아닌 존재가 돼버린 자들이었다. 랜덤의 몸속에는 광기의 미로의 힘이 활활 타올랐지만 막상 맞붙게 되자 쉽지 않은 싸움이라는 것을 직감했다. 외계인이 하프맨에게 무슨 짓을 했건 그를 가공할 전사로 만들어버린 것만큼은 확실했다. 더군다나 그는 잭 랜덤의 평생보다도 훨씬 긴 시간을 전사로 살아왔고 절대로 지치지도 않는 것 같았다. 둘은 서로 검을 맞부딪치며 접전을 펼쳤다.

한편 카사 주교는 정신을 차리고 루비와 일대일로 싸웠다. 처음에 그는 상대를 업신여기며 덤볐다가 곧바로 사력을 다하게 되었다. 그는 엘리트 교회 전사로서의 훈련과 실전경험을 총동원했지만 그것만으로는 부족하다는 것을 깨달았다. 그녀는 그를 한 발씩 뒷걸음질 치게 만들며 그의 방어를 손쉽게 유린하고 있었다. 루비는 내부에서 분출하려는 부스트를 느끼고 그것이 제공할 장점을 거절하며 억눌렀다. 그녀는 자기 자신만으로도 충분했으며 추가적인 재능을 사용할지 말지는 스스로 결정하고 싶었다. 그녀는 땀을 뻘뻘 흘리는 카사의 얼굴을 쳐다보며 웃었다. 그녀는 언제든 그를 죽일 수 있었고, 두 사람 모두 그 사실을 이미 알고 있었다. 하지만 그녀는 결정타를 가하지 않았다. 좀 더 즐기고 싶었던 것이다.

다니엘 울프는 검을 빼들고 혼전 속에 몸을 던지려다가 스테파니

374

가 너무 놀란 표정을 하고 있는 것을 발견하고 발걸음을 멈췄다. 그녀가 그의 보호를 필요로 하고 있었다. 그는 공장 정문 쪽을 바라보았다. 하지만 그곳까지 가는 길에는 이미 반란군이 가득했다. 어디에도 안전한 곳은 없었다. 당장 눈에 띄지 않는 것이 우선이었다. 그래서 그는 누나를 텔레프롬프터 뒤로 끌어당겨서 앉히고 아무도 그를 거치지 않고는 누나에게 손댈 수 없다는 비장한 자세로 그 앞에 버티고 섰다.

릴리와 마이클은 당황한 눈빛으로 두리번거리며 서로 부둥켜안고 있었다. 그런데 한 무리의 반란군이 싸움터에서 떨어져 나와 그들을 향해 다가오는 것이 보였다. 릴리는 마이클을 밀쳐내고 접근해오는 반란군을 노려보면서 자신의 마녀 능력을 불러냈다. 하지만 그녀의 미약한 ESP가 할 수 있는 것이라고는 바람을 일으켜 그들의 접근을 약간 지체시키는 것뿐이었다. 반란군 중 하나가 릴리를 칼로 내리쳤다. 순간 마이클이 그녀를 밀어냈지만 자신의 목으로 칼을 받아야 했다. 릴리의 공포 어린 얼굴에 피가 튀었다. 마이클은 즉사해 바닥으로 쓰러졌다. 릴리는 마이클을 부둥켜안고 울다가 발작적인 비명을 질러댔고, 포로들을 풀어주려고 지나가던 반란군이 무심히 그녀를 베어 넘겼다. 릴리와 마이클은 고향에서 멀리 떨어진 이곳에서, 그들이 절대로 이해할 수 없는 어른들의 폭력적인 세상 속에 버려진 두 어린 아이처럼 함께 죽어갔다.

하프맨은 마침내 예상처럼 쉽게 잭 랜덤을 물리칠 수 없다는 사실을 깨달았다. 그래서 싸움을 포기하고 돌아서서 도망쳤다. 그에게는 더 좋은 생각이 있었다. 게다가 반란군이 이렇게 가까이 접근해왔기 때문에 무엇보다도 공장의 안전이 걱정되었다. 그는 앞을 가로막는 자는 모두 베어 넘기며 공장으로 달려갔다. 먼저 카사가 설치한 폭탄의 타이머를 끄고 방어막을 올려 반란군의 주력이 공장에 진입하는 것을 막을 생각이었다. 이미 들어와 있는 자들은 손쉽게 소탕될 것이고 그러면 최소한 공장은 안전할 것이다. 그는 반쪽 입술로 미소를 지었다. 잭 랜덤도 일단 방어막이 올라가면 그 위에 대고 아무리 칼질을 해봐야 소용없을 것이다. 전쟁을 이기는 방법에는 항상 상책이 있는 법이다.

하프맨이 공장 안으로 사라지는 그 순간, 알렉산더 스톰과 베아트리체 수녀원장은 클론들을 이끌고 밖으로 나오고 있었다. 클론들은 그들 앞에서 벌어지고 있는 살육 현장을 목격하고 그 자리에서 딱 얼어붙어버렸다. 스톰과 베아트리체는 모두 제자리에서 몸을 숙이라고 소리를 질렀다. 클론들이 서로 모여 앉는 동안 두 사람은 상황을 살폈다. 반란군 중 일부는 포로들을 풀어주기 위해 안간힘을 쓰고 있었지만 대형 자물쇠를 푸는 일이 그렇게 호락호락하지만은 않았다.

"저들이 빨리 서둘러야 할 텐데요." 베아트리체가 말했다. "울프 쪽에서 버튼을 누르기만 하면 체인에 감겨 있는 모든 포로들이 삽시간에 전기구이가 돼버릴 거예요. 그리고 체인이나 자물쇠를 만지고 있는 사람들도 마찬가지고요."

"좋은 지적이오." 스톰이 말했다. "내가 좀 도와줘야겠소. 자물쇠에는 일가견이 있거든. 옛날에 취미로 좀 만지작거려봤지."

"알렉산더 스톰, 당신은 용감한 사람이에요." 베아트리체가 말했다.

"맞소." 스톰이 말했다. "잭만 전설적인 존재가 아니지요. 당신은 알고 있군요."

카사는 숨을 헐떡이며 루비에게서 물러났다. 온몸 여기저기서 피가 흐르고 있었고 검은 달달 떨리고 있었다. 루비는 여전히 웃으며 그를 쫓아갔다. 충분히 즐겼기 때문에 이제 주교를 죽일 시간이 된 것이다. 주교는 그녀의 눈빛에서 그런 의중을 읽고 다급하게 손을 들어 제지하며 외쳤다.

"물러서라! 포로들의 처형 스위치가 내 장갑 안에 있다. 한 걸음만 다가오면 저들은 모두 죽는다!"

"허풍떨고 있네." 루비가 조용히 대꾸했다. "정말 그렇다면 넌 벌써 그렇게 했을 거야. 그렇지 않나?"

카사는 미소를 지었다. "그럼 한번 시험해보시지. 네가 포로들을 구할 수 있었지만 그렇게 하지 않았다는 것을 네 반란군 동료들이 알게 된다면 어떤 생각을 하게 될까?"

루비는 어깨를 으쓱한 후 쏜살같이 튀어나가며 온힘을 다해 검을 휘둘렀다. 묵직한 칼날이 카사의 손목을 깨끗이 절단했고 그의 손이 바닥에 떨어져 파닥거렸다. 카사는 소름끼치는 비명을 지르며 검을 내던지고 반대편 손목을 붙잡아 막으려 했다. 손목을 막고 있는 손의 손가락 틈새로 피가 용솟음쳤다.

"나는 다른 사람들이 어떻게 생각할지는 한 번도 걱정해본 적이 없어." 루비 저니가 말했다.

"나는 부자다." 앙다문 이 사이로 카사가 말을 뱉었다. 그의 얼굴은 해골처럼 하얗게 변해 있었다. "가격을 말해보아라."

"그렇지. 그게 더 현실적이지. 얼마나 있는데?"

"얼마나 원하는가?"

"모두 다. 어디에 있지?"

"금고 속이다. 내 숙소에. 모두 황금으로. 교회군에게 지급할 급료다. 나를 놓아다오. 모두 네 것이다."

루비는 잠시 생각했다. "알려줘서 고맙군, 주교. 나중에 확인해보
도록 하지. 자, 이제 작별인사를 하시지."

그녀는 양손으로 검을 잡고 크게 휘둘러 카사의 목을 베었다. 카사
의 머리는 몸에서 떨어져 구르다가 사람들의 발길에 채이고 짓밟히
며 곧 어디론가 사라졌다. 루비는 만족한 미소를 지었다. 훌륭한 살인
이었고 금까지 예약해두었다. 그녀는 카사의 주머니를 뒤져서 열쇠
꾸러미를 챙긴 다음 흥겹게 콧노래를 읊조리며 포로를 풀어주는 일
을 도우러 갔다.

싸움이 계속되면서 점점 반란군이 제국군을 마음대로 요리하는 상
황이 되었다. 결국 대세가 기울었다고 판단한 몇몇 보안장교가 항복
을 외치자 순식간에 제국군이 너도나도 검을 집어던지고 손을 들어
올렸다. 그렇게 전투는 끝났다. 루비와 스톰은 포로들을 풀어주었고,
베아트리체는 클론들을 공장 밖으로 인도했다. 사랑하는 사람이 안
전한 것을 발견한 반란군의 환호성과 기쁨의 눈물, 감격의 포옹 장면
이 여기저기서 연출되었다. 토비와 플린은 그 장면들을 고스란히 담
아 충격에 빠진 제국에 그대로 방송했다.

그리고 그 순간 공장이 폭발했다.

한 번의 폭발이 연달아 다른 폭발을 불러일으키며 순식간에 공장
은 거대한 불바다로 변해버렸다. 공장의 한가운데는 맹렬한 불길에
휩싸였고, 불붙은 파편들이 사방에 우수수 떨어져 내렸다. 외벽이 압
력을 견디지 못하고 터져나가면서 거대한 불덩이가 부풀어 올랐고
시뻘건 파편들로 뒤섞인 폭풍이 휘몰아쳤다. 수백 명의 사람들이 몸
을 숨길 곳도 없이 위험 앞에 그대로 노출되었다. 그들의 몰살이 눈

앞에 보이는 절체절명의 순간, 랜덤과 루비의 연결된 마음이 뛰쳐나와 보호막이 되어 폭발과 불길로부터 그들을 보호해주었다. 열폭풍이 보호막을 때리며 그들의 마음을 두드렸지만 보호막은 폭풍이 완전히 소진될 때까지 버티다가 더 이상 필요 없어졌을 때가 되어서야 사라졌다. 그리고 잭 랜덤과 루비 저니는 무릎을 꿇고 털썩 주저앉으며 코와 입과 귀에서 피를 쏟았다. 그들은 서로 끌어안고 회복의 시간을 가졌다. 아직도 불길은 엄청난 기세로 타오르고 있었지만 견딜 만했다. 공장은 밝게 불타오르며 하늘로 불길을 쏘아대고 있었다. 잠시 후 스톰이 그들에게 다가왔다.

"놀랍네. 자네들이 못하는 게 뭐가 있을까?"

"젠장, 수십억의 황금으로 가득 찬 금고를 구하는 거요." 루비가 피곤한 목소리로 말했다. "공장 안에 있었는데 날아가버렸네요. 잔뜩 기대하고 있었는데."

얼마 후 그들이 반란군과 클론들을 데리고 테크노스Ⅲ의 지하터널로 돌아가고 있을 때도 잭 랜덤은 웃음을 그치지 않았다. 살아남은 제국군은 무장해제당한 채 서로 둘러앉아 무엇을 할지 몰라 그대로 있었다. 그리고 여전히 불타오르는 공장의 지옥 불길 속에서 하프맨이 털끝 하나 다치지 않은 채 천천히 걸어 나왔다. 그는 다니엘과 스테파니에게 다가가 고개를 가로저으며 말했다.

"잘 조련된 교회군이 아마추어처럼 당하고 세 명의 수색관은 죽고 공장은 완전히 파괴되었소. 라이언스톤이 별로 기뻐하지 않을 거요. 내가 당신들이라면 아주 창의적인 변명거리를 지어내기 위해 당장 골을 싸맬 것이오."

그는 제국의 패잔병들에게 으르렁거리며 명령하기 위해 자리를 떴다. 스테파니는 말없이 불타는 공장의 폐허를 바라보고 있었다. "모두 사라졌어. 모든 것이. 이제 완전히 무에서 다시 시작해야 해. 제국이 이런 참사 이후에도 우리에게 스타드라이브를 맡긴다면 말이야."

"그리고 우리 배우자 두 사람도 죽었지."

"아, 그래." 스테파니가 말했다. "한 가지라도 좋은 일이 있네." 그녀는 넘실대는 불꽃을 응시했다. "우리 폭탄이 이렇게 만들었을 리는 없어. 누군가 손을 쓴 거야."

"아마 그렇겠지." 다니엘이 말했다. "하지만 여기서 무슨 일이 있었는지는 우리가 절대로 알아내지 못할 거야. 뭐 상관없지. 다 끝난 일이니까. 나도 이제 여기 있을 필요가 없겠어. 이제 마침내 아빠를 찾아서 홀가분하게 떠날 수 있게 됐어."

그리고 그는 한 번도 뒤돌아보지 않고 성큼성큼 걸어가버렸다. "다니엘!" 스테파니가 애절한 목소리로 뒤에서 그를 불렀다. "돌아와! 날 여기 이렇게 두고 가면 어떡해. 네가 필요해. 돌아와, 이 나쁜 자식아!"

플린은 그 장면도 카메라에 담았다. 토비 슈렉은 그의 옆에 서서 바보같이 웃고 있었다. "생방송이야, 플린. 우리는 이 모든 것을 생방송으로 내보냈어. 우리는 올해의 상을 싹쓸이할 거야. 우리를 위한 특별상을 만들지도 모르지. 내가 열네 살 때 우리 가문의 하녀 하나가 중요한 것을 보여준 이후로 이렇게 째지는 기분은 처음이야."

"당신에 대해서는 잘 모르겠지만" 플린이 마침내 카메라를 내려놓으며 말했다. "내 시급이 올라갈 것은 확실히 알겠어요. 아주 엄청나게 많이요."

"맞아." 토비가 말했다. "후속편으로 뭘 해야 할지 벌써부터 걱정이군."

"걱정 말게." 하프맨이 말했다. "내가 뭔가 생각해보지."

토비와 플린은 서로를 쳐다보았다. "너에 대해서는 잘 모르겠다." 토비가 말했다. "하지만 방금 들어온 명예와 부가 완전히 방향을 틀어버린 것 같구나."

전쟁의 서막

그렇게 혁명은 시작되었다.

오언 데스스토커와 헤이즐 다르크는, 잭 랜덤일지도 모르는 사내, 그리고 초에스퍼 메이터 문디의 마지막 현신인 제니 사이코와 함께 어떤 공포가 그들을 기다리는지도 모른 채 미스트월드로 향한다. 제국은 리전이라고 불리는 가공할 무기로 마침내 반역행성을 침공할 준비를 마쳤다. 미스트포트에서는 오랜 친구들이 다시 만나고, 오랫동안 은폐되었던 진실이 백일하에 드러난다.

자일스 데스스토커, 핀레이 캠벨, 에반젤린 슈렉, 그리고 줄리안 스카이는 한때는 기쁨의 행성이었지만 이제는 아겔다마, 즉 피의 밭으로 이름 붙여진 행성을 향해 출발한다. 그곳에서 그들은 아이들의 꿈이 핏빛 악몽으로 변한 현실을 발견하고 모두의 영혼이 저주받을 위기에 처한다.

다비드 데스스토커와 키드 데스로 알려진 그의 친구 키트 서머아일은 비리몬드 행성의 데스스토커 성채로 출발한다. 한때 그곳은 오언의 집이었지만, 다비드가 자기 것으로 지키겠다는 결심이 확고하다. 하지만 과부제조기로 알려진 드램 사령관이 한적하고 평화로운 그곳 시골행성에 대해 다른 계획을 가지고 있다는 것을 그가 알 리 없다. 그 계획은 피와 죽음과 공포를 불러일으키며 우정의 시험대가 된다.

그리고 마침내 수백 개의 행성으로 반란이 확산되면서 제국은 전쟁에 휩싸인다. 반란군이 쳐들어오자 사일런스 함장과 프로스트 수색관은 소환되어 골고다 수비 임무를 맡게 된다.

무자비하고 파렴치한 전쟁 속에서 이제 오직 강한 자만이 살아남을 수 있다. 그리고 그 모든 것들이 한 사람을 중심으로 움직인다. 인류의 희망이자, 평화를 위해 싸우는 전사, 그리고 자기 자신에 대해 몰라도 너무 모르는 사람, 바로 오언 데스스토커가 그다.

(『데스스토커: 전쟁』으로 이어집니다)